Always publishing

COLLANA
Always romance
-127-

Titolo originale: *A thousand broken pieces*

Published by arrangement with
The Italian Literary Agency and Mcintosh and Otis Inc

Traduzione dall'inglese di **Anna Vivaldi**

Prima edizione: Luglio 2024

ISBN 9791255170792

www.alwayspublishingeditore.com

Cover design © Hang Le

Ristampato nell'agosto 2024 da Puntoweb

mille pezzi del mio Cuore

Tillie Cole

A thousand broken pieces

Mille pezzi del mio cuore è un romanzo adeguato ai lettori di tutte le età. Tuttavia vengono trattati argomenti che potrebbero urtare la sensibilità di chi legge come il lutto e il suicidio.

A tutti coloro che hanno perso una persona amata,
ci sono io vicino a voi.
A tutti coloro che hanno perso un pezzo del proprio cuore,
ci sono io a tenervi la mano.
A tutti coloro che non sanno come andare avanti,
spero che questo libro vi doni conforto.

A mio padre.
Mi mancherai in eterno.
Finché non ci rincontreremo.
"Resisti a testa alta"

“Sono arrivata a capire che la morte, per i malati,
non è così difficile da sopportare.
Per noi, alla fine, il dolore sparisce, andiamo in un posto migliore.
Ma per quelli che restano, il loro dolore potrà solo crescere."
Poppy - Dammi mille baci

Prologo

Savannah

Tredici anni
Blossom Grove, Georgia

Non riuscivo a udire altro che il martellio assordante del mio cuore. Andava troppo veloce, rintronava dentro di me come una devastante tempesta estiva che si abbatteva sull'arroventata Georgia.

I miei polmoni smisero lentamente di funzionare e presi a respirare con affanno. L'aria che avevo nel petto diventò solida come sassi di granito, comprimendomi a tal punto da lasciarmi paralizzata. Paralizzata mentre osservavo Poppy scomparire nel letto. Mentre vedevo i miei genitori stringersi l'uno all'altra, come se anche loro stessero morendo. La loro bambina, la loro prima figlia stava perdendo la sua battaglia contro il cancro davanti ai nostri occhi, e la morte aleggiava accanto a lei come un'ombra sinistra, preparandosi a strapparcela via. Zia DeeDee se ne stava lì a stringersi le braccia in vita, come se fosse l'unico modo per reggersi in piedi.

Ida mi stava stritolando talmente forte la mano che avrebbe potuto rompermela. Sentivo il minuto corpo della mia sorellina tremare, senza dubbio per la paura, il dolore o per l'incredulità che tutto ciò fosse reale.

Che tutto questo stesse succedendo *davvero*.

Il mio volto era rigato dalle lacrime, che scendevano come un fiume in piena dagli occhi.

«Savannah? Ida?» ci chiamò dolcemente mia madre. Battei le palpebre per liberarmi dalla nebbia del pianto e finalmente la vidi davanti a noi. Presi a scuotere la testa, e il mio corpo sembrò rianimarsi dal suo stato di torpore e catatonia.

«No...» mormorai, sentendomi addosso lo sguardo terrorizzato di Ida. «Ti prego...» aggiunsi in una supplica quasi silenziosa che si perse nell'aria ristagnante attorno a noi.

Mamma si abbassò e mi accarezzò la guancia con la mano tremante. «Devi dirle addio, tesoro.» La voce tentennante, roca ed esausta. Girò la testa in direzione di Rune, il quale era seduto sul letto, intento a baciare ripetutamente le mani di mia sorella maggiore, le sue dita, il suo volto, assorto a guardare la sua Poppymin come aveva sempre fatto, e cioè come se fosse stata destinata unicamente a lui. Mentre lo osservavo, un singhiozzo strozzato mi sfuggì dalle labbra.

Non era reale.

Non poteva essere reale.

Lei non poteva abbandonarlo.

Non poteva abbandonare tutti *noi*...

«Ragazze» insistette mia madre, il tono urgente. Quando notai che il labbro inferiore le prese a tremare, a me si frantumò il cuore. «Lei...» Mamma interruppe qualunque cosa stesse per dire e chiuse gli occhi, cercando di mantenere il controllo. Non sapevo come ci riuscisse. Io non ci riuscivo. Io non riuscivo ad affrontare tutto questo. Non potevo *farlo*.

«Sav» mi chiamò Ida, al mio fianco. Abbassai lo sguardo verso di lei. Scorsi i suoi capelli scuri, i suoi occhi verdi, le fossette pronunciate, la sua pelle tutta arrossata per il pianto. Studiai il suo dolce volto affranto. «Dobbiamo farlo.» La voce le tremava, ma mi incoraggiò con un cenno della testa. In quel momento, Ida era più forte di me.

Mia sorella prese a tirarmi, senza allentare di un millimetro la sua morsa d'acciaio sulla mia mano. Quando fui in piedi, guardai le nostre mani giunte. Ben presto, sarebbe sempre stato così. Ci sarebbero state solo le nostre due mani, senza una terza a guidarci.

Seguii Ida. A ogni passo avevo come la sensazione di osservare un fiume di melassa. Il letto era posizionato davanti alla finestra, in modo che Poppy potesse guardare fuori. Il vento sospingeva in aria i petali rosa e bianchi caduti dai ciliegi, sparpagliandoli a terra. Rune ci guardò arrivare, ma io non riuscivo a sostenere il suo sguardo. Non ero abbastanza forte per affrontarlo in quel momento. Momento che tutti avevamo temuto. Quello che, dentro di me, non avrei mai creduto sarebbe arrivato.

Inalai più aria possibile nei polmoni. Ida e io raggiungemmo il capezzale. La prima cosa che udii fu il respiro di Poppy. Era cambiato. Era profondo e rumoroso, e lo sfinimento e lo sforzo erano ben visibili sui suoi bei lineamenti…

Lo sforzo nel tenere duro qualche altro minuto. Per rimanere con noi il più a lungo possibile. Nonostante tutto, Poppy allargò il suo sorriso quando ci vide.

Le sue sorelle. Le sue migliori amiche.

La nostra Poppy… la persona migliore che avessi mai conosciuto.

Poppy protese le sue esili e fragili mani, in modo che noi potessimo afferrargliele. Nel sentire la sua pelle gelata, la sua presa debole, io chiusi automaticamente gli occhi.

«Ti voglio bene, Poppy» mormorò Ida. Riaprii gli occhi e mi sforzai di non cadere a terra, quando Ida posò il capo sopra il petto di nostra sorella, abbracciandola stretta. Poppy abbassò le palpebre e premette un fiacco bacio sulla sua testa.

«Ti voglio bene… anch'io… Ida» replicò, stringendo la nostra sorellina come per non lasciarla andare mai più. Ida era simile a lei in tutto: nella personalità, nell'aspetto, nell'approccio sempre positivo alla vita. Poppy infilò le dita nei suoi capelli scuri. «Non cambiare mai» mormorò, mentre l'altra sollevava il capo. Poi le posò una mano stremante sulla guancia.

«Va bene» rispose Ida, la voce rotta, riluttante a lasciarle andare la mano. Mi concentrai su quel momento. Non sapevo bene perché, ma volevo che Ida non lasciasse andare nostra sorella. Magari, se le avessimo ancora tenuto la mano, insieme, Poppy non se ne sarebbe andata, forse avremmo potuto trattenerla qui, al sicuro…

«Sav…» bisbigliò Poppy, i suoi occhi scintillarono quando incontrarono i miei.

A quel punto crollai e il mio viso si contrasse in una smorfia di pianto. «Poppy…» pronunciai, stringendo la sua mano. Scossi ripetutamente la testa, implorando Dio, l'universo, *chiunque*, perché facesse cessare tutto questo, perché ci graziasse con un miracolo e lasciasse che Poppy restasse con noi, anche solo per un istante in più.

«Va tutto… bene…» si inserì la voce di Poppy tra le mie preghiere silenziose. Mi portai la sua mano tremante alla bocca, e premetti un bacio sulla sua pelle fredda. Nel fare questo, mi resi conto che la sua mano era ferma, era la mia a tremare. Le lacrime presero a rotolarmi sulle guance. «Savannah» mi chiamò di nuovo. «Sono… pronta… ad andare…»

«No» mi impuntai, agitando la testa. Poi mi sentii posare una mano sulla schiena e infilare un braccio attorno alla vita. Sapevo che erano Ida e mia madre, intente a tirarmi su. «Io non sono pronta… ho bisogno di te… sei la mia sorellona… ho bisogno di te, Poppy.» Una fitta dolorosa mi squarciò il petto e capii che era il mio cuore che si sbriciolava in milioni di minuscoli pezzi.

«Sarò… sempre… con… te» cercò di confortarmi Poppy, mentre notavo la sua pelle ingiallirsi sempre di più e il suo respiro diventare sempre più ansimante e irregolare. *No… no, no, no…* «Noi ci…» Poppy trasse un debolissimo respiro, un *flebile* ansito. «Rincontreremo…»

«Poppy…» riuscii a pronunciare, prima di scoppiare in un pianto dirotto. Abbassai il capo sul petto di mia sorella e mi sentii circondare dalle sue fragili braccia. Per quanto debole fosse, quell'abbraccio mi trasmetteva tutta la sicurezza di una coperta calda. Non volevo lasciarla andare.

«Ti voglio… bene… Savannah. Tantissimo… bene» aggiunse con sforzo, tra un fiacco respiro e l'altro.

Strinsi forte gli occhi, cercando inutilmente di tenere duro. Poppy mi stampò un bacio tra i capelli.

«Savannah.» La voce di mia madre si insinuò nelle mie orecchie. «Tesoro…» mormorò ancora. Sollevai la testa e incrociai lo stanco sorriso di mia sorella.

«Ti voglio bene, Pops» le dissi. «Sei stata la migliore sorella maggiore che potessi mai chiedere.» Poppy deglutì e gli occhi le luccicarono pieni di lacrime. Studiai il suo volto. Ci stava davvero lasciando. Memorizzai i suoi occhi verdi, le naturali sfumature calde dei suoi capelli scuri. In quel momento, era pallida, ma mi aggrappai al ricordo del suo incarnato color pesca. Al ricordo del suo dolce profumo che mi avvolgeva, al suo viso pieno di gioia e di vita.

Non volevo lasciarle la mano, non sapevo se sarei mai stata in grado di farlo, eppure, quando mia madre mi strinse le spalle, lo feci, rifiutandomi però di abbandonare il suo sguardo finché mamma e papà non si frapposero tra noi, impedendomi di continuare a guardarla.

Barcollai all'indietro, sempre più sconvolta. Ida mi afferrò la mano e mi si schiacciò al petto. Come distaccata, rimasi a guardare la scena, mentre mamma e papà baciavano e stringevano mia sorella, dicendole addio. Un rumore bianco prese a rimbombarmi nelle orecchie quando i miei genitori si allontanarono dal capezzale, per cedere il posto a Rune. Ida singhiozzava contro il mio petto, zia DeeDee, mamma e papà erano da una parte della stanza a piangere, e io me ne stavo lì, paralizzata, a osservare Rune che diceva qualcosa a Poppy e si abbassava su di lei per stamparle un bacio sulle labbra...

Trattenni il fiato finché, qualche istante dopo, Rune non si allontanò lentamente. Continuai a guardarlo, a fissare il suo sguardo, e dalla sua espressione distrutta capii che se n'era andata. Poppy ci aveva lasciati...

La testa di Rune prese a tremare e il mio cuore si frantumò oltre ogni dire. Poi lui corse via dalla stanza e io fui catapultata di nuovo nel qui e ora, con uno schianto assordante. Il primo suono ad accogliermi fu un pianto straziato, talmente devastante da squarciarmi in due l'anima. Guardai prima mamma e poi papà. Mamma si era accasciata a terra e papà stava cercando di stringerla a sé. Zia DeeDee si era girata verso la parete, alla quale si stava sostenendo, e piangeva in modo incontrollato.

«Sav» piagnucolò Ida, stringendosi con più forza ai miei fianchi. La strinsi a mia volta mentre fissavo il letto. Mentre fissavo la mano di Poppy. Immobile sul materasso. La sua mano ferma, *vuota*. Tutto sembrava svolgersi al rallentatore, come alcune scene nei film.

Solo che tutto questo era reale. Quella era la *nostra* casa. E su quel letto c'era la *mia* amata sorella. C'era lei, e nessuno si trovava al suo fianco.

Mamma si avvicinò a Ida. La mia sorellina si abbandonò tra le braccia dei miei genitori, mentre io venivo attirata come una calamita al capezzale di Poppy. Come se una forza invisibile, un filo trasparente, mi stesse trascinando verso di lei.

Con un sospiro tremante, feci il giro del letto. E rimasi lì in piedi. Immobile. A fissare Poppy. Dalle sue labbra non fuoriusciva più aria. Il suo petto non si sollevava più, sulle sue guance regnava il pallore. Eppure, da morta, era bella quanto lo era stata in vita. Posai lo sguardo sulla sua mano vuota. Era girata col palmo all'insù, come per essere afferrata, per un'ultima volta.

Così mi sedetti sul bordo del letto e gliela strinsi. Mentre me ne stavo lì seduta, sentii cambiare qualcosa dentro di me. In quel momento, la mia anima fu privata di qualcosa che sapevo non avrei più riavuto indietro. Mi portai le dita fredde di Poppy alle labbra e stampai un bacio sulla sua pelle delicata. Poi mi posai sul grembo la sua mano stretta nella mia. E non la lasciai.

Non potevo.

Non ero certa che ci sarei mai riuscita.

I

Fiato mozzato e nuvole in movimento

Diciassette anni
Blossom Grove, Georgia

C'erano esattamente quarantadue crepe nel pavimento di linoleum. Rob, la guida del gruppo di terapia, stava parlando, ma io sentivo soltanto il ronzio metallico del sistema di riscaldamento che girava sopra le nostre teste. Il mio sguardo era distratto e captava solo qualche dardo di luce che trafiggeva la stanza dalle alte finestre e le sagome confuse delle persone attorno a me.

«Savannah?» Cercai di rimettere a fuoco il presente e sollevai lo sguardo verso Rob. Lui mi stava sorridendo, con atteggiamento aperto e un'espressione incoraggiante sul volto. Mi mossi nervosamente sulla sedia. Parlare ad alta voce non era il mio forte. Facevo fatica a tradurre in parole le emozioni turbolente che si agitavano dentro di me. Stavo meglio da sola. Trovarmi per troppo tempo in mezzo alla gente mi prosciugava; molte, troppe persone insieme mi facevano chiudere in me stessa. Non ero come mia sorella Ida, la cui personalità era contagiosa e socievole.

Come quella di Poppy…

Mandai giù a forza il groppo che mi salì istantaneamente in gola. Erano passati quasi quattro anni. Quattro lunghi, atroci anni senza di lei, e ancora non riuscivo a pensare al suo nome o a visualizzare il suo bel volto senza che il cuore mi sprofondasse nel petto come una montagna piegata da un terremoto. Senza percepire le dita ferme del fantasma della morte avvinghiarsi ai miei polmoni, svuotandoli di tutta l'aria.

I ben noti spasmi d'ansia presero immediatamente a risalire in superficie, arpionandosi lungo il mio corpo dalle profondità dove risiedevano di solito. Affondarono le loro zanne nelle mie vene e rilasciarono veleno nel mio sangue, fino a farmi loro ostaggio.

I palmi delle mie mani si imperlarono di sudore e il mio respiro divenne affannato. «Savannah.» La voce di Rob era cambiata; sebbene mi rimbombasse nelle orecchie unendosi al resto del vuoto cosmico dei miei timpani, percepii tutta la sua preoccupazione. Sentendomi addosso gli sguardi dei presenti, schizzai su dalla sedia e corsi alla porta. Il martellio aritmico dei miei passi si aggiunse alla cacofonia di suoni, mentre mi dirigevo in direzione del fascio di luce nel corridoio, all'esterno. Mi fiondai fuori attraverso la porta d'ingresso e inspirai l'aria invernale.

Delle macchie scure presero a danzarmi davanti agli occhi e barcollai verso l'albero del giardino del centro di terapia. Mi sostenni al massiccio tronco, ma le gambe mi cedettero e crollai a terra. Chiusi gli occhi e appoggiai la nuca contro la corteccia ruvida. Provai a concentrarmi sul respiro, cercando di rammentare ciò che avevo appreso dagli incontri su come far fronte agli attacchi di panico. Ma quelle nozioni non sembravano funzionare mai. Gli attacchi mi tenevano sempre prigioniera finché non decidevano loro quando rilasciarmi.

Ero letteralmente esausta.

Il corpo mi tremava ormai da quella che mi pareva un'eternità e sentivo il cuore crepitare e sbandare nel petto. Poi i polmoni iniziarono a liberarsi dalla morsa, e dalla trachea riprese a passare l'ossigeno di cui il mio corpo aveva estremo bisogno. Inspirai attraverso il naso ed espirai dalla bocca, dopodiché sprofondai ancora di più accanto all'albero, con l'odore di erba e terra che si insinuava tra la nebbia ansiogena che inibiva i miei sensi.

Aprii gli occhi e li sollevai verso il cielo azzurro. Iniziai a osservare le nuvole bianche che si muovevano sopra la mia testa, cercando di individuarne delle figure. Le vidi comparire e scomparire, e mi domandai come sarebbe stato stare lassù, cosa vedessero loro dall'alto mentre si ammassavano per poi separarsi e svanire.

Una goccia mi cadde sul dorso della mano. Abbassai lo sguardo e feci in tempo a scorgerne un'altra atterrare sulla nocca dell'anulare. Le gocce colavano dalle mie guance.

Fui colta dalla spossatezza, mi sentivo prosciugata di tutta la mia forza. Non riuscivo neanche a sollevare le mani per asciugarmi le lacrime. Così mi concentrai di nuovo sulla formazione di nuvole, desiderando essere come loro, sempre in movimento, senza neanche il tempo di soffermarsi un attimo a pensare.

Pensare lasciava spazio alla sofferenza.

Mi resi conto che qualcuno si era seduto al mio fianco solo quando percepii un debole spostamento d'aria. Le nuvole avevano ancora tutta la mia attenzione.

«Un altro attacco di panico?» domandò Rob. Io annuii con il capo e i miei capelli si impigliarono nella corteccia che cercava di rimanere ancora attaccata al tronco. Rob aveva solo una trentina d'anni. Era gentile ed era eccezionale nel suo lavoro. Aiutava così tante persone. Negli ultimi quattro anni avevo visto una miriade di adolescenti varcare la soglia del centro e uscirne cambiati, più forti, capaci di riprendere in mano le redini del mondo.

Io, invece, ero semplicemente a pezzi.

Non sapevo come guarire, come riprendermi. La verità era che da quando era morta Poppy tutta la luce era svanita dal mio mondo, e avevo cominciato a brancolare nel buio.

Rob rimase per un po' in silenzio, poi si fece coraggio: «Dobbiamo cambiare tattica, Savannah». Quando scorsi una nuvola a forma di margherita nel cielo, un angolo della mia bocca si sollevò. Ida adorava le margherite. Erano il suo fiore preferito. Rob mi imitò, appoggiando la schiena al tronco dell'enorme albero. «Abbiamo ricevuto dei fondi.» Sillaba dopo sillaba, le sue parole presero a stuzzicarmi gli orecchi e la realtà attorno a me iniziò molto lentamente a ricomporsi. «Ci sarebbe questo viaggio...» buttò lì. Abbassai le palpebre per difendermi dalla luce accecante del sole, e il disco luminoso balenò dietro l'oscurità dei miei occhi chiusi.

«Voglio che tu lo faccia» aggiunse Rob. Rimasi pietrificata e alla fine girai la testa verso di lui. Aveva i capelli corti e rossi, e un paio di penetranti occhi verdi. Era una tavolozza ambulante di colori autunnali. Ed era un sopravvissuto. Dire che lo ammiravo era poco. Maltrattato da ragazzino per via della sua sessualità da coloro che avrebbero dovuto volergli bene, Rob si era fatto strada nel pieno dell'inferno per ottenere libertà e felicità, e adesso aiutava coloro che lottavano per raggiungere lo stesso scopo.

Ci sarebbe questo viaggio... voglio che tu lo faccia...

Quelle parole si insinuarono nel mio cervello e la mia vecchia amica ansia riemerse.

«Un gruppo ristretto di ragazzi provenienti da tutti gli stati parteciperanno a un viaggio attraverso cinque Paesi. Un viaggio di guarigione.» Rob buttò indietro la testa per osservare le nuvole che prima avevano calamitato tutta la mia attenzione. «Degli adolescenti che stanno affrontando un dolore.»

Scossi la testa, con sempre maggiore decisione.

«Non posso» mormorai, sentendomi attanagliare dalla paura.

Rob mi rivolse un sorriso comprensivo, poi mi informò: «Ho già parlato con i tuoi genitori, Savannah. Sono d'accordo anche loro che ti farebbe bene. Abbiamo già prenotato».

«No!»

«Hai già finito le superiori. E sei stata presa ad Harvard. Ad *Harvard*, Savannah. È assolutamente incredibile.» Rob rifletté qualche istante, dopodiché aggiunse: «Parliamo di Boston. Molto, molto lontano da qui».

Capivo benissimo cosa intendesse dire. Se non funzionavo qui a casa, come cavolo potevo funzionare da sola al college, in un altro stato?

Dopo la morte di Poppy, mi ero buttata sullo studio. Avevo trovato un modo per tenere sempre occupata la mente. Per rimanere a galla. Ero sempre stata studiosa. La più intelligente. Il topo di biblioteca. Quella che parlava di fisica, equazioni e strutture molecolari. Ida, invece, era quella chiassosa, la sorella teatrale, quella buffa, che catturava l'attenzione di tutti, nel più positivo dei modi. E Poppy... Poppy era stata una gran sognatrice. Una ragazza piena di fede, creativa, con la musica e un'infinita gioia e speranza nel cuore.

Una che avrebbe potuto cambiare il mondo.

Dopo la morte di Pops, non ero più riuscita a sostenere la scuola: gli sguardi della gente, le occhiate tristi, i riflettori che mi seguivano ovunque, identificandomi come la ragazza che aveva visto morire la sorella maggiore. Così avevo intrapreso lo studio da casa e mi ero diplomata prima del tempo. Harvard aveva accettato la mia domanda; avevo studiato abbastanza per essere ammessa. Ma una volta completati gli studi superiori, il tempo che avevo a mia disposizione era diventato mio nemico. Quando non avevo nulla da fare, rivivevo il momento della scomparsa di Poppy, della sua lenta morte davanti ai nostri occhi. Minuti interminabili che lasciavano ampio margine di manovra alla mia ansia, dandole un comodo vantaggio come un mercenario con un obiettivo facile. Vivevo l'assenza di Poppy come un cappio ogni giorno più stretto attorno al mio collo.

«Capisco che possa spaventarti. Lo so che non credi di potercela fare» mi disse Rob, la voce gentile e incoraggiante. «Ma tu *puoi* farcela, Savannah. Io credo in te.» Incrociai il suo sguardo, e il labbro inferiore mi tremò. «Non ho intenzione di gettare la spugna» proseguì lui con un sorriso gentile. «Ce la faremo. Andrai ad Harvard questo autunno. E darai il meglio di te.»

Avrei voluto restituirgli il sorriso, dimostrargli la mia gratitudine per il fatto di pensare a me, di non abbandonarmi mai, ma i nervi me lo impedivano. Gente nuova. Posti nuovi. Luoghi sconosciuti. Tutto questo era assolutamente spaventoso. Solo che non avevo più forza in corpo per oppormi. Dio, non aveva funzionato niente con me. Quattro lunghi anni di terapia individuale e di gruppo non erano stati in grado di tirarmi un po' su né di farmi riprendere. Ero troppo stanca per discutere. Così girai di nuovo la testa e tornai a osservare il cielo. Una grossa nuvola si spostò sopra la mia testa e vi si fermò.

Aveva la forma di un violoncello.

Varcai Blossom Grove accolta dalla colonna sonora del canto degli uccelli. A prescindere dal periodo dell'anno, c'era qualcosa di ultraterreno in questo posto. Era un angolo di paradiso in Terra, in esso c'era una parvenza di perfezione, di pace. O magari era solo il suo spirito a renderlo così speciale. A preservare il posto che adorava tanto.

Gli alberi erano spogli e i nuovi germogli non erano ancora pronti a mostrarsi in tutta la loro bellezza, poiché il freddo invernale li teneva a bada. Ma questo non rendeva il frutteto meno bello. Inalai l'aria fresca che fischiava attraverso i rami marroni e i piedi mi condussero verso l'albero che proteggeva la mia migliore amica.

La lapide di marmo bianco luccicava come un angelo sotto il sole ormai giunto al tramonto, e il crepuscolo iniziava ad avvolgere la tomba con il suo idilliaco manto dorato. Il nome POPPY LITCHFIELD spiccava sul bianco con le sue lettere dorate, e subito sotto si leggeva SEMPRE E PER SEMPRE.

Spazzai via con la mano le foglie morte cadute sopra la lapide e mi sedetti davanti. «Ciao, Poppy» annunciai, sentendomi ostruire subito la gola. Ero consapevole che, per molti, quattro anni fossero sufficienti per superare la morte di una persona cara, per trovare il modo di andare avanti. Per barcamenarsi il meglio possibile nella vita. Eppure, nel mio caso, quattro anni avevano rappresentato una mera manciata di minuti. Mi sembrava solo ieri che Poppy ci aveva lasciato, che aveva lasciato me e Ida. Mamma e papà e zia DeeDee. Rune. Le ferite del mio cuore squarciato erano ancora aperte, ancora fresche.

In quattro anni non era cambiato niente. Quel giorno qualcuno aveva premuto il tasto "pausa". E io non ero più stata in grado di riavviare il nastro.

Mi baciai le dita e le premetti sulla lastra di marmo. La superficie era calda per via del sole che vi si rifletteva sempre, facendo sapere al mondo intero che qualcuno di davvero meraviglioso giaceva là sotto.

Abbassai lo sguardo e scorsi una fotografia sulla lapide. Le lacrime presero a pungermi gli occhi, mentre fissavo sbalordita il meraviglioso scatto. Una perfetta aurora boreale si stagliava con le sue striature verdi e azzurre in un cielo trapuntato di stelle.

Rune.

Rune era stato qui. Lo faceva sempre. Ogni volta che tornava a casa, trascorreva ore davanti alla tomba di Poppy, sotto il loro albero preferito. Passava il giorno a parlare con il suo unico amore, la sua anima gemella, raccontandole tutto della sua avventura alla New York University. Del suo tirocinio con un Premio Pulitzer per la fotografia. Dei suoi viaggi intorno al mondo, dei posti lontani che visitava e delle loro meraviglie – come l'aurora boreale – che catturava sempre su pellicola per mostrarle a Poppy una volta a casa.

Così non si perderà neanche un'avventura, soleva dirmi.

Capitava anche che durante le sue visite a Poppy, io mi sedessi nascosta dietro a un albero per ascoltarlo parlare. Capitava spesso che mi mettessi a piangere per l'ingiustizia di questo mondo. Per il fatto di aver perso la stella più luminosa del nostro cielo. E piangevo per Rune, che aveva perso la metà del proprio cuore. A quanto sapevo, non aveva più frequentato nessuna ragazza. Una volta mi aveva detto che non avrebbe più provato per nessuna quello che aveva provato per mia sorella e che il tempo che avevano trascorso insieme, sebbene fosse stato poco, sarebbe stato sufficiente per tutta la vita.

Io non avevo mai sperimentato un amore come il loro. E non lo ritenevo così comune. Mentre Ida sperava di sperimentare un amore come quello di Rune e Poppy, io vivevo col terrore che avrebbe solo potuto causarmi ulteriore dolore. E se poi lo avessi perso? Come avrei fatto a superarlo?

Non avevo la minima idea di come facesse Rune a sopravvivere, giorno dopo giorno. Non immaginavo neanche come potesse aprire gli occhi ogni mattina e semplicemente *respirare*. Non glielo avevo mai chiesto, come facesse. Non avevo mai trovato il coraggio di farlo.

«Ho avuto un altro attacco oggi» raccontai a Poppy. Mi appoggiai alla lapide e posai la testa sulla lastra di marmo. Poi mi abbandonai al rassicurante canto degli uccelli che le tenevano sempre compagnia. Dopo diversi minuti di silenzio, tirai fuori dalla borsa un quaderno. Un quaderno che non avevo mai osato aprire. Con il dito tracciai le parole *Per Savannah*, scritte a mano da Poppy sulla copertina.

Era il quaderno che lei mi aveva lasciato. E che io non avevo mai letto né aperto. Non sapevo bene il motivo. Forse perché avevo troppa paura di leggere quello che Poppy aveva scritto, o forse perché era l'ultima cosa che mi fosse rimasta di lei, e una volta letta, una volta arrivata alla parola finale, lei se ne sarebbe davvero andata per sempre.

Mi strinsi il quaderno al petto. «Mi mandano via, Pops» le confidai, avvolgendo con la mia voce la tomba silenziosa. «Per cercare di farmi migliorare.» Sospirai, con un peso sul petto che quasi mi schiacciava le costole. «Non so assolutamente come lasciarti andare.»

La verità era che, se Poppy avesse potuto parlarmi, sapevo che mi avrebbe confidato quanto fosse dilaniata per come la sua morte mi avesse paralizzata, ferita in modo tanto irreparabile. Già, non riuscivo a smettere di pensarci. Rob mi aveva insegnato che il dolore non ci abbandonava mai. E che per questo dovevamo adattarci a esso, come fosse una nuova appendice del nostro corpo che dovevamo imparare a usare. Mi aveva detto che in alcuni momenti, il dolore e la sofferenza potevano tornare a colpirci e ad affondarci. Ma che alla fine avremmo trovato gli strumenti adatti per risalire in superficie e andare avanti.

Io stavo ancora aspettando quel giorno.

Osservai il sole tramontare completamente tra gli alberi e la luna crescente prese presto il suo posto. Il manto dorato che ci aveva avvolti finora cedeva il passo a una luce argentata, e cominciò a scendere il buio. Mi alzai in piedi. «Ti voglio bene, Pops» dissi, poi mi allontanai con riluttanza attraverso il frutteto per rientrare in casa. La nostra casa, che ultimamente aveva perso tutto il suo vigore.

Perché lei era ormai sepolta nella terra alle mie spalle. Un'eterna diciassettenne. L'età che avevo io adesso. Una ragazza mai cresciuta. Che non aveva mai fatto brillare la propria luce. Che non aveva mai condiviso la propria musica.

Un torto di cui il mondo si sarebbe sempre sentito orfano.

2

Sogni accantonati e laghetti ghiacciati

Diciotto anni
Massachussetts

«Non è vero» commentai, fissando mia madre e mio padre sul divano. Mi trovavo al centro del soggiorno, furioso, il corpo in tensione per la collera, mentre ascoltavo ciò che stavano dicendo.

Il senso di colpa stava cercando di aprirsi un varco nel mio cuore. Osservai le lacrime di mia madre spillare dagli occhi e rotolare sulle sue guance, ma la collera bruciante che mi scorreva nelle vene in quel momento ridusse in vapore acqueo il rimorso.

«Cael, ti prego...» mormorò mia madre, protendendo le mani per calmarmi. Avanzò sul bordo del divano, come per venire da me, per offrirmi un po' di conforto. Scossi la testa, facendo tre passi indietro, finché non mi ritrovai quasi schiacciato contro il camino spento. Non volevo il suo conforto. Non volevo *niente* di tutto questo. Cosa si erano messi in *testa* adesso?

Mio padre era seduto sul nostro vecchio divano marrone, stoico, da retto uomo della legge quale era. Indossava ancora l'uniforme, la scritta "Polizia del Massachusetts" in bella mostra, e aveva il volto arrossato mentre mia madre piangeva *di nuovo* per me.

Contrassi talmente forte la mascella che avrei potuto finire per spezzarla. Avevo i pugni stretti lungo i fianchi e stavo cercando di reprimere l'impulso di sbatterli contro il camino di mattoni che stavo sfiorando con la schiena. Ma questa era la mia quotidianità in questo inferno. In questa casa piena di ricordi che non volevo più risiedessero nella mia testa. Mio padre era stufo di stuccare i buchi che il mio pugno seminava nelle pareti. Esattamente come io ero stufo dei miei continui eccessi d'ira. Solo che la rabbia non mi abbandonava mai. Perciò immaginavo che né io né lui avremmo ottenuto ciò che desideravamo.

«Tu ci andrai, ragazzino» si inserì mio padre, sprizzando autorità da tutti i pori. Era un uomo di poche parole. Conciso, e si aspettava che i suoi ordini venissero eseguiti. Ogni cellula del mio corpo mi gridava di mandarlo all'inferno. Il suo tono duro era come benzina per il fuoco che sentivo bruciare dentro di me. Ci provavo. Ci provavo davvero a rimanere calmo. Ma stavo perdendo il controllo. Come una bomba a orologeria, sentivo che stavo per esplodere.

«Cael, dobbiamo provare a fare qualcosa» aggiunse mia mamma, il tono della sua voce rotta vagamente supplichevole. In passato, il suo turbamento mi avrebbe spezzato. Ma ora? Niente. «Abbiamo parlato con il tuo nuovo terapista. Ti sei diplomato l'anno scorso. Ti sei rifiutato di andare al college. Questo viaggio potrebbe aiutarti. Fornirti uno scopo. Al momento, esisti e basta. Non lavori, non hai una prospettiva, non studi, non giochi a hockey. Abbiamo parlato con l'allenatore di Harvard. Lui si informa sempre su di te. Ti vorrebbe ancora nella squadra. Ti vorrebbe nella squadra del prossimo anno. Puoi farcela. Puoi ancora...»

«NON ME NE FREGA UN CAZZO DEL COLLEGE!» gridai e interruppi qualunque cosa stesse per dire. Un tempo *avevo* a cuore il college. Non avevo altro in testa. Era tutto ciò che *sognavo*. Avrei potuto unirmi a *lui*, avremmo giocato insieme, come avevamo progettato...

Lo sguardo mi cadde involontariamente sull'agglomerato di fotografie sopra il divano dove erano seduti i miei genitori. Uno scatto dopo l'altro che mi ritraeva negli anni insieme a lui. Noi intenti a giocare in vari posti, noi abbracciati, noi sorridenti con le mazze da hockey in mano, la scritta "Team USA" in bella vista sul petto. Non sapevo nemmeno più come si facesse a sorridere. I miei muscoli facciali si erano del tutto disabituati a funzionare in quel modo. Distolsi lo sguardo dalle foto, che adesso rappresentavano solo una maledetta reliquia della vita che avrebbe potuto essere. Non riuscivo neanche a guardarle. Erano una menzogna. Raccontavano una storia di vita tutta fittizia.

Niente di quel periodo era reale.

«Non ci vado» asserii, con un tono di voce minaccioso. Ma mio padre non si scompose e si alzò in piedi. La sua alta e massiccia figura un tempo mi sovrastava, però ormai, con il mio metro e novantacinque, lo superavo di quasi otto centimetri. Le mie spalle larghe e il fisico atletico lo eguagliavano in forza e potenza. «Non ve lo perdonerò mai» sbraitai, mentre il pianto sommesso di mia madre in sottofondo rimbalzava sul muro di gomma che avevo eretto attorno a me. Nessuno sembrava in grado di penetrarlo, ultimamente.

Papà si infilò le mani nelle tasche. «Be', ce ne faremo una ragione, figliolo.»

Sapevo che non avrebbe cambiato idea.

Me ne stavo lì, tremante e furente di rabbia, come un vulcano in piena attività. Senza rivolgere uno sguardo a mia madre, corsi verso la porta e uscii fuori, sbattendola. Mi infilai nella Jeep. Il fiato caldo si trasformò in vapore bianco a contatto con l'aria fredda all'interno dell'abitacolo. La neve copriva pesantemente i campi attorno come un manto e i miei scarponi erano già zuppi dopo il tragitto nel vialetto. L'inverno continuava a tenere stretto nella sua morsa il New England.

Posai le mani sul volante di pelle e lo strinsi. Come succedeva ogni volta che mi mettevo alla guida, mi tornò in mente quella notte. Le mani presero a tremarmi per il solo fatto di essere seduto dentro la Jeep. Mi venne il fiato corto e mi sentii debole. Era assurdo quanto mi sentissi debole di fronte a quei ricordi devastanti, a quella sensazione di abbattimento nello starmene seduto in auto. Mi sentivo talmente debole che cedetti alla rabbia che provavo dentro. Mi lasciai inondare il corpo da essa, rovente e livida, finché non mi permeò completamente. I muscoli del torace si tesero a tal punto da farmi male. Strinsi i denti, lasciando che il fuoco che ardeva dentro di me incendiasse ogni minima traccia di ciò che ero prima. Lasciai che montasse sempre di più, dalle dita dei piedi fino alla testa, finché non ne fui del tutto sopraffatto. Dopodiché lasciai che prendesse il controllo. Cedetti le redini ed esplosi nel buio della sera, straripante di tutta la collera che stava cercando di fuoriuscire. Sbattei le mani sul volante e scalciai fino a colpire con il piede l'impianto stereo, che si staccò dal cruscotto e iniziò a penzolare davanti a me.

Quando la voce mi diventò roca e tutto il fiato che avevo nei polmoni fu espulso, rimasi rigido sul sedile e rivolsi un'occhiata torva al bianco casolare di campagna che un tempo consideravo il mio santuario. Adesso, *odiavo* quel posto. Lo sguardo mi cadde sulla finestra più in alto a destra e una fitta di dolore riuscì a trafiggermi il cuore. «No» sibilai, sviando lo sguardo. *Non ora.* Non avevo intenzione di abbandonarmi a quel dolore, adesso.

Cercai di mettere in moto la macchina, ma al momento ero paralizzato. Intrappolato nel purgatorio in cui ero finito da un anno a questa parte. Da quando tutto era cambiato in un attimo e la patina della famiglia felice che ci aveva ammantato fino a quel momento era stata definitivamente strappata via...

Chiusi gli occhi e lasciai che l'incendio divampasse. Inserii la chiave e riaprii gli occhi. Poi sgommai nel vialetto, gli pneumatici che cercavano di fare attrito sulla lastra di ghiaccio che lo ricopriva. Sentii odore di gomma bruciata mentre spingevo al massimo sull'acceleratore. La paura di guidare era sempre presente, come una febbriciattola che minacciava di peggiorare da un momento all'altro. Ma la tenni a freno. Mi lasciai semplicemente bruciare e svuotare di ogni emozione che provava ad affacciarsi nella mia mente.

Doveva essere così. Non potevo sprofondare di nuovo in quel posto, dove tutto era vuoto e carente. In quel buco impossibile da risalire. Così mi avvinghiai a quella rabbia viscerale che adesso aveva il controllo di me. Mi abbandonai all'odio – nei confronti del mondo, delle persone, di tutto ciò che minacciava di smascherare ciò che avevo seppellito dentro di me.

Ma soprattutto mi concentrai sull'odiare *lui*. L'odio e la rabbia che provavo nei suoi confronti erano un rogo alimentato a benzina.

Battei le palpebre e tornai in me. Avevo guidato senza una meta, senza pensare, distrattamente, e mi ero ritrovato in prossimità dell'unico posto da cui cercavo di tenermi lontano.

Dobbiamo provare a fare qualcosa...

Le parole di mia madre mi rimbombavano a ripetizione nella testa. *No*, mi volevano fuori dai piedi. Volevano liberarsi del figlio che creava problemi. Liberarsi di me! Non certo dell'*altro* figlio. Di me, di quello rimasto. Di quello che *lui* si era lasciato alle spalle. Di quello di cui lui non si era nemmeno preoccupato quando era successo quel che era successo...

Il primo segnale che il mio cuore stava per collassare fu una fitta all'altezza dello sterno. Imboccai freneticamente un parcheggio e spalancai la portiera. L'aria gelata mi schiaffeggiò in faccia. La maglia serafino, il berretto e i jeans strappati che indossavo non fornivano alcun tipo di barriera contro il freddo. Così lasciai che mi si insinuasse nelle ossa. *Volevo* soffrire. Era l'unico modo per ricordarmi di essere ancora vivo. Quello e la rabbia che aveva preso possesso della mia anima un anno prima e che da allora non aveva fatto che alimentarsi sempre di più.

Prima ancora di rendermene conto, i miei piedi presero a muoversi. Passeggiai tra le auto, riconoscendole a una a una. Che cavolo ci facevo lì? Non *volevo* trovarmi lì, eppure i miei piedi continuavano ad andare avanti. Mi portarono a varcare la soglia della porta laterale e i rumori che un tempo consideravo familiari adesso mi risultavano distanti, estranei. Grida di voci profonde, mazze che cozzavano per terra, dischi e lame che sferzavano la superficie ghiacciata.

Eppure, non provai niente.

Salii la gradinata, sempre più in alto, fino in piccionaia, lontano da sguardi indiscreti. Mi misi seduto su un seggiolino di plastica e intrecciai tra loro le dita. Ogni muscolo del mio corpo era in tensione mentre fissavo il ghiaccio. Osservai i miei vecchi amici e compagni di squadra che si allenavano, scattando, facendo finte e segnando punti. Sferrando un colpo dietro l'altro a Timpson, il portiere che raramente si lasciava sfuggire il dischetto in porta. Non lo chiamavano Il Buttafuori a caso.

«Ehi!» sentii riecheggiare nel palazzetto la voce più familiare di tutte. Provai immediatamente una dolorosa fitta allo stomaco.

Eriksson, l'attaccante, prese possesso del dischetto e scattò rapidamente sul ghiaccio. Poi, con una mira impeccabile, mandò il dischetto in porta, segnando.

Di solito c'ero io *lì* accanto a lui.

La gamba mi rimbalzò di riflesso e cercai di non farmi avvolgere dall'energia di quel posto, di non inalare l'aria frizzantina all'interno del palazzetto. Mi tolsi il berretto e mi passai una mano tra i capelli scuri. I tatuaggi sul dorso della mano spiccavano a contrasto con la mia pelle pallida. Tatuaggi. Il mio corpo ne era ricoperto, insieme ai piercing, per cancellare ogni indizio della persona che ero un tempo.

Chiusi gli occhi quando il rumore provocato dallo sbattere delle mazze conto le barriere a bordo pista iniziò a farmi venire un mal di testa infernale. Schizzai in piedi, scesi di corsa la gradinata e mi diressi verso la porta laterale. Avevo quasi raggiunto il corridoio quando sentii chiamare: «Woods?».

Mi arrestai di colpo. Sentivo Eriksson abbandonare la pista e correre goffamente sui pattini per venirmi incontro. Ma poi io ripresi a muovermi, continuai ad avanzare, evitando il mio ex migliore amico, finché una casacca incorniciata sul muro del palazzetto non mi fece arrestare di nuovo. WOODS 33, vi si leggeva orgogliosamente sopra. IN MEMORIA, campeggiava su una targa di bronzo sopra la cornice, accanto a un sorriso che mi fissava da una foto.

Fu un pugno allo stomaco. Non ero preparato a questo. Mi aveva preso alla sprovvista. Non lo avevo minimamente preventivato…

«*Cael!*» La voce di Eriksson era più vicina adesso. Mi voltai e lo vidi avvicinarsi. Il cuore aveva cominciato a martellarmi il petto. L'espressione speranzosa ed elettrizzata sul suo volto per poco non mi fece cedere le gambe. «Cael! Potevi dirmelo che venivi.» Stephan Eriksson era affannato dopo la corsa per raggiungermi e aveva ancora la mazza in mano. Si sfilò il casco, poggiandolo a terra, accanto ai piedi calzati nei pattini. Lo fissai. Non riuscivo a muovere un solo passo.

Lui era stato lì con me, quella sera. Aveva visto tutto *insieme* a me.

Poi il suo sguardo venne catturato dalla casacca incorniciata, e subito la tristezza contrasse i lineamenti del suo viso. «Il coach l'ha fatta appendere lì un paio di mesi fa. Ha speso un sacco di belle parole per lui. Eri stato invitato, ma…»

Un brivido mi corse lungo la colonna vertebrale, facendomi venire la pelle d'oca su ogni centimetro di pelle. Vedevo che Stephan mi stava studiando. Lo vedevo che stava scrutando le mie mani, il collo e il petto tatuati. Lo vedevo che squadrava il piercing al naso e sul labbro inferiore, i dilatatori neri ai lobi delle orecchie.

«Ho provato a chiamarti, amico» disse, cercando di avvicinarsi. Indicò verso la pista di ghiaccio. «Per mesi. Ci sei mancato.» Fece un respiro profondo. «*Mi* sei mancato. Non è più lo stesso senza di te, fratello.»

Fratello…

Quella parola ebbe l'effetto di un machete contro il mio petto, squarciandomi di netto a metà. Le fiamme ormai tanto familiari presero a sciogliere il ghiaccio che si era formato dentro di me nell'istante in cui avevo varcato la soglia del palazzetto, e sbraitai: «Io non sono tuo fratello». Dopodiché mi voltai verso la casacca incorniciata che mi sovrastava dalla parete a mo' di presagio e mirai con il pugno verso la scritta 33 in blu. Sentii il vetro frantumarsi contro le mie nocche e il sangue caldo cominciò a colarmi verso il polso.

«*Cristo*, Woods! Fermati!» gridò lui, ma io mi ero già lanciato verso la porta. Mi fiondai nel buio invernale del parcheggio, corsi alla macchina, i polmoni letteralmente in fiamme, e salii a bordo, ignorando Stephan che gesticolava verso di me dall'ingresso.

Che cavolo mi era saltato in mente di venire qui?

Sgommai via con l'auto, cercando di far smettere le mani di tremare. Quella cornice. Quella casacca incorniciata. *Perché l'avevano appesa lì? Perché avevo dovuto vederla?*

Continuai a guidare, superando i limiti consentiti dalla legge, ma le mani non smisero di tremarmi. Era così che si era sentito, percorrendo a tutto gas quella strada? Quando aveva fatto quello che aveva fatto? Il sangue continuava a colarmi lungo il braccio. Avevo le nocche aperte, insanguinate.

Ancor peggio sentivo l'odore del sangue.

Sangue...

La sua nota rugginosa mi catapultò immediatamente a quel momento che avevo pregato di riuscire a dimenticare. Il momento che era impresso nel mio cervello come il tatuaggio rosso e nero sul mio collo. Il respiro mi si inceppò, la nuvoletta di vapore bianco si trasformò in solide goccioline davanti ai miei occhi. Lo stomaco mi si capovolse, le fiamme alle quali mi stavo aggrappando come a una stampella si estinsero nell'attimo in cui rievocai quella notte.

Svoltai di colpo a destra, imboccando la strada sterrata che conduceva a casa, ma arrivato a metà pestai sul pedale del freno e mi diressi invece verso lo stagno. Avevo l'affanno come se avessi appena corso una maratona. Non potevo più rimanere dentro la macchina. Mi sentivo imprigionato, troppo oppresso, tutto mi ricordava tantissimo quella notte...

Smontai dall'auto e presi a correre verso il laghetto, la cui superficie era nera come la pece. Mi arrestai sulla sponda, la testa buttata all'indietro, e fissai il cielo che si scuriva sempre di più.

In memoria...

Dalla gola mi sfuggì un verso strozzato, strangolato. Mi piegai in avanti, posando i palmi sulla lastra di ghiaccio. Qualunque cosa pur di sostenermi. *Cristo*. Come eravamo arrivati a questo punto? Come era potuto andare tutto così storto?

Perché non aveva detto niente? Perché non me ne aveva *parlato*...

Buttai di nuovo la testa all'indietro e gridai rivolto al cielo, svegliando gli uccelli addormentati sopra gli alberi attorno. Lentamente, mi tirai su, la gola in fiamme, il corpo carico di adrenalina. Poi mi incamminai verso il capanno che non aprivo più da non sapevo quanto.

Posai la mano insanguinata sulla maniglia, aprii la porta e la prima cosa che vidi furono i miei vecchi pattini. Ignorai la fitta allo stomaco, quando scorsi il secondo paio accanto ai miei.

Mi tolsi gli scarponi e, senza preoccuparmi della neve che mi bagnava i calzini, infilai i pattini. Fui avvolto da una familiare sensazione di *perfezione* e mi venne la nausea. Sollevai lo sguardo verso le mazze, che mi fissavano come se possedessero un'anima, come se tra gli strati di legno di cui erano composte si celassero dei ricordi.

Senza rifletterci troppo, afferrai quella con il nastro nero e dorato: i colori dei Boston Bruins. Non appena la strinsi in mano, mi sembrò un sacrilegio. Non avevo mai creduto di meritare quella mazza. E come avrei potuto, dal momento che apparteneva al mio eroe? A colui che mi aveva insegnato tutto quello che sapevo? A colui che avevo osservato, emulato, con il quale avevo riso e giocato? A colui che era talmente brillante da illuminare tutta la cazzo di volta celeste?

Adesso ero perennemente eclissato da lui.

D'istinto, avanzai verso il laghetto e posai il pattino destro sul ghiaccio. Dopodiché mi ritrovai a scivolare sulla lastra ghiacciata. Il vento pungente mi schiaffeggiava la faccia. I polmoni, che a quanto pareva si erano dimenticati come funzionassero, inalarono una lunga boccata d'aria. Trascinai la punta della mazza sul ghiaccio. L'agitai avanti e indietro sulla superficie, come se davanti a me ci fosse un dischetto. Mi veniva naturale come respirare. *Questo*. Il ghiaccio. L'hockey.

Chiusi gli occhi e feci il giro del laghetto. Come se fossi scivolato su un altro pianeta, udii l'eco distante di due ragazzini che ridevano...

«Credi di potermi prendere, pivello?» La voce profonda di Cillian rimbombò tra la neve e il vento, mentre gli andavo incontro, rubandogli il dischetto da sotto il naso. «Ehi!» esclamò, ridendo e inseguendomi per il lago a quella che mi sembrava una velocità di un milione di chilometri orari.

Adesso, non avrebbe potuto prendermi. Quando spinsi il dischetto tra i due rami che usavamo a mo' di porta, Cillian mi circondò con le sue braccia, sollevandomi dalla lastra di ghiaccio. «Ormai, sei più bravo di me, pivello. Come cavolo è potuto succedere?»

Gli sorrisi talmente tanto che mi dolevano le guance, e feci spallucce.

«Lo sai, vero?» mi domandò Cillian che mi riabbassò e si portò davanti a me. «Andrai alla grande. Lo vede chiunque. Tutti gli occhi sono puntati su di te.»

Io non lo vedevo, invece. Cill era il giocatore di hockey più bravo che avessi mai conosciuto. Ero sicurissimo che non avrei mai potuto competere con lui. Era più grande di me ed era sempre stato la star di ogni squadra in cui avesse giocato. Da che avevo memoria, avevo sempre desiderato essere come lui.

«È scritto nelle stelle, pivello» mi disse, scompigliandomi i capelli con la mano guantata. «Giocheremo insieme ad Harvard e faremo il colpaccio. National Hockey League, All Stars, Olimpiadi.» Mi sorrise e mi stampò un bacio sulla testa. «Insieme, capito?»

«Insieme» replicai, sentendomi il ragazzino più felice del mondo. Io e Cillian. Insieme, alla conquista del mondo…

Percepii come un peso sulle spalle, come se un fardello di dieci tonnellate mi schiacciasse verso il terreno. Aprii gli occhi e mi ritrovai avvolto nel buio, al centro del nostro laghetto dimenticato, abbandonato. Da solo. Privato del futuro che avevamo sognato insieme. Senza un mondo da conquistare a opera dei *Fratelli Woods*. C'ero soltanto io, e lo spettro di mio fratello che aleggiava sopra di me, risucchiando come un vortice tutto il buono e la luce nel suo famelico vuoto.

Il legno della mazza scricchiolò nella morsa della mia mano. Più me ne stavo lì, immobile, più la collera colmava il vuoto della mia anima, riempiendola oltre il limite. E alla fine mi ritrovai a sollevare in aria la mazza e a sbatterla sul ghiaccio con tutta la forza che avevo in corpo, frantumandola in mille schegge.

Adesso che anche il nostro sogno era andato a pezzi, cos'era una vittima in più in questa situazione di merda? Raggiunsi la sponda del laghetto, mi sfilai i pattini e li calciai tra gli alberi incolti e senza foglie attorno a me, dopodiché mi sdraiai a terra.

Tu ci andrai, ragazzino…

Mio padre poteva benissimo essere alle mie spalle, per quanto risuonavano forte le sue parole nella mia testa. Avevo diciotto anni. E stavo per imbarcarmi in un viaggio attorno al mondo come altri ragazzi evidentemente "come me". Avevo diciotto anni e avrei dovuto lavorare sodo per ottenere ciò che avevo sempre sognato. Ma ciò che mi era stato promesso, mi era stato rubato dalla persona a cui avevo voluto più bene in assoluto, da colui di cui mi ero fidato di più. Tutto il resto non contava più niente. Ero completamente solo.

E, da molto tempo ormai, non avevo neanche più la forza di preoccuparmene.

3

Cuori timidi e primi sguardi

New York

«Hai preso tutto?»

Sollevai lo sguardo da dove ero seduta, sul bordo del letto dell'albergo, immersa nei miei pensieri.

Ida era di fronte a me. I suoi lunghi capelli scuri le ricadevano attorno alle spalle in morbide onde e un sorriso con le fossette le illuminava il bel volto. Mamma e papà mi avevano accompagnato a New York affinché potessi prendere il volo per raggiungere la prima tappa del viaggio terapeutico. L'appuntamento era all'aeroporto, dove avrei incontrato gli altri ragazzi e, naturalmente, i due psicologi che ci avrebbero accompagnati. Avevo già avuto modo di parlare qualche volta con loro tramite videochiamata, e mi erano sembrati carini, ma questo non placava la mia agitazione.

Ida si era rifiutata di rimanere in Georgia, e aveva insistito per venire a salutarmi di persona.

Posai una mano sulla valigia chiusa. «Credo di sì.» Io e Ida avevamo dormito nella stessa stanza d'albergo la sera precedente. Mi aveva intrattenuto raccontandomi della scuola e degli ultimi pettegolezzi che riguardavano il gruppo di cheerleader di cui faceva parte.

Ida Litchfield era la personificazione di un raggio di sole.

Mia sorella si accucciò davanti a me e intrecciò le dita alle mie. Guardai le nostre mani, il suo smalto rosa acceso in contrasto con le mie unghie spoglie. Ida poggiò la testa sulla mia spalla e quel semplice gesto d'affetto tra sorelle mi fece salire un groppo in gola.

«Non ci voglio andare» confessai con un filo di voce, sentendo il battito del cuore accelerare, cosa che sapevo avrebbe innescato l'ansia in agguanto, pronta a colpire.

Ida mi strinse la mano. «Lo so...» si interruppe subito, e capii che si era astenuta dall'aggiungere altro. Aspettai, incerta se volessi sentirle dire di più. Poi, con un respiro tremante, proseguì: «Ma devi farlo per me». L'improvvisa tristezza nel tono della sua voce fu come una pugnalata al cuore.

La sua confessione mi lasciò di sasso e sollevai lo sguardo verso di lei. Ida non si mosse, e lasciò la testa nell'incavo del mio collo.

«Ida...»

«Per favore...» aggiunse quasi implorando, dopodiché sollevò lentamente il capo. Fu un pugno allo stomaco scorgere i suoi occhi solitamente gioiosi velati dalla tristezza. Le sue iridi verdi erano offuscate dalle lacrime. Il cuore prese a battermi forte. Ida girò lo sguardo verso la finestra che dava sull'aeroporto, poi tornò su di me. «Rivoglio mia sorella» confessò alla fine, affondando ancora di più la lama nel mio cuore. Avrei voluto dire qualcosa, ma il senso di colpa paralizzava ogni cellula del mio corpo, rendendomelo impossibile.

«Perdere Pops...» si interruppe di nuovo, una lacrima solitaria le rigava la guancia sinistra. Gliela asciugai con il pollice, guadagnandomi un flebile sorriso di gratitudine.

Ida fece un respiro profondo. «Perdere Pops è stata la cosa più dura che potesse capitarmi nella vita.» Le posai la mano libera sul ginocchio. «Ma vedere le conseguenze della sua morte su mamma e papà... su di *te*...» Fece una pausa, e capii che stava rimuginando, rivivendo i primi mesi dopo la morte di Poppy. I giorni più bui che ci era toccato sostenere. Il dopo, la *consapevolezza* che niente sarebbe più stato come prima. «Vedere come vi ha sconvolti... è stata la cosa peggiore. La mia famiglia. La mia bellissima e perfetta famiglia irreparabilmente distrutta, e io non potevo fare niente per migliorare la situazione. Mamma e papà erano a pezzi. Poppy, la *nostra* meravigliosa Poppy se n'era andata, e mi mancava da togliere il fiato, ma...» si interruppe ancora.

Tirai Ida verso di me. «Cosa? Dimmelo, ti prego.»

Ida si mosse e mi guardò negli occhi. «Ma sapevo di avere te. Volevo aggrapparmi a te, Savannah. Assicurarmi che non mi lasciassi anche tu.»

Trasalii. Ida era così piccola quando era successo. Era abbastanza grande da ricordare tutto, ma troppo piccola per poter elaborare il lutto.

«La sera sgattaiolavo in camera tua, per accertarmi che respirassi.»

Non ne avevo idea.

«Ida...»

«Mi aggrappai al fatto che, anche se Poppy se n'era andata, adesso doveva trovarsi in un posto migliore. Lo sentivo e basta, dentro al mio cuore. Dopo tutti quegli anni di sofferenza. Di lotta per la vita...» Scosse la testa. «Non so spiegarti come, ma sapevo che lei ci guardava da lassù. Ogni volta che pensavo a lei, mi sentivo avvolgere da un calore che non so nemmeno descriverti. Certe volte, a casa, sentivo la sua presenza, come se stesse camminando al mio fianco, o fosse seduta con me sul divano.» Sbuffò una risata autoironica. «Questo mi confortava molto. Mi conforta tuttora. Probabilmente ti sembrerà sciocco...»

«Non lo è» la rassicurai. A dire il vero, all'inizio, avevo pregato che mi succedesse la stessa cosa. Avevo chiesto spesso a Poppy di mandarmi un segnale, eppure io non ne avevo mai colto uno. Volevo solo la conferma che stesse bene. Che la sua vita non fosse finita davvero. Che si trovasse in un posto migliore di questo mondo, a ridere e scherzare, magari insieme alla nonna, che adorava così tanto. Che ci amasse ancora e fosse attorno a noi, ad aiutarci a superare la sua irreparabile perdita.

«Ma la cosa che ho trovato più difficile da quando è morta Poppy...» Trattenni il fiato, aspettando che continuasse. Ida si incassò nelle spalle e bisbigliò: «È stato il maledetto giorno... in cui ho perso anche te».

Le parole di Ida ebbero l'effetto di una granata nel mio cuore già provato. La sua mano stringeva la mia in una presa letale. «Ti ho visto svanire, Sav. Ti ho vista chiuderti talmente in te stessa da diventare impenetrabile. Hai alzato dei muri altissimi attorno al tuo cuore, impossibili da scavalcare.» Altre due lacrime le rigarono il volto. «Anche per me. Ci hai chiusi tutti fuori.» Esalò un lungo e lento respiro. «Esattamente quattro anni fa, ho perso due sorelle, e...» Le si incrinò la voce e la cosa mi dilaniò. Ida si schiarì la gola e proseguì: «Ti rivoglio indietro. Tantissimo».

La sofferenza che trapelava dalla sua voce mi dava la nausea. Perché aveva ragione. Avevo respinto tutti. Avevo lasciato che la mia sorellina soffrisse, senza fare niente per aiutarla. Ma non lo avevo fatto di proposito. Le mura attorno al mio cuore si erano innalzate da sole, senza il mio consenso, intrappolandomi dentro. E io glielo avevo lasciato fare.

Vi ero ancora intrappolata dentro, ma venire a sapere ciò che Ida aveva subito a causa di quelle mura…

Ci misi qualche minuto prima di tornare a parlare, poi feci un respiro profondo e le confidai: «Non so *come* tornare indietro». Stavolta fu mia sorella ad asciugare le lacrime sulle mie guance. «Ci ho provato, Ida, te lo giuro…»

«Lo so.» Mi abbracciò, e nell'istante in cui lo fece il mio cuore si placò. «Sono così orgogliosa che tu ci abbia provato, però ho bisogno che tu prosegua con questo viaggio. Non soltanto per me, e non soltanto per Poppy, ma per *te.*» Ida allontanò il viso e prese il mio tra le mani. I suoi occhi mi trasmettevano così tanto amore e incoraggiamento. «Tu meriti di vivere la tua vita, Sav. Sei benvoluta e sei così speciale, così intelligente, bella e gentile, e *meriti* di essere felice.» Le si strozzò la voce. «Questo è quello che desidero per te. Felicità. Anche Pops lo avrebbe voluto.»

Fissai mia sorella e mi opposi alla vocina dentro la mia testa, che mi diceva di non darle retta, che non avevo nessuna necessità di partire. Stavo bene così. Avevo solo bisogno di altro tempo, di altre sedute terapeutiche con Rob. Sedute terapeutiche a cui andavo ormai da anni… e che non avevano funzionato… perché niente poteva funzionare.

«D'accordo» ribattei, tradendo la paura che provavo dentro, e mi strinsi forte a mia sorella. Poppy era sempre stata la mia sorellona, quella a cui mi rivolgevo per qualsiasi cosa. Ma adesso ero io la sorella maggiore. Quella a cui Ida avrebbe dovuto rivolgersi, per confidarsi. Perciò dovevo provarci. Per lei, ci avrei provato.

All'improvviso bussarono alla porta e entrambe sussultammo. Ida si mise a ridere per lo spavento, così cercai di sorridere anch'io. «Ragazze, è ora di andare» ci chiamò nostro padre dal corridoio dell'albergo.

Ida abbassò la testa per incrociare il mio sguardo. «Tutto bene?» Riuscivo a scorgere la preoccupazione nei suoi occhi. Aveva paura di aver detto troppo, di avermi messo troppa pressione.

Mi sentivo frastornata, ma la strinsi forte. «Tutto bene.» Era una bugia, ne eravamo consapevoli entrambe, però lasciammo correre.

«Chissà» esclamò poi, con un sorrisetto sulle labbra. «Magari ci sarà anche qualche ragazzo carino, a rendere il viaggio un po' più sopportabile.»

Sfoggiò un sorriso luminoso e io alzai gli occhi al cielo. «Già, cosa vuoi che m'interessi?»

Ida mi agguantò le mani. «O magari dei ragazzi *stranieri*. Con un accento particolare e l'animo romantico.»

Mi alzai dal letto scuotendo la testa e recuperai giacca e valigia. Ignorai il fatto che mi tremassero le mani e avessi le farfalle nello stomaco. Ida mi prese a braccetto e uscimmo in corridoio. Mamma e papà ci stavano aspettando. Non appena ci vide, mia madre fece un passo avanti, il volto contratto in una smorfia preoccupata. Probabilmente si vedeva che avevamo pianto.

«Va tutto bene» la anticipai, poi strinsi il braccio di Ida. «Noi... staremo bene.»

Speravo che ripetendomelo spesso ci avrei in qualche modo creduto.

L'aeroporto JFK era pieno zeppo di gente come mi aspettavo. Mio padre ci guidò verso un gruppetto di persone radunate in un angolo, lontano dalle code e dalle frotte di viaggiatori ammassati freneticamente davanti ai tabelloni degli arrivi e delle partenze. Riconobbi subito Leo e Mia, i due psicologi. Ida era ancora stretta al mio braccio, la mia ancora di salvezza, ma sentirmi addosso tutte quelle facce nuove e curiose mi aveva messo agitazione, e in quel momento desiderai trovarmi da tutt'altra parte. Contai altri quattro adolescenti più o meno della mia età, insieme alle rispettive famiglie. Si girarono tutti nel momento in cui mio padre raggiunse Mia e le strinse la mano.

«Savannah!» esclamò Mia, protendendo la mano verso di me. La psicologa aveva corti capelli biondi e un paio di gentili occhi azzurri. Sembrava avere sui quarantacinque anni e possedeva un sorriso caloroso. Leo si inserì per presentarsi. Lui era alto e sulla cinquantina, con pelle d'ebano e bellissimi occhi scuri.

In una videochiamata, i due ci avevano riferito di essere psicologi specializzati nell'elaborazione del dolore.

Papà mi prese i bagagli dalle mani.

«Savannah, voglio presentarti i ragazzi che parteciperanno a questo viaggio» annunciò Mia. Ida si staccò dal mio braccio e per un attimo pensai di impedirle di lasciarmi andare. Poi mia sorella mi guardò negli occhi e mi incoraggiò con un cenno del capo. Mi strinsi la vita con le mani tremanti e feci un respiro profondo per tenere a bada il panico che minacciava di sopraffarmi, dopodiché seguii Mia, lasciando Leo a parlare con i miei.

La prima a essermi presentata fu una ragazza con la pelle abbronzata e gli occhi scuri. «Savannah, lei è Jade.»

«Ciao» mi salutò timidamente questa, agitando la mano. La ragazza era venuta accompagnata dal padre e dai nonni.

«Poi abbiamo Lili e Travis.» Lili aveva i capelli ricci e castani e gli occhi azzurri; Travis capelli rossi e un paio di occhiali dalla montatura nera. Entrambi mi salutarono con la mano senza troppo entusiasmo. A quanto pareva, nessuno sembrava elettrizzato all'idea di partire.

«E lui è Dylan.» Dylan fece un passo avanti e mi abbracciò. Rimasi pietrificata, perché non ero abituata ad avere a che fare con persone così inclini al contatto fisico, ma poi decisi di ricambiare goffamente l'abbraccio. Quando lui si staccò da me, mi guardò con un grande sorriso sul volto. Dylan aveva la pelle scura e il paio di occhi color caramello più bello che avessi mai visto. Era alto e slanciato, con un sorriso gentile e affabile.

«Ci siamo quasi tutti; stiamo aspettando solo un altro...» Mia si interruppe a metà frase. «Ah, eccolo che arriva.»

Mi voltai e mi si bloccò momentaneamente il respiro nel momento in cui vidi il ragazzo alto che si stava avvicinando. Aveva i capelli castano scuro, corti ai lati, più lunghi sopra, che gli ricadevano sulla fronte in fitti ricci scompigliati, e una miriade di tatuaggi e piercing. Aveva una corporatura massiccia ed era visibilmente allenato, in forma. Che fosse uno sportivo? Era vestito tutto di nero e teneva lo sguardo basso, seguiva coloro che presumevo fossero i suoi genitori. Mi ritrovai a squadrarlo mentre si avvicinava.

Sembrava chiuso quanto me e, per un momento, provai un moto di cameratismo verso di lui.

«Ciao, Cael» lo salutò Leo, e così finalmente sollevò gli occhi. Erano stupendi. Di un azzurro cristallino, quasi argentati. Erano gli occhi più impressionanti che avessi mai visto. Come se avesse percepito il mio sguardo, Cael snobbò i saluti di Leo e si voltò verso di me. Il cuore mi s'inceppò non appena lui batté le palpebre, le lunghe ciglia scure gli ombreggiarono le gote. «Vieni. Ti presento tutti» gli propose Leo.

Cael e Leo vennero verso di noi. Io abbassai lo sguardo, ma mi sentii addosso quello di Cael. Lo psicologo lo presentò al resto del gruppo e infine a me. «E lei è Savannah.» Con un respiro profondo, sollevai il capo. Cael era di fronte a me e dovetti inclinare la testa all'indietro per guardarlo dritto negli occhi.

«Ciao» lo salutai. Lui si limitò a rivolgermi un cenno. Poi piegò il capo di lato, come per osservarmi meglio. Alla fine contrasse la mascella e assunse un'espressione burrascosa.

Mi sentii avvampare le guance, ma fui salvata da Leo, il quale annunciò: «Bene, siamo tutti». L'uomo sorrise. «È ora di salutare i vostri cari, ragazzi.» Tutto il calore che mi aveva avvolto svanì nel momento in cui mi voltai verso Ida e i miei genitori. Il cuore mi schizzò dal petto e mi venne un capogiro. Cercai di concentrarmi sulla respirazione, di non soccombere alla prima sfida.

Mamma venne avanti e mi abbracciò, e io sperai che non si accorgesse che stavo tremando. Sentivo che aveva il respiro corto e mi bagnò la spalla con qualche lacrima. La strinsi con forza e dovetti farmi coraggio per staccarmi da lei. «Andrà alla grande, vedrai» mi esortò, accarezzandomi in modo rassicurante la schiena.

Annuii con la testa, incapace di parlare. Poi mamma fece un passo indietro e fu papà ad abbracciarmi. «Chiamaci quando vuoi, d'accordo? Saremo sempre a portata di telefono.» Annuii di nuovo e lui si staccò, guardandomi poi negli occhi. Il labbro inferiore prese a tremarmi e, dalla sua espressione triste, capii che se ne era accorto. «Sono così orgoglioso di te, tesoro. Vedrai che ti farà bene. Ne sono sicuro.» Deglutì e puntò in alto con il dito. Ci impiegò qualche istante per riuscire a parlare di nuovo. «E lei ti guarderà. Sarà con te a ogni passo, ti aiuterà.» Le sue parole, per quanto affettuose, mi colpirono come un pugno allo stomaco.

«Sì» mormorai, cercando di mantenere il controllo. Non avrei ceduto. Dovevo fare questo viaggio. *Dovevo* provarci.

«È il mio turno!» Una risata fece breccia nell'oscurità della mia ansia e Ida mi strinse in un abbraccio quasi soffocante. «Ti voglio bene» disse semplicemente. Mi sentii penetrare quelle tre parole nelle ossa. Stavo facendo questa cosa per lei. La stavo facendo per *tutta* la mia famiglia.

«Ti voglio bene anch'io» replicai, sembrando più sicura di quel che ero. Quando Ida si staccò da me, mi sorrise, mostrandomi le sue fossette. «Sono così orgogliosa di te.» Annuii con il capo, incapace di parlare. «Chiamami e scrivimi. Voglio sapere tutto, ogni singola cosa. E mandami delle foto! Un sacco di foto, per favore!»

«Va bene.» Mi allontanai da lei e a ogni passo i miei piedi erano sempre più granitici. Non volevo partire. Ogni cellula del mio corpo mi gridava di oppormi, di salire sul volo per la Georgia e tornare alla mia vita normale. Eppure ero consapevole che la mia normale esistenza non mi facesse bene. E dando un'ultima occhiata offuscata dalle lacrime ai miei genitori e a mia sorella, capii che dovevo diventare una persona migliore per loro.

Diventare una persona migliore per *me stessa*.

Afferrai il bagaglio e mi avvicinai a Mia e Leo. Gli altri avevano quasi tutti già salutato i parenti. Quando sollevai lo sguardo, vidi Cael svincolarsi piuttosto aggressivamente dal padre, il quale gli aveva posato una mano sulla spalla. Poi si allontanò scuro in volto dai genitori, senza neanche salutarli. Si avvicinò al mio fianco, con il corpo rigido e un umore nero. Ma, dal calore che emanava il suo corpo, mi pareva di stare accanto a una fornace. All'altro mio fianco c'era Dylan.

«Sei pronta, Savannah?» mi domandò Dylan.

Feci spallucce, e Dylan mi diede una gomitata affettuosa, cercando di incoraggiarmi. «Vediamo se riusciranno ad aiutarci, eh?» Nonostante il tono scherzoso, percepii una nota di disperazione nella sua voce, e il suo sorriso contagioso perse un po' del suo splendore.

Diedi un'ultima occhiata ai miei. Il cuore prese a martellarmi il petto e l'ansia, che avevo cercato di tenere a bada, iniziò a stritolarmi nella sua morsa, svuotandomi i polmoni. Il mio corpo sussultò e mi portai immediatamente la mano al petto. Annaspai, cercando di inalare del preziosissimo ossigeno. Le mani mi tremavano in modo assurdo, e mi sentii imperlare la fronte di sudore.

«Savannah?» mi chiamò Mia, che si piazzò subito di fronte a me. Con la coda dell'occhio notai mamma e Ida avanzare nella mia direzione. Inspirai prima dal naso, poi mi voltai verso di loro. Scorsi tutta la preoccupazione sui loro volti, ma le fermai con un gesto della mano. Entrambe si arrestarono, e io mi lasciai andare a un sorriso malinconico.

Dovevo farcela da sola.

«Savannah, riesci a parlare?» mi spronò la psicologa, sinceramente preoccupata. Mi sentivo fischiare le orecchie, cosa che mi teneva imprigionata in quello stato di panico, ma dopo qualche respiro controllato, il fischio sparì lentamente e il travolgente baccano dell'aeroporto si abbatté sui miei timpani come uno tsunami sensoriale.

Guardai Mia e annuii con la testa. Mi sentivo debole ed esausta, come succedeva sempre dopo un attacco di panico.

I miei nervi erano tesi.

«Sto bene» risposi con la voce tremante. Mia mi posò una mano sulla spalla per rassicurarmi, facendo trasparire dalla sua espressione quello che mi parve orgoglio. Rivolsi un'occhiata alla mia famiglia. I volti dei miei genitori erano visibilmente inquieti. Ida aveva gli occhi lucidi, tuttavia sorrise e mi lanciò un bacio. Le sorrisi a mia volta e mi sforzai di assumere una parvenza di compostezza.

«Bene, andiamo, allora» ci esortò Leo. Dylan si avvicinò di nuovo a me.

«Stai bene, Savannah?» mi domandò.

«Sì, grazie» replicai, apprezzando il suo interesse.

Poi percepii una presenza alla mia sinistra, e un profumo salino misto a neve fresca mi avvolse. Quando mi accorsi che si trattava di Cael, rimasi di sasso. Il suo corpo torreggiava al mio fianco e dovetti piegare indietro la testa per osservarlo. Lui guardava avanti, un rimasuglio di severità nei suoi occhi trasparenti, poi batté le palpebre e mi lanciò un'occhiata. Si avvicinò ancora un po' e dentro di me sentii montare una sensazione di calore. Aveva le braccia conserte, chiuso in sé stesso, e non proferiva parola. Non lo conoscevo, eppure, stranamente, era come se con la sua sola presenza mi stesse proteggendo.

Cael e Dylan mi camminavano accanto come due guardie del corpo. Controllai di aver preso il bagaglio e vi infilai dentro la mano, sfiorando con le dita il quaderno che mi portavo dappertutto. Speravo che papà avesse ragione, che Poppy sarebbe stata con me in questo viaggio, che mi avrebbe accompagnata, con la sua mano sulla schiena per infondermi coraggio. E pregai che, a prescindere da quello che sarebbe successo in questa avventura, fosse la volta buona per aprire il quaderno di mia sorella e leggere le sue parole.

Dovevo solo trovare il coraggio.

Dopo aver superato i controlli di sicurezza, ci spostammo in una sala d'attesa dell'aeroporto e mi chiesi se questo viaggio sarebbe stato in grado di aiutare qualcuno di noi. Il tempo ce lo avrebbe detto. Per quanto desiderassi che questa cosa funzionasse, dentro mi sentivo ancora intorpidita. E, guardando gli adolescenti selezionati, quelli che Leo e Mia stavano cercando di salvare da un permanente vortice nero di dolore, ero certa di percepire la tristezza invalidante che trasudava dalle loro anime. In ciascun volto, riconobbi la maschera di normalità che tutti noi indossavamo per nascondere il dolore.

Immaginavo che ci attendesse una battaglia tutta in salita.

Con un lungo respiro, inviai una preghiera silenziosa a mia sorella.

Poppy, ti prego, se puoi ascoltarmi, aiutami. Un'ultima volta, per favore. Aiutami ad affrontare questo viaggio.

Aiutami a imparare a vivere senza di te.

Aiutami a stare bene.

4

Aerei e cieli piovosi

Non sapevo cosa aspettarmi dalle altre persone che stavano per intraprendere questo viaggio. Venivamo tutti da un posto diverso degli Stati Uniti, e avevamo gli accenti più disparati. Provenivamo da contesti differenti. Ma mentre aspettavamo in silenzio in sala d'attesa, osservai i loro volti e capii chiaramente che tutti eravamo finiti nello stesso schifoso baratro di sofferenza.

A quanto pareva, Mia e Leo avevano scelto molto bene i loro sei casi disperati.

Guardai la sedia davanti a me. Savannah. Non potevo negare che mi avesse colpito dal primo istante in cui avevo posato gli occhi su di lei. Mi aveva sorpreso, considerato che in un anno non avevo mai neanche lontanamente notato nessuno. Di punto in bianco, era la persona più bella che avessi mai visto. Strinsi forte i braccioli della sedia, quando il mio primo pensiero fu quello di raccontare di lei a Cill…

Mi mossi sul posto con un senso di nausea per aver pensato a lui. Strinsi talmente forte la mascella da farmi venire mal di denti. Che cavolo ci facevo lì?

Infilai la mano nella borsa per tirare fuori le cuffie, ma il laccetto che le teneva ferme si era aggrovigliato. Provai a districarlo, però più lo tiravo, più si annodava.

«Argh!» ruggii stizzito, quando il laccetto mi si spezzò in mano e finii per strappare la stoffa del bagaglio. Diedi un calcio alla borsa, poi mi presi la testa fra le mani. Strinsi forte i capelli e provai a respirare. Digrignai i denti e mi costrinsi a calmarmi. Ma era inutile.

Mossi i piedi, facendo rimbalzare le gambe a terra in preda all'agitazione. Non potevo starmene lì seduto. Non potevo semplicemente *bruciare* su quella sedia. Allungai la mano e tirai la borsa verso di me. Poi, proprio quando ero sul punto di balzare in piedi, nel tentativo di sbarazzarmi del pesante fardello che mi si era posato tra capo e collo, sollevai la testa e vidi Savannah sorridere per qualcosa che le stava dicendo una delle ragazze, Jade. Non appena scorsi quel sorriso, mi sentii placare dentro. Un'ondata di pace si abbatté su di me. E per un secondo – un singolo attimo di euforica *libertà* – tutto si fermò. Non che tutto sparì. Quello non succedeva *mai*. Ma vedere quel sorriso… non capivo perché mi condizionasse così tanto. Era solo una ragazza. E quello era solo un sorriso. Eppure, per un attimo, ci fu un cessate il fuoco dentro di me.

Lili, la terza ragazza del gruppo, si sporse in avanti sulla sedia e si unì alla conversazione delle due. Mentre Jade e Lili ridevano, Savannah sorrideva educatamente. Lei non rideva. Teneva le braccia salde attorno alla vita. Aveva le maniche della maglietta tirate fino ai palmi, come se questo la confortasse, o in qualche modo la facesse sentire protetta.

La studiai con la testa inclinata di lato. Non avevo mai visto qualcuno in preda a un attacco di panico. Non avevo mai visto niente di tanto emotivamente invalidante da soggiogare qualcuno così all'improvviso. Il suo volto era sbiancato e lei aveva cominciato a tremare, il corpo che sussultava mentre cercava di respirare. I suoi occhi azzurri si erano spalancati per il terrore e le sue labbra erano diventate pallide.

Di solito, io non provavo altro che collera. Era così da un bel po' ormai. Non mi commuovevo per un film, un libro o una storia personale, per quanto tragici fossero. Persino i pianti quotidiani di mia madre, confortata sempre da mio padre, non riuscivano a penetrare i muri dietro cui avevo barricato il mio cuore. Ma vedere quella biondina con gli occhi azzurri che faticava a respirare in mezzo all'aeroporto mi aveva suscitato per la prima volta una qualche emozione.

Per un attimo, un breve istante, avevo *provato* davvero qualcosa.

Come se avesse percepito il mio sguardo, Savannah distolse gli occhi dal piazzale degli aerei e si voltò verso di me. Arrossì immediatamente e io provai di nuovo una fitta al petto. In quel momento, però, Dylan riapparve magicamente accanto a lei e le si accucciò davanti, porgendole una busta di patatine. Il flebile sorriso che Savannah gli rivolse, stavolta, mi innervosì. Lei... era stupenda. Su questo non c'erano dubbi. Era bella, eppure sembrava ancora più chiusa di me. Era di gran lunga la più silenziosa e questo la diceva lunga. Dylan si sporse in avanti per sussurrarle qualcosa che non riuscii a udire, e lei sbuffò una risata divertita.

Provai un'altra fitta al cuore. E la cosa non mi piacque. Non volevo che succedesse di nuovo. Mi ero abituato alle fiamme, ormai. Avevo preferito quelle sin dai primi giorni dopo che Cill...

Travis si sedette accanto a me, interrompendo la spirale di pensieri in cui stavo per venire risucchiato. Guardai il viso pallido e pieno di lentiggini del rosso attraverso la spessa montatura nera dei suoi occhiali. «Ne vuoi uno?» mi domandò, allungandomi una confezione di Twizzlers.

«No» risposi bruscamente, per poi tornare a guardare Savannah. Dylan le stava ancora parlando. Lei, però, si limitava a rispondergli con cenni del capo e sorrisi di cortesia.

Non riuscivo a toglierle gli occhi di dosso.

Travis si schiarì la gola. «Quindi niente hockey quest'anno?» Rimasi di sasso, colpito dalla sua domanda come se mi avesse rovesciato in testa una secchiata di cherosene. Mi voltai verso il mio coetaneo e mi sentii inondare le vene da un fuoco caldo e potente. Mi ci volle qualche istante per rendermi conto che tutti stavano guardando nella nostra direzione. Vidi Savannah e Dylan guardarci, Lili e Jade accanto a loro, in attesa della mia risposta.

«Non parlo di hockey» replicai, ancora più brusco di prima. Lanciai un'occhiata torva a Travis, assicurandomi che non proseguisse con quel tenore di domande, ma lui si limitò ad annuire col capo, come se la mia risposta non lo avesse minimamente intimorito. Anzi, non sembrava per nulla toccato dal mio comportamento di merda.

Era chiaramente un appassionato di hockey.

Fantastico. Proprio quello che ci voleva. Qualcuno che conoscesse il mio passato.

Travis addentò di nuovo i suoi bastoncini di caramella e con nonchalance aggiunse: «Mi piacciono i numeri». Si indicò. «Sono fissato con la matematica.» Non badò alla mia espressione torva. «Gli sport forniscono i numeri migliori.» Fece spallucce. «Ho visto qualcuna delle tue partite.

Ho riconosciuto la tua faccia appena ti ho visto, e anche per via del nome, ovviamente.» Scorsi nei suoi occhi castani un lampo di compassione e capii che sapeva perché mi trovavo lì. Se seguiva l'hockey, se seguiva le mie statistiche, forse conosceva anche quelle della squadra di Harvard, e quindi doveva per forza *sapere*.

Non mi sarei mai liberato del passato. Ciò che era capitato a Cill... aveva fatto il giro del mondo dello sport. Nel mondo dell'hockey, era stata la notizia più sconvolgente degli ultimi anni. La tragedia più grande.

Ma nel mio personale mondo... era stato un Armageddon.

Saltai su dalla sedia, interrompendolo prima che potesse aggiungere qualcos'altro. Mi sentii addosso gli sguardi del gruppo, percepii tutta la compassione che prima avevano provato nei confronti di Savannah. Individuai un bar e puntai dritto verso la lunga coda. Camminai con i pugni stretti lungo i fianchi e mi sforzai di non prendere a cazzotti il muro più vicino.

All'improvviso, fui travolto da un profumo di mandorle e ciliegie. Quando girai la testa, vidi che dietro di me c'era Savannah. Era *esattamente* dietro di me. I suoi occhi azzurri erano concentrati nei miei. E aveva di nuovo le guance arrossate. Arrivò un'altra fitta al petto a minacciarmi di farmi provare qualcosa, ma la ignorai. Al momento, non potevo permettermi di affrontare proprio *niente*. Non dopo che mi era stato ricordato che mio fra...

«*Che c'è?*» sbraitai, il tono avvelenato.

Savannah sembrava scioccata dal mio comportamento. «S-Stai bene?» La sua dolce voce agitata si abbatté contro i miei timpani come un treno merci. Era del sud. Forse della Georgia o giù di lì. Il suo accento era ben distinguibile a partire dalla pronuncia serica, morbida e melodica delle vocali. L'esatto opposto della mia aspra cadenza del Massachusetts, tagliente come il vetro.

«Che t'importa?» abbaiai secco. «Tornatene laggiù e lasciami in pace.» Mi girai di nuovo verso la fila di persone, provando una strana e inspiegabile sensazione di malessere allo stomaco. Non me ne fregava nulla di averle risposto male. Assolutamente *niente*. Continuavo a percepire la sua presenza angelica alle mie spalle. Rassicurante, premurosa, calmante. Ma io non la volevo. *Volevo* bruciare, volevo incenerirmi. Aspettai qualche secondo, dopodiché non potei fare a meno di guardare dietro. Vidi che stava tornando dagli altri, il capo leggermente chino.

Aveva evidentemente ricevuto il messaggio.

Ordinai un caffè e non appena tornai in sala d'attesa, annunciarono l'imbarco. Mia ci consegnò i nostri biglietti e ci mettemmo in coda. Io mi tenni stretto il mio caffè e il bagaglio strappato, e ignorai tutti quanti. Vidi Savannah insieme a Dylan più avanti e cercai di non lasciarmi influenzare dai sensi di colpa. Aveva solo cercato di accertarsi come stavo. Era da un'infinità di tempo che qualcuno non si preoccupava per me. Del resto, avevo allontanato con successo tutti quelli a cui avevo voluto bene. Eppure lei aveva provato a...

Non aveva importanza. Io non avevo bisogno né di lei né di nessuno.

Come un gregge di pecore, ci fecero salire sull'aereo e sbuffai una risata quando raggiunsi il mio posto. Si trovava nella corsia centrale, suddivisa in quattro file di poltrone. I miei tre vicini erano già seduti e l'unico posto libero era quello tra Savannah e Travis, mentre Dylan era all'altro fianco di lei.

Perfetto.

Mi sedetti, riposi il bagaglio a mano sotto il sedile di fronte, e feci per mettermi le cuffie, quando mi sentii dare una gomitata. Travis. «Scusa» esordì, indicandosi la bocca. «Certe volte non la so proprio tenere chiusa. Devo imparare a non dire tutto quello che mi passa per la testa. Non avrei dovuto chiederti niente.» Il tipo sembrava talmente in colpa che un po' dell'irritazione che provavo nei suoi confronti svanì.

«Io non parlo *mai* di hockey» mi assicurai di ribadire il concetto, dopodiché mi infilai le cuffie e la musica coprì immediatamente tutti i rumori circostanti. Chiusi gli occhi, con l'intenzione di non riaprirli fino all'arrivo. Tuttavia, il profumo di mandorle e ciliegie mi avvolse di nuovo, così schiusi un occhio e notai che Savannah mi stava osservando nervosamente. Non sapevo cosa mi spinse a farlo, ma di punto in bianco mi ritrovai a rispondere alla domanda che mi aveva fatto in coda al bar. «Io...» Feci un respiro profondo e continuai: «Sto bene...». Nel silenzio tra una canzone e l'altra, la sentii trasalire scioccata. «Grazie» buttai lì goffamente.

Savannah sembrò sollevata dalle mie parole, e annuì con il capo, poi tornò a concentrarsi sul libro che aveva in mano. Non prestai attenzione a quale fosse; ero troppo occupato a cercare di tenere gli occhi chiusi, a non visualizzare il suo bel viso e il modo in cui mi aveva appena guardato.

Come se ci tenesse a me.

Distretto dei laghi, Inghilterra.

Le moltissime mura grigie che superammo, costituite da strati e strati di antichi mattoni, erano incrostate di brina, che le faceva sembrare adornate da uno strato di pizzo bianco. Minuscole stradine tortuose stavano mettendo alla prova le abilità di guida dell'autista del pullman, e goccioloni di pioggia si abbattevano sui finestrini, mentre sterzavamo da una parte all'altra dell'irregolare manto stradale disseminato di buche, diretti verso la nostra destinazione. I campi che si estendevano per chilometri e chilometri erano punteggiati di piccole e antiche costruzioni, e in giro si vedevano solo pecore e bestiame. Mi aggrappai al bordo del sedile, contando i minuti che ci separavano dal nostro alloggio. Detestavo rimanere chiuso per troppo tempo in macchina o in pullman.

Rimasi concentrato sul paesaggio inglese che mi si presentava davanti, e cercai di escludere tutto il resto dalla mia mente. Non ero mai stato in Inghilterra. Avevo sempre sentito parlare di Londra e delle altre principali città. Ma a quanto pareva, ci stavamo allontanando da quelle mete note, e di parecchio. Bene. Non volevo trovarmi in mezzo a frotte di persone.

Sopra il paesaggio rurale al di fuori del finestrino, il cielo era volubile e nuvoloso, e non s'intravedeva un briciolo di sole. L'aria era rigida e, già nel breve tragitto aeroporto-pullman, il vento freddo mi era filtrato nelle ossa. Eppure avevo un debole per quella sensazione, e per un attimo mi aveva ricordato quello che provavo quando me ne stavo in mezzo al ghiaccio. Il fiato caldo che si trasformava in nebbiolina bianca a ogni respiro, il freddo pungente e brutale che ti sferzava la pelle come mille lame.

Dopo altri dieci minuti, il pullman che ci stava portando al Distretto dei laghi si arrestò lentamente. Mi ero seduto in fondo, in modo da uscire per ultimo. Ma quando scesi i gradini del mezzo, la vista sul lago davanti a me mi lasciò pietrificato. Era enorme, si estendeva a perdita d'occhio, e la bruma aleggiava sopra la superficie come un manto scuro. Sembrava una scena da vecchio film gotico. Le barche ondeggiavano in lontananza, avvolte dalla nebbia grigiastra. Le piccole isole sembravano dei fantasmi con i loro alberi allampanati e gli uccelli mimetizzati fra i rami che emettevano i loro suoni. Il lago era circondato dalle montagne, a mo' di mura di castello, e i turisti gironzolavano tra la fila di piccoli negozi sulla sponda opposta, avvolti nei loro cappotti pesanti, cappelli, guanti e sciarpe.

Non avevo riposto molta fiducia in questo viaggio. Eppure il panorama che avevo di fronte… meritava davvero di essere visitato. Niente grandi negozi, niente palazzi alti, niente traffico intenso. Solo i suoni del lago e il fischio del vento freddo che sferzava gli alberi.

«Benvenuti a Windermere!» proclamò Mia, mentre l'autista tirava fuori tutti i nostri bagagli dal pullman, poggiandoli sul marciapiede dove ci trovavamo. Alle nostre spalle c'era una grande costruzione che fungeva da ostello, anch'essa costruita in mattoni grigi, come il resto di questo posto. All'esterno c'erano delle panchine e un braciere con attorno dei ciocchi. Il tutto aveva un aspetto cupo e sinistro. E l'edificio si ergeva solitario in mezzo a quel panorama.

Immaginai che fosse proprio per questo motivo che Mia e Leo lo avessero scelto.

«Questa sarà la vostra casa per le prossime due settimane» ci informò Leo, facendoci segno di recuperare i nostri bagagli e seguirlo verso l'ingresso dell'ostello. Attorno alla costruzione c'era un molo di pietra al quale erano ormeggiate delle barche a remi di legno, e dai rami degli alberi circostanti pendevano delle altalene artigianali.

Seguimmo Mia e Leo all'interno della struttura, e fummo condotti lungo un corridoio, poi in un'ampia sala con divani e TV. «L'intero ostello sarà esclusivamente a nostra disposizione per tutta la durata della permanenza» ci spiegò Mia. Dopodiché Leo consegnò a ciascuno di noi una chiave. «I ragazzi divideranno una stanza del dormitorio, e lo stesso le ragazze» proseguì Mia. Feci un respiro profondo, esasperato. Avrei dovuto dormire con Dylan e Travis.

L'ultima cosa che volevo era dividere la stanza con altre persone. Non ero più abituato; quando giocavo a hockey dividevamo sempre la camera con qualcuno. Ma quello era il passato. Il *prima.* Ora, avevo bisogno di stare in solitudine.

«Noi alloggeremo ciascuno nella stanza adiacente alle vostre. Nel caso abbiate bisogno di noi» Leo indicò le scale. «Ora che ne dite di andarvi a sistemare in camera e di incontrarci di nuovo qui tra un'ora, per discutere di cosa succederà in questa parte del viaggio?» Leo sorrise. «Lo so che il jet lag può essere sfiancante, ma, credetemi per esperienza, è meglio resistere il più a lungo possibile per abituarvi al cambio di fuso orario.»

Dormivo poco comunque. Il mio corpo probabilmente non si accorgeva nemmeno del fuso orario in cui mi trovavo.

Lili aprì le fila verso le scale. Le ragazze cominciarono a salire al piano di sopra, e Dylan prese il bagaglio di Savannah per poi incamminarsi dietro.

«Oh, ma non devi» gli disse lei con quel suo accento del sud. Sembrava stesse cantando.

«Figurati» le rispose Dylan, posando il bagaglio davanti alla porta del dormitorio femminile.

Mentre raggiungevamo il nostro, Travis mi diede una gomitata. Ammiccò in modo allusivo con le sopracciglia, poi indicò con un cenno della testa Dylan e Savannah. Mi allontanai da lui. Anche se afferrai ciò che stava insinuando. Ci provai sul serio a non lasciarmi infastidire dal gesto di Dylan, ma per quanto mi sforzassi di respingere il pensiero di loro due insieme, il nodo allo stomaco mi suggeriva che non ci stavo riuscendo.

Ignorai il macigno che mi atterrò all'altezza del petto e seguii Travis nella stanza. All'interno c'erano due letti a castello. Li studiai e, considerate le loro dimensioni e la mia, giunsi alla conclusione che, se anche fossi riuscito a rilassarmi abbastanza da dormire, non ci sarei riuscito.

Buttai il mio zaino sul letto in basso della struttura addossata alla parete opposta. Non ci pensavo nemmeno a dormire nel letto di sopra. Le pareti della stanza erano di un anonimo color crema, mentre le lenzuola di un rosso ruggine. Travis mi seguì, lanciando il suo bagaglio sul letto sopra al mio. Digrignai i denti. Speravo che avrebbe condiviso l'altro letto a castello con Dylan. Non avevo mai conosciuto una persona tanto ignara del fatto che un'altra non volesse minimamente rivolgerle la parola.

Giusto mentre pensavo a Dylan, ecco che lo vidi entrare. Lui guardò me e Travis sui rispettivi letti, e s'incamminò verso quello libero. «Proprio come essere al Four Seasons, eh?» commentò, facendo una battuta. Io mi distesi supino sul letto e ignorai entrambi. Il materasso non era così scomodo, ma come previsto i miei piedi sporgevano fuori dalla struttura. Ero nervoso e stanco, e avrei voluto rimanere lì, invece che affrontare quello che Mia e Leo avevano in serbo per noi.

Mi calai le cuffie e feci partire la musica giusto in tempo per escludermi dalle chiacchiere di Travis e Dylan. Chiusi gli occhi e cercai di non pensare a nulla, finché non mi sentii scuotere la spalla.

Tirai via il braccio e aprii gli occhi. «Che c'è?»

Dylan mi fece segno di togliermi le cuffie, apparentemente imperturbato. «È ora di scendere» mi informò, una volta abbassate le cuffie. Con mia grande sorpresa, dovevo essermi addormentato. Dormire non mi riusciva semplice ultimamente.

Mi tirai a sedere e cercai di infondere un po' di energia al mio corpo. Dylan indicò il letto. «Io ci entro a malapena. Ma tu non ci stai proprio, eh?» Dylan era abbastanza alto. Sul metro e ottanta. Mentre Travis si aggirava intorno al metro e sessanta. Con il mio metro e novantacinque, ero abituato a essere il più alto in mezzo ad altra gente della mia età. Nell'hockey, invece, ero solo uno fra i tanti.

In silenzio, seguii i due fuori dalla stanza, scesi le scale e raggiunsi la sala principale della struttura. Il fuoco scoppiettava nel camino. Un grande tappeto rosso copriva il pavimento di pietra. Il muro era tappezzato di dipinti incorniciati, raffiguranti ciò che presumevo fossero i laghi e le montagne di questa regione.

Le ragazze erano già sedute e occupavano uno dei divani a tre posti. Mio malgrado, cercai subito con lo sguardo Savannah. Sembrava stanca. Aveva gli occhi azzurri arrossati, e le guance solitamente color pesca erano pallide. Si era nascosta sotto un pesante maglione color crema e si stringeva il busto con le braccia. I lunghi capelli erano raccolti in una crocchia disordinata sopra la testa, e non potei fare a meno di notare la curva del suo collo e il suo bel profilo quando girò lo sguardo.

Mi sedetti con Dylan e Travis sul secondo divano a tre posti. Mia e Leo entrarono qualche minuto più tardi, e ciascuno occupò una delle due poltrone accanto al camino. Sul loro grembo giaceva un mucchio di quelli che sembravano quaderni.

«Allora, quali sono le vostre impressioni su questa nostra prima tappa?» domandò Mia, sorridente. Per essere degli psicologi, Mia e Leo sembravano due tipi alla mano. Solo che io non volevo né avevo bisogno che degli psicologi scavassero nella mia psiche per aiutarmi. Io volevo solo essere lasciato in pace.

Comunque non sembravano persone insistenti. Non ancora, almeno. Avevo avuto a che fare con quattro psicologi finora. E nessuno era riuscito a farmi "aprire". Durante le sedute avevo a malapena aperto bocca, fissando l'orologio fino allo scadere del tempo a nostra disposizione. Nessuno dei quattro era stato in grado di abbattere i muri che mi si erano innalzati attorno dopo la morte di Cill. Non riponevo molta speranza nel fatto che Leo e Mia avrebbero svolto un lavoro migliore dei loro predecessori.

«È bellissimo qui» commentò Jade, ostentando un accento inglese.

Mia annuì quando nessun altro osò offrire il suo contributo, Leo, invece, si schiarì la voce. «Abbiamo organizzato questo viaggio per aiutarvi. Ogni Paese che visiteremo vi spronerà a superare le sfide che state affrontando.» Leo ci guardò a uno a uno. «Mia e io adottiamo la politica della porta aperta. Perciò siete liberi di venire a parlarci ogni volta che ne sentirete il bisogno. Ma dovrete anche sostenere degli incontri individuali con noi. Lo sappiamo che per alcuni di voi la terapia convenzionale non ha funzionato...» I peli della mia nuca si drizzarono, quando percepii momentaneamente lo sguardo di Leo addosso. Magari me lo ero solo immaginato. «Ma speriamo che questo nuovo approccio vi farà sentire più a vostro agio e ci permetterà di aiutarvi nel vostro percorso di elaborazione del dolore.»

«Tutti voi avete perso una o più persone care. Noi non vogliamo costringervi a condividere con tutto il gruppo chi sono queste persone. Vi incoraggiamo, tuttavia, ad aprirvi, a legare, a raccontarci il vostro dolore personale. Ciò che direte, però, lo deciderete voi. Vi trovate tutti sulla stessa barca, e supportarvi a vicenda potrebbe essere fondamentale per il vostro percorso di guarigione. Sappiate che noi siamo qui per voi.»

Mia sorrise e notai Savannah rilassare le spalle. A quanto pareva parlare di chi aveva perso le piaceva tanto quanto a me.

«Ora» annunciò Mia, alzandosi dalla poltrona. Consegnò a ciascuno di noi una sorta di diario con una penna attaccata a esso. «Oltre alle sedute individuali, ogni giorno faremo una seduta di gruppo. In queste occasioni, ci concentreremo sulle tecniche che possono aiutarvi ad affrontare le vostre emozioni, oppure risponderemo a qualsiasi domanda abbiate. Naturalmente, se vorrete condividere la vostra storia con gli altri, ben volentieri.» Sollevò un diario avanzato. «Una cosa che vi chiediamo assolutamente di fare è di iniziare a tenere un diario.»

Mia tornò a sedere. Il fuoco nel camino proiettò un'ombra sul suo volto. «Questi diari saranno privati e potranno essere utilizzati in vari modi.» Il diario che mi era stato consegnato giaceva sulle mie gambe come fosse avvelenato. «Potrete scriverci di quello che succede qui, della vostra esperienza quotidiana. Dei luoghi che visiterete.»

«Potrebbe essere anche un'occasione per annotare quello che provate. Potrebbe aiutarvi a elaborare il dolore, mentre cerchiamo di lavorarci su insieme» aggiunse Leo. «Potreste scriverci sopra delle poesie, se desiderate. Se ne siete capaci, potrete disegnare qualunque cosa vi ispiri.»

«Oppure, e questo abbiamo visto funzionare in modo eccezionale con altri gruppi» si inserì di nuovo Mia. «Potrebbe essere un modo per esprimere qualsiasi cosa non siate riusciti a dire alla persona che avete perso.» L'atmosfera nella stanza era passata da neutrale a letteralmente opprimente. Mia sembrò accorgersene, e la sua voce si fece più gentile. «Sappiamo che per molti di voi non c'è stata una chiusura netta.» Una mano invisibile mi si strinse attorno alla gola. «Sappiamo che non avete potuto dire addio alla persona amata.» Lasciò che quella frase si sedimentasse per qualche istante nella nostra mente, che era esattamente l'ultima cosa di cui avessi bisogno. «Quando succede una cosa simile, restano in sospeso un sacco di parole non dette.» Mi mossi sul divano e mi sentii addosso lo sguardo di tutti. O forse nessuno mi guardava, ma io mi sentivo lo stesso sotto un enorme riflettore acceso. Mi sforzai di restare fermo e percepii una mano invisibile stringere con ancora più forza la mia gola, mentre contro il mio volere mi tornavano in mente alcune scene di *quella sera.* L'assordante scricchiolio delle gomme, il rumore delle lamiere accartocciate... l'odore del sangue – molto sangue – il clacson... il continuo, incessante rumore del clacson...

«Per gli altri, invece, potrebbe essere un'occasione per comunicare ai vostri cari come vi sentite, come è la vostra vita senza di loro. Potreste annotare desideri e paure. Aspirazioni e preoccupazioni. Qualunque cosa vogliate. Nessuno leggerà il vostro diario, eccetto voi. Sarà assolutamente un oggetto personale» ci rassicurò Leo.

«Potreste vederlo come un mezzo per comunicare di nuovo con chi avete perso, per quanto possa sembrarvi insignificante. Come un modo per stabilire un dialogo» aggiunse Mia. Cominciai a vagare con lo sguardo. Gran parte degli altri ragazzi stava annuendo con il capo, come se accettasse di buon grado il compito che ci veniva assegnato. Io avrei voluto alzarmi e andare via, le mie mani fremevano e i piedi rimbalzavano sul pavimento. Avrei voluto salire sul primo aereo per gli Stati Uniti e andarmene da questo posto, lontano da queste persone.

Ma poi vidi Savannah.

Stava stringendo il diario tra le mani, le nocche sbiancate. Non stava annuendo. A differenza degli altri, non sembrava minimamente affascinata dall'idea. Anzi, stava fissando la copertina blu del diario con un'espressione talmente devastata che mi si contorse lo stomaco. Il respiro le si era velocizzato ed ero certo che stesse per ricadere in un altro attacco di panico.

Così la osservai, giusto per essere sicuro che non cedesse all'ansia. E iniziai a chiedermi chi avesse perso da lasciarla così devastata. La persona cara le era stata portata via da una malattia, o si era trattato di una morte improvvisa e inaspettata? La perdita era avvenuta per volontà dell'altra persona, come era successo…

«Non ci credo» sbraitai all'improvviso. La mia voce penetrante rimbombò nella stanza. Quei pensieri… avevo raggiunto il limite. Non ne potevo più. Agitai il mio diario in aria. «Questa roba è inutile. E comunque io non ho niente da *dirgli.*»

«Comprendiamo il tuo pensiero, Cael» commentò Leo. Mi guardai attorno, in cerca di una via d'uscita. Mi sentivo in gabbia. Intrappolato. Dovevo *andarmene.*

«Ma ci piacerebbe che tu lo tenessi lo stesso. La nostra speranza è che, dopo un po' di tempo insieme a noi, in questo viaggio, tu possa sentirti diverso. Magari imparare ad aprirti. A esplorare le tue sensazioni.»

Sbuffai una risata, poi mi alzai in piedi e andai verso il camino. Gettai il diario direttamente tra le fiamme. «*Ecco* cosa penso di questo diario» annunciai, sentendomi profondamente soddisfatto nel vedere bruciare le sue pagine bianche. «Non ho intenzione di scrivere niente. A che serve? A cosa serve *tutto* questo? Lui è morto, e non tornerà indietro.»

Nella stanza era calato il silenzio, però la mia ribellione interna mi incitava a proseguire in quella direzione. Non avrei ripreso a parlare con Cill. In nessuna forma. Soprattutto non tramite un diario dove le conversazioni con i nostri cari non erano altro che una patetica fantasia, un modo per ingannarci e fingere di sentirci meglio.

Lo scoppiettio dei ciocchi somigliava al rombo di un tuono mentre le pagine del diario venivano divorate dalle fiamme. Mi sembrava di starle a guardare da ore. Poi, sollevai lo sguardo e incrociai quello di Savannah. Aveva un'espressione scioccata, eppure c'era anche qualcos'altro sul suo volto… Comprensione? Compassione? Non ne avevo idea. Ma non mi piaceva la sensazione di dolore al petto che tutto ciò mi provocava, il modo in cui il battito del mio cuore aveva accelerato la sua corsa. Non mi piaceva come mi stavano fissando i suoi grandi occhi, come se mi passassero attraverso.

Non ne potevo più di stare in quella stanza. Mi voltai per andarmene, per smammare da lì, quando Leo mi si piazzò davanti. «Per favore, Cael» mi pregò. Mi misi a fissare la porta. Era la mia unica via di fuga verso la libertà, l'unico modo per evitare questo ridicolo tentativo di guarirci. Mi stavano guardando tutti. Come facevano a starsene seduti lì e accettare tutto questo? Come facevano a *desiderare* tutto questo?

Leo si avvicinò ancora di più. «Cael, siediti, per favore.» La sua voce era più decisa stavolta. Ero combattuto dal desiderio di disobbedire, ma quando mi voltai e vidi di nuovo l'espressione preoccupata di Savannah, mi sentii cogliere da un senso di colpa o qualcosa del genere. Lei voleva che me ne andassi o che rimanessi? Capiva perché non volessi trovarmi lì? Le facevo paura? Il solo pensiero che ciò potesse essere vero, mi provocò una fitta allo stomaco.

Non volevo che si sentisse intimorita da me.

Mi voltai verso Leo. Aveva i palmi protesi in avanti come se si stesse approcciando a un cane rabbioso. «Stiamo solo parlando di questo viaggio e di cosa faremo. Tutto qui.» Inalai l'odore di carta bruciata proveniente dal camino. Mi dava conforto.

Tornai a guardare Savannah. Aveva gli occhi lucidi. Mi spezzò il cuore. Lei incontrò il mio sguardo, poi si girò a guardare il camino. Non avevo idea di cosa le passasse per la testa. Pensava forse che quello che avevo fatto fosse sbagliato?

«Cael?» insistette Leo.

«D'accordo» concessi, poi tornai a sedermi. Non avevo idea del perché non me ne fossi andato e decisi di non starci a rimuginare troppo sopra. Anche Leo tornò al suo posto e io mi misi a fissare il diario che veniva divorato dalle fiamme, fondendosi alla cenere. Quella scena mi ricordava la devastazione del mio cuore, ormai ridotto anch'esso in cenere.

La voce dolce ma ferma di Mia si insinuò nel pesante silenzio che era seguito al mio accesso d'ira. «Domani ci arrampicheremo.» Battei le palpebre, sviando lo sguardo dal fuoco. Senza rendermene conto, mi ero distratto. Cominciai a percepire il velluto morbido del divano sotto il palmo della mano e i respiri di Travis dal naso mi riportarono al presente. Quando lo guardai al mio fianco, vidi che aveva gli occhiali appoggiati sopra la testa e si stava asciugando gli occhi. Lui ricambiò l'occhiata e il suo sguardo torvo sprigionava tutta la cruda sofferenza che provava.

Ero stato io a provocargli questo? Era stato il mio accesso d'ira? O l'idea di dover tenere un diario?

Quando mi guardai intorno, mi accorsi che nessuno era stato risparmiato. Il modo in cui stringevano il diario... doveva essere quello il motivo. L'aver pensato alla persona cara… al doverle riferire quello che provavano… tutto ciò era brutale.

Perdere qualcuno che si amava era qualcosa che nessuno avrebbe mai voluto, eppure eravamo tutti costretti a sperimentarlo, prima o poi. Nessuno poteva scampare alla vita. Era solo una questione di tempo.

Mi ritrovai a esprimere la mia comprensione a Travis con un cenno del capo, un gesto minimo, al quale lui rispose con un sorriso autocritico. E di colpo provai il desiderio di conoscere la sua storia.

Una cosa era certa: tutti noi, nessuno escluso, ci trovavamo in una brutta situazione.

«Il Distretto dei laghi è noto per molti motivi» cominciò Leo, ignorando i nostri sguardi tristi. «L'arrampicata e l'escursionismo sono le due attività più popolari di questa regione. Ed è per questo che ci troviamo qui» annunciò, sporgendosi in avanti sulla sedia. «Ci arrampicheremo. Cammineremo. Ed esploreremo a piedi questa bellissima terra. Raggiungeremo tre delle vette più importanti.»

Inarcai le sopracciglia. Ci trovavamo lì per camminare? Riuscivo a scorgere i contorni caliginosi delle montagne dalla finestra della sala.

«Abbiamo già a disposizione tutto il necessario per le nostre escursioni» aggiunse Mia. «Quindi vi lasciamo il resto del pomeriggio per fare quello che volete. La cena sarà servita alle sette. Domani ci sveglieremo presto. Per il momento, ambientatevi. Disfate i bagagli. Parlate, conoscetevi. Con noi vi vedrete più tardi.»

Mia e Leo lasciarono la stanza. Leo continuò a guardarmi con espressione preoccupata per tutto il tragitto verso la porta.

«Be', è stato pesante» commentò Dylan, guadagnandosi un paio di risate impacciate. Io mi rimisi a fissare il diario che continuava a bruciare. Non avevo niente da dire a mio fratello, nessun sentimento o aggiornamento da condividere con lui. In fin dei conti, lui aveva tralasciato di riferire a me ciò che stava vivendo, perciò avrebbe capito benissimo il mio punto di vista.

Mi aveva abbandonato, aveva rinunciato a me, suo fratello, il suo migliore amico, senza preoccuparsi delle conseguenze della sua scelta. Senza comunicare. Senza mandare un segnale.

Si era limitato a lasciarci quelle sei parole che si era affrettato a scrivere sul retro di un vecchio biglietto di una partita, prima di distruggerci la vita.

Mi tastai istintivamente la tasca dei pantaloni per controllare che ci fosse il portafoglio. C'era ancora. Nello scomparto posteriore conservavo ancora il maledetto biglietto. Quelle parole. Parole che non rileggevo da mesi, parole che mi bruciavano la pelle come se fossero state marchiate a fuoco. Un fuoco impossibile da estinguere, destinato ad ardere per sempre.

Quel biglietto nascosto nel portafoglio mi pareva pesare centinaia di tonnellate. Eppure non riuscivo a sbarazzarmene. Era la cosa che più detestassi al mondo, e allo stesso tempo l'oggetto più prezioso che possedessi.

Mi alzai in piedi, senza rivolgere lo sguardo a nessuno e corsi verso l'uscita. I miei piedi poggiarono immediatamente su uno strato di pioggia ghiacciata. Il vento mi sferzava la faccia con lo stesso effetto di un migliaio di mani intente a schiaffeggiarmi. Non avevo addosso la giacca, eppure mi piaceva la sensazione offerta dall'assalto al mio corpo da parte degli agenti atmosferici. Il freddo pungente sulle guance mi ricordava che ero ancora su questo pianeta, anche se non stavo propriamente vivendo.

Ripensare a quella sala piena di ragazzi distrutti quanto me, a Savannah che si stringeva quel diario al petto come se fosse la personificazione della sua più grande paura, mi faceva infuriare. Travis che piangeva al solo pensiero di dover vergare quelle pagine.

Stronzate. Erano tutte stronzate.

Mi abbassai a raccattare un sasso e lo scagliai nel lago con tutta la forza. Ancor prima che colpisse la superficie dell'acqua, ne recuperai un altro, più grande, e lo lanciai con tutta la potenza del mio avambraccio. Poi, lasciando uscire dalla gola un grido represso, squarciai il buio serale e lanciai altre pietre nel lago.

Dopodiché fu il turno di un ramo rotto. Di altre pietre. Un lancio dietro l'altro, finché le braccia non mi bruciarono e la voce si ridusse a un gracchio rauco.

In preda all'esaurimento, ecco che arrivarono le domande. Domande alle quali sapevo non avrei ricevuto risposta. Una in particolare: *Perché? Perché* l'aveva fatto? *Perché* mi aveva lasciato così? Questo non ero più io. Eppure… non sapevo come essere qualcosa di diverso da questo.

Stanco e a corto di fiato, mi ritrovai a provare odio verso me stesso, come ogni volta dopo un accesso d'ira. Odio perché non avevo saputo cogliere i segnali. Per non essermi accorto che stava soffrendo. Mi salirono le lacrime agli occhi. Buttai la testa all'indietro accogliendo la pioggia battente sul mio viso, e lasciai che le lacrime si fondessero con essa, camuffando il mio dolore.

Poi feci un respiro profondo e aprii gli occhi. Dopo una crisi emotiva mi sentivo sempre come sotto l'effetto di un incantesimo intorpidente, che mi donava qualche attimo di pace. Solo qualche istante lontano dalle fiamme roventi. Senza provare nulla.

Mi spostai a bordo lago, immergendo gli scarponi in un paio di centimetri di acqua gelata, e mi misi a osservarlo. Sembrava infinito. Immobile e antichissimo. Doveva aver visto milioni di persone come me, smarrite e sole, in cerca di redenzione. Di un ultimo disperato tentativo per salvarsi da se stesse e dalla sfiga che la vita aveva accollato loro.

I nuvoloni grigi e il tempo volubile riflettevano il mio umore nero. Poi rivolsi la mia attenzione alle montagne, e per la prima volta dopo tanto tempo non vedevo l'ora di fare qualcosa. C'era dentro di me il barlume di una scintilla. Sentivo il calore di un falò trascurato da tempo, nel profondo del mio subconscio.

Mi piaceva fare esercizio. Ero fisicamente in forma. Per molto tempo, lo sport aveva rappresentato tutta la mia vita. Volevo diventare un professionista. Vivevo della dopamina che mi procurava il gioco di squadra, la dipendenza dalla competizione. Il praticare lo sport che un tempo avevo amavo più di ogni altra cosa. Godevo delle sensazioni che mi trasmetteva il freddo. La pista di pattinaggio era la mia migliore amica. L'idea che adesso fossi intrappolato in un ostello, costretto a parlare del mio passato e delle mie emozioni, mi faceva sprofondare all'inferno. Stare in mezzo alla natura e camminare, semplicemente… camminare… *quello* lo potevo fare.

Rimasi con i piedi nell'acqua finché non cominciai a tremare e la morsa fredda del vento non raggiunse le mie ossa. Mi voltai per rientrare nella struttura, attraverso il lungo e tortuoso sentiero che girava attorno al giardino sul retro. Ma proprio mentre stavo per allontanarmi dalla circostante linea del bosco, colsi qualcuno con lo sguardo, qualcuno seduto su una sporgenza di roccia che si affacciava su un'altra parte del lago.

Savannah.

Riconobbi i suoi capelli biondi e la figura minuta. Era da sola, appollaiata sotto un grande ombrello, e stringeva qualcosa al petto. Per un attimo, pensai che si trattasse del diario che ci era stato consegnato poco prima. Ma il quaderno che vedevo era più grande e di un colore diverso.

Mi domandai cosa fosse. Per un istante, fui combattuto se andare da lei. Non sapevo neanche per quale motivo. Sentivo semplicemente un impellente bisogno di sedermi accanto a lei. Nella sala dell'ostello i nostri sguardi si erano incrociati. Per qualche minuto, mi ero sentito un libro aperto per lei, come se fosse stata in grado di scorgere tutte le mie cicatrici.

Magari mi aveva compreso. Magari era una di quelle rare persone che non avevano bisogno di farti un interrogatorio, perché sapevano esattamente cosa significava questo inferno a occhi aperti. Una di quelle persone che sapevano comprenderti… a cui non dovevi spiegare cosa si provava a sentirsi completamente disintegrati, perché capivano che non esistevano parole in grado di descrivere un tale livello di distruzione. Che conoscevano cosa volesse dire combattere da soli con un dolore così devastante che certe volte ti faceva domandare se non fosse più facile cessare di esistere…

Ma poi qualcosa dentro di me mi trattenne e l'oscurità spossante e dispotica che ultimamente mi aveva impedito di fare molte cose prese il sopravvento. Superai la sporgenza di roccia su cui Savannah era seduta e mi diressi senza esitazione verso l'ostello.

Tutto ciò mi ricordò che non ero là per fare amicizia. Dovevo semplicemente portare a termine questo viaggio. Poi sarei potuto tornare a casa.

E quello che sarebbe successo dopo il mio rientro non mi importava.

5

Dolci colline e barchette ondeggianti

Sembrava impossibile.

Me ne stavo ai piedi dell'Helvellyn, a esaminare la sua impressionante mole. Pareva altissimo e la vetta scompariva oltre le nuvole basse. Non si vedeva neppure la cima, e quei due pretendevano che ci salissimo sopra? Per fortuna non pioveva, ma il terreno crocchiava sotto le suole degli scarponi, poiché uno strato di ghiaccio ammantava i fili d'erba sul sentiero irregolare.

Espirando, il mio fiato si trasformava in vapore bianco, mentre inspirare faceva bruciare i miei polmoni. La nostra guida era un uomo di nome Gordon. Un ex sergente dell'Esercito Britannico che ci avrebbe assistiti nei giorni successivi alla scoperta delle tre più famose vette del Distretto dei laghi.

Di me non si poteva esattamente dire che fossi una persona atletica. Niente di tutto questo mi allettava. Ma ormai ero qui, e l'essere introversa mi impediva di puntare i piedi e oppormi.

Quando venivo colta dal desiderio di tornare indietro, pensavo al volto di Ida e facevo un respiro profondo, cercando di spronarmi ad andare avanti.

Dovevo provarci. Lo avrei fatto per lei.

Stava diventando il mio mantra, ormai.

Ero sepolta sotto strati e strati di vestiti termici, guanti, cappello, e una sciarpa a coprirmi mezza faccia. Si gelava là fuori, ma finora non avevo patito troppo freddo.

«Tutti pronti?» domandò Gordon.

Annuii come tutti gli altri e iniziammo l'ascesa attraverso dei gradoni di pietra ripidissimi. Dopo averne salito qualcuno, le cosce cominciarono a bruciarmi. Gordon li percorreva a tutta velocità come se lo avesse già fatto un milione di volte, e probabilmente era proprio così. Mia era davanti al gruppo e Leo chiudeva le fila. Dylan mi camminava accanto, a quanto pareva trovava quell'escursione nella brughiera più semplice di quanto la trovassi io. Travis e Cael erano dietro di noi, mentre Lili e Jade erano avanti con Mia.

A metà strada mi voltai indietro. Vidi Cael salire i gradoni con facilità, senza la minima fatica sul volto. Non avevo idea del perché non avesse superato me e Dylan, come invece era ovvio avrebbe dovuto fare. Travis era chiaramente in difficoltà, ma Cael gli stava accanto, gli occhi puntati in cima alla salita. In quel momento abbassò lo sguardo verso di me, e io tornai rapidamente a guardare avanti. Quel veloce sfioramento di sguardi mi fece tornare in mente la giornata precedente. La scena nella sala dell'ostello. Quando lui era schizzato dal divano per lanciare il diario tra le fiamme del camino, sfidando Leo e Mia. Era così arrabbiato. Sprizzava collera da ogni poro. Eppure c'erano dei momenti in cui non era così. Dei brevi e rari momenti in cui incrociava il mio sguardo, in cui l'ostilità scompariva lasciando sulla sua scia il fantasma della tristezza, facendo trapelare un ragazzo vulnerabile. Tutto questo durava solo pochi istanti, poi Cael veniva catturato di nuovo e avvolto da altissime fiamme di tormento.

E ieri… Cael aveva incrociato il mio sguardo mentre ero in preda a un attimo di fragilità. Perché quando mi era stato consegnato il diario, avevo cominciato a sgretolarmi. Lui se ne era accorto e io avevo percepito tutta la sua comprensione nelle profondità grigio-azzurre dei suoi occhi. Per un istante, mi aveva… *capita.*

Il diario doveva essere un mezzo tramite cui parlare con Poppy. Tramite cui raccontarle come mi sentissi da quando lei non c'era più…

Mi si strinse il cuore nel rammentare il terrore che quell'oggetto mi aveva provocato. Perché avrei potuto raccontarle solo di come avessi fallito. Di come fossi crollata. Di come la vita senza di lei mi sembrasse inutile.

Di come, dopo la sua morte, qualcosa dentro di me fosse collassato, di come il mio cuore e la mia anima si fossero frantumati in così tanti pezzi impossibili da rincollare. Di come, da quando aveva esalato l'ultimo respiro, tutta la mia gioia di vivere fosse scomparsa. Di come avessi continuato a tenerle la mano dopo la morte e le sue dita si fossero irrigidite in quella posizione di stretta.

E avrei potuto raccontarle che l'avevo delusa. Che avevo fallito così miseramente da condizionare la vita di tutte le persone attorno a me. Ida, mamma, papà... non avevo amici, non avevo una vita, e avevo paura.

Ero *pietrificata* all'idea che non sarei mai riuscita a lasciarla andare. Che tutta questa situazione sarebbe durata per sempre...

All'improvviso, la mia caviglia cedette e inciampai su una delle molte pietre smosse sul percorso. Mi sentii cadere all'indietro. Dylan si voltò mentre il mio cuore sprofondava per terra, ma era troppo lontano per afferrarmi. Poi, pensando già con terrore all'impatto col suolo, un paio di forti braccia mi tirarono, aiutandomi a rimanere in piedi. Mi affrettai ad aggrapparmi alle maniche nere di una giacca, e dal familiare odore salino misto a neve fresca intuii perfettamente chi mi avesse salvato.

«Ti tengo» mi informò calmo Cael, quando il mio scarpone scivolò sul terreno ghiacciato nel tentativo di riguadagnare l'equilibrio. La sua voce mi fece correre un brivido lungo la schiena, brivido che non aveva nulla a che fare con il freddo, ma più con il ragazzo introverso del Massachusetts che mi stava stringendo tra le braccia.

Ed era vero che mi *teneva*. Nella sua stretta, mi sentivo al sicuro.

Il mio cuore prese a rallentare, poi Cael mi stabilizzò sul gradone davanti a sé. Chiusi gli occhi e cercai di scacciare la sensazione di panico, dopodiché mi voltai a guardarlo. Mi ci volle un attimo per rendermi conto che le sue mani erano ancora ferme sui miei fianchi. Incrociai il suo sguardo e deglutii con fatica. Mi trovavo un gradone sopra di lui, eppure era ancora considerevolmente più alto di me. Indossava un berretto nero, ma alcuni ciuffi scuri e ondulati di capelli gli sfuggivano da sotto, andando a sfiorare i suoi penetranti occhi grigio-azzurri.

«Grazie» gli dissi, mentre lui scrutava il mio volto. Non avevo idea di cosa vi stesse cercando, però la sua attenzione mi provocò una sensazione di calore alle guance. Stavolta il cuore prese a martellarmi per una ragione completamente diversa da quella di prima. Provai un'emozione a cui non ero abituata.

Lui si schiarì la gola. «Ti sei fatta male?» si informò. L'accento del New England era marcato, abbastanza calcato quanto il mio della Georgia. Ero talmente stupita dal fatto che mi stesse rivolgendo la parola che non gli risposi.

Lui ci riprovò. «Savannah?» Sentir pronunciare il mio nome da Cael mi strappò dai miei pensieri.

«Savannah? Tutto bene?» mi chiese Leo, accorrendo da noi e fermandosi accanto a Cael, il quale non distolse mai lo sguardo da me.

Dylan si portò al mio fianco e vidi che tutti mi stavano guardando. Mentre mi concentravo sugli altri, le mani di Cael mi strinsero leggermente di più in vita.

Con l'attenzione di tutti addosso, arrossii. «Sto bene.»

Cael si chinò e io deglutii quando i suoi capelli scuri mi sfiorarono la guancia. Odoravano di menta. Mi controllò la caviglia, verificandone la flessibilità avvolgendo le mani attorno allo scarpone. Non sentivo dolore. A quanto pareva l'imbarazzo era l'unico danno subito.

«Ti fa male?» mi domandò brusco, mentre mi girava il piede a destra e a sinistra, facendolo ruotare lentamente.

«No» risposi rauca.

«Sicura?» si accertò Leo, l'espressione preoccupata. Non avrei in nessun modo rallentato il gruppo.

«Giuro» risposi. Ed era vero. Ero inciampata sulla pietra perché ero troppo occupata a pensare a Poppy, e pensare a lei spesso mi faceva perdere la concentrazione.

«Bene, allora proseguiamo» annunciò Leo.

Cael mi lasciò andare la caviglia e il suo abbandono mi fece rabbrividire. Si tirò su, dondolando sui piedi, come se stesse pensando a qualcosa. Poi mi offrì il suo braccio. «Hai... hai bisogno di aiuto per continuare?»

Non risposi alla sua domanda. Al momento, non riuscivo a tirare fuori nemmeno una parola. Però lo presi a braccetto e lasciai che mi camminasse accanto mentre raggiungevamo gli altri, che ci stavano aspettando in cima alla salita a gradoni. Cercai di ignorare il lieve sfarfallio nel petto provocato dalla sua offerta.

Dylan si portò all'altro mio fianco. Quando mi sentii il suo sguardo insistente addosso, mi girai e lo vidi indicare Cael con un cenno del capo, un'espressione sbigottita sul volto. Sapevo di piacere a Dylan solo come amica; non mi aveva mai trasmesso la minima vibrazione romantica. Ed era chiaro che trovasse il gesto di aiuto di Cael sorprendente quanto me.

Non avevo avuto tanti amici nella mia vita. Le mie sorelle avevano sempre rappresentato il mio tutto. Eppure avevo subito provato un'istantanea connessione con Dylan. Era un ragazzo dolce. Divertente. Ed ero piuttosto certa fosse un'anima completamente smarrita, come me. Solo che la sua personalità spumeggiante gli conferiva un aspetto migliore degli altri, poiché sapeva nascondere con successo la sofferenza che provava dentro di sé.

Cael mi teneva saldamente al braccio. Mentre salivamo i gradoni, lui non proferì una sola parola. Ma il silenzio calato tra di noi non era imbarazzante. Era... *piacevole*. Pacifico. Del resto, ero sempre stata taciturna. Non avevo bisogno di riempire i silenzi con le parole.

Eppure camminare in sereno silenzio con un'altra persona era una benedizione che non mi aspettavo di ricevere durante questo viaggio. La gente parlava in continuazione. Invece Cael sembrava condividere la mia stessa propensione al silenzio.

Una volta raggiunto il culmine della salita, la sensazione di freddo che avevo provato prima a causa del vento pungente e delle basse temperature era sparita, e adesso il sudore mi imperlava la fronte.

Cercai di rilassarmi, di riprendere fiato, ma le gambe mi facevano male per lo sforzo.

«Tutto bene?» mi domandò Lili, mentre Jade e Mia aspettavano anch'esse una mia risposta positiva.

«Sì, giuro. Sono solo scivolata.»

Avevo il capo chino per l'imbarazzo, però poi sentii il braccio di Cael contrarsi a contatto col mio e un sussulto gli sfuggì dalle labbra. Sollevai lo sguardo. Trasalii anch'io di fronte a ciò che mi si presentò davanti, al panorama che aveva catturato l'attenzione di Cael. Un mosaico di fazzoletti di terra si estendeva davanti ai nostri occhi. Alberi di tutte le tonalità di verde e marrone, muretti di pietra, e rami spogli ricoperti di neve costruivano un dipinto perfetto. Una nebbia bassa sfiorava il suolo, come se il cielo si fosse abbassato per unirsi alla terra per qualche ora.

Era bellissimo.

«Bevete e poi proseguiamo» ordinò Gordon, destandomi da quel momento di contemplazione adorata. Quando feci per togliermi lo zaino dalle spalle, mi accorsi di trovarmi ancora stretta al braccio di Cael, come se fosse la mia ancora di salvezza.

«Scusa» buttai lì, agitata, staccandomi da lui. Mi misi ad armeggiare con l'acqua, poi sollevai lo sguardo e lo riabbassai subito, notando che Cael mi stava osservando. Avevo le gote in fiamme. Pensai subito a Ida, che in quel momento avrebbe gridato elettrizzata, facendo commenti allusivi e incoraggiandomi.

La sera precedente mi aveva mandato dei messaggi e Cael aveva finito per diventare l'oggetto della nostra conversazione.

Ida: Com'è l'Inghilterra?
Io: Fredda e umida, inquietante e gotica. Però bella.
Ida: E gli altri ragazzi come sono?
Io: Carinissimi. Emotivamente provati. Alcuni silenziosi e riservati. Altri meno.
Ida: E il figo alto e moro pieno di tatuaggi com'è?

La sua domanda mi aveva dato modo di riflettere su Cael. Lo avevo sentito nei pressi del lago. L'avevo sentito urlare mentre lanciava roba in acqua. Poi si era zittito. Doveva aver sbollito la rabbia e un altro tipo di emozione doveva averlo investito.

La cosa mi aveva intristito.

Io: Incazzato.

Le avevo inviato quel messaggio, ma poi mi era tornato in mente quando mi aveva guardata nella sala dell'ostello e nei suoi occhi avevo scorto solo desolazione. L'avevo percepita per un solo istante, eppure era lì. Un frangente della sua anima sbrindellata, esposta.

Ida: Capita. Anche papà lo è stato per un po'.

Mi aveva ricordato mio padre dopo la morte di Poppy. Ce l'aveva talmente tanto con il mondo per averle portato via la sua bambina. Era stato terribile vederlo così, ma conoscevo l'uomo sotto quel cumulo di rabbia. Sapevo che il suo animo non era così impetuoso e che sarebbe tornato a essere il nostro papà. Magari… magari il Cael che aveva incrociato il mio sguardo nella sala dell'ostello era un frammento del ragazzo smarrito che nascondeva dentro di sé.

> **Ida:** Avrà bisogno di un amico. Di qualcuno che lo aiuti a superare il dolore. Qualcuno che lo capisca.

Avevo fissato per qualche istante il messaggio di mia sorella, con il cuore accelerato per l'ovvio suggerimento.

> **Io:** Forse
>
> **Ida:** Tienimi aggiornata sull'escursione! Non posso credere che vi facciano scalare le montagne!

Mentre osservavo il panorama idilliaco davanti a me, sorrisi ricordando i messaggi di Ida. Era una tale romantica. Vedeva sempre il buono nelle persone. Poi pensai immediatamente a Poppy. Anche lei avrebbe detto le stesse cose su Cael. Poppy era una che aiutava gli altri. Le sarebbe bastato dare un'occhiata a Cael per buttarsi a capofitto nella missione umanitaria per aiutarlo ad affrontare il suo dolore. Da piccole, lo aveva fatto molte volte anche con me.

Per un attimo, ricordare Poppy in quel modo mi riempì di una inebriante leggerezza.

Lei adorava la sua famiglia. Ci amava intensamente tutti, e il mondo intero. Adorava Rune, e lo aveva fatto fino all'ultimo respiro. Però come succedeva ormai da quattro anni a questa parte, quel senso di leggerezza lasciò presto il posto al ricordo straziante di lei distesa su quel letto, intenta a guardare fuori dalla finestra, così debole e fragile, con la morte negli occhi e nel respiro affannato.

Il caldo che mi aveva fatto venire la salita, si attenuò rapidamente per effetto del brivido ghiacciato che mi corse lungo la schiena. Con mani tremanti, misi via l'acqua e chiusi gli occhi.

Per una volta… solo *una* volta, volevo pensare a lei senza sentirmi abbattuta, ferita. Volevo ricordarla come era di solito: perfetta, gioiosa, piena di vita. Non ammalata, triste, o nello sforzo di apparire positiva, quando ad attenderla al varco c'era solo la tragedia imminente.

Il suo ricordo sul letto di morte mi ossessionava. Mi svegliava nel cuore della notte. E ogni volta, per un frangente di secondo, pensavo si trattasse solo di un incubo, e che Poppy fosse nella sua stanza, al sicuro sotto le coperte.

Poi mi tornava in mente tutto e la perdevo di nuovo. La perdevo continuamente, ogni mattina quando mi svegliavo e dovevo confrontarmi con la dura realtà della sua assenza. Ogni volta che mi succedeva qualcosa di importante e non potevo raccontargliela. Ogni volta che sentivo una canzone che sapevo piacerle e lei non era lì ad ascoltarla. Ogni volta che, sentendo un pezzo di musica classica, la immaginavo suonare il suo violoncello, con gli occhi chiusi e la testa ondeggiante, completamente assorbita dalla melodia.

Per quattro anni, non ero mai andata a uno spettacolo sinfonico dal vivo. Rappresentava il sogno rubato di Poppy e partecipare a un evento del genere mi avrebbe fatto sentire in colpa. A malapena riuscivo ad ascoltare la musica classica senza crollare.

Era una delle cose peggiori, quando perdevi qualcuno. Avere delle cose belle da raccontare e per un secondo – per un briciolo di secondo – non vedere l'ora di riferirle, prima che la realtà ti crollasse inevitabilmente addosso e ti tornasse in mente di non avere più l'occasione di farlo. Ogni volta era una vera pugnalata al petto e alla fine finivi per desiderare che non ti succedesse più nulla di significativo da raccontare.

La morte di una persona cara non era un evento occasionale da dover superare. Era un ciclo infinito. Un perenne Giorno della Marmotta che ardeva il tuo cuore e la tua anima, finché non restava altro che cenere.

Appena iniziarono a tremarmi le mani, le scossi. Inspirai profondamente e l'aria fredda mi ricordò dove fossi. I miei piedi scricchiolarono sul fango congelato. Avevo bisogno di camminare. Di muovermi. Di liberarmi di quelle brutte vibrazioni che mi stavano schiacciando. Per poco non mi inginocchiai sollevata quando Gordon ci fece rimettere in marcia.

Per la prima volta nella vita, desideravo camminare. Desideravo farlo fino a spegnere completamente il cervello. Fino a sentir bruciare talmente i muscoli da addormentarmi pacificamente.

Mi bastava anche solo una notte.

«Rallenta, Soldato» disse Dylan, correndo per raggiungere il mio fianco. Non rallentai. Continuai a camminare, il petto ansimante per lo sforzo. Seguitai a tenere lo sguardo concentrato sul sentiero. Attorno a me, tutto era calmo e silenzioso, e il mio respiro accelerato era l'unico rumore che riuscivo a sentire, finché non udii: «A Jose sarebbe piaciuto». Dylan pronunciò quelle parole con un filo di voce, ma il vento le sospinse fino al mio orecchio.

Rallentai e guardai il mio amico. Aveva lo sguardo basso e le mani ficcate nelle tasche. Poi alzò nervosamente gli occhi e spiegò: «Era il mio migliore amico». Fece spallucce, come se ciò che aveva appena detto fosse irrilevante. «È lui che ho perso. È per questo che sono qui.» Non era per nulla irrilevante. Era un'informazione monumentale. La cosa decisamente *più* importante.

«Mi dispiace» commentai e vidi sbiancare il suo bel volto, ora contratto in una smorfia di dolore. Dylan si costrinse a sfoggiare uno dei suoi sorrisi contagiosi, domando la tristezza che minacciava visibilmente di esplodere fuori.

Calò il silenzio. Dylan curvò le spalle in avanti e tra noi sentii crescere una certa distanza. Ero terribile in certe situazioni. Ero terribile nel confortare gli altri. Nel trovare la cosa giusta da dire. Mi si spezzò il cuore per lui, ma non sapevo come farlo stare meglio.

Poppy aiutava le persone... fallo *anche tu...*

Dylan si guardò attorno, osservò il lago sotto di noi, che da quell'altezza sembrava un puntino lontano. Sapevo che stava pensando a Jose. Gli occhi gli luccicavano, e io non resistetti più. Lo presi a braccetto e me lo avvicinai. Il suo respiro cambiò e un singhiozzo uscì dalle sue labbra, così appoggiai la testa sulla sua spalla e cercai di dimostrargli senza parole quanto gli fossi vicina.

Il vento catturò una lacrima che rotolava sulla mia guancia, sospingendola nell'aria. Non conoscevo Jose, ma stavo cominciando a conoscere Dylan e a capire quanto fosse speciale. Perciò doveva essere stata una persona speciale anche Jose.

«Così speciale come solo le cose speciali possono essere...» Mi sentii bisbigliare all'orecchio da Poppy e il ricordo di quelle parole mi avvolse come una coperta calda. Lei voleva che fossi lì per gli altri. Per aprirmi a mia volta con loro.

Il tatto non era una delle mie caratteristiche principali, eppure il respiro di Dylan sembrava placarsi mentre lo stringevo. In qualche modo, condividere il dolore con un'altra persona fece stare meglio anche me.

«A lui piaceva stare all'aria aperta» mi informò Dylan. Rise con talmente tanta purezza da togliermi il fiato. «Mi trascinava sempre fuori casa. Giocavamo a basket, a baseball, a calcio, facevamo escursioni... Qualsiasi cosa gli passasse per la testa la faceva.» Lo strinsi con più energia come a suggerirgli di continuare, se avesse voluto. Ascoltare mi piaceva.

Dylan rise, e proseguì: «Una volta…». La sua risata si affievolì di colpo, e percepii quello struggente verso che emetteva una gola ostruita. L'abbattersi dei ricordi nella sua mente lo aveva privato della voce. Un attacco a sorpresa talmente violento da parte della sofferenza da metterlo in ginocchio. Sapevo benissimo che i bei ricordi che aveva di Jose erano stati appena sabotati da quelli strazianti. Dylan abbassò la testa e si abbandonò all'agonia.

Incerta sul da farsi, stavo per fermarmi e chiedere a Mia e Leo di tornare indietro, perché Dylan era sofferente e aveva bisogno di riposo, quando Cael ci superò e, facendosi sentire solo da noi due, ci ordinò: «Continuate a camminare». Indicò Gordon con un cenno del mento e scorsi nel suo sguardo un briciolo di compassione per Dylan. Si piazzò un passo davanti a noi, dopodiché girò la testa determinato a non aggiungere altro, a non coinvolgerci. Alla fine, però, incassò la testa nelle spalle sconfitto e spiegò: «Aiuta. Continuate… semplicemente a camminare. A spingere. A esaurire il dolore. Non dategli respiro».

I suoi occhi erano inquieti e, come me, anche lui doveva esserci già passato. Immaginai che tutti ci fossimo già passati. Quando ti scattava qualcosa dentro era tremendo. Era tremendo come una giornata apparentemente tranquilla potesse trasformarsi in un incubo a causa di un profumo familiare, di un ricordo che riaffiorava, o di un milione di altre cose che ti rammentavano che la persona che amavi se n'era andata.

La sofferenza vagava per un campo minato senza guida né protezione.

Così continuammo a camminare. Io al braccio di Dylan, e Cael davanti a noi. Ci inerpicammo per dei sentieri bianchi in un itinerario insidioso denominato *Striding Edge*. Pranzammo al sacco affacciati su un panorama mozzafiato, poi ci avventurammo nella discesa di quella che originariamente mi era sembrata una scalata impossibile.

Arrivati in fondo, rossi in volto, infreddoliti e senza fiato, Leo annunciò: «Giratevi, ragazzi». Facemmo come ci aveva ordinato e vedemmo l'Helvellyn torreggiare su di noi, in tutta la sua maestosa potenza. «Guardate dove siete arrivati oggi» ci esortò, colpendoci nel profondo con le sue parole. «Avete scalato quel monte. E sono sicuro che non pensavate minimamente di farcela.» Espirai lentamente e sentii montare l'orgoglio nel mio petto. Ce l'avevamo fatta. *Io* ce l'avevo fatta. «Ora torniamo in ostello a scaldarci un po'» concluse Leo.

Sul pullman mi sedetti accanto a Dylan, tenendolo ancora a braccetto e stringendogli la mano. Per quella sera lui non aggiunse altro e si limitò a tenermi la mano. Cael prese posto sul sedile sul lato opposto, le cuffie calate sulle orecchie. Ma quando si sentì addosso il mio sguardo, si voltò a guardarmi.

«Grazie» mimai con le labbra. Lui dilatò le narici e annuì secco col capo. Dopodiché si girò di nuovo e assunse la sua posa rigida e chiusa in se stessa.

Calato il buio, mi misi a guardare fuori dal finestrino. Ce l'avevamo fatta. Eravamo distrutti ed esausti, emotivamente prosciugati. Ma quando tornammo in ostello, sentivo che qualcosa al mio interno si era placato.

L'ossigeno che alimentava il mio dolore, come fosse un essere vivente che abitava dentro di me, si era esaurito… per un po', almeno.

Mi addormentai. Senza incubi. Senza insonnia. Solo sonno.

Non potevo che essere estremamente grata per quella nottata di totale e assoluto silenzio.

«Cosa vi è parso della giornata di ieri?» domandò Mia. Lei e Leo ci avevano riuniti tutti nella sala per una seduta di gruppo. Mi stavo torcendo le mani. Comprendevo i presupposti della terapia di gruppo, eppure con me non aveva mai funzionato.

«È stato bello» commentò Travis.

«Mi sono divertita» si inserì Lili.

Mia sorrise. «Bene. Presto conquisteremo la seconda vetta: lo Scafell Pike.»

Leo si sporse in avanti sulla seduta. «Ma oggi abbiamo una seduta di gruppo, e presto inizieremo con gli incontri individuali. Il resto della giornata sarà a vostra disposizione. Potrebbe essere una buona occasione per cominciare il vostro diario.» Leo guardò con cautela Cael, il quale era seduto a braccia conserte, intento a fissare fuori dalla finestra. Ero quasi del tutto certa che non gliene avessero dato un altro, di diario. Era palese che non l'avrebbe presa bene.

Impallidii al pensiero del diario. *Io* stessa ero ancora incerta se sarei riuscita a tenerne uno.

«Al momento, vogliamo affrontare alcune tecniche di respirazione» ci informò Mia. «In molti, di fronte a un momento doloroso, vengono spesso colpiti da attacchi d'ansia.» Mi misi a fissare le mie unghie, il cui smalto trasparente stava iniziando a sgretolarsi. «Anche la rabbia è un'emozione a cui si va spesso incontro» proseguì. «Perciò vorremmo darvi tutti gli strumenti per imparare a superare quei momenti ogni volta che si presenteranno.»

«Sono molto utili anche per la mindfulness» aggiunse Leo. «Quindi sedetevi belli eretti e chiudete gli occhi.» Feci come aveva detto, drizzando la schiena. «Ora inspirate dal naso per otto secondi» continuò a istruirci, contando ad alta voce. «Ora trattenete il fiato per quattro secondi. Ascoltate battere il vostro cuore. Percepite il battito nelle vostre orecchie. Poi buttate fuori l'aria per quattro secondi.» Sentii le spalle rilassarsi un po'. «Quando siete nel panico o stressati, questo è un ottimo strumento per aiutarvi a concentrarvi e a controllare quello che pensate essere incontrollabile.»

Mi misi una mano sul cuore e lo sentii battere contro il palmo. «A volte» proseguì Leo. Mantenni gli occhi chiusi. «Quando pensiamo a chi ci ha lasciati, ci sentiamo inermi, senza controllo. Questo esercizio può aiutarvi a sentirvi ancorati.» Le sue parole, mi riportarono automaticamente con la mente a Poppy sul letto di morte. Visualizzai la sua bara, sistemata in soggiorno, mamma e papà costantemente vicini, Rune addormentato sul pavimento accanto a essa, rifiutandosi di abbandonarla fino alla sepoltura… luogo dove in seguito lui avrebbe preso la residenza.

Nel rammentare tutto ciò, il cuore mi schizzò dal petto. Cominciai a sentirmi graffiare dall'interno dagli artigli dell'ansia, pronta a squarciarmi, poi inalai l'aria per otto secondi e la trattenni per quattro. Un flebile sorriso si palesò sulle mie labbra, quando sentii il battito del mio cuore iniziare a rallentare, e dopo aver espirato per quattro secondi il panico si allentò. Conoscevo già quella tecnica, ma quaggiù stava *funzionando* per la prima volta. Forse era per via della lontananza dalla Georgia, dal posto in cui avevo perso Poppy, o per via della pace che si respirava nel Distretto dei laghi a renderla efficace. Magari mi stavo inconsciamente aprendo verso la guarigione. Quanto avrei voluto che ciò fosse vero.

«Bene» disse Leo. Non aprii gli occhi, perciò mi chiesi se si stesse rivolgendo direttamente a me.

«Una difficoltà maggiore» riprese Mia, ricordandoci di continuare a respirare in quel modo. «Potrebbe verificarsi in coloro che erano presenti al momento della morte del proprio caro. O subito dopo di essa. Certi ricordi possono essere invalidanti. Possono...»

Un gran baccano mi fece aprire gli occhi di scatto e vidi Cael uscire di corsa dalla stanza. Aveva ribaltato un tavolino, rovesciando l'acqua che vi era sopra. Sentii sbattere la porta della struttura e la sala piombò nel silenzio.

Leo e Mia non si mossero di una virgola. «Dobbiamo andargli dietro?» domandò Travis, la preoccupazione in volto.

«Concediamogli un po' di tempo per calmarsi» gli rispose Mia. «Tutto questo sarà molto difficile per tutti voi» aggiunse. «Proverete ogni genere di emozione. Gli stadi del dolore non sono lineari. Sono ciclici. Rabbia, rifiuto, contrattazione, depressione e accettazione. Non per forza seguono un ordine particolare. Potreste non sperimentarli tutti. E su qualcuno di voi uno di questi stadi potrebbe avere una presa maggiore rispetto ad altri. Potreste sperimentarli tutti e cinque, e ripercorrere il ciclo dall'inizio.»

«Il dolore» riprese Leo. «È un'emozione che proviamo per tutta la vita. Dopo quarant'anni dalla perdita alcuni continuano a sperimentare dei momenti di totale sopraffazione. Quello a cui puntiamo con questa esperienza di viaggio è aiutarvi ad affrontarlo. Purtroppo il dolore non si può curare. Ma *possiamo* imparare a conviverci. Possiamo imparare a riscoprire la gioia. A sorridere, a ridere. E verrà un tempo in cui il ricordo dei nostri cari sarà sempre più positivo e meno negativo. In cui saremo in grado di parlare di loro con gioia e non con tristezza, e di ricordare i bei tempi andati.» Leo sfoggiò un flebile sorriso. «Adesso potrebbe sembrarvi un obiettivo lontano. Ma lo si può raggiungere. Dobbiamo semplicemente lasciare che ci arriviate con i vostri tempi, esprimendo il vostro dolore in qualunque modo abbiate bisogno.»

«In questi casi non c'è nulla di giusto o sbagliato» aggiunse Mia.

«Ora, riproviamoci» ci esortò Leo.

Trascorse un'ora, dopodiché ci fu concesso del tempo libero. Io presi il libro che stavo leggendo e uscii fuori. L'aria era frizzantina, ma il sole brillava nel cielo e il lago era una lastra di cristallo.

Mi strinsi nel cappotto, mi infilai sciarpa e cappello, e mi incamminai. Dalla sala sentivo provenire un brusio di voci, tuttavia volevo starmene un po' per conto mio. Mi portai sul retro della struttura, dirigendomi verso la sporgenza di roccia dove avevo scoperto che mi piaceva leggere, quando sentii un fruscio dal bosco.

Tagliai la linea degli alberi e mi diressi verso la riva del lago. Poi vidi Cael intento a slegare una barca a remi dall'ormeggio. Da quando aveva lasciato la seduta di gruppo, non si era più visto rientrare. Sapevo che Mia e Leo lo tenevano d'occhio, ma io mi ero… preoccupata. Sì. Mi ero preoccupata per lui. Una parte di me avrebbe voluto uscire a leggere solo per assicurarmi che stesse bene. In un paio di occasioni, lui c'era stato per me. Avrei voluto ricambiare il favore.

Cael indossava la giacca nera e il berretto, sotto al quale sfuggivano dappertutto i suoi capelli. Aveva il volto arrossato e il corpo rigido.

Avanzai ancora e lui tirò su la testa. Mi osservò contraendo la mascella, senza smettere di slegare la barca.

«Che c'è?» ringhiò, guardandomi a malapena.

«Tutto bene?» gli chiesi con il cuore in gola. Detestavo vederlo in quello stato. Detestavo vedere chiunque in quello stato. Completamente sopraffatto dal dolore.

Cael liberò la barca dall'ormeggio e lanciò la cima sulla riva. L'acqua gli arrivò agli scarponi, ma i jeans erano ancora salvi. Non credevo che mi avrebbe risposto, ma poi: «Vieni?».

La testa mi schizzò all'indietro per lo shock e mi misi a fissare la barca. *Mi* stava chiedendo di andare con lui? Era una tradizionale barca di legno. Un remo attaccato a ciascun lato. Fissai ancora l'imbarcazione come se stesse andando a fuoco. Poi aprii la bocca senza sapere cosa dire, eppure mi ritrovai a rispondergli: «Io… non credo che ci sia consentito usarle».

Una risata incredula, quasi crudele eruppe dalle sue labbra, prima che venisse inghiottita da una severa occhiata iraconda… con probabilmente una nota di svilimento. «E io che cominciavo a credere che fossi *diversa…*» Scosse la testa, rosso in volto. «Invece non lo sei. Perché qualcuno qui dentro dovrebbe capire…» Gli si incrinò la voce e non terminò la frase, poi mi lanciò un'occhiata talmente intrisa di delusione da farmi fisicamente male. «Tornatene dagli altri allora.»

Si immerse nell'acqua fino alle ginocchia e spinse lo scafo al largo. Poi saltò a bordo, e io mi ritrovai a gridare: «Aspetta!».

Cael si arrestò e si voltò. Il cuore mi batteva a mille e il sangue mi scorreva a raffica nelle vene. Nella sua espressione colsi un barlume di speranza. Era così grezza, così lampante, così sincera… così *vulnerabile* da spezzarmi il cuore. «Io…» Mi interruppi, stringendomi il libro al petto. Il vento mi sferzò i capelli davanti alla faccia. *Avrà bisogno di un amico…* Mi tornò in mente il messaggio di mia sorella Ida. Cael scosse la testa per la frustrazione e fece per prendere il largo, quando corsi in avanti gridando: «Vengo con te».

Cael esalò un lungo e profondo respiro e in quel momento capii. Non voleva stare da solo. Per quanto scostante, per quanto tenebroso, era solo e non sapeva come guadagnarsi la compagnia di qualcuno.

Mi osservò a occhi stretti. Per un momento, pensai che avesse cambiato idea; poi protese lentamente la mano. Mi sentii nervosa, ma feci un respiro, proprio come ci avevano insegnato Mia e Leo, e posai la mano sulla sua, la quale sovrastò subito la mia, stringendola nella sua presa salda, dopodiché mi tirò con delicatezza a sé, e gracchiò: «Posso?». Non capii a cosa si riferisse, finché non mi poggiò le mani in vita e intuii che stesse per issarmi sulla barca.

«Sì» mormorai, mentre quel gesto mi provocava uno sfarfallio all'altezza del petto. Cael mi sollevò come se non pesassi niente. Io mi aggrappai ai suoi bicipiti e sotto le mie dita intuii quanto fosse muscoloso e flessuoso. In aeroporto, Travis aveva accennato qualcosa sull'hockey. Cael non gli aveva dato molta corda, ma comunque doveva essere quello il motivo del suo fisico atletico e in forma.

«Grazie» dissi e mi sedei su una delle assi di legno. Senza il minimo sforzo, Cael si infilò tra due di esse. «I jeans» commentai, accorgendomi che erano bagnati fino al ginocchio. Là fuori si gelava. Fui colta da una fitta di panico. Avrebbe potuto ammalarsi. Il pensiero che qualcuno si ammalasse durante questa vacanza mi gettava nel panico più totale.

«Sono abituato al freddo» mi informò, poi si sedette e afferrò i remi. Cominciò a remare e la barca si allontanò rapidamente dalla riva verso le profondità del vasto lago. Sullo sfondo si aggiravano altre barchette, e dei battelli turistici percorrevano il perimetro in lontananza.

Cael era concentrato e spingeva sui remi con tutta la forza che aveva in corpo. La barca sferzava la superficie dell'acqua come un coltello caldo su un panetto di burro. Io mi tenevo ben salda allo scafo, mentre il vento accelerava la corsa di Cael. Lui aveva la faccia tutta arrossata per lo sforzo, e il suo respiro prese a diventare più veloce. Trascorsero alcuni minuti e il sudore cominciò a imperlargli la fronte. Nonostante tutto, Cael continuò a remare, esorcizzando la collera che sembrava scorrere dentro di lui in un flusso continuo.

Tutto ciò mi fece tornare in mente quello che Mia e Leo ci avevano raccontato sui vari stadi del dolore. E cioè che qualcuno poteva essere vittima di uno di essi per più tempo rispetto ad altri. Io non sapevo a quale fossi arrivata finora. Mi pareva di affrontarli tutti quanti ogni giorno.

Più ci spingevamo al largo, più la bellezza di quel posto mi appariva evidente. Da quella nuova prospettiva, il lago sembrava completamente diverso. Eravamo circondati da vette innevate; migliaia di uccelli risiedevano sui rami spogli degli alberi che svettavano con orgoglio su piccoli isolotti solitari. Chiusi gli occhi e mi lasciai avvolgere la faccia dal vento gelato. Tutto ciò mi fece scattare qualcosa dentro. Mi fece sentire in qualche modo… *viva.*

Non mi ero resa conto che Cael avesse smesso di remare finché non percepii più il vento in faccia. Aprii gli occhi e quando vidi che Cael mi stava osservando, cercai di non agitarmi troppo. La rabbia che lo aveva sopraffatto fino a quel momento sembrava diminuita e nei suoi occhi grigio-azzurri scorsi di nuovo la profonda desolazione della volta precedente. Sentendosi il mio sguardo addosso, Cael si tolse il berretto e si passò una mano tra i capelli spettinati. Di rado lo toglieva e così era… bellissimo.

Poi diede un'occhiata alla gente sull'altra sponda del lago. Turisti. Intenti a mangiare gelato, a nutrire le anatre e a prenotare tour in acqua. Seguii la traiettoria del suo sguardo. Quella gente sembrava così spensierata. Così libera.

«Cosa stai leggendo?» mi domandò con voce roca, quasi esausta. La cosa non mi sorprendeva. Aveva remato a rotta di collo fino a non poterne più. Ma sapevo che non si era spinto fin qui solo per sperimentare lo sfinimento fisico. Anche la vita sapeva essere sfiancante.

Mi accorsi che stavo ancora stringendo al petto il mio libro. Lo abbassai e risposi: «Parla dei poeti del Lago».

Cael aggrottò la fronte confuso. «Di chi?»

«Dei poeti del Lago» ripetei, indicando intorno a me. «Di famosi poeti inglesi che sono venuti nel Distretto dei laghi per sfuggire alla frenesia e al chiasso delle città durante il XIX secolo. Poeti che volevano abitare in mezzo alla natura, riposare e vivere una vita più tranquilla. In un posto dove potessero stare a contatto con le proprie emozioni.»

Cael guardò di nuovo il lago, i remi riposti, le braccia poggiate sulle gambe. Sembrava perso nei suoi pensieri, ma a un certo punto disse: «Capisco».

Inclinai la testa di lato, approfittando del fatto che fosse concentrato sul panorama per studiarlo. I tatuaggi sembravano ricoprire ogni centimetro della sua pelle. Aveva dei piccoli dilatatori ai lobi e un anellino sul labbro inferiore. Lo avevo sempre visto indossare abiti neri. Eppure, anche privo di colore, era bello da togliere il fiato. Se non addirittura il ragazzo *più* bello che avessi mai visto.

«E di che scrivono?»

Battei le palpebre, troppo assorta nella sua figura per registrare immediatamente la sua domanda. Dal momento che non risposi niente, lui si voltò verso di me, abbassando il mento verso le braccia conserte.

«Scusa?» domandai, arrossendo in volto per essere stata beccata a fissarlo.

I suoi occhi sembrarono divampare infastiditi. «I poeti. Di cosa scrivono?» Era come se avesse bisogno di occupare rapidamente la mente con qualcosa. Qualcosa che lo distogliesse dall'inferno in cui era evidentemente intrappolato.

Per lui, potevo farlo. «Erano poeti romantici inglesi. Parlavano della bellezza, di pensieri, di sentimenti – cose inconsuete per il tempo. Tra i poeti più famosi c'erano Wordsworth, Coleridge e Southey.» Alzai le spalle. «Immagino fossero visti come dei ribelli. Sai, davano la forma che volevano alla loro poesia, ignorando le vecchie regole. E se ne servivano per esprimere i propri sentimenti.»

«In quel libro ci sono le loro poesie?»

«Sì» replicai, sfogliando le pagine fino alle mie preferite di Wordsworth.

Gli porsi il libro perché potesse leggere, quando disse: «Puoi leggerle?». Il cuore prese a martellarmi come un tamburo e avvampai in faccia. Stavo per scuotere la testa e rifiutarmi di farlo, poi lui aggiunse: «Mi piace il tuo accento». E il mio cuore martellante si arrestò di colpo.

Mi piace il tuo accento...

Mi sentivo bruciare la pelle per l'imbarazzo, ma Cael aveva ancora addosso quell'espressione di devastazione negli occhi, e desideravo che si sentisse meglio.

Così mi misi a leggere.

«Vagavo solitario come una nuvola...» Lessi ogni bellissimo verso di quella poesia che parlava di cieli pieni di stelle, di narcisi e onde, della contemplazione di quei notevoli paesaggi durante stati oziosi o pensierosi della mente. E vissi sulla mia pelle ciascuno di quei versi. Recitare quella poesia in questo posto che aveva ispirato l'autore era surreale, una benedizione.

Una volta terminata, l'attenzione di Cael era fissa su di me. Non parlò subito, ma alla fine gracchiò: «Sembra proprio questo posto».

Sorrisi e annuii con il capo. Avevo pensato la stessa cosa. «Io l'ho quasi finito, se vuoi, poi te lo presto.»

Cael mi fissò di nuovo. Mi sembrò che stesse cercando qualcosa nel mio sguardo. Anche se non avevo la minima idea di cosa. «Grazie» replicò.

Mi mossi sull'asse di legno e osservai un piccolo motoscafo che ci stava superando. A bordo c'era una giovane famiglia. Una mamma e un papà con due bambini piccoli che indossavano minuscoli giubbini di salvataggio rossi. Sembravano così felici e spensierati. Rammentai quel periodo della mia vita.

«Ti senti un po' meglio, ora?» mi arrischiai a domandargli.

Cael fece un lungo respiro e buttò fuori l'aria lentamente. «Non mi sento mai meglio» confessò, la voce sbreccata come un vetro frantumato. Mi osservava guardingo, e mi domandai quanto sforzo gli fosse costato quell'ammissione. Cael era così imponente, alto e dispotico, minaccioso. Eppure, in quel frangente, sembrava talmente fragile, talmente distrutto dalla vita che avrei voluto abbracciarlo fino a che non fosse stato bene.

Mi si spezzava il cuore. Perché la sua confessione era schietta come i miei sentimenti. Contrassi la mano, desiderando protenderla verso la sua, per stringergliela, ma non sapevo se avrebbe gradito. E comunque non mi ritenevo così coraggiosa per provarci.

Trascorse qualche attimo di silenzio, poi mi chiese: «Di dove sei?».

La barca ondeggiò al passaggio di un battello turistico, che provocò delle increspature a pelo dell'acqua. «Georgia. Di una piccola cittadina che si chiama Blossom Grove.»

Cael accennò un flebilissimo sorriso, ma fu sufficiente a spazzare via un po' di grigio e a far sbucare un timido sole in quella giornata. «Un'autentica pesca della Georgia, quindi?»

Se anche ce l'avessi messa tutta, non sarei riuscita a non arrossire. Cael aveva sorriso. Stava parlando con me, e ciò mi sembrava un miracolo.

Avrà bisogno di un amico...

Decisi che Ida aveva ragione.

«Sì. Già. Tu sei del New England?» domandai a mia volta.

Il sorriso di Cael evaporò, e le mura attorno a lui tornarono a innalzarsi. Annuì secco con il capo. «Di una piccola cittadina fuori Boston.»

Armeggiai con i bordi del libro che tenevo in mano. «Dovrei cominciare Harvard questo autunno.» Mi sorpresi da sola per quell'ammissione. Senza saperne il motivo, Cael si irrigidì di colpo e i suoi occhi, che poco prima erano ben aperti e indifesi, si velarono, portandosi via tutta la vulnerabilità. Studiai il linguaggio del suo corpo che passò sulla difensiva, e adesso le mura lo avevano completamente avvolto.

«È ora di andare» annunciò freddo, afferrando i remi.

Ero confusa. «Ho detto qualcosa...»

«Ho detto torniamo *indietro*. Ho finito, qui» ribadì sgarbato, senza ammettere replica. Mi si gelò il sangue, e cercai di non pensare a quello che era appena successo. A ciò che aveva potuto farlo arrabbiare.

Durante la traversata di ritorno non proferimmo parola. Lui era sprofondato di nuovo nella frustrazione, e remò verso la costa con la stessa forza che aveva utilizzato all'andata, incalzato dai propri demoni.

Sulla riva, scorsi Dylan seduto sulla sporgenza di roccia che piaceva tanto a me. Ci salutò con la mano e un paio di minuti più tardi attraccammo. Cael saltò giù dall'imbarcazione per primo, e tirò la barca verso la spiaggia di sassi.

Feci per scendere, ma all'improvviso mi sentii stringere la mano da quella di Cael. «Posso?» mi domandò freddo. Mi afferrò per i fianchi quando annuii con il capo. Mi trasportò fuori dalla barca e mi posò sulla riva. La cura fisica che dimostrava nei miei confronti era totalmente opposta al modo in cui mi stava parlando. Doveva essersi accorto della preoccupazione sul mio volto, perché aprì la bocca come per dire qualcosa, per spiegare, ma poi si avviò verso l'ostello senza pronunciare una sola parola. Lo guardai allontanarsi, con il cuore in gola.

«Ehi, Sav» mi salutò Dylan, saltando giù dalla roccia per poi venirmi incontro. Io stavo ancora fissando Cael, e Dylan seguì la traiettoria del mio sguardo. «Giro in barca?»

Annuii, ma non volevo rivelargli nulla dell'ultima ora. Non sapevo perché, ma il tempo che avevamo trascorso su quella barca era una cosa personale, che riguardava solo me e Cael. Avevo avuto modo di intravedere un altro lato di lui. Mi aveva... mi aveva mostrato il ragazzo distrutto che si celava dietro quella facciata sempre arrabbiata, aveva abbassato per un attimo le proprie difese.

E io volevo aiutarlo.

«È un ragazzo difficile da conoscere» commentò Dylan, indicando verso la porta che Cael aveva appena oltrepassato. «Certe volte, mi fa paura.»

Guardai il mio amico. «Non credo che sia pericoloso. È...» Sospirai, sentendomi ancora confusa. «È ferito» aggiunsi, mettendomi sulla difensiva. Lo capivo che poteva sembrare aggressivo e inavvicinabile – lo sembrava persino a me. Ma il modo in cui mi era apparso sulla barca... così tranquillo, abbattuto... era ovvia la sofferenza viscerale che provava.

«Lo so» commentò Dylan, con un accenno di senso di colpa nella voce. Spostò il peso da un piede all'altro. «Travis mi ha detto che giocava a hockey.» Questo lo sapevo. «Ad alti livelli. Nel senso che sarebbe potuto diventare un professionista. Come minimo sarebbe andato al college per giocare, e poi sarebbe passato alla NHL. Ha giocato nella categoria juniores del Team USA. Era la superstar della squadra.» Alcuni pezzi del puzzle che riguardava Cael si stavano incastrando al loro posto.

Sono abituato al freddo...

Mi sentii permeare da un atteggiamento protettivo. «Travis non dovrebbe spifferare la sua storia.» Dylan sembrò sorpreso dalla durezza delle mie parole. Anche io me ne sorpresi. Eppure lo pensavo davvero. Stava a noi raccontare la nostra storia, quando fossimo stati pronti.

«Credo che Trav sia semplicemente attratto dalla sua fama sportiva» lo giustificò Dylan. «Travis è innocuo, Sav. È un chiacchierone e non ha filtri, ma è innocuo.» Dylan girò lo sguardo nella direzione da cui era appena sparito Cael. «Quando Travis ha detto che Cael era bravo, credo abbia usato un eufemismo. A quanto pare, ha battuto ogni record nella sua fascia di età e oltre. A quel che si dice, erano anni che non si presentava una promessa dell'hockey come lui. Poi, di colpo... ha smesso di giocare.»

Le ultime parole di Dylan mi parvero celare una qualche verità, e capii che Travis conosceva esattamente il motivo per cui Cael avesse smesso di giocare, motivo che doveva aver rivelato anche al mio amico. Ma io non volevo saperlo. Avrei lasciato a Cael la decisione di raccontarmi del perché lui si trovava qui, del perché avesse chiuso con l'hockey.

«Io torno dentro a leggere» buttai lì, cambiando argomento. Dylan rimase pietrificato, incerto se mi avesse in qualche modo urtato. Non lo aveva fatto. Solo che mi sentivo... *protettiva* nei confronti di Cael. Tuttavia, non mi soffermai molto a pensare perché lo fossi. «Vieni?»

Dylan sorrise sollevato e, posandomi un braccio sulle spalle, mi guidò verso l'ostello, chiacchierando del più e del meno. Ci sistemammo nel salone. Io continuai a leggere i miei poeti accanto al camino acceso, mentre Dylan, Travis, Jade e Lili si misero a guardare e commentare le sitcom inglesi che passavano alla TV.

Scese la sera, e le stelle brillavano nel cielo quando terminai di leggere il mio libro. Mi alzai per andare a letto e incrociai Cael nel corridoio dei dormitori, seduto sul davanzale della finestra, le braccia conserte, le cuffie calate sulle orecchie, intento a guardare fuori.

Andai verso di lui e gli posai con delicatezza la mano sul braccio. Lui si girò e d'istinto tirò via il braccio. Mi guardò torvo per qualche istante, poi, rendendosi conto che ero io, la sua espressione si ammorbidì leggermente.

Si abbassò le cuffie e mi chiese: «Che c'è?». Non me lo chiese con tono aspro. Piuttosto, sembrava esausto, cupo.

Gli porsi il libro. «L'ho finito» lo informai. «Merita davvero.»

Osservò il volume che gli stavo offrendo come se fosse una bomba in procinto di esplodere. Sul suo volto scorsi la battaglia che imperversava dentro di lui, nella decisione se accettare o meno l'oggetto che gli stavo porgendo. Era chiaro che stava combattendo una guerra dentro di sé. Ma poi mi guardò negli occhi e la tensione sulle sue spalle si allentò. Allungò una mano e prese il libro dalla mia. «Grazie» mormorò, tornando a guardare fuori dalla finestra. Presi quel gesto come un invito ad andarmene.

Ormai ero quasi alla porta della mia stanza, quando udii: «Buonanotte, Pesca». La sorpresa che mi suscitò quel nomignolo inaspettato fu talmente grande che mi sentii come marchiata sul cuore. Mi voltai e sul suo volto scorsi un'espressione inquieta ma gentile, che però svanì in fretta.

Un'autentica pesca della Georgia, quindi?

«Buonanotte, Cael» risposi, con un po' più di coraggio. Poi finii di salire i gradini, lasciando correre il mio cuore. Perché stavolta, il martellio era... piacevole.

6

Parole sincere e caldi abbracci

Il freddo che avevo patito durante l'ascesa allo Scafell Pike non aveva proprio intenzione di abbandonarmi. Non avevamo trovato lo stesso tempo della salita al monte Helvellyn. La giornata era stata parecchio brutta e aveva piovuto così tanto che il gelo ci era penetrato nella pelle e nelle ossa.

Al ritorno, mi ero fatta una doccia bollente per sbarazzarmi di quella sensazione di freddo, ma c'era qualcosa quel giorno che mi faceva sentire un po' *strana*. I nuvoloni grigi erano opprimenti e la stanchezza dovuta all'escursione e al jet lag si stava facendo sentire. Ero sfinita. E avrei tanto voluto tornare a casa. Abbandonarmi all'abbraccio saldo di Ida, accoccolarmi sul divano con mamma e papà, sentirli parlare della loro giornata.

E soprattutto avevo voglia di andare a trovare la mia Poppy a Blossom Grove.

«Sono passati quattro anni da quando tua sorella se n'è andata?» mi domandò Mia. Mi misi a fissare il camino acceso nel piccolo ufficio che fungeva da studio per le sedute di Mia e Leo. Le parole della psicologa mi fecero irrigidire. «Quanti anni aveva quando è morta?»

Mandai giù il groppo che mi era salito in gola. Mi si ostruiva sempre quando mi venivano rivolte delle domande su Poppy. Come se di fronte a quell'argomento il mio corpo attivasse tutte le difese possibili e immaginabili, per evitare che si infierisse su una ferita già aperta.

«Diciassette» mi sforzai di rispondere. In quel momento, avrei voluto trovarmi in qualunque altro posto. Ma avevo promesso che ci avrei provato. Così, giunsi le mani in grembo e abbassai lo sguardo. Mi abbassai le maniche del maglione fino a coprire i palmi. Una cosa che facevo sempre quando mi sentivo nervosa e a disagio.

«Diciassette... l'età che hai tu adesso» commentò Mia, facendo evidentemente due più due. Annuii con il capo e tornai a fissare il fuoco. I ciocchi che scoppiettavano mi fecero tornare in mente le estati della mia infanzia in spiaggia.

«È stata breve, la sua malattia?»

Presi un bel respiro e scossi la testa. «No» bisbigliai. «Si è protratta per un paio di anni.» Le lacrime mi salirono agli occhi e tornai con la mente ai primi tempi, quelli della diagnosi. Ricordavo benissimo il momento in cui mamma e papà avevano preso da parte me e Ida per spiegarci la situazione. Ero certa che nessuna delle due, allora, avesse davvero capito la gravità della malattia di Poppy. O almeno non finché non ci eravamo dovuti spostare ad Atlanta per le cure. Non finché l'aspetto di nostra sorella non era cambiato e il sorriso dei nostri genitori non era diventato teso. A quel punto mi ero resa conto che le cose non stavano andando nel modo che avevamo sperato.

Non riuscii a scacciare il ricordo che affiorò alla mente...

Entrai nella stanza di ospedale di Poppy e mi arrestai di colpo. La mano stretta in quella di Ida. Mia sorella me la strinse talmente tanto da farmi male, quando vedemmo Poppy così piccola in quel letto.

Ma non fu quello a sorprenderci. Non fu quello a farmi piangere come un fiume in piena. «I tuoi capelli» commentò Ida, parlando per entrambe.

Poppy sorrise e si passò una mano sulla testa calva. «Andati» rispose, sembrando allegra come al suo solito. Poi inclinò il capo di lato. «Sto bene così?»

Stava bene. Assolutamente bene. Ma del resto lei era sempre bellissima. Aveva sedici anni. Combatteva il cancro da un po' ormai. Aveva intrapreso diverse terapie... eppure non ero sicura che stessero funzionando. Io e Ida eravamo state per molto tempo lontane da lei. Odiavo stare lontana da Poppy. Quando lei non c'era, sentivo che qualcosa mancava.

«Sei perfetta» le risposi con convinzione.

«Allora venite qui» ci disse. Trascinai Ida fino al letto. «Mi siete mancate un sacco.» Ci sedemmo sul materasso, facendo attenzione a non toccare i tubicini collegati alle sue braccia.

Poppy ci abbracciò entrambe. Ma io non mi sentii a mio agio in quell'abbraccio. Provai solo terrore. Perché Poppy ci abbracciava sempre strettissimo, invece, in quel momento, percepii tutta la sua debolezza. Ida rise e la baciò sulla guancia, ignara della differenza, mentre io avvertivo un cambiamento in mia sorella. Una sorta di sesto senso mi fece drizzare i peli sulla nuca e una voragine mi si spalancò nello stomaco. Quando guardai Poppy, vidi la ragione di quel cambiamento nei suoi occhi verdi.

Non stava migliorando.

E capii dalla sua espressione esitante che sapeva che avevo capito. «Ti voglio bene, Sav» mormorò, la voce strozzata. Poppy era sempre forte, tuttavia in quel momento non riuscì a nascondere il tremolio nella voce, suggerendomi ciò che temevo di più. Ci avrebbe lasciati.

Con un singhiozzo strangolato, mi abbandonai fra le sue braccia. E giurai che non l'avrei mai lasciata andare…

«Non meritava di morire» mi ritrovai a dire, troppo stanca persino per stupirmi della mia volontaria partecipazione. Dentro di me sentii montare piano piano l'irritazione. Ero stanca e sola, ed ero infuriata col mondo.

«Gran parte della gente che muore non lo merita, Savannah. Ma purtroppo è inevitabile.» Strinsi i pugni, affondando le unghie nei palmi. Mia si sporse in avanti. «Alcune persone fanno parte della nostra vita solo per un breve periodo, però il segno che ci lasciano è come un tatuaggio prezioso sulla pelle.»

A quelle parole, il rancore calò e un senso di devastazione mi colse rapidamente, uno tsunami di tristezza che estinse la rabbia che stava risalendo le mie vene. Un tatuaggio prezioso… Lei lo era per me.

«Mi manca» mormorai, e il freddo che sentivo nelle ossa si acuì. La spossatezza che provavo era come una zavorra che mi impediva di muovermi, di proteggermi da tutti questi pensieri indesiderati, dai ricordi che non volevo rivivere. La fatica degli ultimi giorni mi aveva debilitato a tal punto da non riuscire più a oppormi a essa.

«Immagino» commentò Mia, porgendomi un fazzoletto dalla scatola sul tavolo. Non mi ero neanche resa conto che stavo piangendo. Mi asciugai le lacrime e rimasi di sasso quando Mia proseguì: «È positivo ricordare coloro che abbiamo perso. C'è qualcosa che piaceva a Poppy e che puoi fare anche tu? Qualcosa per sentirti più vicina a lei?».

Il mio respiro si agitò come il Lago Windermere che avevamo visitato poco prima.

L'escursione mi aveva sfinita. Ma ciò che mi stancava di più era la costante fuga da mia sorella. Non sapevo se era perché il mio spirito combattivo si era esaurito insieme all'energia, negli ultimi giorni, però ero stufa di evitare i messaggi che Poppy continuava a inviarmi.

Soprattutto lei mi *mancava* da morire. Mi mancava talmente tanto che a volte pensavo che il cordoglio per la sua morte prima o poi avrebbe ucciso anche me. «Ho un quaderno» risposi, senza distogliere lo sguardo dal camino. Percepii il calore sulla faccia, l'odore del legno arso che impregnava i miei capelli appena lavati. «Poppy... mi ha lasciato un quaderno. Scritto di suo pugno.» Mi agitai sulla sedia. «Non sono mai riuscita ad aprirlo.»

«E adesso come ti senti al riguardo?» mi spronò Mia.

M'incassai nelle spalle sconfitta. «Che sono stufa di lottare.»

«Pensi di leggerlo adesso o comunque presto? In privato, naturalmente.» Il dipinto a olio di un paesaggio del Distretto dei laghi catturò la mia attenzione. Era appeso alla parete e mi fece immediatamente pensare ai miei poeti, i quali erano venuti qui per scappare, per allontanarsi dal mondo che stava cambiando troppo, rubando loro la felicità.

Questi letterati erano venuti qui per trascorrere i loro ultimi anni in santa pace.

Forse era destino che anch'io dovessi venire qui, che mi allontanassi da tutto ciò che conoscevo per rifugiarmi in questo luogo di pace e tranquillità. Forse era destino che fosse questo il posto in cui avrei sentito risuonare di nuovo la voce di Poppy. Il Distretto dei laghi. Durante un viaggio intrapreso per superare la sua morte e aggrapparmi a una parvenza di vita. Per commemorarla con affetto, come meritava, invece di temere il suo ricordo.

«Penso di sì» replicai, sentendo il respiro farsi più regolare. Dire che non provassi una sensazione di vertigine allo stomaco al pensiero di aprire quel quaderno sarebbe stata una menzogna. Cosa aveva voluto dirmi Poppy? Non ne avevo proprio idea.

«Credo sia un buon punto da cui partire, Savannah» annunciò Mia. Mossi le mie gambe doloranti e dovetti trattenere un gemito. Non c'era un muscolo del corpo che non mi facesse male. Davvero non capivo questo aspetto dinamico del viaggio; i nostri corpi venivano costantemente portati al limite della sopportazione fisica. Eravamo tutti esausti, prosciugati di ogni energia. Non era certo l'esperienza edificante che avevo sperato di intraprendere.

Mi alzai dalla sedia e Mia mi sorrise. «Sei andata molto bene oggi, Savannah. Sono orgogliosa di te.»

«Grazie» ribattei, poi mi diressi con cautela fuori dalla stanza. Salii le scale verso il dormitorio e, a ogni passo, mi sentii sempre più nervosa. Stavo andando a prendere il quaderno.

Finalmente l'avrei aperto.

Per fortuna, Lili e Jade non erano in stanza. Per qualche minuto mi limitai a sedere sul bordo del letto, a fissare la valigia di fronte a me. Era vuota, ma nella tasca interna c'era il quaderno.

All'improvviso, un dardo di luce filtrò dalla finestra, proiettando un arcobaleno di riflesso sul pavimento di legno, la cui estremità terminava proprio nel punto in cui si trovava la mia valigia.

Un brivido mi corse lungo la schiena. A differenza di Poppy, non ero mai stata religiosa, e quando lei ci aveva lasciati, la mia anima aveva smesso completamente di credere in un potere superiore. Per quanto mi riguardava, ero convinta che fossimo fatti tutti della stessa materia delle stelle, e che alla nostra morte saremmo tornati da dove eravamo venuti. Eppure, in quel momento, rimasi di sasso di fronte a quel fascio colorato di luce celeste. I peli sulle braccia e sulla nuca si drizzarono come per effetto dell'elettricità statica.

Chiusi gli occhi e rivolsi lo sguardo al soffitto, verso le stelle, e mi domandai se quello fosse davvero un segnale di Poppy, se lei fosse davvero lì a tenermi compagnia mentre mi accingevo a leggere delle sue ultime parole per me.

Guardai fuori dalla finestra. Il sole era filtrato dai nuvoloni grigi, riflettendo il suo accecante alone di luce dorata sulla superficie del lago. Aveva smesso di piovere e sulle distanti vette innevate sembrava avessero acceso dei riflettori che proiettavano su di esse un brillante bagliore bianco.

Era uno spettacolo… surreale.

Mi sentii inondare la faccia dal calore di quei raggi invernali, dopodiché attraversai la stanza e recuperai il quaderno dal bagaglio. Sfiorai la carta con dita leggermente tremanti, ma ciò non mi dissuase dal mio compito.

Scesi al piano di sotto, e presi dal gancio il cappotto e una coperta. Come al solito, mi diressi verso la sporgenza di roccia affacciata sul lago. E prima di sedermi mi fermai e osservare il panorama di fronte a me.

Non credevo di aver mai visto qualcosa di più maestoso. Le acque del lago Windermere si stavano calmando, il vento era freddo, ma il sole sulla faccia mi infuse il barlume di un qualcosa che mi era mancato da tempo: la speranza.

Mi sedetti, mi strinsi nel cappotto e incrociai le gambe, appoggiandovi sopra il quaderno di Poppy. Rimasi per non sapevo quanto tempo a osservare la copertina scritta a mano da mia sorella: *Per Savannah*.

Sentii montare le lacrime. Le asciugai rapidamente, poiché non volevo rovinare o macchiare l'ultimo frammento che mi fosse rimasto di mia sorella.

Chiusi gli occhi e respirai a fondo. Poi, con un sospiro misurato, riaprii gli occhi, girai la copertina e iniziai a leggere:

Carissima Savannah,

se stai leggendo queste parole, vuol dire che me ne sono andata, che sono tornata a casa e che non soffro più.

Sono libera.

Una delle più grandi gioie della mia vita è stata essere tua sorella maggiore. Ti adoro, in ogni modo possibile e immaginabile. La mia sorellina taciturna e riservata, con l'animo più gentile e il sorriso più caldo. La mia sorellina, che davanti al fuoco con un libro in mano e la musica in sottofondo è la persona più felice del mondo. La mia sorellina, che adora la propria famiglia – e soprattutto le sue sorelle – con una intensità incredibile.

Eppure, Savannah, so che sei la sorella che soffrirà di più per la mia scomparsa. Ti conosco, proprio come tu conosci me. Non ci sono segreti tra di noi. Siamo migliori amiche. E so che la mia scomparsa ti segnerà moltissimo. So che non ne parlerai a nessuno. So che ti terrai tutto dentro, nel tuo grande cuore, e questo spezza il MIO, di cuore. Io ho affrontato il mio destino. Ho abbracciato la morte e ciò che verrà dopo con gli occhi spalancati e la gioia nell'anima.

Ma sto male al pensiero di lasciare te e Ida. Non riesco neanche a immaginare la vita che avevamo davanti. I ricordi che avremmo potuto costruire. Noi tre insieme contro il mondo.

Le sorelle Litchfield… unite fino all'impossibile.

Ma so anche che la vita attende voi due. E voglio che l'accogliate. Voglio, con tutto il mio cuore, che prendiate in mano il vostro futuro con l'amore che mi avete dimostrato finora. Prenditi cura di Ida e VIVI. Vivete anche per me.

Sei così intelligente, Savannah. Per tutta la vita mi hai stupito con la tua intelligenza. Con il tuo modo di osservare il mondo con quella tua tipica intensità silenziosa. Non ti sfugge mai nulla quando studi il mondo attorno a te. Ma la cosa più bella è l'amore che dimostri a coloro che lasci entrare nel tuo cuore.

Adoro la mia famiglia. Amo il mio Rune con tutta me stessa. Eppure il modo in cui tu ami me e Ida... Dio, è uno dei ricordi più belli che porterò con me. E so che in paradiso continuerò a percepire il tuo amore attraverso le nuvole. Neanche la morte potrà portarmi via da te. Voglio che questo tu lo sappia.

So che per via della mia malattia dubiti del mondo. So che soffri per il mio destino e che ritieni sia ingiusto. Però per me non è così. Succedono un sacco di cose brutte alle brave persone, ma io credo che ci attenda un posto migliore. Che la nostra separazione come sorelle sia solo momentanea. Una manciata di minuti nella vastità dell'eternità. In men che non si dica, vi riavrò tra le mie braccia e nel mio cuore, dove siete sempre state.

Però per voi passerà più tempo. E quello che temo di più mentre ti scrivo queste parole è che tu smetta di vivere. Sarai pure taciturna, ti piacerà senz'altro osservare in silenzio, tuttavia questo non significa che tu non SENTA nulla.

Savannah, non riesco a sopportare il pensiero che la mia scomparsa ti faccia soffrire tanto. Temo che ti lascerai limitare da essa e io questo non lo voglio. Voglio che tu viva. Voglio che tu prosperi, voglio che tu cambi il mondo con la tua visione intelligente, con il tuo solito amore. Così, ho deciso di scrivere questo diario per te. Sono certa che continuerò a vegliare su di te. Non potrei mai starti lontana per troppo tempo. E anche se non ti sarò fisicamente accanto, voglio aiutarti a superare il dolore.

Voglio che tu sappia che sto bene, Savannah. Sono in pace con me stessa. Non soffro più. E sono felice. Già mi manchi. Il solo pensiero di non far parte della tua vita mi spezza il cuore. Ma la fede mi porta a credere che SARÒ sempre al tuo fianco. Con il mio spirito.

Ho bisogno che tu creda che non sarai mai sola.

Riempirò questo quaderno con dei messaggi per te. E cercherò di convincerti a riconoscere quanto sei speciale. Ti aiuterò ad affrontare la perdita. E ti amerò e ti supporterò attraverso queste pagine quando non ci sarò più. Perché, sorellina bellissima, io ti amo più della mia stessa vita e non sarò mai davvero lontana. Tu mi porterai sempre con te. Devo solo convincerti di questo fatto.

Ti voglio bene, Savannah. Non dimenticartelo mai, perché è l'amore che ti farà sempre andare avanti.

La tua devota sorella,

Poppy

Un singhiozzo mi sfuggì dalla gola. Fu talmente acuto che gli uccelli sugli alberi circostanti scapparono in cielo. Accarezzai la pagina con la mano mentre calde lacrime scorrevano a fiumi dai miei occhi. Piangevo talmente tanto che le spalle mi tremavano ed ero indifesa di fronte al dolore straziante che stavo provando. Poppy... la mia Poppy... Scossi la testa e alzai gli occhi al cielo. Volevo credere che lei mi stesse guardando. Volevo credere che lei fosse lì per me, al mio fianco, proprio come aveva scritto, eppure...

Il rumore di un ramo che si spezzava alle mie spalle mi fece girare di scatto. Cael uscì dalla linea degli alberi e protese una mano. «Sav...» cercò di dire. Il suo solito cipiglio era sparito e il suo viso ora era contorto in una smorfia preoccupata. Solo che la devastante tristezza, le lacrime e la voragine di dolore che quella lettera aveva scavato nel mio cuore si trasformarono in collera. E la cosa avvenne così rapidamente da lasciarmi senza controllo.

Chiusi il quaderno, saltai in piedi, ignorando i muscoli doloranti, e proruppi: «Che ci fai qui?». Cael mi mostrava i palmi, come a cercare di rassicurarmi sul fatto che non intendeva nuocermi. Ma non m'importava. Mi sentivo piena di collera. Il dolore della perdita così potente da spargere ancora più benzina su un incendio già devastante. «Perché mi spii? Mi stavi osservando?» chiesi con voce sempre più stridula, senza riuscire a controllarmi.

Cael non si mosse, come se fossi un cavallo che poteva facilmente spaventarsi. «Stavo solo passeggiando, e ti ho sentita. Sembravi triste. Volevo assicurarmi che stessi bene.» La sua voce era più gentile del solito, era rassicurante, eppure ebbe l'effetto dell'olio su una padella antiaderente.

«NON HO BISOGNO DI TE!» urlai. Le mie parole riecheggiarono nell'area placida del lago. «Non ho bisogno di questo posto!» proseguii, indicando l'ostello e le montagne attorno. Poi, come se qualcuno avesse staccato una spina immaginaria, sentii la collera iniziare a esaurirsi, e portarsi via tutta la mia forza, tutta la mia voglia di lottare. Incassai la testa nelle spalle e mi piegai in avanti, completamente esausta.

«Ho solo bisogno di lei» mormorai. Mi coprii la faccia con le mani e mi misi a piangere. Piangevo così tanto che temevo di cadere, ma poi un paio di braccia forti mi avvolsero e mi aiutarono a rimanere in piedi.

E piansi ancora. Piansi all'infinito contro il petto di Cael. Lo strinsi in vita e mi aggrappai semplicemente a lui. Era così bello stringere qualcuno senza dover fingere di stare bene. Era bello alzarsi la mattina e non dover più indossare la maschera che ero stufa di portare.

«Lei è morta» annunciai, e tutta la tristezza repressa prese d'assalto le porte della libertà. «Mia sorella. La mia bellissima e perfetta sorella è *morta*. È morta e sono stata condannata a un'esistenza senza di lei, e io non posso... Dio, Cael, io non so come vivere senza di lei. Come faccio a sentirmi di nuovo completa?» Affondai la faccia nel suo petto, stringendo nei pugni il suo cappotto pesante. Lui si limitava ad abbracciarmi. A tenermi a sé, e a proteggermi nel suo abbraccio.

Continuai a piangere, fino a sentirmi prosciugata ed esausta. Mi sentivo il petto schiacciato dalla fatica, eppure non smisi di stringere Cael, fortissimo, per assicurarmi che non mi abbandonasse.

Cael allontanò una mano dalla mia schiena e prese ad accarezzarmi la nuca, con movimenti delicati e rassicuranti. Ero affannata per il pianto e il mio corpo era scosso dai sussulti, mentre cercavo di ricompormi.

Inalai il profumo fresco di Cael. Lasciai che il suo odore salino misto a neve infondesse il mio corpo. Mi concentrai sul respiro, ma a un certo punto il mio cuore assunse un andamento aritmico e il panico che prendeva possesso di me ogni giorno tornò a galla.

La mano di Cael smise di accarezzarmi i capelli, e lentamente mi scostò dal suo petto. Mi lesse attentamente l'espressione del volto e con gli occhi scintillanti mi istruì: «Respira per otto secondi, Pesca». Lo fissai negli occhi e feci esattamente come mi ordinava. Non avevo più un briciolo di forza per oppormi. Lui si mise a respirare con me e io lo imitai.

«Ora trattieni per quattro secondi» proseguì, e la mano sulla mia nuca scese di nuovo per accarezzarmi la schiena. A quel contatto mi venne la pelle d'oca, ma il ritmo dettato dalla sua mano diventò una sorta di guida. Come ci avevano insegnato Mia e Leo, ascoltai l'eco del mio cuore e a poco a poco lo sentii rallentare. «Espira, Sav» mi esortò. Ripetei l'esercizio qualche altra volta. Il panico cedette lentamente, e anche il pianto, finché alla fine non tornai in me. Mi sentivo stordita, eppure provavo una nuova sensazione nell'anima. Un barlume di leggerezza che non rammentavo di aver più provato da dopo la diagnosi di Poppy.

Cael spostò la sua mano sul mio braccio, passandomela sulla manica del cappotto, dopodiché mi prese il viso tra le mani. Mi sentii sfrigolare la spina dorsale come se fosse cosparsa di carboni ardenti e lo guardai in faccia. Stava scrutando i miei occhi, studiando ogni centimetro del mio viso. Poi premette la fronte alla mia. Non dicemmo una parola, ma quel contatto pelle contro pelle riscaldò il mio corpo freddo.

«Stai bene?» mi domandò, dopo alcuni istanti di silenzio.

«Credo di sì» risposi. Poi mi interruppi. Ero *stufa* di dovermi sempre placare per forza. Così scossi la testa e rivelai la verità, sentendomi sfiorare la guancia dai suoi morbidi capelli. «No» confessai alla fine. «Non è vero. Non sto bene. Per niente.»

Cael rimase in silenzio. Non provò a confortarmi né mi confidò qualcosa di sé. Tutto ciò mi fece provare disagio. Sentendomi completamente nuda ed esposta, feci un passo indietro, in preda all'imbarazzo per essere stata così vulnerabile, quando lui gracchiò: «Non sto bene nemmeno io».

Sollevai di colpo lo sguardo e m'imbattei nel suo. Gli occhi gli scintillarono ed ebbi la sensazione che fosse la prima volta che lo confidava a qualcuno… magari persino a se stesso. Avevo ancora le braccia ferme sui suoi fianchi, così le liberai e portai una mano sulla sua guancia.

La sua barbetta incolta mi solleticò il palmo. Deglutii. Era la prima volta che toccavo un ragazzo in quel modo. Cael trattenne il fiato, ma quando gli sfiorai gli zigomi con il dito per poi discendere verso il collo tatuato, buttò fuori l'aria e chiuse gli occhi. Ci concedemmo quell'attimo di tregua, respirando la stessa aria, condividendo il dolore represso. Scambiandoci i nostri segreti nella sicurezza del bozzolo che ci eravamo creati.

Sarei rimasta così per sempre.

Poi, una goccia di pioggia atterrò sulla mia guancia, seguita subito da un'altra. Il quaderno di Poppy mi ritornò subito alla mente, così mi staccai da Cael e lo andai a recuperare rapidamente. Lo portai al petto nel momento in cui il cielo si squarciò e la pioggia iniziò a scendere senza sosta. «Di qua» mi esortò Cael, afferrandomi per il braccio. Non corremmo verso l'ostello; ci dirigemmo verso la riva per ripararci sotto una pensilina, di lato alle barche a remi.

Corsi dietro a Cael e l'impennata di energia che richiese lo scatto sotto la pioggia torrenziale mi fece scoppiare in una inebriante e inaspettata risata. Cael mi strinse con più forza la mano quando il suono sconosciuto di quella risata riecheggiò nell'aria parendo esplodere come un fuoco d'artificio sopra di noi.

Una volta raggiunta la pensilina, mi piegai in avanti per riprendere fiato. A ogni respiro si formavano delle nuvolette bianche davanti alla mia faccia, finché i miei polmoni non si placarono e il battito tornò regolare.

La pioggia si abbatteva sul tettuccio di legno, ma noi eravamo all'asciutto. Sollevai la testa e osservai il lago estendersi davanti a noi, il tetto spiovente che fungeva da cornice a quel famoso specchio d'acqua. «Bellissimo» mormorai, sopraffatta da quella vista. Le anatre nuotavano felici sotto il torrente di pioggia, mentre le gocce increspavano la superficie.

Distolsi lo sguardo da quello spettacolo e mi voltai verso Cael. Il cuore mi sprofondò nel petto. Di colpo mi sentii preda dei sensi di colpa. «Cael» lo chiamai piena di vergogna. Anche lui stava osservando il paesaggio. Ma aveva la schiena rigidissima e la mascella contratta. Ebbi paura che si stesse chiudendo di nuovo a riccio. «Mi dispiace tanto.»

Ero certa che non mi avrebbe risposto né che avrebbe registrato le mie scuse, ora che era tornato il vecchio Cael. Non potevo certo biasimarlo. Non mi ero mai rivolta così sgarbatamente a nessuno. Lui aveva solo cercato di aiutarmi, e io gli avevo sbattuto in faccia la sua premura.

Le mie scuse rimasero a fluttuare nell'aria stagnante tra di noi, e il rumore della pioggia riempì quello spiacevole e imbarazzante silenzio. Poi, senza distogliere lo sguardo dal lago, Cael ammise: «È bello sentirti ridere».

Il mio cuore naufragato schizzò di nuovo al centro del petto e iniziò a martellare di fronte a quelle quattro parole inaspettate. Cael si portò all'estremità della pensilina e si sedette, lasciando che il vento freddo gli baciasse il volto. Non mi sfuggì il fatto che avesse lasciato dello spazio accanto a sé, invitandomi silenziosamente a sedere vicino a lui.

Mi avvicinai stringendo il quaderno e lo imitai.

«Cael...» iniziai a scusarmi di nuovo, ma lui mi interruppe.

«Mi dispiace per tua sorella.»

Il solo sentir nominare Poppy mi fece ostruire la gola. «Ti ringrazio» gracchiai e mi domandai se avrebbe aggiunto qualcos'altro. Però lui non lo fece.

Tracciai la calligrafia di mia sorella sulla copertina del quaderno. Me la immaginai seduta accanto alla finestra della sua stanza, intenta a scrivere quel diario. Nonostante quello che aveva dovuto passare, aveva avuto un pensiero per me.

«Si chiamava Poppy» mi sentii di condividere. Pensavo che pronunciare il nome di mia sorella ad alta voce mi avrebbe lasciata sconvolta. Invece, quando ero con Cael, una parte di me sapeva di potersi fidare. Lui sospirò e incrociò le gambe, appoggiando i gomiti sulle ginocchia. Mi stava concedendo lo spazio e il tempo necessari per riprendere a parlare.

Scacciai le lacrime. «Aveva il cancro.» Strinsi il quaderno al petto, ingannandomi che fosse come ricevere un suo abbraccio. «È morta quattro anni fa, dopo una lunga e sfiancante battaglia.»

Cael abbassò il capo, come se stesse pregando. Mandai giù il groppo che avevo in gola e continuai: «Lei era la mia roccia. La mia ancora. E io vago alla deriva da quando è successo».

Trascorsero alcuni minuti di silenzio. Fissai la neve sulle distanti vette. Non avevo mai visto nevicare. Speravo di averne occasione qui, ma finora l'inverno britannico ci aveva onorati con cieli grigi e pioggia incessante. Il quaderno mi scivolò in basso quando mossi le gambe per mettermi frontale a lui. Mi accorsi che la pioggia si stava placando e il cielo rischiarando. Il sole tornava a proiettare i suoi raggi dorati attorno a noi.

A spargere il suo familiare bagliore sul lago.

Feci per recuperare il quaderno, ma Cael me lo stava già porgendo. Un fascio di luce filtrò dalle assi di legno della pensilina, illuminando la sua mano protesa… come se quel bagliore fosse Poppy.

Posai la mano sulla sua e la guidai sul suo ginocchio. Cael corrugò la fronte confuso. «Poppy mi ha lasciato questo quaderno» gli spiegai. «Oggi, per la prima volta dopo quasi quattro anni, sono stata in grado di aprirlo.» Cael sgranò gli occhi. «Ho letto solo la prima pagina. Ecco cosa stavo facendo quando mi hai beccata.» La compassione comparve sul suo volto.

«Tieni» gracchiò, porgendomi di nuovo il diario, come se fosse un oggetto delicatissimo e temesse di poterlo rompere. Il raggio di sole atterrò ancora sulla sua mano. E la percepii. Percepii la presenza di Poppy che mi spronava a condividere tutto questo… a condividere il mio dolore.

«Leggilo» lo esortai e lui sbiancò. Prese a fare di no con la testa. Posai di nuovo la mano sulla sua e girai la copertina, rivelando la prima pagina vergata da Poppy. «Per favore» lo implorai. «Sarebbe bello se qualcun altro qui potesse conoscerla.»

Alla mia richiesta, scorsi il terrore nella sua espressione. Ma qualunque cosa avesse scorto lui nella mia, lo convinse a leggere. Chiusi gli occhi e buttai la testa all'indietro, lasciando che l'aria fredda mi accarezzasse i capelli umidi di pioggia. Lasciai affiorare un lieve sorriso sulle mie labbra, quando percepii il familiare profumo salino misto a neve... dopodiché percepii anche una nota di vaniglia.

Conoscevo soltanto una persona che profumava di vaniglia.

La sensazione di una mano sulla mia interruppe quel momento di pace. Aprii gli occhi e abbassai lo sguardo su di essa, prima che Cael la facesse ruotare. Poi intrecciò le dita alle mie, stringendo con forza. Aveva appoggiato il quaderno a terra.

Sentii le farfalle nello stomaco. E ancora di più quando la sua mano libera si posò con fare protettivo sulla bella calligrafia di Poppy. «Lui si è ammazzato» annunciò Cael con un filo di voce. Riuscii comunque a sentirlo. E, nonostante fosse una confessione quasi silenziosa, ebbe l'effetto di un urlo dentro una grossa caverna e mi spezzò il cuore con la sua eco.

Cael serrò la presa sulla mia mano.

«Cael...»

«Mio fratello maggiore. Cillian. Lui... io...» Scosse la testa, arrestando la sua voce tremante, incapace di proseguire. «Scusa, Sav. Io non posso... Non riesco a parlare.»

Quella notizia mi squarciò l'anima. Il mio cuore gridava in preda al dolore. Non riuscivo neanche a immaginarlo. Non riuscivo proprio a immaginare cosa si potesse provare a perdere un fratello in quel modo tragico. Non sarei stata in grado di sopportarlo. Come poteva Cael superare una perdita del genere?

Cael...

Non mi meravigliava che si sentisse spaesato e solo.

Mi portai le nostre mani giunte alla bocca e stampai un bacio sul dorso della sua. Le mie labbra sfiorarono il tatuaggio raffigurante un opaco cuore spezzato inciso sulla sua pelle con l'inchiostro nero. Cael non riuscì a concludere ciò che stava cercando di dire. Non riuscì a pronunciare ad alta voce quelle parole.

«Mi dispiace» intervenni, anche se non suonai altrettanto compassionevole quanto lo era stato lui nei miei confronti. Accantonando la timidezza, mi avvicinai ancora di più a lui e appoggiai il capo sulla sua possente spalla. Non appena i nostri corpi si sfiorarono, il suo si irrigidì. Dopodiché esalò un lungo e affannato respiro e abbassò la testa sulla mia.

Rimanemmo così seduti a osservare in silenzio il sole che illuminava il lago. Non mi era mai capitata una cosa del genere. Cioè avere qualcuno a cui raccontare il mio dolore e che allo stesso tempo condivideva il proprio con me. Però poi rammentai quello che mi aveva appena rivelato, e provai una fitta allo stomaco. Suo fratello si era tolto la vita. Era per questo che Cael era così arrabbiato. Così distrutto dentro. Era per questo che...

«Lei ti voleva bene» commentò, interrompendo il corso dei miei pensieri. Il suo alito che sapeva di menta mi sfiorò la guancia. Spostò leggermente la testa e le sue labbra rasentarono i miei capelli. Chiusi gli occhi e mi lasciai trasportare da quella sensazione di conforto fisico. «Ti voleva molto bene.»

«Sì» sussurrai, non volendo far scoppiare quella fragile bolla di pace che si era creata tra di noi. Aprii gli occhi e notai che un rapace stava volteggiando sopra i vari isolotti del lago. «Mi manca in un modo che non so descrivere.»

«Anche lui mi manca» confessò Cael alla fine, e io capii quanto ciò fosse vero dal modo in cui si abbandonò al mio fianco, come se stesse cercando una qualsiasi forma di contatto umano, una rete di salvataggio per arrestare la rovinosa caduta provocata da quell'ammissione. Mi chiesi da quanto tempo se ne andasse in giro da solo, schivando ogni forma di supporto proveniente dal mondo esterno. Mi avvicinai ancora un po' a lui, finché non fu un alito di fiato a separarci.

Due frammenti di vetro rotti in cerca di una soluzione per sentirsi di nuovo parte di qualcosa.

«Lei ti ha lasciato un intero quaderno» commentò Cael. Fece una breve pausa prima di proseguire: «A me sono state lasciate solo sei parole scritte di fretta sul vecchio biglietto di una partita».

La mia anima si squarciò. La scomparsa di Poppy mi aveva distrutta. Ma almeno avevo delle risposte sul perché della sua morte. Non avevo alcun dubbio che lei mi adorasse; si era assicurata di ripetermelo con sufficiente frequenza. Avevo potuto dirle addio, anche se proprio quell'addio era stato la causa del mio disfacimento.

Mentre Cael... era stato privato di quel momento significativo. Lo sentii respirare con affanno e mi sembrò di percepire una lacrima rotolare dalla sua guancia e atterrare sulla mia. Non volli disturbarlo in quel momento. Sapevo che era straziante per lui.

Lo era anche per me.

Seduti in silenzio, osservammo il sole invernale che iniziava a tramontare e il buio cominciare ad ammantare le vette, per poi discendere sulle colline e spalmarsi sul lago davanti a noi. Le stelle provarono ad affacciarsi nel cielo coperto e la luna nascondeva il suo bagliore tra le accanite e spesse nubi.

Rabbrividii, quando il sole basso non scaldò più quella giornata invernale e la notte fredda iniziò a scendere. Cael dovette notarlo, perché girò la testa nella mia direzione, sfiorandomi l'orecchio con le labbra. «Sarà meglio tornare dentro.»

Annuii, ma rimasi immobile per qualche altro istante, non volendo interrompere quel piacevole torpore in cui ero scivolata. Poi, quando una folata di vento artico si insinuò sotto la pensilina, non ci restò altra scelta che rientrare.

Drizzai la schiena e con riluttanza lasciai la mano di Cael, dopodiché mi tirai su. Lui mi imitò subito, recuperò il quaderno di Poppy da terra e me lo porse. I nostri sguardi si incrociarono. Era la prima volta che succedeva da quando ci eravamo riparati là sotto a confidarci la nostra sofferenza.

Scorsi qualcosa di nuovo nei suoi occhi. Era come se mi guardasse in un modo diverso adesso. Io lo guardavo senz'altro in modo diverso. L'inavvicinabile tipo della periferia di Boston era sparito. Al suo posto era comparso Cael Woods, un ragazzo a pezzi che soffriva per la tragica morte del fratello maggiore. Nonostante le nostre apparenti differenze, sotto la superficie eravamo due anime affini.

Cael fece scivolare la mano nella mia e il freddo che ci aveva tenuti sotto assedio fu contrattaccato da una straordinaria sferzata di calore. Mi lasciai guidare da lui verso l'ostello. Il terreno ghiacciato scrocchiava sotto le suole delle nostre scarpe. Alzai lo sguardo al cielo, verso i nuvoloni neri che nascondevano le stelle.

Vagavo solitario come una nuvola... Mi tornò in mente la poesia di Wordsworth. Quando, varcata la soglia dell'ostello, dovetti separarmi con riluttanza da lui per raggiungere la camera delle ragazze, mi resi conto che forse non ero così sola come credevo.

E nemmeno lui lo era.

Non potei fare a meno di rammentare come si era comportato quando gli avevo gridato contro. La mia collera... non lo aveva offeso, anzi... lo aveva attirato. In quel momento, avevo vissuto di riflesso quello che lui sentiva dentro di sé. Il dolore aveva preso possesso di me come succedeva spesso a lui.

Cael mi aveva vista così, e nel profondo della mia disperazione, io lo avevo compreso. E lui si era calmato. Si era confidato con me.

Cael... soffriva tremendamente...

Dopo essermi fatta la doccia, salii sul letto. Sopraffatta dalla curiosità, presi il cellulare e cercai su Internet il suo nome. Uscirono centinaia e centinaia di risultati. La prima foto risaliva a un paio di anni prima, e non riuscivo a credere ai miei occhi. Indossava l'uniforme da hockey. E non aveva neanche un tatuaggio... neanche un piercing... né l'ombra della sofferenza sul volto. Il sorriso ampio e contagioso toglieva il fiato. Ma ciò che mi provocò una stretta al petto fu la persona accanto a lui, quella che lo stringeva con orgoglio.

Cillian.

Tracciai i contorni del viso del Cael spensierato sullo schermo. Dopodiché raggelai leggendo la didascalia. *Il futuro dell'hockey. La stella di Harvard, Cillian Wood, con il fratello minore, Cael.*

Harvard.

Il risultato successivo mi straziò ulteriormente il cuore. *Cael Woods diretto a Harvard! I Fratelli Woods indosseranno entrambi la maglia rossa!*

L'articolo spiegava che Cillian era andato a Harvard e che Cael lo avrebbe seguito presto. Cael aveva un anno più di me. *Harvard...* Era per quello che il giorno in mezzo al lago si era inspiegabilmente chiuso in se stesso, mettendosi a remare verso la riva. Gli avevo detto che ci sarei andata... ma lui evidentemente *non* ci era più andato. E non ci voleva un genio per capirne il motivo. Ebbi la sensazione che ci fosse in ballo qualcosa di più grande di me. Non ero il tipo da credere al soprannaturale, eppure non potevo negare la natura fortuita del nostro incontro. C'era qualcosa in Cael Woods che mi aveva attirato dal primo istante in cui lo avevo visto apparire, calamitandomi a sé come una falena con il fuoco.

Mi aveva fatto provare il desiderio di proteggerlo e aiutarlo a sostenere il peso del suo cuore infranto.

Con l'anima a pezzi, spensi il cellulare, e mi sentii in colpa per aver scavato nella sua vita privata in questo modo. Non avrei dovuto farlo.

Eppure non riuscivo a togliermi dalla testa il sorriso spensierato di quella foto. Non riuscivo a smettere di pensare a Cillian che stringeva il fratello minore, sorridendogli come se fosse ciò di cui andasse più fiero. Non potevo fare a meno di chiedermi cosa gli fosse successo, cosa lo avesse spinto a credere che la morte fosse l'unica via d'uscita da qualunque cosa lo turbasse. Mi chiesi se almeno Cael lo sapesse.

Mi portai il cellulare al petto, come se in quel modo potessi stringere il Cael ragazzino dello schermo, prima che il suo mondo si sgretolasse. La mia mente era immersa in un vortice di pensieri, e saltava dall'uno all'altro senza una logica. Di colpo vidi affiorare il volto di Poppy. Avrei tanto voluto parlare con lei, in quel frangente. Lei avrebbe saputo cosa dire.

Dopodiché le mie dita fremettero per il bisogno di raccontarle comunque tutto. Posai il cellulare sul comodino e recuperai il diario che Mia e Leo ci avevano consegnato. Lo aprii alla prima pagina e mi affidai a mia sorella maggiore, come avevo sempre fatto in passato…

Carissima Poppy, iniziai, e per la prima volta non mi opposi al dolore che per troppo tempo avevo cercato di tenere a distanza. *Oggi ho letto la prima pagina del tuo quaderno.* Mi asciugai le lacrime e tenni duro. *Mi manchi così tanto. Leggere le tue parole dopo tutto questo tempo è stato come venirti a trovare in paradiso, per poi sentirmi dire che il tempo a mia disposizione era già scaduto e che dovevo tornarmene a casa.* Ripensai alla mia giornata. E poi a Cael e me sotto la pensilina. *Non me la sto cavando bene, Pops. Mi hanno mandato a fare questo viaggio per poter superare la tua perdita. Ero scettica sulla sua utilità.* Mi portai la penna alla bocca, pensando a cos'altro dire, poi ripresi a scrivere. *Ma ho incontrato un ragazzo. Si chiama Cael…*

Continuai a scrivere a mia sorella. Come se il tempo non fosse mai passato. Come se lei fosse semplicemente da un'altra parte di questo mondo, una parte lontana e difficile da raggiungere via cellulare. Come se fosse ancora viva e vegeta e aspettasse di ricevere le mie lettere.

Quando misi giù la penna, percepii un cambiamento in me. Il peso che mi schiacciava costantemente lo sterno era un po' meno opprimente. Posai la testa sul cuscino e chiusi gli occhi, con l'intenzione di provare a dormire. Ma il volto di Cael affiorò di nuovo alla mia mente e, rammentando la sua confessione, mi si strinse il cuore. Cillian. Suo fratello maggiore si chiamava Cillian Woods. Volevo assicurarmi di non dimenticarlo mai. Meritava di essere ricordato.

Ripensai alla voce spezzata di Cael, alle sue labbra tra i miei capelli, alla sua guancia appoggiata alla mia testa. E mi sfiorai la mano che lui aveva stretto confidandomi il suo trauma più profondo.

Percepivo ancora il suo calore.

7

Segreti confidati e cieli di commiato

Stephan: Tua madre mi ha detto che sei via. Volevo solo sentirti. Mi manchi, amico mio.

Rimasi a fissare il messaggio di Stephan per qualche minuto. Alla fine decisi di non rispondere e misi il silenzioso al cellulare. Rappresentava uno delle centinaia di messaggi a cui non mi ero mai degnato di replicare. La verità era che non riuscivo ad affrontare il mio amico. Non riuscivo ad affrontare i miei genitori. Anche loro mi avevano scritto di continuo da quando ero atterrato qui, e io li avevo ignorati. Non avevo risposto alle loro telefonate. E avevo lasciato che fossero Mia e Leo a informarli della mia salute.

Non riuscivo ad affrontare nessuno a casa. Soprattutto adesso. Ero dilaniato dopo il precedente pomeriggio con Savannah. Non riuscivo a smettere di pensare a quando l'avevo beccata sulla roccia a piangere e a disperarsi. Non riuscivo a togliermi dalla testa la sua collera, la stessa emozione distruttiva che albergava nelle mie vene. A come mi aveva urlato, al suo bellissimo volto contorto dal dolore. E non riuscivo a non pensare al momento sotto la pensilina. Alla sua vulnerabilità, alla sua onestà. A come fosse stato semplice respirare quando le avevo stretto la mano. Perché? Cosa voleva dire? Starle accanto, stringerla… mi aveva donato finalmente un attimo di pace. E quella sensazione si era intensificata dopo ciò che mi aveva raccontato.

Dopo quello che *io* avevo raccontato a lei.

Cillian.

Non lo avevo certo premeditato. Semplicemente… mi era *uscito*, come se quella confessione fosse lì pronta per essere consegnata e accolta da *qualcun altro*.

Ero riuscito a raccontare a qualcuno di Cill. Avevo raccontato di Cill a *Savannah*… E non sapevo cosa provare al riguardo. Questa mattina mi sentivo diverso. Ero completamente scombussolato. Le tenebre erano ancora lì, in agguato nelle mie vene, ma… *cazzo*, avevo raccontato a qualcuno di Cillian. E l'amarezza che provavo dentro non era poi così forte. Non mi consumava a ogni respiro. Avevo dimenticato cosa si provasse.

Che stava succedendo?

«Sei pronto?» mi domandò Travis. Stavo riponendo gli ultimi vestiti nel bagaglio, immerso nei miei pensieri. Quella di oggi sarebbe stata la nostra ultima escursione. L'indomani, saremmo partiti per la Norvegia. Ignaro di quanto mi sentissi confuso, Travis mi attese sulla soglia mentre afferravo il giaccone e gli scarponi. Quel ragazzo cercava sempre di stringere amicizia, e io lo respingevo ogni volta.

Stava reggendo la porta con la punta della scarpa. «Scusa se sono di troppo» irruppe dal nulla, lasciandomi scioccato. Incrociai il suo sguardo. «Non ho molti amici, soprattutto dopo…» Scosse la testa e prese a scendere le scale, senza terminare la frase che aveva iniziato.

Non sapevo se fosse l'influenza di Savannah o il fatto di non sentirmi più io, ma gridai: «Trav». Lui si girò, il volto pieno di lentiggini arrossato per l'imbarazzo. «Non preoccuparti.»

Travis sospirò sollevato, e io mi sentii un totale coglione. La verità era che non stavo approfondendo la conoscenza di nessuno durante questo viaggio. Avevo ignorato tutti e me ne ero fregato di chi potesse finire vittima del mio fuoco incrociato.

Tutti eccetto Savannah. Lei era diversa. L'avevo percepita diversa dalla prima volta in cui avevo posato lo sguardo su di lei.

«Davvero?» mi chiese Travis, l'espressione raggiante. Annuii e indicai l'uscita dell'ostello, verso il pulmino che ci attendeva. Gran parte del gruppo era già fuori. Mi tremarono le mani per l'agitazione al pensiero di rivedere Savannah. Come avrei potuto affrontare qualcuno a cui avevo raccontato di mio fratello?

Stavano tutti parlando tra loro, quando io e Travis salimmo a bordo. Mi sedetti un paio di file avanti rispetto agli altri, per non dover guardare nessuno negli occhi. Non stavo cercando di ignorarli, stavolta; avevo solo bisogno di spazio.

Mi misi a osservare il lago fuori dal finestrino. Aveva finalmente smesso di piovere. Le nuvole si erano diradate e il sole brillava alto nel cielo. Si gelava comunque… però almeno la giornata non era buia e deprimente come ieri.

Chissà, magari dopo aver parlato con Savannah, dentro di me non era più così buio e deprimente. Magari stava filtrando un timido raggio di luce.

Mi passai la punta del dito sul labbro inferiore e mi parve di percepire ancora la setosità dei suoi capelli e il profumo di ciliegia e mandorla che avevo respirato avvicinando la bocca alla sua testa. Mi sembrava di sentire il suo palmo morbido sul mio, calloso e indurito dagli anni di hockey. Avevo avuto il bisogno di stringergliela. In quel momento, non sapevo se a causa della mia o della sua vulnerabilità, avevo dovuto stringerle la mano.

Non avrei mai voluto spostarmi da quella pensilina. I nostri problemi mi erano sembrati meno insostenibili là sotto. Avevamo dato sfogo alla tristezza, e per un paio d'ore avevamo semplicemente vissuto… il *presente*.

Sentii il sedile al mio fianco abbassarsi. Mi voltai e provai una fitta allo stomaco. Savannah. Mi stava scrutando attraverso le lunghe ciglia chiare, con quei suoi occhi azzurri, in cerca di una conferma per rimanere seduta là, che il fatto che fosse accanto a me non mi infastidisse.

La sua presenza mi fece sentire di colpo a mio agio. Le mani non mi tremavano più. E stranamente non mi pentivo di averle raccontato di Cillian.

«Ehi, Pesca» la salutai con la voce provata. Mi sentivo nudo ed esposto sotto il suo sguardo. Vulnerabile. Non ero abituato a sentirmi vulnerabile con qualcuno. Non mi era mai capitato in tutta la vita. Eppure con questa ragazza carina della Georgia mi sentivo così, nel più schietto dei modi.

Savannah si chinò sullo zaino e tirò fuori un sacchetto contenente dolcetti e frutta. «Non sei sceso a colazione.» Alzò le spalle e le sue guance assunsero quella colorazione rosa che adoravo tantissimo. «Ho pensato che magari avessi fame.» Fissai meravigliato questa ragazza. Questa pesca della Georgia che era riuscita a scalare le altissime mura di cinta del mio cuore.

«Grazie» dissi, prendendole il sacchetto di mano. La verità era che quella mattina ero stato un codardo. Avevo evitato la colazione perché non sapevo cosa dirle. Non sapevo come approcciarmi a qualcuno che aveva visto da vicino le mie cicatrici nascoste, così aperte ed esposte.

Avrei dovuto sapere che non mi avrebbe fatto sentire in imbarazzo.

Tutt'altro… mi aveva appena fatto sentire a posto.

Savannah si sistemò sul sedile e il pullman iniziò a muoversi. Cercai di non farmi prendere dal solito disagio per il fatto di trovarmi su un mezzo in movimento. Così guardai il panorama che ormai si era cementato nel mio cervello. Non mi sarei mai dimenticato di questo posto.

«L'ultimo giorno» commentò lei. Sapevo che si stava sforzando di parlarmi. Savannah era persino più riservata di me. Capivo che non le veniva naturale perdersi in futili chiacchiere, ma vedevo anche che ce la stava mettendo tutta.

Per me.

«Già» risposi, poi ficcai la mano nel sacchetto ed estrassi un croissant alla cioccolata. Lo addentai con un sospiro. Morivo di fame.

«Un'altra scalata» aggiunsi, sforzandomi di continuare a parlare, di impegnarmi. Di non dare troppo *peso* al pomeriggio precedente.

Savannah annuì con il capo e un flebile sorriso adornò le sue labbra rosa. Smisi di masticare per studiarlo bene. Non avevo idea di come ci riuscisse, eppure questa ragazza era in grado di dissipare tutta la nebbia scura che mi avvolgeva, come se brandisse una spada forgiata di pura luce.

Qua nessuno sorrideva mai troppo. Durante questa tappa del viaggio a Windermere qualcuno aveva provato a farlo un po' più spesso, ma, per quanto brutto, dei sorrisi degli altri non me ne importava un fico secco. Del suo sì, però. Perché il sorriso di Savannah illuminava il cielo. Il suo sorriso era timido, eppure quella lieve increspatura delle labbra aveva lo stesso effetto di un treno merci sparato a tutta velocità sul mio cuore.

«Le mie gambe ringraziano che sia l'ultima.» Quella frase mi strappò un sorrisetto e lei si mise a fissarlo. Magari nello stesso modo in cui io avevo fissato il suo. Cercai di studiarla in cerca di un qualsiasi segnale di disagio, ma attorno a lei… c'era soltanto pace.

Non riuscivo a capacitarmene.

Savannah appoggiò la testa allo schienale del sedile. Sembrava contenta; poi Dylan e Travis si sedettero sui sedili davanti ai nostri e si voltarono verso di noi. «Ehi, voi due» ci salutò Dylan.

Vidi Savannah scuotere la testa divertita al ragazzo che sembrava essere diventato suo amico. «Di cosa state parlando?» continuò Dylan.

Il mio sorriso era svanito e quando guardai Savannah notai che anche il suo non c'era più. Non ci voleva un genio per capire che eravamo entrambi ancora provati dalla chiacchierata del giorno prima, così risposi a Dylan: «Di quanto siete noiosi voi due». Mi sorpresi da solo per quella battuta. Mi sembrava strano che fosse uscita dalla mia bocca.

Dylan spalancò la bocca fingendo di essersi offeso. «Cael. Tu parli! E hai il senso dell'umorismo!» Travis scoppiò in una risata. Un tempo ero stato un tipo divertente. *Prima.* Ero quasi certo che fosse la prima volta durante tutto il viaggio che lasciavo intravedere a qualcuno che non fosse Savannah un accenno del vero me. Le spalle di Savannah presero a tremare e mi accorsi che stava ridendo. Quando le rivolsi una breve occhiata, notai del sollievo sul suo volto. E forse anche una nota d'orgoglio.

La chiacchierata segreta sotto la pensilina era ancora tale. E sarebbe stata solo nostra.

«Allora? Non siete elettrizzati per la tappa norvegese?» domandò Travis. Io feci spallucce. In realtà non ero elettrizzato per nessuna delle tappe di quel viaggio. Però questo posto mi piaceva. Ero dispiaciuto di lasciarlo. Lo stare in prossimità di quei laghi, lontano dalla civiltà, aveva un effetto calmante su di me.

«Io non vedo l'ora» rispose Dylan. «Spero solo che non ci siano altre escursioni da fare.» Travis annuì con il capo, concordando con l'altro.

Pensavo che Savannah non avrebbe detto nulla, invece mi sorprese: «Conosco delle persone norvegesi. E non vedo l'ora di visitare la loro terra». Dylan e Travis rimasero in attesa di qualche altra informazione, ma Savannah si fermò lì, e notai che le sue labbra si tesero leggermente. Mi chiesi quali persone norvegesi conoscesse, e cosa significassero per lei.

Savannah non parlò per il resto del tragitto in pullman. E nemmeno io. In compenso, Dylan e Travis lo fecero anche per noi. Per una volta, le loro chiacchiere incessanti furono piuttosto piacevoli. Quando il mezzo si fermò e ci ritrovammo ai piedi dello Skiddaw, sollevai lo sguardo e ne osservai la vetta alta e ricoperta di ghiaccio.

Un'altra scalata.

Mentre assicuravo lo zaino in vita, qualcuno mi venne accanto. Abbassai il capo e notai un cappellino rosa adagiato sopra una chioma biondo scura. Savannah mi lanciò un'occhiata, poi prese a camminare accanto a me. Collina dopo collina, ci inerpicammo su sentieri rocciosi, e lei non abbandonò mai il mio fianco. Una volta in cima, rimanemmo a guardare il panorama: il mosaico verde e bianco dei campi, e l'acqua che luccicava come se fosse cosparsa di milioni di glitter.

Stare così in alto mi faceva sentire piccolo. Faceva sembrare il mondo e tutto il resto infinito. Vasto. E tutto ciò era inquietante quanto confortante.

Scendemmo di nuovo ai piedi della montagna, stanchi e senza fiato. Ma ce l'avevamo fatta. Dylan e Travis ci raggiunsero, e anche Jade e Lili. Ci mettemmo tutti a osservare la vetta che avevamo appena ridisceso e io fui colto da un inaspettato vortice di emozioni alla gola. Diedi un colpo di tosse, cercando di liberarmi da quella sensazione, però questa non fece altro che collocarsi all'altezza del petto e poi dello stomaco, facendomi contrarre tutti i muscoli.

«Potreste esservi chiesti perché vi abbiamo portati qui, nel Distretto dei laghi» irruppe Leo, interrompendo il silenzio contemplativo. Si avvicinò a noi sei, seguito da Mia, l'espressione cupa. «Ne avete passate davvero tante. Lo so che siamo riusciti a scalfire solo una minima parte della superficie, ma questo viaggio in cinque tappe è stato progettato per aiutarvi a fare i conti con il dolore.»

Mia fece un passo avanti. «Resilienza» aggiunse, lasciando sospesa quella parola nell'aria. «Per fare i conti con il dolore, serve essere *resilienti.*»

«Vi abbiamo portato qui per allontanarvi dalla vita chiassosa e frenetica» spiegò Leo. «Quale posto migliore di questo paradiso in Terra?» Indicò la zona circostante. «Quale posto migliore di una regione costellata di vette da scalare e panorami mozzafiato in cui perdersi? Un posto in grado di farvi superare i vostri limiti?»

«E ce l'avete fatta» soggiunse Mia, una nota d'orgoglio nella voce. «Nonostante il jet leg, il freddo e la stanchezza, ce l'avete fatta. Avete intrapreso quella che sembrava una missione impossibile e l'avete affrontata a testa alta. Un piede davanti all'altro, un passo dopo l'altro, avete scalato queste montagne, con fatica e con affanno, esausti e sfiniti. Ce l'avete *fatta*. Avete raggiunto la vetta. Voi. Lo avete fatto voi.»

«Se ve l'avessimo detto una volta arrivati qui, sono sicuro che non lo avreste mai creduto possibile...» riprese Leo, provocandomi un brivido gelato lungo la schiena. Savannah mi si avvicinò ancora di più, sfiorandomi il dorso della mano con il suo. Mi domandai se le parole di Mia e Leo stessero avendo lo stesso impatto su di lei. «Eppure ci siete riusciti.» Leo ci guardò a uno a uno negli occhi. «E allo stesso modo vi insegneremo a elaborare il vostro dolore.»

Mi cedettero le ginocchia, perché non capivo proprio come sarei potuto uscire dall'inferno in cui mi sentivo intrappolato. Avevo colto la metafora: le montagne rappresentavano il dolore, gli ostacoli che ci precludevano la felicità. Tuttavia, per scalare queste vette avrei sfidato volentieri me stesso, ero fisicamente in forma e dotato di determinazione sportiva, mentre per quanto riguardava il dolore, non mi fidavo affatto delle mie capacità. Più di tutto, mi preoccupavo di non essere in grado di sconfiggerlo, mai.

Sentendomi sprofondare in una spirale, spostai il peso da un piede all'altro e sfiorai di nuovo il dorso della mano di Savannah. Non ero certo del motivo del mio gesto, ma senza pensarci troppo allungai il mignolo e lo avvolsi al suo.

La mano le tremava e questo mi fece immediatamente concentrare su di lei, dimenticandomi del panico che mi era preso fino a quel momento. Anche Savannah era intrappolata nel suo inferno. *Tutti* quelli che si trovavano qui erano avvolti dalle fiamme come me.

Non eravamo soli.

Feci un respiro profondo. *Resilienza.* Non ero certo di possederne, quando si trattava di scendere a patti con il gesto di Cillian. E avevo modo di credere che nemmeno Savannah riuscisse a tirarla fuori quando si trattava di sua sorella Poppy. Ma se questo viaggio non ci avrebbe aiutato, cosa avrebbe potuto farlo?

«Resilienza» ripeté Mia. «Voi *siete* resilienti. Ciascuno di voi lo è. E siete più forti di quel che credete.» Sorrise. «Per *noi* è lampante, chiaro come la luce del sole. Vediamo speranza in voi. Coraggio. Forza.»

«Siamo orgogliosi di voi» concluse Leo, dopodiché ci lasciarono soli a meditare sulle loro parole.

Le maniche lunghe dei giacconi che io e Savannah indossavamo coprivano i nostri mignoli intrecciati – ancora uniti, concentrati a prendere forza l'uno dall'altro. Era il nostro segreto: ci sostenevamo a vicenda.

Osservai senza troppa attenzione le altre persone sulla montagna, intente a inerpicarsi e a portare a termine faticosamente quel difficile percorso.

Uno scricchiolio di scarponi sul terreno ghiacciato catturò la mia attenzione. Quando mi voltai, Dylan, Travis, Jade e Lili stavano tornando da Mia e Leo, che ci attendevano al pullman.

Savannah restò al mio fianco, sospesa in quel momento.

«Ce l'abbiamo fatta» commentò, riecheggiando le parole di Mia e Leo con una voce colma di speranza. Mi chiesi se lei ci credesse, al fatto di poter superare il dolore, al fatto che questo viaggio l'avrebbe guarita, l'avrebbe aiutata ad andare avanti.

«Sì» replicai, osservando una coppia anziana che stava raggiungendo la vetta. La donna si buttò tra le braccia del marito per celebrare l'evento. Io strinsi con più vigore il mignolo attorno a quello di Savannah. Sperimentare di nuovo quel livello di felicità mi sembrava fuori dalla mia portata.

Mi sembrava *impossibile.*

Savannah irruppe nella mia disperazione interiore, bisbigliando: «Io… io credo che Poppy sarebbe orgogliosa di me». Mentre pronunciava quelle parole, la sua mano riprese a tremare leggermente e una nota di tristezza intaccò la sua voce. Stavolta dovetti voltarmi a guardarla. Stava osservando la vetta, così sollevai la mano libera e le sfiorai il mento con un dito. La sua pelle era gelata. Lentamente guidai il suo volto verso il mio. A quel punto lei abbassò lo sguardo. Poi aspettai che sollevasse di nuovo i suoi occhi azzurri. Erano lucidi, ma quando una lacrima le rotolò sulla guancia, sulle sue labbra comparve un flebile sorriso.

Il cuore mi esplose. Savannah strinse con più energia il mio mignolo e mi concessi un istante per pensare a mio fratello. Non come l'avevo visto l'ultima volta, ma come era *prima.* Chiusi gli occhi e riuscii a visualizzarlo, intento a fare il tifo per me come ogni volta che mi trovavo sulla pista ghiacciata, un enorme sorriso stampato in faccia, i pugni in alto. Riuscii a visualizzarlo persino qui, ai piedi della montagna, intento a gridare: *«Quello è mio fratello!»*.

Un verso strozzato mi sfuggì dalla gola di fronte a quella visione, e la mia mente tormentata cercò subito di scacciarla, di prevenire i danni che avrebbe potuto causare. Ma riuscii comunque a trattenere quell'immagine nella mia mente; era sempre meglio dell'altra che mi tormentava ogni minuto della giornata.

Quando aprii gli occhi avevo la vista offuscata, poi le lacrime presero a colare, liberandomi dalla nebbia. Mi concentrai su Savannah, traendo consolazione e coraggio dalla sua vicinanza, e riuscii a dire: «E lui sarebbe orgoglioso di me».

Savannah diede un paio di strizzate al mio dito. Avevo notato che lo faceva quando voleva consolarmi, ma era a corto di parole. E per quanto semplice fosse quel gesto, rappresentava un balsamo per le mie ferite aperte. Riusciva a placare il dolore per un tempo sufficiente a farmi riprendere fiato.

Dopo essere rimasti così per diversi minuti, tornammo verso il pullman, senza lasciarci andare. E continuammo a tenerci persino una volta a bordo.

Durante il tragitto, mi chiesi se da qualche parte Cillian stesse davvero facendo il tifo per me. Se mi stesse aiutando a superare la sua perdita. Di rado mi chiedevo se in qualche modo stesse continuando a vivere. Se adesso fosse in un mondo dove il dolore non esisteva, circondato solo da pace e libertà. Non eravamo una famiglia religiosa. Non ci eravamo mai soffermati a riflettere su cosa ci fosse dopo la morte. Io non credevo fermamente in qualcosa. Eppure mi domandavo se in quel momento lui mi stesse guardando, qui, da solo, dilaniato dalla sua perdita, se sentisse il desiderio di raggiungermi e dirmi che sarebbe andato tutto bene. Se un giorno lo avrei rivisto. E pensai che, nonostante la vita su questa Terra non fosse andata come avrebbe voluto, adesso era libero.

La tristezza mi attanagliò la gola, cercando di privarmi di quella necessità di percepire che tutto ciò fosse reale, ma due strizzate di mano da parte di Savannah mi aiutarono a scacciare quella sensazione di soffocamento e a farmi aggrappare a quel barlume di speranza.

Ruotai la testa verso di lei, la quale mi strizzò di nuovo la mano, facendo spiccare il volo al mio cuore. *Resilienza*, pensai, percorrendo quelle stradine tortuose.

Pregai con tutto me stesso di riuscire a farcela.

Il fuoco era acceso e i nuvoloni inglesi ci avevano dato tregua, premiandoci con un'ultima notte stellata, come se anche quel posto avesse voluto darci il suo addio speciale. Attorno al lago era buio pesto, eppure a Bowness, il paesello turistico dove era ubicato il nostro ostello, c'era ancora un sacco di gente in giro. Immaginai che fosse così tutto l'anno, a prescindere dal periodo e dal meteo. Se avessi potuto, ci avrei vissuto, lì.

Avevamo cenato e adesso eravamo riuniti attorno al falò all'esterno, seduti su delle sedie da campeggio. Mi ero sforzato di partecipare alla serata, invece di scappare in camera o di sedermi alla finestra che era diventato il mio santuario. Mi sentivo in balia delle emozioni. La cosa mi scombussolava molto e, per una volta, non volevo affrontare tutto quanto da solo.

Mia e Leo erano rientrati, lasciando noi ragazzi da soli. Per quanto i due psicologi mi piacessero, era bello essere lontani dal loro microscopio. Leo mi aveva tenuto d'occhio come un falco. Ero certo che avesse notato un cambiamento in me, anche se ancora non avevamo affrontato l'argomento. Era chiaro che volesse farmi abituare un po' a questo nuovo stato mentale.

Ma sapevo che a un certo punto mi avrebbe preso da parte.

Dylan, Jade e Lili stavano reggendo dei lunghi bastoncini sul fuoco per arrostire dei marshmallow. Mentre Savannah era esattamente dove volevo che fosse: accanto a me. Aveva un'espressione divertita sul volto mentre osservava Dylan e gli altri ridere e scherzare.

«Ho recuperato della roba!» gridò Travis, uscendo dall'ostello con in braccio diverse lattine di bibite. Sbuffai una risata quando ci passò delle bevande analcoliche come se si trattasse di birra. Io presi una Coca e ne mandai giù un sorso zuccherato.

Subito dopo Dylan, Jade e Lili tornarono a sedersi attorno al fuoco. Calò il silenzio, finché Dylan non intervenne: «Allora? Credete che questa cosa stia funzionando?».

L'umore nel gruppo passò immediatamente da divertito a cupo e, come era successo spesso durante questo viaggio, non riuscimmo a sfuggire al vero motivo per cui ci trovavamo lì. Il dolore era questo: ti ricordava costantemente che era accanto a te.

Jade si mosse sulla sedia e replicò: «Io credo che un po' abbia aiutato». Poi rivolse i suoi grandi occhi castani verso tutti noi e, nervosamente, aggiunse: «È stato un incidente d'auto». Rimasi pietrificato sulla sedia, quando quelle parole le sfuggirono di bocca. Si mise a fissare il falò e continuò: «Mia madre e il mio fratellino. Un normale martedì mattina». Mi sentii sprofondare il cuore. Savannah era rigida al mio fianco. «È stato istantaneo. Non hanno sentito niente. Almeno so che non hanno sofferto.» Jade cominciò a cedere. Lili e Travis le andarono vicino e le posarono una mano sulla schiena, per supportarla. «Adesso ci siamo solo io e mio papà. E i miei nonni.» Si asciugò le lacrime. «È... difficile andare avanti. La maggior parte delle volte mi sembra impossibile vivere senza di loro.»

Armeggiai con le mie mani, facendo le pulci alle unghie per espellere quell'energia negativa che sentivo mi stava circondando. Quando era morto Cillian, mi ero chiuso completamente, avevo tenuto tutto dentro. Non ero abituato a parlare così liberamente della morte. Tuttora non pensavo di essere in grado di farlo. Le poche volte che avevo sentito il bisogno di gridare ai quattro venti le mie emozioni, di dare libero sfogo al dolore, le mura di protezione che avevo innalzato attorno a me mi avevano sigillato al loro interno.

Mi sentii tirare la manica. Guardai alla mia sinistra. Savannah mi stava offrendo la sua mano. Il mio cuore impazzito si placò immediatamente, quando gliela strinsi. Poi lei mi diede le due solite strizzate, le nostre mani sospese nello spazio tra le sedie. Ero folgorato dal suo profilo perfetto. Come faceva a sapere sempre quando ero in difficoltà?

Forse era perché anche lei lo era. Ricambiai il gesto, strizzandole a mia volta la mano, e le sue guance candide arrossirono.

«Essere qui. Lontana dal Texas – da casa mia,» proseguì Jade, «mi dà modo di respirare di nuovo.» Fece un sorriso triste. «Credo che tutto questo sia d'aiuto. Che mi stia aiutando a riordinare alcuni pensieri nella mia testa.»

Lili appoggiò il capo sulla spalla di Jade. Si erano avvicinate molto da quando eravamo atterrati qui in Inghilterra. Erano diventate talmente amiche che Lili si avventurò in una confessione per sostenerla: «Io ho perso entrambi i miei genitori». Savannah trasalì, strattonando leggermente la mia mano, come se quelle parole le avessero trafitto il cuore. La strinsi con forza, volendo essere la sua ancora di salvezza, e mi ritrovai a pensare ai miei genitori. Mi sentii contorcere lo stomaco, rammentando come mi ero comportato quando li avevo visti l'ultima volta in aeroporto. Non li avevo neanche salutati. E continuavo a non avere contatti con loro. Non avevo nemmeno idea di come avessi cominciato a...

«Erano due velisti amatoriali. Adoravano l'acqua.» Lili sorrise e, persino al buio, notai tutto l'amore che provava per loro nel suo sguardo triste. «Un giorno sono usciti in mare e sono stati colti inaspettatamente da una tempesta.» Le tremò il labbro inferiore. Jade l'abbracciò. «Hanno ritrovato la barca distrutta. Ma loro non erano a bordo.»

«Mi dispiace» commentò Dylan. Avrei voluto imitarlo, tuttavia non riuscivo a spiccicare parola. Non avevo idea di come loro facessero a parlare di tutto questo.

Lili sorrise a Dylan e si asciugò le guance rigate dalle lacrime. «Io penso che questo viaggio stia aiutando anche me.» Guardò Jade. «Stare a contatto con altre persone che stanno passando la stessa cosa... aiuta. Mi fa sentire meno sola.» Drizzò la schiena. «Sono figlia unica. Adesso vivo con i miei nonni, che sono fantastici, ma è come se dovessi affrontate tutto questo da sola... e... sì...» Si interruppe, con un sospiro stanco. *Non è lo stesso dolore per loro*, terminai tra me e me la sua frase.

Non lo era. Volevo bene a mamma e a papà. Loro avevano perso il figlio maggiore. Io avevo perso mio fratello e il mio migliore amico. Non riuscivamo a comprendere il dolore dell'altro perché era un dolore diverso. Provai una fitta al petto quando pensai che adesso ero anch'io figlio unico. Ed era questa la cosa peggiore... che lui mi avesse condannato a un'esistenza solitaria. Per il resto dei miei giorni.

Jade e Lili posarono i loro sguardi curiosi su di me, Savannah, Travis e Dylan, chiedendosi evidentemente se avremmo condiviso con loro la nostra storia. Ma io non avevo intenzione di parlare di Cill. Non potevo. L'avevo a malapena raccontato a Savannah, e quel poco che ero riuscito a confidarle mi era sembrato di strapparmelo dal cuore. Dalla rigidità del corpo di Savannah e dal modo in cui teneva bassi i suoi bellissimi occhi capii che la pensava come me.

Travis si schiarì la voce e si protese in avanti sulla sedia. Poi scrutò nervosamente il gruppo. «Non devi parlarne se non ti senti pronto» lo avvertì la voce rassicurante di Dylan. Anche lui e Travis si erano avvicinati molto. A quanto pareva si erano formate delle coppie. Abbassai lo sguardo sulla mia mano intrecciata a quella di Savannah.

Ero grato che lei fosse lì accanto a me... più che grato.

«No» ribatté Travis. «Posso farcela» aggiunse, chiudendo gli occhi, come se non vedendo nessuno fosse più facile parlare. «Sono l'unico sopravvissuto della mia classe, colpita da una sparatoria.» Nel sentire quelle parole, sbiancai.

Non ci potevo credere... non sapevo neanche come reagire a una frase del genere.

«Travis...» disse Dylan, attraversando il gruppo per andare a inginocchiarsi accanto a lui. Travis aprì gli occhi e abbozzò un sorriso tirato, le labbra tremanti, mostrandoci tutto il trauma subito.

«È il senso di colpa la cosa peggiore» spiegò, torcendosi le mani. «Mi sono chiesto spesso perché io? Perché non sono stato colpito anch'io? Di un'intera classe di dodici ragazzi, io sono stato l'unico a schivare il proiettile.» Scosse la testa e il mento gli tremò, mentre cercava di trattenere le lacrime. «È questo che non riesco a togliermi dalla testa. Certe volte vedo come mi guardano i genitori dei miei amici, sembrano chiedersi perché sia stato risparmiato io e non loro figlio.» Sbuffò una risata priva di divertimento. «Me lo domando anch'io. Ma soprattutto...» Fece un respiro profondo. «Loro erano i miei *amici*. Vengo da una piccola città rurale nel Wermont. Conoscevo quei ragazzi sin dai tempi dell'asilo, alcuni persino da prima. Erano i miei soli amici e ora non ci sono più. E li ho visti...»

Dylan abbracciò Travis prima che potesse terminare la frase. Certe cose non c'era bisogno che venissero dette ad alta voce per comprenderle. Savannah tirò su col naso e, quando mi voltai verso di lei, notai che aveva il volto rigato di lacrime. Queste sembravano di colore arancione sotto il bagliore del fuoco. Non sopportavo di vederla così, mi spezzava il cuore a metà. Così spostai la sedia vicinissima alla sua.

«Voglio che questa cosa funzioni» proseguì Travis, indicandoci tutti. «Voglio assolutamente che questo viaggio funzioni, perché non posso continuare a vivere con questo buio che mi porto dentro, con questo peso sul petto. Certi giorni non riesco neanche ad alzarmi dal letto, perché il dolore mi rende esausto. Mi sento come se non riuscissi a respirare.»

«Ti manca essere felice, *provare* gioia» intervenne Dylan, comprensivo. Travis fece di sì con il capo. «Anche a me» confessò Dylan.

«Anche a me» si unì Jade, seguita da Lili.

«Anche a me» li imitò Savannah, con un filo di voce. Il cuore mi martellava talmente forte il petto di fronte a quella condivisione di gruppo che temevo potesse scoppiare. Tuttavia mi concessi di pensare alla mia vita prima del fattaccio. Perché *c'era* un prima e un dopo.

Ripensai agli inverni trascorsi allo stagno, a giocare a hockey, alle mattine di Natale, ai tornei... semplici ricordi che risalivano a quando eravamo davvero felici.

Conoscevo bene la felicità. E l'avevo data spesso per scontata. Ciò mi fece pensare che se l'avevo provata in passato, *forse*, potevo sperimentarla di nuovo.

«Anche a me» riuscii finalmente a bisbigliare, quando la legna nel braciere scoppiettò, sovrastando quelle parole che avevano richiesto un sacco di energia per uscire dalle mie labbra. Ma Savannah mi aveva sentito. E si sporse verso di me, appoggiando la testa alla mia spalla e dando due strizzate alla mia mano.

Stavo cominciando a bramare quella sensazione. Perché Savannah di Blossom Grove, Georgia, mi faceva sentire *vivo*. Dopo un anno di buio più totale, lei mi stava facendo provare qualcosa che pensavo non avrei mai più provato: la speranza.

Mi faceva sperare che la mia vita celasse molto più di *questo*. Non avevo idea di cosa stesse succedendo tra noi. Mi rifiutavo pensino di pensare al nostro nuovo legame. Per una volta, volevo soltanto che l'universo prendesse le redini della mia vita e mi guidasse.

Diedi un ultimo sguardo al lago e alle montagne prima di andarmene a letto. Volevo rammentare per sempre il Distretto dei laghi come il luogo in cui Savannah era entrata nella mia vita. Non avevo la minima idea di cosa sarebbe successo durante il resto del viaggio, cosa sarebbe successo a me. Né quello che io e lei saremmo diventati. Non sapevo se i piani di Mia e Leo per noi mi avrebbero davvero tirato fuori dalle tenebre vastissime in cui ero finito intrappolato. Ma uno dei molti mattoni che componevano le alte mura di difesa del mio cuore si era frantumato grazie a questa ragazza. Un mattone solitario, eppure era comunque un inizio.

Era un *inizio*.

E doveva pur contare qualcosa.

8

Sogni riemersi e sorrisi congelati

Savannah,

sono qui seduta che ti scrivo e guardo il nostro giardino. Tu sei seduta sotto il melo a leggere. Ida si esercita nella danza accanto a te. Mi viene un sorriso gigantesco a osservare le mie due migliori amiche. Una chiassosa, l'altra tranquilla, ed entrambe perfette ai miei occhi.

Quando non ci sarò più, rivivrò a ripetizione questo ricordo. E quando vi guarderò dall'alto, continuerò a far tesoro di questo nostro legame.

Voglio che nutriate questo amore per il resto della vostra vita. Non trascurate mai questo saldo legame che abbiamo costruito. E quanto vi abbraccerete, sappiate che vi abbraccerò anch'io con il mio spirito. Sarò sempre al vostro fianco. Qualsiasi strada intraprendiate, abbiate coraggio e siate sicure di voi stesse, e io non vi abbandonerò mai. Non sarete mai sole. Proprio come io non lo sono mai stata in questa vita. Come avrei potuto esserlo, avendo voi nel mio cuore?

Accogli nuove avventure, Savannah. Potrebbero condurti alla felicità.

Tua per sempre,

Poppy

Oslo, Norvegia

Io: Sai dove mi trovo?

Scattai una foto del panorama che avevo di fronte e gliela inviai. Un paio di secondi più tardi mi rispose.

Rune: Riconosco quel posto.
Rune: Come va?

Guardai le persone che si aggiravano nella piazza sottostante, una grande pista di pattinaggio sul ghiaccio occupava parte della foto. C'erano già delle persone che pattinavano. Era bello qui. Eravamo atterrati a Oslo la sera prima, ma mi ero già innamorata di questo posto. Potevo capire perché i Kristiansen vivessero qui. Al pensiero, fui travolta da un'ondata di tristezza.

Io: Lei lo avrebbe adorato. Il tuo paese d'origine. È così bello.

Poppy diceva spesso di voler visitare Oslo con Rune… ma il destino aveva avuto altri piani per lei.

Rune impiegò qualche secondo per rispondere. Mi chiedevo se fosse occupato o se le mie parole lo avessero intristito.

Rune: Sicuramente.

Sullo schermo apparvero i tre puntini, poi…

Rune: Credo che sia con te in questo momento.

Scacciai le lacrime che mi salirono agli occhi.

Io: Piace crederlo anche a me.

Seguirono ancora i tre puntini di sospensione.

Rune: Tua sorella non ti lascerà mai. E sarebbe così orgogliosa di te in questo momento.

Mi si strinse il cuore e ripresi a guardare la piazza brulicante, il profumo dei chioschi ambulanti mi giunse fino alla finestra dell'albergo in cui alloggiavamo. Rune aveva ragione, Poppy sarebbe stata orgogliosa di me. Lo era sempre stata. Per ogni mia piccola soddisfazione scolastica, lei reagiva come se avessi appena rivoluzionato il mondo. In prima media, quando avevo vinto una competizione di scienze, Poppy mi aveva celebrata come se mi avessero consegnato il premio Nobel.

Io: Lo so.

Non avevo altro da aggiungere.

Rune: Ce la puoi fare, Sav. Anch'io credo in te.

Sorrisi nel leggere quell'ultimo messaggio. Da quando era morta Poppy, Rune si era avvicinato molto alla mia famiglia. Era diventato una sorta di fratello maggiore per me e Ida, come del resto era scritto nel suo destino. Era così ingiusto che avesse dovuto perdere la sua anima gemella. Lei era così giovane… non avevano avuto neanche una vera opportunità di vivere il loro amore.

Percepii le avvisaglie della disperazione dentro di me, poi sentii bussare alla porta, e le accantonai in secondo piano. Andai ad aprire e davanti a me comparvero Jade e Lili. «Dai» esordì Lili, afferrandomi la mano. Jade recuperò la mia giacca appesa al gancio. «Vieni a pattinare con noi.»

«Non so pattinare…» provai a dire, però le due mi trascinarono nel corridoio e giù per le tre rampe di scale, fino al gelo della piazza, così capii di non avere scelta. Sembrava una situazione così naturale, noi tre ragazze che correvamo a divertirci in città. Quella mattina avevo parlato con mamma, papà e Ida. Mi erano mancati come l'aria. Ma stavo bene. Tiravo avanti.

Jade ci condusse verso il chiosco per noleggiare i pattini. Mentre entrambe si toglievano le scarpe, io confessai: «Non sono mai andata a pattinare». Le due mi guardarono come se mi fosse spuntata una seconda testa. Arrossii tutta, di fronte alle loro espressioni incredule.

«Ti aiutiamo noi» mi esortò Lili, indicando i miei scarponi. «Consegnali a loro e prendi un paio di pattini.»

Così feci, nervosa. Mi sedetti sulla panca e mi allacciai i pattini ai piedi. Provai a mettermi in piedi e per poco non caddi a terra. «Ehi, ehi!» esclamò Jade, afferrandomi il braccio. «Andiamo con calma.»

Lili mi afferrò l'altro braccio e ci dirigemmo verso il ghiaccio. Il freddo che si alzava dalla pista mi accarezzò la faccia, facendomi rabbrividire. C'era un odore di fresco, di pulito… come quello che emanava Cael.

Vagai con lo sguardo sulla pista, chiedendomi dove fosse. Non lo avevo ancora visto quel giorno. Non avevo visto neppure Dylan e Travis. Forse erano andati da qualche parte insieme. Ultimamente, Cael era migliorato un po' nelle relazioni. Non sembrava più così chiuso. Speravo che continuasse così. Io… quello che provavo nei suoi confronti era un'esperienza… totalizzante. Mi faceva sentire le farfalle nello stomaco, e battere forte il cuore quando era vicino, quando mi teneva la mano, o mi stringeva il dito. Ma era comunque difficile stare accanto e aprirsi a qualcuno tanto consumato dalla rabbia.

Eppure, dal giorno della pensilina, sembrava essersi ammorbidito. Avevo modo di credere che fosse merito del fatto di essere riuscito a parlare della morte di suo fratello, a dire ad alta voce quello che gli era successo.

Aveva dato libero sfogo a quelle parole che aveva sempre trovato molto difficili da pronunciare, che lo avevano infettato fino a trasformare in fuoco il sangue che gli scorreva nelle vene.

Speravo davvero che parlare con me lo avesse messo sulla strada giusta.

«Un passo avanti» mi esortò Lili, destandomi dai miei pensieri. Appoggiai la lama dei pattini sul ghiaccio. Scivolai immediatamente e mi liberai dalla presa delle due per aggrapparmi alle transenne attorno alla pista. Scoppiai in una risatina isterica. Lili e Jade si piazzarono davanti a me. «Voi andate pure. Credo sia meglio che io rimanga qui per un po'» dissi. Lili aprì la bocca per protestare, ma io annuii con il capo. «Sul serio. Devo prima trovare l'equilibrio.»

«Sicura?» mi domandò Jade.

«Sicura» ribattei, osservandole guizzare via sulla pista. Inizialmente, i loro movimenti furono incerti, ma col passare dei minuti, presero a sfrecciare sul ghiaccio salutandomi. Inspirai l'aria frigida, e mi sentii avvolgere di nuovo da quel profumo di fresco.

All'improvviso una mano si posò sulla spalla, e davanti a me comparvero Dylan e Travis.

Dylan mi allungò una mano. «Forza, Sav.» Poi però Travis inciampò e, per ritrovare l'equilibrio, si aggrappò a Dylan. Finirono entrambi per terra. Il suono delle loro risate, così libere e spensierate, mi fece sorridere. Dopo quello che Dylan mi aveva riferito sul suo migliore amico e dopo la tragedia che Travis ci aveva raccontato l'altra sera... le loro risate leggere mi sembravano le campane del paradiso.

«Penso che dovrò lasciarvi da soli» annunciai, spostandomi verso la terra asciutta, lontana dal pericolo di cadere.

«Sav!» esclamò Dylan, dispiaciuto. «D'accordo!» aggiunse, puntandomi contro il dito mentre cercava di rimettersi in piedi. «Ma dopo vieni a prendere una cioccolata calda con me.»

«Affare fatto» replicai, filando verso la panca. E in meno di un minuto mi rimisi gli scarponi ai piedi, facendo diminuire di molto il mio terrore.

Mi posizionai ai bordi della pista a osservare i miei nuovi amici pattinare, tenersi per mano e divertirsi un mondo. Erano belli da guardare. Se fossero stati come me, probabilmente ci sarebbe voluto un po' di tempo prima che potessero sperimentare una vera gioia come questa.

Sbuffai una risata silenziosa nel vedere Travis spingere Dylan e farlo quasi cadere, poi qualcosa verso sinistra catturò la mia attenzione. La piazza era brulicante di persone e la pista di ghiaccio quasi al completo, ma in tutta quella confusione individuai un berretto nero e un giaccone familiari. Cael stava fissando la pista, con un'espressione straziante sul bel volto.

Quel briciolo di felicità che avevo ritrovato osservando i miei amici sparì di fronte all'assoluta tristezza nei suoi occhi. Era in piedi, lontano dalle transenne attorno alla pista, le mani in tasca.

Mi soffiai tra i palmi per scaldarmi e andai verso di lui. Mi avvicinai lentamente, in modo che mi vedesse arrivare. Non appena lui mi individuò, drizzò la schiena.

«Ciao» lo salutai e mi posizionai al suo fianco. Poi i suoi occhi tornarono a fissare la pista.

Si vedeva che avrebbe voluto pattinare.

Rammentai quello che mi aveva raccontato Dylan, e cioè che Cael era un giocatore di hockey. Ed era pieno di talento, stando a quello che mi aveva riferito. Ma ormai non giocava più. Anche se dal modo in cui stava osservando la gente pattinare, immaginai che in cuor suo desiderasse ancora farlo.

«Non vuoi pattinare?» gli domandai, tastando le acque. La sua espressione si indurì, e scosse la testa. Era un secco e irremovibile no.

Quando vidi Lila e Jade rincorrere Travis e Dylan, soffocai una risata. Chissà se coloro che si erano aperti la sera del falò si sentissero più leggeri, oggi. Erano riusciti a condividere con gli altri il motivo per cui si trovavano qui. Erano stati estremamente coraggiosi. Mi domandavo se fosse liberatorio consegnare il proprio dolore nelle mani di persone in grado di supportarti. Passarlo agli altri a piccoli pezzi così da alleggerire il proprio fardello e far sembrare la vita meno inclemente.

«Non so come faccia la gente» mi sforzai di dire. Non volevo che Cael stesse così male. Volevo cercare di farlo stare meglio. «Io non sono riuscita a muovere un passo senza scivolare.»

Non mi aspettavo una risposta, così mi voltai di scatto verso di lui, quando disse: «Ci vuole pratica». Incrociò il mio sguardo. «Io... io...» tartagliò, lottando con ciò che gli impediva di parlare. «Ti ho vista.» Fece un lungo e vigoroso respiro. «Avrei voluto venire ad aiutarti, ma...» Le parole gli si conficcarono nella gola e lui assunse un pallore cinereo.

Come mai quella situazione lo affliggeva emotivamente così tanto? Sembrava affliggerlo moltissimo osservare la pista e pronunciare quelle parole.

Gli posai una mano sul braccio. «Va tutto bene» lo consolai, spostandomi davanti a lui per impedirgli di vedere ciò che gli provocava tanta sofferenza. «Vuoi mangiare qualcosa?» gli domandai, indicando i chioschetti vicini. Cael annuì e sviò lo sguardo dal ghiaccio, che era come una calamita per lui. Sembrava attirarlo a sé, ma in quel momento riuscì a resistere alla sua forza di attrazione. Farlo gli costò un'evidente fatica.

Il bisogno di aiutarlo a stare meglio era così forte per me che lo presi subito a braccetto. Non mi ero mai spinta a tanto fino a quel momento. Non avevo mai avuto un fidanzato. Ero socialmente impacciata e non avevo la minima idea di come far sentire meglio qualcuno che non facesse parte della mia famiglia. Eppure provai lo stesso bisogno di prendermi cura di Cael come lo provavo con Ida. Come lo avevo provato con Poppy.

Non sapevo bene perché, però era una necessità che non potevo ignorare.

Optammo per il chiosco dei dolciumi. Ne ordinammo un sacco: biscotti al burro, biscotti alle mandorle, paste alla cannella, tutte cose tipiche della Norvegia. Passai un biscotto a Cael e il suo sguardo tormentato si ammorbidì quando lo addentò. Le guance tornarono a colorarsi e, finito il biscotto, prese la pasta alla cannella con una nota di divertimento sul volto. La consapevolezza di aver alleggerito un pochino il suo umore mi esaltava come se avessi ottenuto qualcosa di notevole. Avevamo appena mangiato un paio di dolcetti, quando Jade, Lili, Travis e Dylan ci raggiunsero di corsa. Dylan mi buttò un braccio sulle spalle ed esordì: «Cioccolata calda?».

Guardai Cael con sguardo interrogativo. «Andiamo» acconsentì lui e venne con noi al chiosco accanto. In quella piazza norvegese, mi sembrò di rivivere il Natale. Come la scena rubata da un film, come un tocco di magia in una pungente giornata invernale.

Tutto era perfetto.

Dopo un paio d'ore in piazza, tornammo nelle rispettive camere d'albergo, pieni ed esausti. Saremmo rimasti a Oslo solo una notte. La tappa norvegese sarebbe stata molto diversa da quella nel Distretto dei laghi. Non avremmo soggiornato in un unico posto, ma ci saremmo diretti verso il nord. Non avevamo idea di cosa ci aspettasse o di cosa avremmo visto, ma mi piaceva. Sembrava tutto così diverso da ciò che ero abituata a vedere. E questo poteva essere solo positivo.

Mi sedetti alla finestra a osservare la piazza sottostante che cominciava ad acquietarsi. Aprii il quaderno appoggiato sulle gambe – quello di Poppy – e decisi che era il momento di leggerne un'altra pagina. Mi sembrava così giusto ascoltare la voce di mia sorella nel Paese natale dell'amore della sua vita.

Savannah,

Il solo vedere il mio nome vergato sulla carta mi fece gonfiare il cuore a tal punto che pensai sarebbe scoppiato.

ho pensato molto a come poterti aiutare.

Sorrisi, immaginandola con la penna in bocca, immersa nei suoi ragionamenti.

Ho riflettuto su ciò che ha aiutato me negli ultimi due anni. Fino a ora, che mi restano un paio di settimane da vivere.

Quella frase ebbe l'effetto di un pugno allo stomaco. Detestavo pensare a Poppy in quelle ultime settimane. Debolissima e incapace di camminare senza l'aiuto di qualcuno. Eppure aveva trovato la forza per scrivermi. Questo dimostrava quanto bene mi volesse. Trassi un lungo respiro tremante.

Amici. Persone. Famiglia. Senza di te e Ida. Senza mamma e papà, senza i Kristiansen, zia DeeDee e Jorie, non sarei stata in grado di tenere così duro. Senza l'amore del mio Rune, non avrei potuto affrontare il mio destino con dignità ed eleganza.

Con la giusta consapevolezza che il mio tempo qui stia per finire.

Perciò questo è il mio compito per te, Savannah: lascia entrare le persone. Lascia che le persone al di fuori della tua famiglia vedano la bellissima purezza del tuo cuore. Lo so che non ti viene facile aprirti. Lo so che ti senti a disagio in mezzo a folle di persone. Ma abbiamo bisogno dell'amore, Savannah. Quando siamo a terra e il mondo sembra crollarci addosso, abbiamo bisogno di avere attorno delle persone che ci sostengano.

Amore, Savannah. Mi sono resa conto che il mio più grande desiderio per te è l'amore. In qualunque forma. Perché il tuo amore, averti qui, adesso che ho i giorni contati e il momento del mio ultimo respiro si avvicina, mi dà la forza per affrontare il mio destino. Mi fa sentire che non sono sola.

È più facile guardare in faccia la morte in compagnia.

Quando me ne sarò andata, non voglio che tu ti senta sola. Avrai bisogno di persone che ti aiutino ad andare avanti. E se potessi esprimere un desiderio per te, Savannah, sarebbe che tu trovassi il tuo Rune.

Il mio stomaco fece una capriola per il terrore. Vivere un amore come quello di Poppy e Rune mi terrorizzava. Non perché non mi fosse gradito. Ma che ne sarebbe stato di me, se dopo aver trovato e amato così tanto la mia metà, la mia anima gemella, avessi dovuto lasciarla come era successo a Rune con Poppy? Se avessi dovuto vederla spegnersi, giorno dopo giorno, con la consapevolezza che presto la luce sarebbe stata estirpata dal suo cuore, per non riaccendersi mai più?

Non sarei sopravvissuta.

Mi strozzai con le mie stesse lacrime, quando lessi:

Lo so che il solo pensiero ti terrorizza. Quando leggerai queste parole, saprai esattamente l'effetto che la mia morte avrà avuto su Rune.

Una lacrima mi rotolò sulla guancia, quando notai che il nome di Rune era un po' sbiadito. Mi si spezzò il cuore. Perché per quanto Poppy fosse stata forte, il pensiero di lasciare Rune doveva averla fatta piangere. Rune era l'unica ragione a tenerla ancora in vita. Aveva lottato molto per poter trascorrere qualche altro giorno tra le braccia del suo amato.

Prego che lui possa trovare la pace. Che possa ritrovare la felicità, dopo la mia morte. Che possa dare un senso alla mia perdita. E spero che tutto questo succeda anche a te, Savannah. Spero che non ti lascerai consumare dalla mia morte. Spero che lascerai aperto il tuo cuore e farai entrare l'amore quando si presenterà alla tua porta. Perché sei adorabile, sorellina bella. E lo so perché io ti voglio un bene dell'anima.

Non siamo niente senza l'amore. Perciò, ti prego... lasciati... andare.

Ti adoro,

Poppy

Lacrime silenziose atterrarono sul mio petto mentre riponevo il quaderno. Chiusi gli occhi e pensai a Rune. Subito dopo la morte di Poppy, era completamente distrutto. Poi, a poco a poco, aveva ricominciato a vivere. A trovare un senso alla scomparsa di mia sorella.

Era stata Poppy a insegnargli a superare tutto. A pensare al mondo come a una grande avventura. Lei era senza paura, accoglieva sempre la vita a braccia aperte. Rune aveva tenuto fede a questo suo insegnamento, scattando una foto dietro l'altra alle meraviglie del mondo, in onore della ragazza che lo aveva lasciato troppo presto.

Mi strinsi nelle braccia, e mi resi conto solo adesso che quel gesto non mi era mai servito a niente. Non avevo minimamente provato a vivere. Mi ero semplicemente fatta trascinare nel cupo vuoto della tristezza, privata di ogni speranza. Cosa sarebbe successo se avessi provato ad abbracciare la vita? Solo per un po'?

Cosa sarebbe successo se avessi accolto l'amore?

Aprii gli occhi e vidi scintillare le catene di luci colorate che adornavano la piazza. Appoggiai la fronte al vetro della finestra e guardai in basso... Poi, drizzai immediatamente la schiena e trattenni il fiato. C'era una figura solitaria che camminava verso la pista di pattinaggio, adesso completamente vuota. La scena rischiarata fiocamente da qualche lampione qua e là.

Nonostante ciò, riuscii a vedere *tutto.*

Vidi Cael fermarsi all'ingresso della pista, gli scarponi a un centimetro dal ghiaccio. Ogni muscolo del suo corpo era teso, i pugni stretti lungo i fianchi. Lo osservai con il fiato sospeso, rapita, mentre si inginocchiava e si toglieva i guanti, ficcandoseli in tasca. Restò combattuto per qualche minuto, prima di posare i palmi sulla lastra di ghiaccio.

E rimase così. Rimase in quella posizione per così tanto tempo che iniziai a vagare con la mente. Le parole di Poppy mi riecheggiavano nella testa: *Spero che lascerai aperto il tuo cuore e farai entrare l'amore quando si presenterà alla tua porta...*

Questo ragazzo... Cael aveva fatto scattare qualcosa dentro di me. E vederlo lì in quel momento, da solo sulla pista che un tempo era la sua consolazione, mi distruggeva.

Mi lasciai guidare dal cuore e mi alzai. Ignorai il coprifuoco imposto da Mia e Leo, afferrai la giacca, e corsi fuori dalla stanza. Mi feci coraggio e uscii dall'albergo e poi nella piazza deserta. A quest'ora, in giro c'erano pochissime persone. Comunque non vi badai molto. Mi diressi verso il ragazzo solo e affranto, inginocchiato davanti alla pista di ghiaccio.

Una volta raggiunto, mi inginocchiai accanto a lui, il quale girò di scatto la testa verso di me. Aveva il volto provato e rigato di lacrime, e, senza riflettere, presa dalla voglia di stare vicina alla persona a cui avevo aperto il cuore, lo abbracciai. Inizialmente, lui si irrigidì, e temetti che ce l'avesse a morte con me perché avevo osato avvicinarmi. Magari ero stata troppo presuntuosa e non voleva compagnia in un momento così doloroso.

Poi Cael si rilassò e mi abbracciò a sua volta, facendomi tirare un sospiro di sollievo.

I suoi singhiozzi tremanti erano come proiettili per la mia anima. Ciascuno penetrava dentro di essa, fino a lasciarmi a pezzi. «Sav» mormorò, contro il mio collo. Le sue lacrime gocciolarono sulla mia scapola, infilandosi sotto il giaccone. Lacrime che sapevo aveva trattenuto per innumerevoli mesi, lasciando che lo corrodessero, giorno dopo giorno.

Aveva le mani gelate perché erano state a contatto con il ghiaccio, ma io accolsi di buon grado quella sensazione di freddo. Se fosse servito ad aiutarlo, a liberarlo dalle pesanti catene del dolore, a guarire, mi sarei persino buttata nel mare Artico.

Gli passai le mani tra i capelli, togliendogli il berretto e appoggiandolo a terra. Non dissi niente. Non esistevano parole di conforto che lo avrebbero aiutato in quel frangente. Il silenzio aveva di per sé un effetto calmante. E sapevo cosa significasse questo esorcismo emotivo. Era un fiume in piena, uno tsunami di dolore così forte da distruggere qualsiasi cosa al suo passaggio.

Mi sentii rastrellare la schiena dalle sue dita, come se stesse cercando un modo per tenermi più vicina. Cael era nudo e vulnerabile, dilaniato ed emotivamente esposto in quel momento. In tutto il viaggio, non lo avevo mai sentito nominare un amico né un familiare. Almeno io avevo Ida e i miei genitori. Avevo zia DeeDee e Rune.

Lui a chi poteva appoggiarsi nel momento del bisogno? Aveva fatto piazza pulita attorno a sé, come aveva cercato di tenere a distanza questo gruppo?

Gli accarezzai dolcemente le onde spettinate, mentre lui continuava a disperarsi. Era dilaniato dal dolore e le lacrime salate non la smettevano di scendere dal suo viso. Era come se fossimo completamente da soli, lì inginocchiati sul suolo freddo della Norvegia, che seguitava a esistere attorno a noi.

Trascorsero diversi minuti, prima che il corpo di Cael iniziasse a calmarsi. Avevo la giacca e la felpa bagnate dalle sue lacrime, ma anche quelle sembrarono pian piano placarsi. Io continuai a stringerlo. Lo strinsi finché i singhiozzi non cessarono completamente e il respiro affannato non si regolarizzò.

Erano i postumi di una depurazione emotiva.

«Sav...» bisbigliò, la voce roca e profonda per la fatica.

«Sono qui» lo rassicurai. Dopodiché trovai il coraggio di aggiungere: «Per te». Deglutii e ribadii: «Sono qui per te».

Cael mi strinse il cappotto nei pugni e tirò lentamente la testa indietro. Aveva tutta la faccia arrossata, gli occhi inquieti. Ma per me non era mai stato tanto bello. Allontanò la mano dalla mia schiena e si guardò il palmo. Portava ancora i segni del ghiaccio. Poi osservò la pista che si estendeva davanti a noi. Le catene di luci sopra di essa facevano luccicare la lastra ghiacciata come fosse composta da milioni di diamanti. Mi domandai cosa ci vedesse. Se l'inferno o il paradiso, o qualcosa nel mezzo.

Una lacrima solitaria rotolò dall'angolo del suo occhio. D'istinto, sollevai la mano e gliela asciugai. Quando lui girò la testa per guardarmi, io rimasi immobile, terrorizzata di aver esagerato. Ma poi Cael mi coprì la mano con la sua e se la portò alle labbra. Mi stampò un bacio casto sul dorso e il mio cuore esplose fino ad arrestarsi di colpo.

Cael spostò la mia mano sulla sua guancia, sulla pelle fredda e umida. E la lasciò lì, come se il calore del mio palmo potesse espandersi fino alle sue ossa congelate.

«Sono un giocatore di hockey» annunciò, consegnando alla piazza deserta quelle parole bisbigliate, eppure forti come un grido.

Strinsi la sua mano nella mia. Un flebile sorriso irruppe sul suo volto afflitto. Poi lui mi guardò con i suoi occhi azzurri venati del colore del ferro fuso, e aggiunse: «Lo fai sempre, quando mi vedi a pezzi». Io trattenni il fiato, incerta se lo ritenesse un gesto positivo o meno. Cael espirò dal naso e ricambiò la stretta. Due volte. «Mi rassicura» ammise, e con le sue parole riempì il mio cuore di luce, nonostante fosse buio attorno a noi. «Come fai a sapere quando ne ho bisogno?» chiese, scrutandomi il volto in cerca di una risposta.

«Perché riconosco i segnali che mandi.» Il cuore mi palpitò veloce. Poi continuai: «Anche a me capita spesso di sentirmi a pezzi».

Cael strinse la mia mano con più forza e si mise a fissare la pista, mentre io mi limitai a osservare lui. Quel ragazzo mi aveva completamente rapita. «Sono un giocatore di hockey» ripeté, stavolta con più convinzione. La voce gli si incrinò, quando aggiunse: «Ma non riesco più a giocare».

«Perché?»

Sprofondò nelle spalle. «Perché era una cosa *nostra*.» Naturalmente sapevo che si riferiva a Cillian. Sembrava pensare a lui quanto io pensavo a Poppy. Ma c'era una differenza netta tra noi due. Il suo dolore era ben diverso dal mio.

Lui non aveva avuto modo di dire addio a suo fratello.

«Ero bravo, Pesca» mi informò, facendomi sciogliere quando pronunciò quel nomignolo con affetto, nonostante il momento difficile che stava attraversando. Poi accarezzò con la punta del dito il bordo della pista di pattinaggio. «Ero *davvero* bravo.»

Cael si mosse per mettersi seduto per terra. Io lo imitai. «L'hockey non è solo un gioco. È ciò che sono… che *ero*» si corresse, scuotendo la testa. «Sono così confuso.» Pronunciò quelle parole con la voce strozzata. Così gli strizzai la mano due volte e lui mi rivolse un flebile sorriso di gratitudine, dopodiché fece altrettanto con la mia, mandando in accelerazione il mio cuore. «Ho iniziato per via di Cill…» Si mosse, come se l'argomento lo mettesse comprensibilmente a disagio. «Cill giocava, e io volevo fare tutto quello che faceva lui.»

«Ma adoravi l'hockey» affermai. La percepivo la nota gioiosa che assumeva la sua voce nel parlare di quello sport.

«Lo adoro.» L'uso del presente non mi sfuggì.

«Quella sera ho perso entrambi» ammise, e la sua voce mi spezzò di nuovo il cuore con la sofferenza che trasmetteva. «Ho perso Cill e non sono mai più riuscito a tornare sul ghiaccio.» Fece una pausa, e un'espressione malinconica si assestò sul suo volto. «Eravamo così legati che ora non so vivere senza di lui. Fratelli, giocatori di hockey, grandi tifosi l'uno dell'altro. Io andavo alle sue partite e lui veniva alle mie. Ci allenavamo nella stessa struttura. Per tutto l'inverno, facevamo pratica allo stagno ghiacciato di casa nostra e ci dispiaceva quando in estate il ghiaccio si scioglieva. Vivevamo per il freddo. Cill era l'hockey, io sono l'hockey. Cill era me e io ero lui e ora è andato tutto a farsi benedire.»

«Cael…»

«Dovevamo giocare insieme al college.» Mi guardò con la coda dell'occhio. «Harvard.» Un brivido mi corse lungo la schiena e fece riecheggiare nella mia testa la parola "destino". Quelle informazioni le sapevo già, ma ero orgogliosa di lui perché si stava aprendo e confidando con me. Gli strizzai la mano. «Lui era al primo anno quando…» Cael non riuscì a terminare la frase. Abbassò il capo. «Sono stato ammesso. Avrei dovuto iniziare l'autunno scorso. Ma senza di lui non potevo farcela. Non avevamo mai giocato insieme per la stessa maglia e adesso non sarà più possibile farlo.» Poggiai la testa sulla sua spalla, in segno di comprensione. «Mi sento perso, cazzo.» Gli strinsi il braccio. Poi Cael mi domandò: «E tu, Sav? Perché non riesci a voltare pagina?».

Sbiancai. Non volevo parlare di Poppy, o di me stessa. Ma lui si era aperto molto con me e desideravo ricambiarlo in qualche modo. Ne aveva chiaramente bisogno.

«Nemmeno io riesco a vivere senza di lei» ammisi. «Poppy è morta e io sono rimasta bloccata in quell'istante, sospesa in una sorta di cornice di cristallo che non riesco a infrangere.» Cael appoggiò la testa alla mia. «È morta serenamente» aggiunsi, cercando di ripercorrere quel giorno, ma dopo quello che mi aveva raccontato Cael, mi resi conto che Poppy era morta nel migliore dei modi. «Se n'è andata nella maniera che voleva. Eppure… onestamente non so, Cael. Ho fatto semplicemente fatica ad andare avanti.» Feci una risata piena di autocommiserazione. «Se non l'hai notato, sono un po'... riservata.» Anche Cael sbuffò una risata, e per un istante pensai che tirasse fuori una battuta. Mi chiesi se fosse un tipo divertente, *prima*...

Il suono della sua risata mi fece esplodere il cuore. «Credo di interiorizzare molto. Il mio psicologo ha provato in tutti i modi ad aiutarmi. Questo è il mio ultimo, disperato tentativo di riconquistare una parvenza di vita dopo la morte di Poppy.» Mi scappò un'altra risata, stavolta piena di tristezza; era una risata debole e mi fece sentire una sciocca.

«È morta quasi quattro anni fa, eppure eccomi qua, sospesa nel tempo e intrappolata in un'esistenza che non può certo chiamarsi vita.» Mi misi a osservare i sassi per terra, giusto per concentrarmi su qualcosa, poi aggiunsi: «Ormai dovrei averla superata. So che la gente pensa che a questo punto dovrei aver già voltato pagina».

«Non credo che il dolore funzioni così.» Mi voltai verso di lui, incerta su cosa intendesse. «Non credo che il dolore proceda secondo una determinata sequenza temporale, Sav.» Mi scrutò negli occhi, e io mi persi nelle sue profondità. «Se ti giudicano per quanto tempo ci stai mettendo a superare la morte di una persona cara, sii felice per loro, perché vuol dire che non hanno mai provato quello che hai passato tu.»

Per l'emozione mi si ostruì la gola. «Grazie» dissi, e mi sentii, con quella sola frase, completamente compresa.

Cael scosse la testa. «A volte vorrei strapparmi quella parte di cuore e di cervello dove sono custoditi i suoi ricordi, e buttarla via. Anche solo per un po'. Giusto per ricordarmi cosa si provi a divertirsi, a vivere la vita in modo spensierato. Non voglio più svegliarmi ogni mattina con questa voragine all'altezza dello stomaco, con le vene che ribollono di rabbia bruciante.» Cael tirò un sospiro profondo, estenuante. «Questo non sono io, Sav. Ma ho dimenticato come si faccia a essere qualcos'altro oltre a questo. Vorrei essere qualcosa di più di uno che è stato distrutto dal dolore. Solo per un po'.» Il suo pensiero mi colpì dritto al cuore. Desideravo la stessa cosa anch'io. E spesso. Non dimenticare Poppy, ma semplicemente farla finita con il dolore per la sua assenza. Volevo solo una piccola tregua.

Spostai lo sguardo sul bel volto di Cael, sulla sua alta figura. Desideravo questa cosa per *entrambi*. Un briciolo di tregua dal dolore. Per poter *vivere*. Drizzai la schiena e gli domandai: «Perché non provarci allora?».

Cael mi guardò come se fossi pazza e la sua espressione mi fece ridere. I suoi occhi si addolcirono, quando quel suono sconosciuto riecheggiò tra di noi. «Adoro quando ridi» disse, e io percepii le farfalle nello stomaco, come se stessi subendo una vera invasione.

«Intendevo dire» aggiunsi, stringendo ancora di più la sua mano. «E se per il tempo che staremo in Norvegia mettessimo il dolore da parte e cercassimo di trovare la gioia di vivere?»

«Non credo che sia così semplice» commentò, anche se notai una certa curiosità nella sua voce. Come se sperasse che una possibilità del genere fosse possibile.

«Proviamoci lo stesso. Insieme» lo esortai, ormai sopraffatta dalle emozioni. Di colpo la pista di pattinaggio divenne sfocata. «Solo per un po', facciamo solo finta.»

«Finta di cosa?» indagò con dolcezza.

«Che siamo due adolescenti normalissimi in vacanza in Norvegia, senza una ragione particolare se non che *possiamo* permettercelo.»

Cael rimase a fissarmi per talmente tanto tempo che mi resi conto di aver detto una cosa stupida. Mi *sentii* stupida. Così arrossii per l'imbarazzo. Quello che avevo appena suggerito di fare era semplicemente impossibile. «Lascia perdere» ammisi. «Non so proprio cosa mi sia venuto in mente di...»

«Ci sto» mi interruppe Cael. Io sgranai gli occhi. «Voglio provarci» proseguì lui, strizzandomi la mano. Mi strappò un sorriso talmente enorme da sentire male alle mascelle. Poi mi accarezzò la guancia con la punta del dito. «Hai le fossette, Pesca.»

«Ce l'hanno tutte le sorelle Litchfield» ribattei, includendo in quella frase sia Ida che Poppy. Rimasi pietrificata quando mi resi conto di aver parlato di Poppy al presente. Tuttavia, Cael non mi corresse.

Abbassai il capo, rossa in faccia, e lui mi afferrò il mento con l'altra mano, esattamente come aveva fatto quel giorno in Inghilterra. Mi sollevò la testa finché non fu sicuro di avere tutta la mia attenzione. Per un attimo, immaginai come sarebbe stato se mi avesse baciata. Se si fosse proteso in avanti, premendo le labbra alle mie.

«Sarà il nostro patto» continuò, strizzandomi due volte la mano e destandomi dal mio sogno a occhi aperti. «E se vediamo che l'altro sta di nuovo sprofondando nel dolore, usiamo il nostro segnale segreto per riportarlo sulla retta via.» Mi strizzò di nuovo la mano due volte per ribadire il nostro "segnale segreto". «Siamo d'accordo?» mi domandò. Io annuii con il capo.

«Siamo d'accordo.»

Ero certa che quello che avevamo stabilito fosse pericoloso, che Mia e Leo non avrebbero approvato. Ero sicura che accantonare il dolore fosse come vivere in un mondo immaginario, in cui la realtà sostava ai margini, abbastanza vicina per risucchiarci di nuovo dentro di sé. Ma ero comunque felice di quel patto.

Serviva solo a darci un po' di *respiro*.

«Cael? Savannah?» Ci voltammo appena sentimmo pronunciare i nostri nomi. Mia era a poca distanza da noi, le braccia conserte in segno di rimprovero, ma aveva anche un'espressione preoccupata sul volto. «Va tutto bene? Avete infranto il coprifuoco. Dovreste essere in camera vostra.»

Andai nel panico. In vita mia non avevo mai infranto una sola regola. Avevo sempre rigato dritto. Così mi sentii immediatamente assalire dai sensi di colpa. Poi Cael mi strizzò la mano due volte e mi ricordò perché in quell'occasione fossi andata contro le regole. Cael aveva avuto bisogno di me, non potevo sentirmi in colpa per averlo aiutato in un momento di debolezza.

«Scusaci» dissi. Ero davvero dispiaciuta, ma non rimpiangevo nulla.

Mia ci studiò, controllando che stessimo bene e non mi sfuggì che il suo sguardo si soffermò sulle nostre mani giunte.

Nessuno dei due si mosse per separarsi dall'altro. Ero certa di cosa avrebbero pensato lei o Leo. «Allora tornate dentro. Domani mattina partiremo presto» ci ordinò. Io e Cael ci alzammo e la seguimmo, mano nella mano. Ci separammo solo una volta arrivati alle camere. Cael si voltò a guardarmi con un sorriso mentre apriva la porta della sua stanza.

Quando mi infilai nel letto e spensi la luce, per la prima volta dopo tantissimo tempo, mi sentii impaziente per l'arrivo del nuovo giorno. Era la prima volta in quattro anni che succedeva.

E tutto grazie a due semplici strette di mano.

9

Fiocchi di neve e risate spensierate

Tromsø, Norvegia

Il panorama che incontrammo non sembrava nemmeno reale. Girai su me stesso e guardai le montagne ricoperte di neve, le case di legno sparpagliate attorno a noi: il rosso e il marrone, i colori delle foglie autunnali, si accostavano ai toni più estivi del rosa, dell'azzurro e del verde.

Tromsø.

Quella mattina prestissimo avevamo percorso una breve tratta in aereo verso questa città. Per un giocatore di hockey come me, era il paradiso. Eravamo circondati da ghiaccio, neve e vento gelido. Ma il cielo era cristallino. Non c'era una sola nuvola e il sole brillava in tutto il suo splendore accecante.

«Incredibile» bisbigliò Savannah al mio fianco. Io abbassai lo sguardo verso di lei. I suoi occhi azzurri erano spalancati e pieni di stupore, mentre si gustava il panorama. «Sembra un sogno» commentò, stringendomi la mano. Le mie labbra accennarono un piccolo sorriso quando mi concentrai sulle nostre mani unite. Sin dal momento in cui ci eravamo riuniti per andare in aeroporto, io avevo intrecciato le dita alle sue e non l'avevo praticamente più lasciata andare.

Avevamo fatto un patto, e nelle mie vene scorreva elettricità. Quella mattina mi ero alzato con il solito senso di terrore, ma mi era bastato visualizzare il volto di Savannah per metterlo da parte. Avevamo un patto. E io volevo più di ogni altra cosa quella tregua dal dolore che lei mi aveva proposto la sera prima. Avevo continuato a lottare contro le tenebre che cercavano di avvinghiarsi alle mie ossa, finché non l'avevo incontrata in corridoio. Allora mi ero concentrato sul sorriso timido stampato sul suo bel volto. Avevo cercato immediatamente la sua mano, ignorando il silenzio sbigottito del resto del gruppo.

Nell'istante in cui le nostre dita si erano toccate, le tenebre erano state scacciate da un raggio di luce pura. E senza bisogno di usare le parole, io e Savannah ci eravamo promessi che, per il momento, il dolore non avrebbe vinto.

Ci saremmo concessi la libertà dalla tristezza, per il tempo che saremmo riusciti a trattenerla. Non eravamo due tipi ingenui. Mettere da parte il dolore per la perdita dei nostri fratelli era una cosa temporanea, una tregua dalle forze invasive troppo potenti da sconfiggere definitivamente. Ma avremmo indossato la nostra armatura e combattuto il più a lungo possibile.

Ci saremmo ripresi un po' di gioia temporanea.

Il giorno stava già svanendo; le ore di luce a Tromsø erano molto limitate in inverno, però da quel che si diceva questa città prosperava nelle tenebre.

«Ora ci avvieremo verso il nostro alloggio» ci informò Leo, indicando alle sue spalle. Un grande albergo di legno era ricoperto da cima a fondo di neve vecchia di giorni. Anzi, tutto in città era ricoperto di neve. Compresi i tetti delle costruzioni e le montagne. L'unica cosa esente da essa erano i fiordi che dominavano il panorama davanti ai nostri occhi. Vivevo nel Massachusetts, ero quindi abituato alla neve, ma vedere la reazione di Savannah a questo posto, gli occhi spalancati per la meraviglia, mi provocava una fitta al petto.

Lei non aveva mai visto nevicare.

Speravo che prima di partire se ne presentasse l'occasione. Non riuscivo a immaginare come non si potesse conoscere la sensazione dei fiocchi di neve sulla faccia, del loro morso gelido sulla pelle.

Trascinammo i bagagli in hotel e fummo accolti dal grande camino acceso della reception. Appena entrammo, Savannah rimase imbambolata a osservare una foto appesa alla parete. Si trattava di una gigantografia che occupava gran parte della stanza.

«L'aurora boreale» borbottò, stringendo la mia mano. Poi si voltò verso di me. «Ho sempre sognato vederla.»

«La visibilità è bassa oggi» ci comunicò l'uomo alla reception, vedendo Savannah rapita da quell'immagine. «Ma tra un paio di giorni sarete in grado di vederla.»

Il sorriso che quelle parole disegnarono sul suo volto per poco non mi stese. Savannah era la persona più bella che avessi mai incontrato nella vita. Il suo sorriso e quelle maledette fossette mi lasciavano spiazzato. Era entrata nel mio inferno terrestre e mi aveva lanciato un'inaspettata cima di salvataggio. Ero stato terrorizzato da questo viaggio, e mi ci ero opposto con tutto me stesso.

Ma questo prima di aver saputo che ad attendermi c'era Savannah Litchfield.

Diedi un colpetto alla sua spalla. «Senti senti, sapientona!» Lei arrossì, e a me venne voglia di accarezzarle la guancia tutta arrossata. E così feci. Il mio tocco le cambiò il ritmo del respiro e aumentò il rossore sulle gote e lungo il collo.

«Mi piace la scienza» buttò lì come se fosse un'informazione di poco conto. Avevo notato questo dettaglio di lei. Tendeva a sminuire tutto ciò che la rendeva unica e speciale. Era evidente che fosse una specie di genio, però evitava come la peste qualsiasi tipo di elogio.

Mi aveva già raccontato che sarebbe andata a Harvard. Non sapevo cosa avrebbe studiato, ma già il fatto che fosse stata ammessa mi suggeriva che era intelligente. Leggeva sempre, assorbendo in silenzio il mondo attorno a sé come fosse il suo personale progetto di scienze. Tante volte avrei voluto chiederle che percorso di studi avesse scelto, però ogni volta che ci provavo venivo colto da una dolorosa fitta al petto. Mi bloccavo sempre. Harvard mi faceva pensare a Cill. E soprattutto al fatto che non ci sarei più andato.

Una sensazione di dolore acuta e invalidante mi attanagliò lo stomaco, nel momento in cui mi resi conto che, se Cill non fosse morto, avrei frequentato quel college come previsto e ci sarebbe stata anche Savannah lì. Ci saremmo potuti incontrare in una situazione emotivamente migliore. Come sarebbe stato? Avremmo stabilito lo stesso questo tipo di connessione? O era solo il lutto a legarci?

Mi sentii strizzare la mano due volte e di colpo mi destai dai miei pensieri. Savannah si piazzò davanti a me e mi obbligò a incrociare il suo sguardo. «Tutto bene?» mi chiese, intuendo che fossi regredito di nuovo nelle tenebre.

Le scacciai via con un lungo e profondo respiro. «Sì» risposi e premetti la fronte contro la sua. «Sono qui.» *Sono tornato. Voglio ancora attenermi al nostro patto.*

«Allora» esordì Dylan che si avvicinò a noi. Aveva un'espressione divertita sul volto. «Voi due dovete condividere qualcosa con il gruppo, per caso?»

Scossi la testa. Qualunque cosa ci fosse tra noi doveva restare privata. La verità era che non avevo idea di cosa *fossimo* io e Savannah. Pensavo costantemente a lei, mi addormentavo con il suo sorriso timido davanti agli occhi. Ci tenevamo la mano e ci sostenevamo.

Io *volevo* che fossimo qualcosa di più. Ma non sapevo se lei fosse pronta ad accettarlo. Non sapevo se dentro di me ci fosse rimasto qualcosa da offrirle. Non sapevo se le tenebre che mi avevano intrappolato fino a poco prima si stessero diradando per sempre o se sarebbero tornate a distruggere quello che avevo costruito con lei, come era successo con i miei genitori e il mio migliore amico. Al momento, quella era la mia più grande paura. Eppure averle raccontato di Cillian, dell'hockey, l'essermi aperto… sembrava aver diminuito il potere delle tenebre su di me.

Mia venne a consegnarci la chiave delle camere. Poi ci riunì davanti al fuoco. «Avete la serata libera. Invece domani…» Sfoderò un grandissimo sorriso. «Non voglio anticiparvi niente, ma quello che vedrete qui…» Fece spallucce, autocompiaciuta, lasciandoci in sospeso. «Insomma, vedrete.»

«Vi va di dare un'occhiata alla città?» domandò Travis al gruppo. Annuimmo tutti quanti. «Ci troviamo qui tra una ventina di minuti?»

Lasciai con riluttanza la mano di Savannah e buttai il bagaglio in camera. Qualche minuto più tardi ero già al piano di sotto. Starmene da solo in camera non avrebbe fatto altro che farmi ripiombare nelle tenebre. Dylan era seduto accanto al fuoco. Stava scorrendo le foto sul cellulare. Mi sedetti sulla poltrona accanto alla sua, e scorsi una foto di lui con un tipo con i capelli grigi. Dylan bloccò di colpo lo schermo e s'infilò il telefono in tasca.

«Ehi» mi salutò, indicando l'orologio appeso al muro. «Nemmeno tu volevi stare da solo in camera?» Feci di no con la testa. Mi misi a fissare le scale, in attesa di Savannah. Con il passare dei minuti, la mia gamba prese a ballare sempre più nervosamente. Questo posto… trovarmi in mezzo a tanta neve e ghiaccio… faceva scattare un sacco di meccanismi di difesa nella mia testa. Era questa la cosa peggiore: il fatto che, dalla morte di Cill, le mie cose preferite fossero diventate le mie bombe personali.

«Ma quindi tu e Savannah…?» mi domandò Dylan, destandomi dai miei pensieri.

Lo guardai a occhi stretti. «È un problema per te?» ribattei con una vena di gelosia nella voce.

Dylan mi mostrò i palmi delle mani, trovando chiaramente divertente la mia domanda. «Per me no» ribatté, con una pacca sulla spalla. «State bene insieme.» Sapevo che lui e Savannah avevano stretto amicizia. Lei sembrava trovare facile parlare con lui ed ero consapevole quanto fosse rara per lei questa cosa.

«Non stai facendo un pensierino su di lei, vero?»

Dylan sembrò rimettersi in carreggiata e qualcosa che non riuscii a decifrare balenò nei suoi occhi ambrati. «Fidati» aggiunse con serenità. «Non sono una minaccia.» Lasciò aleggiare tra di noi quelle parole pesanti e cariche di significato. C'era qualcosa nel suo sguardo che mi stava implorando di comprenderlo, qualcosa che non voleva – o *non riusciva* – a dire a voce alta. Non insistei. Qualunque cosa avesse voluto insinuare toccava a lui condividerla con me, se e quando lo avrebbe ritenuto necessario.

«Bene» commentai. Notai le sue spalle rilassarsi e un sospiro di sollievo filtrò dalle sue labbra. Proprio in quel momento udii un tramestio di piedi per le scale e Jade, Lili e Travis ci raggiunsero. Savannah li seguì qualche istante dopo. Scattai in piedi non appena la vidi, e le porsi immediatamente la mano. Lei non esitò ad afferrarla. Di colpo respirare mi sembrò più facile.

Non avevo idea di come ci riuscisse, ma la sua presenza, il contatto con la sua mano, la sua natura calma erano un cavolo di balsamo per la mia anima. Travis aprì la strada verso l'uscita dell'albergo, ma ci arrestammo di colpo sull'ingresso. Il buio aveva ormai avvolto il paesaggio circostante. Tromsø, senza il sole, sembrava la scena estrapolata da una favola.

«Le stelle…» proruppe Savannah. Stava guardando il cielo che sembrava un dipinto. Non avevo mai visto così tante stelle. Non sapevo nemmeno che ne esistessero così tante.

Savannah si irrigidì e io percepii un improvviso mutamento del suo umore. La guardai e lei abbassò lo sguardo verso terra. Come avevo già fatto altre volte, le sollevai il mento con un dito e la costrinsi a guardarmi. I suoi occhi azzurri erano colmi di lacrime. Non sapevo cosa le avesse fatte scattare, ma era ovvio che non si trattasse di nulla di buono. Mi assicurai che continuasse a sostenere il mio sguardo, poi le strinsi la mano due volte.

Lei chiuse gli occhi e si ricompose in men che non si dica. Quando li riaprì, si sforzò di sfoggiare un sorriso rassicurante e capii che ce la stava mettendo tutta per scacciare quell'improvviso assalto di tristezza.

«Tutto bene?» bisbigliai. Gli altri si avviarono verso la strada, ignari della nostra battaglia contro le tenebre.

«Sì» replicò rauca e appoggiò timidamente la testa al mio petto. Le stampai un bacio sul cappellino rosa, desiderando che fossero le sue labbra. Poi Savannah si scostò e mi guardò con fare timido da sotto le ciglia.

Era perfetta.

«Cael! Sav!» ci chiamò Travis dalla strada. «Venite?» Io e Savannah ci incamminammo mano nella mano, la neve che crepitava sotto i nostri piedi. Una volta raggiunto il gruppo, ci trovammo di fronte a uno spiazzo. Savannah si accovacciò e si sfilò i guanti. Non appena allontanò la mano dalla mia, io mi sentii istantaneamente perso.

A mani nude, Savannah raccolse la neve fresca che doveva essere caduta prima del nostro arrivo. Nel momento in cui affondò nella neve con i gomiti, le uscì una risata dalla gola. Non avevo mai sentito un suono così perfetto. Non potei fare a meno di sorridere quando lei mi guardò con quelle fossette, continuando a ridere. La mia pesca della Georgia, abituata al sole e al calore del meridione, era completamente rapita da quei sessanta centimetri di neve.

Mi stava insegnando più lei in questo viaggio che chiunque avessi incontrato nella mia vita. Mi stava insegnando che la felicità non era necessariamente legata a grandi gesti o a momenti che ti cambiavano la vita. Poteva essere semplicemente *questo*. Assistere allo stupore di qualcuno che vedeva la neve per la prima volta. Sentire la risata autentica e onesta di una persona. Da quando Cillian non c'era più, niente, non una singola cosa, mi aveva donato felicità.

Fino a che non avevo incontrato lei.

Era quasi doloroso pensarci. E anche talmente triste da spezzarmi in due. Vivere per così tanto tempo senza provare un briciolo di gioia, di felicità, di contentezza.

Vedere Savannah immergere le mani nella neve e ridere spensierata mi faceva venire voglia di catturare quel suono per poterlo ascoltare in quei giorni in cui non riuscivo ad alzarmi dal letto. Questa ragazza... mi faceva desiderare di essere più dell'involucro che ero diventato nell'anno appena trascorso.

«Ahi!» gridò Dylan alle nostre spalle. Mi voltai giusto in tempo per vedere Travis lanciare una palla di neve contro la schiena dell'altro.

Dylan si girò verso Travis. «Tu non hai proprio idea di cosa hai fatto, Trav.» Dylan raccolse una manciata di neve e la scagliò contro Travis. Poi Jade e Lili li imitarono e iniziarono una battaglia, lanciando la neve a qualsiasi cosa o persona passasse.

Mi piegai e aiutai Savannah a rialzarsi. La coprii col mio corpo un attimo prima che uno dei proiettili ghiacciati mi atterrasse sul petto. Lei si aggrappò al retro del mio giaccone per usarmi come scudo, ma io riuscii comunque a sentire la sua risata leggera.

Non appena realizzai che era stato Dylan a scagliare la palla, lui stava già scappando. Allora mi piegai, recuperai della neve e la compattai per bene. Poi gliela lanciai addosso e lo colpii sulla schiena mentre cercava riparo verso Travis.

«Cael!» gridò Dylan. Travis, che lo sentì, fu colto da un senso di protezione nei suoi confronti e scagliò una palla di neve contro di me. Mi lasciai trascinare completamente dal momento, scacciai tutte le sensazioni negative, i brutti ricordi e i pensieri che la neve faceva affiorare alla mia mente. Savannah rimase dietro di me per tutto il tempo. Jade e Lili strillarono quando Travis le spinse nella neve alta, poi insieme a Dylan rise, unendosi al suono delle risate a cui ci eravamo tutti abbandonati, dimenticandoci del resto.

Lo spiazzo ricoperto di neve in cui ci trovavamo era molto ampio e culminava in una ripida collinetta. Dylan e Travis iniziarono a rincorrersi, cercando di atterrarsi a vicenda, e Jade e Lili li seguirono. Eravamo tutti ricoperti di neve dalla testa ai piedi. Mi voltai per guardare Savannah, ma appena lo feci una palla di neve mi colpì al petto. Sollevai lo sguardo sbalordito e la vidi con le mani guantate cariche di neve e un'espressione giocosa sul volto.

«Pesca...» l'ammonii, provando una nuova sensazione di calore al petto. Sembrava così spensierata in quel momento, così libera. Era *meravigliosa.* Le luccicavano gli occhi mentre mi lanciava la seconda palla di neve e scappava.

Si muoveva velocemente, ma io ero ancora più veloce.

Il resto del gruppo continuò a rincorrersi sulla collinetta, lasciando me e Savannah da soli. Lei scappò e cercò di correre via in mezzo alla neve compatta con me alle calcagna. Quando si girò e mi vide così vicino, si mise a strillare per paura di essere acciuffata. Non le lasciai più molto margine. Le avvolsi le braccia attorno ai fianchi e la trascinai a terra. Rotolammo tre volte nella neve prima di fermarci. Alla fine lei si ritrovò sotto di me, il mio corpo sopra il suo. Mi scostai leggermente di lato per non schiacciarla troppo, senza però togliere la mia mano dal suo fianco così da rimanerle il più vicino possibile.

Savannah stava ridendo talmente forte che dovette reggersi la pancia. Stavo ridendo anch'io, ma a un certo punto smisi di farlo, completamente ipnotizzato da questa nuova versione di lei. Aveva gli angoli degli occhi increspati e lacrime di gioia le rotolavano sulle guance, le fossette profondissime mentre tremava dalle risate.

Il mio volto era sospeso sopra il suo, accarezzato dalla nuvoletta bianca del suo fiato trasformato dall'aria gelida. In quel momento non riuscivo a scorgere altro che la felicità che irradiava il suo sorriso. E a non sentire altro che il suo corpo tra le mie braccia, premuto contro il mio.

Savannah mi guardò e la sua risata diminuì progressivamente all'aumentare della tensione tra di noi. Studiai ogni particolare del suo viso: la pelle color pesca, le lentiggini sul naso, le fossette per cui avevo sviluppato un'ossessione, gli orecchini dorati alle orecchie, le ciglia chiare che ombreggiavano le guance. Ma soprattutto non riuscivo a distogliere lo sguardo dalle sue labbra.

Le portai una mano al viso e le scostai un lungo ciuffo di capelli. Savannah trattenne la mia mano contro la sua guancia e il mondo attorno a noi mi sembrò svanire. Era come se la neve e le luci circostanti ci avessero intrappolato dentro una palla di vetro immaginaria, al cui interno non potevano fare breccia il dolore e la tristezza né il lutto.

Savannah deglutì e la sentii tremare quando con la punta del dito le accarezzai il dorso del naso, soffermandomi sull'arco di Cupido sopra le labbra. «Sei così bella» ammisi con voce roca. La mia confessione fece sgranare i suoi occhi. Di solito, frasi del genere non mi uscivano con facilità.

«Cael...» mormorò lei e trasse un respiro tremante. Lo vedevo che era nervosa. Non avevo idea se avesse mai baciato qualcuno. Se non lo aveva fatto, volevo essere io la sua prima volta. Non avevo mai desiderato tanto qualcosa. Lei non lo sapeva, ma l'hockey aveva monopolizzato tutta la mia vita. Non avevo mai avuto tempo per le ragazze; tra il campionato juniores e il Team USA, mi restava tempo solo per andare a scuola e dormire. Era un momento importante anche per me questo.

«Sei bello anche tu» replicò Savannah, arrossendo sulle guance. Le sue parole dolci e pronunciate con voce tremante mi distrussero. Sapevo quanto le fosse costato ammettere una cosa del genere, timida com'era.

Le sollevai la mano e le sfilai il guanto per baciarle le dita, il palmo, il dorso. Poi mi abbassai per appoggiare le labbra sulla sua fronte e lei chiuse gli occhi. Rimasi inebriato dal profumo di mandorla e ciliegia. La strinsi forte, avvicinandola ancora di più a me con l'aiuto del braccio attorno ai suoi fianchi. Adesso il mio petto era schiacciato al suo e riuscivo a udire il martellio del suo cuore.

Le passai le labbra sulla tempia, e lei mi strinse talmente forte la mano che pensai vi avrebbe lasciato un segno. Poi mi spostai sulla sua guancia, e le baciai una delle fossette che tanto adoravo. La sentii trasalire. Quindi allontanai il viso dal suo e la guardai negli occhi. Avevo bisogno di sapere se anche lei desiderava quello che desideravo io. Avevo bisogno di sapere se provava la stessa cosa che provavo io.

Avevamo deciso che in questa tappa norvegese avremmo colto l'attimo e accolto la felicità che ci era stata preclusa da tanto tempo. E non mi venne in mente un modo migliore per farlo se non con un bacio.

Savannah mi adagiò la mano sulla guancia e cominciò ad avvicinare le sue labbra alle mie, inviandomi un chiaro segnale. Presi ad avvicinarmi anch'io, il cuore che martellava impazzito quanto il suo. Poi, non appena il mio labbro superiore sfiorò il suo, fui travolto da una scarica di brividi. Sentii i nostri amici ridiscendere la collina e venire verso di noi, che eravamo ancora avvolti nel nostro bozzolo.

Mi arrestai di colpo, la bocca vicinissima alla sua. Savannah chiuse gli occhi e li riaprì subito dopo, poi sbuffò una risata. Le voci di Travis e Dylan ci raggiunsero e abbassai la fronte sulla sua, in segno di resa.

«Pessimo tempismo» commentai, facendola ridere di nuovo. Sollevai la testa e mi nutrii del rossore delle sue guance e delle sue pupille dilatate. Le stampai un bacio sulla gota rosa, trattenendo le labbra il più a lungo possibile, prima che venissimo circondati dagli altri. Sapevo che Savannah non avrebbe gradito che occhi indiscreti la cogliessero in flagrante in quel modo, così mi tirai indietro e le porsi la mano per aiutarla a rialzarsi.

Ero sicuro che due mani non si erano mai adattate così bene l'una all'altra come le nostre.

L'aiutai a tirarsi su e a ripulirsi dallo strato di neve che ricopriva i suoi vestiti. La vidi tremare, l'umidità cominciava a farsi sentire sulla sua pelle. Colto da un bisogno irresistibile, le presi il viso fra le mani e la baciai sulla fronte, bisbigliando: «Sei la cosa più bella che mi sia capitata da tanto tempo a questa parte, Pesca».

«Cael» disse, stringendomi i polsi. Probabilmente riusciva a sentire i miei battiti accelerati.

Io mi staccai e feci per allontanarmi, ma lei mi tirò di nuovo per i polsi e mi fermò. Si morse il labbro nervosa, quindi si sollevò lentamente in punta di piedi. Io mi abbassai un po' in modo che riuscisse a posarmi anche lei una mano sul viso, poi Savannah si sporse in avanti e mi stampò un bacio sulla guancia velata dalla barba.

Il mio cuore smise di battere.

Travis e Dylan ci raggiunsero di corsa, ricoperti di neve dalla testa ai piedi. Savannah si voltò a guardarli e rise. Subito dopo arrivarono anche Jade e Lili, con più neve addosso di quanta ce ne fosse per terra.

Ma in tutto questo non riuscivo a distogliere lo sguardo da Savannah.

«Sto gelando!» ci informò Lili, tremando di freddo.

«Cena davanti al camino in hotel?» propose Travis e si guadagnò la risposta positiva di tutti. Mentre gli altri si incamminavano verso l'albergo, io rimasi un secondo indietro. Le stelle ricoprivano il cielo come un manto, le nuvole bianche si stagliavano nette contro l'oscurità, e poi c'era Savannah, la quale brillava più delle stelle e della neve messe insieme.

Avvertendo la mia assenza, Savannah si voltò e protese la mano. «Vieni?»

Mi sistemai il giaccone e poi la raggiunsi, afferrando la mano che mi stava offrendo. Camminammo con le dita intrecciate fino all'albergo e a ogni passo mi resi sempre più conto che avrei seguito questa ragazza ovunque.

Lei era il miracolo che non mi sarei mai aspettato.

Entrati nella struttura, trovammo Mia e Leo alla reception. «Cael? Savannah?» ci chiamò Leo.

Guadai Savannah e notai la sua espressione nervosa. Mia comunicò agli altri di avviarsi a cena, poi tornò da noi. «Vogliamo solo fare due chiacchiere con voi» ci informò Leo, quindi ci fece segno di andare verso una stanza vicino alla hall.

Li seguimmo, e Savannah mi strinse la mano per tutto il tempo. Era nervosa. Nella stanza c'era un tavolo con quattro sedie. «Prego, sedetevi» ci esortò Leo. Eseguimmo la sua richiesta, dopodiché presero posto anche loro due.

Contrassi la mascella per l'agitazione. Era ovvio il motivo per cui ci avessero presi da parte. Eppure dentro di me non scorreva rabbia. Solo tensione. Stavo facendo i conti con una nuova emozione: la paura. Paura che avrebbero disapprovato il nostro sodalizio.

Aspettai che i due psicologi iniziassero a parlare. Savannah, percependo il mio disagio, mi strizzò due volte la mano.

«Vi abbiamo chiesto di parlare in privato,» iniziò Mia con tono gentile, «perché abbiamo notato un cambiamento in voi due.» Guardai Savannah. Aveva le guance arrossate per l'imbarazzo, ma teneva la testa alta, e questo mi infuse un po' di coraggio.

Leo si sporse in avanti sul tavolo. «Questa non è certo la nostra prima esperienza. E non è la prima volta che ci capita che due persone si invaghiscano l'una dell'altra durante uno dei nostri viaggi» ci informò lui.

Mi sentii inondare il corpo dal panico ed eruppi: «Non ho intenzione di starle lontano». Il cuore mi martellava nel petto mentre mi preparavo a una discussione.

Leo mi guardò negli occhi. Non sembrava innervosito dalla mia interruzione. Sapevo di poter sembrare insolente, ma Savannah rappresentava l'unica cosa buona che mi fosse capitata dalla morte di Cill. Non avevo intenzione di lasciare che ci separassero; *non potevo*. Non ora che la rabbia era finalmente sopita e potevo di nuovo respirare. Non ora che avevo trovato qualcuno che mi faceva sentire compreso.

«Non ti stiamo chiedendo questo, Cael» mi rassicurò Leo. «Però dobbiamo discutere su cosa ci aspettiamo da voi.»

«D'accordo» gli concesse Savanna, piazzando la mano libera sopra le nostre unite. Un ulteriore gesto di supporto. «Lo capiamo.» Mi guardò annuendo col capo e spronandomi ad ascoltarli.

Feci un respiro profondo e cercai di placare il panico che sentivo scorrere dentro di me. «Non possiamo certo impedire alle persone di sviluppare dei sentimenti» spiegò Leo. «Avete diciassette e diciotto anni, non siete dei bambini. Ma noi siamo qui per darvi una mano a superare il vostro dolore, e quello che ci preoccupa è che i vostri progressi vengano intralciati dal fatto che vi affidiate troppo l'uno sull'altro e non su voi stessi.»

«Vi chiediamo di attenervi alle lezioni e agli insegnamenti che vi riguardano personalmente, come *individui*» aggiunse Mia. «E soprattutto» proseguì, drizzandosi con fare più autoritario sulla sedia. «*Insistiamo* affinché vi atteniate alle regole e al programma. Niente fughe di nascosto. Niente camere condivise. Prima la terapia, poi le relazioni. D'accordo?»

Abbassai lo sguardo sul tavolo. Non mi piaceva quello che stavano chiedendo, ma non avrei detto nulla per paura che una parola di troppo potesse ritorcersi contro di me e Savannah.

«Se infrangerete le regole, contatteremo i vostri genitori e la vostra esperienza qui potrebbe essere messa a repentaglio» aggiunse Leo. Serrai la mascella. Non me ne fregava molto della terapia. Al momento, volevo solo Savannah. La terapia non mi aveva mai aiutato. Mentre lei, in due settimane, ci era riuscita.

«Non infrangeremo le regole» assicurò Savannah. Io rimasi in silenzio.

Il fatto che fossi rimasto zitto doveva aver attirato l'attenzione di Leo perché mi chiese: «Lo comprendi, Cael?».

«Savannah mi fa bene» ammisi e incrociai lo sguardo dello psicologo. Lui mi ascoltò attentamente, con pacatezza. Non sapevo cosa pensasse, ma volevo che *capisse*. Deglutii e guardai gli occhi grandi di Savannah, poi aggiunsi: «Io... le ho raccontato di Cill». La voce mi uscì roca per quanta energia richiese pronunciare quelle parole ad alta voce. «E io...» Feci una pausa. «*Io* mi sento meglio. La rabbia non è più... soverchiante.»

«È *fantastico*, Cael. Abbiamo visto un cambiamento positivo in te» intervenne Mia, sembrando sincera. «E desideriamo che tu ti apra con i tuoi compagni. Loro sono il tuo più grande sostegno in questo viaggio. Ma vorremmo anche che ti confidassi con noi. Noi non siamo tuoi nemici. Vogliamo aiutarti. *Entrambi*. Ci preoccupa che ravvisiate nell'altro una sorta di stampella. Non è salutare, e una relazione non può sorreggersi o sopravvivere sulla base di questo. Prima di tutto serve che ognuno di voi guarisca, non si può ignorare questo aspetto.»

«Non lo ignoreremo» confermò Savannah, parlando per entrambi. «Vi rispetteremo entrambi e ci atterremo al programma. Promesso.» Mi sentii addosso il suo sguardo e incrociai i suoi occhi azzurri, poi annuii con riluttanza.

«È questo che vi chiediamo» aggiunse Leo, dopo una pausa. Sapevo che mi teneva d'occhio. Sapevo che aveva colto la mia apprensione. Eppure sembrò lasciar perdere e, tamburellando sul tavolo, concluse: «Be', ora che è tutto risolto, andiamo a cena».

«Oh cielo!» esclamò Savannah, mentre osservavamo una balena rompere la superficie dell'acqua e immergersi di nuovo in mare. La barca sulla quale ci trovavamo ondeggiò un po', circondata dalla gelida aria artica. Eravamo tutti infagottati negli abiti termici e in mano stringevamo una tazza di caffè bollente. La nostra attenzione era rivolta verso l'acqua, verso le balene che affioravano in lontananza.

Non avevo mai visto niente di simile, prima d'ora. Sembrava tutto così surreale. Continuavo a sgranare gli occhi per paura che tutto svanisse, che non fossimo davvero in quel posto che pareva un sogno a occhi aperti.

Savannah indietreggiò con la schiena e si appoggiò al mio petto. La sentivo sussultare di continuo, ogni volta che una balena faceva capolino, sempre più vicino alla nostra barca. Eravamo circondati dalle montagne ricoperte di neve e l'unico rumore che si udiva era lo schianto di quegli enormi cetacei sull'acqua – oltre ai nostri sussulti increduli di fronte a quello spettacolo.

«Eccone un'altra» bisbigliò Lili, indicando di lato. Savannah mi strizzò la mano, ma sapevo che il motivo del suo gesto non era da associarsi a un brutto pensiero su sua sorella. Mi strizzò la mano perché era sopraffatta da quella visione. Non aveva proferito parola da quando eravamo saliti a bordo. I suoi occhi erano rimasti sgranati tutto il tempo e le labbra spalancate per lo stupore.

Questo spettacolo era persino troppo. La pittoresca città di Tromsø si stagliava alle nostre spalle, circondata da montagne altissime. A causa del dolore per la perdita di qualcuno a noi caro, la nostra vita si era ridotta a un lutto perenne, segnato dal sentimento devastante che derivava dall'assenza. Trovarci in un posto come questo, vedere dal vivo cose che di solito trasmettevano in TV, mi ricordò quanto fosse vasto questo pianeta. E quanto fosse minuscola la mia esistenza nel grande schema del mondo. Un granellino di sabbia in una spiaggia immensa quanto l'universo.

Il meraviglioso profumo dei fiordi e delle prelibatezze locali era ben diverso dall'odore di legno di quercia e di falò del mio paese d'origine. E il profumo di mandorla e ciliegia di Savannah metteva pace alla mia anima come non ne avevo *mai* sperimentata, nemmeno quando era ancora vivo Cillian.

Due balene saltarono a pelo dell'acqua, una dopo l'altra, e Savannah girò la testa, guardandomi con un sorriso pieno di gioia. Mi sentii attorcigliare lo stomaco e la baciai sulla testa, stringendola ancora di più a me.

«Non ci credo che sto guardando tutto questo» mormorò in modo che la sentissi solo io. Poi tornò a guardare quello spettacolo e un brivido parve percorrerle lungo la schiena.

Sviai lo sguardo da lei, e mi misi a osservare gli altri, i quali erano altrettanto sbalorditi. Tutto ciò mi fece tornare in mente quella mattina, quando Mia e Leo ci avevano riuniti per una seduta di gruppo. Una seduta molto diversa dalle precedenti. Non avevamo parlato di perdita, dolore ed emozioni che ci soffocavano. I due avevano cambiato registro e ci avevano chiesto che cosa ci desse gioia. Ero rimasto sorpreso dal loro improvviso cambio di tono. Avevano voluto sapere quali fossero i suoni, le immagini o le tradizioni che adoravamo e che ci trasmettevano felicità.

L'autunno, aveva risposto Jade. *L'Hannukah*, aveva detto Lili con un sorriso nostalgico. *Stare in mezzo alla gente*, aveva aggiunto Travis, facendomi provare un tuffo al cuore. Dopo quello che gli era successo, non ero certo che pullulasse di persone attorno a lui.

La libertà, aveva contribuito Dylan, dandomi una rapida occhiata. Avevo cominciando a pensare che Dylan si stesse nascondendo e che magari fosse stufo di farlo. Quando Mia si era rivolta a Savannah, quest'ultima aveva preso ad armeggiare nervosamente con le mani, poi aveva pronunciato la parola *famiglia*. Mi era salito un groppo in gola nel sentire la sua risposta pacata. *E il mondo*, aveva aggiunto, sorprendendomi. Poi, continuando a guardarsi le mani, aveva detto *mi piace la scienza. Le stelle. Osservare cose che mi tolgono il fiato. Cose che non sempre comprendo.*

Avrei voluto dirle che osservare lei mi faceva lo stesso effetto.

Quando Mia aveva rivolto a me la domanda, io non avevo risposto. O meglio non avevo potuto farlo. Perché quando Savannah, vedendomi così silenzioso, mi aveva stretto due volte la mano, avrei voluto dire a tutti che a trasmettermi felicità era proprio *lei*. Savannah. L'unica, al momento, a conferire una sorta di gioia alla mia vita.

Ciò era spaventoso quanto rassicurante.

«Tutto bene?» mi domandò Savannah, riportandomi al presente. I nostri sguardi si incrociarono.

«Sì» risposi e appoggiai il mento sulla sua testa. Savannah era minuta, ma nonostante questo il suo corpo si adattava perfettamente al mio. Eravamo come due pezzi di un puzzle tagliati su misura, fatti per incastrarsi benissimo.

La barca continuò a muoversi, anche quando le balene sembravano sparite. Scivolammo in mezzo ai fiordi, scorgemmo piccoli villaggi e fiancheggiammo la costa ricoperta da uno strato di ghiaccio e neve. Quel paesaggio, isolato e solitario, mi ricordò un po' quello del Distretto dei laghi. Il luogo perfetto per staccare da tutto. Come mi avevano insegnato i poeti di Savannah. Lei non lo sapeva, ma io avevo letto tutto il suo libro, anche solo per capire cosa ci avesse trovato di tanto bello. Avevo voluto comprendere qualcosa di più di lei, anche quando avevo cercato di rimanere distaccato.

«Guarda» mi esortò Savannah, indicandomi una spiaggia innevata. Aveva un'espressione meravigliata sul volto. Era davvero strano vedere un luogo solitamente baciato dal sole e dalla sua luce dorata ricoperto da un manto bianco. «Incredibile» mormorò tra sé e sé. Non dissi niente per lasciarle ammirare da vicino quel panorama prima che lasciassimo la Norvegia per la destinazione successiva.

La giornata trascorse velocemente e, in tutte le ore che passammo fuori, non lasciai andare Savannah neanche per un minuto. Tutto ciò mi fece ripensare alla pista di pattinaggio di Oslo. A come ero rimasto paralizzato nel trovarmici davanti. Non potevo certo negare che i miei piedi non avessero bramato di essere calzati in un paio di pattini, e ciò mi sorprendeva più di tutto. Mi lasciai cullare per qualche istante dal ricordo di quella sensazione. Dalla scarica di adrenalina che mi avrebbe travolto nel posare le lame sulla lastra di giaccio e nel farle scivolare velocissime come in mezzo a un uragano.

Ma soprattutto cercai di separare quel ricordo da Cillian. Mi concentrai solo sul ghiaccio e su come mi faceva sentire. Su quello che provavo quando raggiungevo i miei compagni di squadra in pista per cantare l'inno nazionale o quando lanciavo il dischetto in porta. Sull'euforia nell'infilare le protezioni prima di una partita, pronto a scendere sul ghiaccio non appena sentivo pronunciare il mio nome.

L'hockey era parte del mio cuore.

Mi faceva sentire a casa.

La pace pervase i miei muscoli, le ossa, la mente, per il solo fatto di aver immaginato di solcare la lastra di ghiaccio con la mazza in mano. Trovarmi in questo posto, circondato da montagne, acqua, balene, mi aveva concesso di *sognare*. Di sognare e ricordare che un tempo c'era qualcosa che amavo fare a tal punto da dedicarvi tutta la mia vita. *Amavo* giocare a hockey con tutto il cuore. Amavo condividere questa passione anche con Cillian, ma in questo momento riuscii a fare una distinzione tra le due cose.

L'hockey era stata una cosa soprattutto *mia*.

Savannah ruotò tra le mie braccia e mi scrutò in volto. «A che pensi?» mi domandò, accoccolata al mio petto. Riusciva a decifrarmi con estrema facilità.

«All'hockey» risposi. Notai subito la preoccupazione sul suo volto, così scossi la testa. Gli altri erano troppo occupati a guardarsi intorno per notarci, quindi premetti la fronte sulla sua. Stava diventando uno dei gesti che più preferivo fare. «A quanto lo amavo, a quanto forse io lo ami *ancora*. A quanto mi renda… felice» aggiunsi, sbuffando poi una risata piena di autocommiserazione. «Non lo so.» Indicai il paesaggio surreale attorno a noi. «Questo posto… mi sta portando a riflettere su cose che non avevo voluto più prendere in considerazione. Cose grosse. Cose che pensavo fossero fuori dalla mia portata.»

«*Sono* felice per te» ribatté lei, con sincerità.

Improvvisamente, mi salì un groppo d'emozione in gola che mi privò della voce. Mi sentii pungere gli occhi e le mani presero a tremare. Savannah se ne accorse. Allora si protese in avanti e mi disse: «Sono orgogliosa di te». Il naso iniziò a pizzicarmi e cercai subito di scacciare quella sensazione, mentre la vastità dei fiordi diventava sempre più offuscata. Savannah mi sorrise e io mi sentii completamente annientato da lei. «Mi piacerebbe vederti giocare un giorno» ammise, dandomi il colpo finale.

«Davvero?» le domandai, la voce impastata.

Savannah annuì. Io l'attirai a me e affondai la faccia nei suoi lunghi capelli. La barca ondeggiò e cercai di non pensare all'hockey, ma ormai non riuscivo più a smettere di immaginarla sugli spalti a guardarmi giocare e a fare il tifo per me. Per mesi, avevo cercato di sbarazzarmi di qualsiasi cosa avesse potuto ricordarmi il passato, eppure adesso si era di nuovo accesa una scintilla nella mia anima. Non era chissà che. Non avevo in programma di infilare i pattini e tornare a essere il Cael di prima. Eppure si era accesa una minuscola scintilla…

E io decisi di non lasciarla spegnere.

10

Cieli colorati e baci ghiacciati

Savannah,

mi chiedi spesso della mia fede. Su come faccia a essere sicura che ci sia qualcosa di più grande di noi. Di più grande di questo mondo. Su come possa credere che ci sia un posto oltre questa vita, in cui regnano l'amore e la serenità.

Io ho accettato il mio destino, perché quando morirò mi risveglierò in paradiso e sarò libera dal dolore.

So benissimo che tu hai a cuore le stelle, che lo spazio, le scienze e le ancora ignote meraviglie dell'universo ti affascinano. Anche se vediamo il mondo in modo diverso, entrambe le nostre visioni sono speciali e importanti, quindi, ti prego, non perdere mai questa tua passione. Non perderti mai, soccombendo al dolore e all'amarezza.

Ti sfido a trovare la magia in questo mondo. A trovare la meraviglia, la speranza e la bellezza che questa Terra ci dona continuamente. Lasciati conquistare dalle gioie quotidiane e goditi ogni momento con il cuore aperto. Questo ti aiuterà durante i momenti difficili.

Sorridi alle stelle,

Poppy

«Tesoro!» mi salutò mia madre al telefono.

«Ciao, mamma» ribattei e mi sentii avvolgere di colpo dal calore di casa. «Come state?»

«Noi stiamo bene, bambina mia» mi informò. «C'è anche papà qui con me. Aspetta che metto il vivavoce.» E all'improvviso risuonò anche la sua voce.

«Ciao, amore mio.»

«Ciao, Papà. Indovina cosa stiamo per andare a vedere?» Guardai fuori dalla finestra della reception mentre aspettavamo l'arrivo del pulmino. Sia io che il cielo notturno eravamo in trepidante attesa.

«Cosa?» domandò a sua volta.

«L'aurora boreale.»

«Savannah…» borbottò mia madre, con la sua voce dolce e gentile. «Hai sempre sognato di vederla. Chissà che emozione!» Sorrisi per le sue parole.

«Non riesco a crederci» ribattei, incapace di esprimere il grado di emozione che provavo dentro. Poi scorsi dei fari e il pulmino che si avvicinava all'hotel. «Sta arrivando il mezzo per portarci sul posto. Volevo solo sapere come stavate e dirvi che qui va tutto bene.»

«Grazie, tesoro. Ti sentiamo così energica.» Il mio cuore vibrò. «Ci manchi tantissimo» confessò mia madre, facendomi sciogliere. «Ah, cerca di chiamare anche tua sorella. Lo sai che non può stare un giorno senza ricevere tue notizie, e si arrabbierà quando verrà a sapere che si è persa la tua telefonata.» Il cuore stavolta si gonfiò fino quasi a esplodere. Era la verità. Avevo inviato una valanga di messaggi a Ida da quando ero qui e avevo anche chiamato i miei genitori diverse volte, ma riuscire a parlare con mia sorella tra le mie attività qui, i suoi impegni scolastici e gli allenamenti con le cheerleader era diventato un po' complicato.

«Lo farò» risposi. Diedi un'occhiata al resto del gruppo nella hall. Cael mi fece segno con la mano di sbrigarmi. «Ci sentiamo domani. Vi voglio bene!»

«Ti vogliamo bene anche noi!» gridarono all'unisono. Riagganciai e mi sentii più leggera. Una volta raggiunto Cael, lui mi mise un braccio attorno alle spalle e mi attirò a sé. Ormai ce ne fregavamo altamente di cosa pensassero gli altri su di noi.

Avevo anche notato che Cael non chiamava mai a casa. Quella mattina, Leo gli aveva comunicato di aver parlato di nuovo con i suoi genitori per far sapere loro che stava bene. Questo succedeva praticamente ogni giorno e Cael rispondeva a quella comunicazione con un secco cenno del mento. Non avevo mai tirato fuori l'argomento genitori con lui. Stava facendo dei grandi passi avanti, ma era chiaro che fosse ancora emotivamente provato e non volevo impicciarmi troppo. Provava meno rabbia. Ultimamente scherzava e sorrideva di più. E questo era già incredibile. Temevo che insistere troppo sui suoi genitori lo avrebbe fatto chiudere di nuovo a riccio. E, come avevano suggerito sia Mia che Leo, io dovevo lasciare che esplorasse il proprio dolore da solo. Anche se il mio intento era semplicemente farlo stare meglio.

Salimmo sul pulmino, e brividi di eccitazione mi percorsero tutto il corpo. Questa esperienza si trovava sulla mia lista delle cose da fare prima di morire. E così pensai subito a Poppy. Stavolta, però, invece di lasciare che quel pensiero mi annientasse, immaginai quanto sarebbe stata emozionata e contenta per me. Avevamo sognato spesso di poter vedere l'aurora insieme: io, lei e Ida. Mi tornò in mente il messaggio di Rune e mi sentii scaldare il cuore.

Lei è con te…

Volevo crederci.

Sebbene fosse possibile vedere l'aurora anche da Tromsø, per avere una visibilità migliore ci stavamo allontanando dalla città, dalle luci, e recando in un posto isolato dove poter osservare meglio il fenomeno naturale.

Cael mi sorrise quando guardai fuori dal finestrino, la città che scompariva in lontananza, cedendo il passo alla neve che ammantava il paesaggio circostante. Mi posò una mano sul ginocchio e io percepii subito le farfalle dal petto scivolare nello stomaco. Era una sensazione a cui mi stavo abituando. Ogni giorno, quando Cael mi si avvicinava, le sentivo risvegliarsi.

Mi soffermai a guardare le sue labbra. Labbra che ero stata a tanto così dal baciare. Riuscivo ancora a percepire il calore del suo alito che sapeva di menta sulla mia pelle fredda. A percepire la morbidezza di quella bocca che aveva quasi sfiorato la mia.

In quel momento mi sentivo come dentro a un frullatore azionato alla massima potenza, all'interno del quale potevamo sperimentare sensazioni che difficilmente avremmo provato a casa. Le nostre emozioni erano intense e ci aggrappavamo a ogni momento che ci risollevava e faceva sentire apprezzati.

Io mi sentivo più che apprezzata da Cael, come non mi ero mai sentita prima. In quanto persona introversa, mi era quasi impossibile lasciare avvicinare le persone. Eppure lui aveva bussato con gentilezza alle porte del mio cuore, e aveva varcato la soglia con prudenza. Non era entrato di prepotenza, sfondando la porta. Ma con delicatezza e ponderatezza, mi aveva chiesto il permesso di entrare.

E mi piaceva che lui ci fosse per me. Anche se allo stesso tempo la sua presenza mi terrorizzava.

Cael mi prese la mano e si appoggiò allo schienale del sedile, ignaro dei miei pensieri affettuosi nei suoi confronti. Chiuse gli occhi, dandomi la possibilità di studiarlo davvero, senza essere vista. Lo avevo giudicato male all'inizio di questo viaggio. All'epoca avevo osservato i suoi tatuaggi, i dilatatori ai lobi, i suoi occhi tormentati e la mascella contratta, gli scatti d'ira, e avevo dedotto che fosse freddo e impudente. Qualcuno a cui non piaceva la compagnia degli altri.

Ma ciò non poteva essere quanto di più lontano dalla realtà. Cael era gentile, un'anima pura e sensibile. E io desideravo davvero che guarisse dal lutto per il fratello. Mi aveva raccontato pochissimi dettagli sulla sua morte, ma andava bene così. Per il modo in cui era morto Cillian, mi aspettavo che fosse quasi impossibile parlarne senza andare in mille pezzi.

Da quando ci trovavamo in Norvegia, avevo percepito un ulteriore cambiamento in Cael. Non ero certa che saremmo riusciti nel nostro piano di accantonare il dolore per un po', però ci stavamo provando e io mi sentivo più leggera. Senza il macigno del lutto sulle spalle, ero in grado di sollevare lo sguardo e di guardare il cielo, vedere le stelle, il sole, la luna.

E a breve avrei visto anche l'aurora boreale.

Il giorno prima avevo avuto un colloquio privato con Leo. Avevamo parlato di terapia cognitivo-comportamentale. Non era la prima volta che mi ci cimentavo. Si trattava di una tecnica per ridefinire i miei pensieri. Per fornire a quelli più ricorrenti un significato più profondo. In Georgia, anche Rob aveva tentato la stessa strada. La differenza era che qui ero *io* a volerci provare. A casa ero ormai diventata una sorta di mummia, con l'anima intrappolata in un corpo imbalsamato, incapace di liberarsi dalla gelida morsa del dolore.

Adesso, invece... il mio corpo aveva cominciato a rilassarsi, permettendomi di *provarci*. E ci *stavo* provando davvero. Qui in Norvegia, ci stavo provando più che mai. Anche Rune aveva tentato di indirizzarmi verso questa strada, mi aveva spronato a non essere triste per il fatto che Poppy non fosse con me e a provare quest'esperienza anche per lei, per entrambe.

Non era semplice, non lo era per niente. E se abbassavo la guardia anche solo per un istante, la tristezza minacciava di abbattersi contro di me con la potenza di uno tsunami. Ma, almeno per il momento, stavo lottando. Mi stavo godendo una breve tregua.

Mentre osservavo Cael sonnecchiare in pace, sperai che anche per lui fosse lo stesso. Guardai di nuovo fuori dal finestrino. C'era solo neve attorno a noi. Neve a perdita d'occhio e nient'altro. Neve che crepitava sotto gli pneumatici del pulmino. Appoggiai la testa a quella di Cael e inalai il profumo salino misto ad aria fresca che emanava.

Se qualche settimana prima qualcuno mi avesse detto che mi sarei ritrovata qui, in Norvegia, con un ragazzo che mi piaceva, in procinto di vedere l'aurora boreale, avrei pensato a uno scherzo.

Se la vita mi aveva insegnato una cosa era che tutto poteva cambiare in un attimo.

Era bello, però, che l'universo mi mostrasse per una volta che non sempre il cambiamento era negativo.

Il sole cominciò a tramontare in lontananza e si potevano già scorgere le prime stelle, che proiettavano la loro luce nel cielo non ancora del tutto buio. Era come se volessero un posto in prima fila per lo spettacolo che stava per iniziare.

Le stelle... mi avrebbero sempre ricordato Poppy. Dopo la sua morte, quando cercavo di dare un senso alla sua scomparsa, o il bisogno di rivederla diventava troppo opprimente, ero solita cercare segnali della sua presenza attorno a me. E le stelle erano uno di questi. Lo spazio era talmente vasto e in gran parte sconosciuto che per me era plausibile che Poppy fosse diventata una stella. In vita aveva brillato così tanto che adesso avrebbe potuto benissimo ardere nel cielo. Per mesi, quando il dolore era ancora fresco e invalidante, guardare le stelle mi aveva donato un briciolo di conforto. La sera, mi illudevo di poterla rivedere in cielo. E certe notti rimanevo sveglia fino all'alba, finché le stelle non scomparivano, in modo che lei non rimanesse lassù tutta sola.

Ero più piccola all'epoca. Magari era solo una sciocca fantasia di bambina, una strategia per elaborare il lutto. Eppure anche adesso, all'età di diciassette anni e a quattro anni dalla sua dipartita, guardavo le stelle pensando a lei e a quanto mi mancasse.

Una volta avevo letto un libro sull'aurora boreale, sul perché si manifestasse e sulle molte leggende che varie culture avevano creato attorno al fenomeno. Quella che attualmente mi convinceva di più era che le stelle fossero gli avi entrati a far parte della volta celeste, per dimostrare ai propri cari che stavano bene. In qualche modo, le anime dei defunti si facevano vedere dai vivi per rassicurarli con la loro presenza.

A quel pensiero un dardo imbevuto di tristezza minacciò di infrangere la bolla protettiva che avevo innalzato attorno a me. Tentai di resistere all'attacco e di difendermi.

Poi mi sentii stringere la mano due volte.

Sollevai la testa e vidi lo sguardo assonnato di Cael scrutare la mia faccia. Gli rivolsi un sorriso con gli occhi pieni di lacrime e lui mi stampò un bacio sulla testa. Dopodiché tornai a schiacciarmi contro l'imbottitura del suo giaccone e trassi conforto dal silenzio all'interno del pulmino.

Dopo un po', l'autista arrestò il mezzo e le guide andarono a preparare per noi il luogo di osservazione, disponendo sedie, macchine fotografiche e bevande calde. Quando scesi dal bus, il freddo pungente mi lasciò senza fiato. L'aria filtrò dentro ai miei polmoni e a ogni respiro era come se introducessi lingue di fuoco roventi.

Mi coprii la bocca con la sciarpa e mi avventai sulla cioccolata calda che ci era stata preparata. Io e Cael ci sedemmo mano nella mano, l'uno al fianco dell'altra, mentre attorno a noi calava in fretta la notte. In lontananza si vedevano baluginare le deboli luci di Tromsø, ma qui eravamo isolati e si riusciva a scorgere l'immensa vastità del cielo che le città spesso nascondevano.

A poco a poco, le stelle presero ad accendersi in rapida successione. Rimasi folgorata nel veder comparire una costellazione dopo l'altra, nel vederle diventare sempre più nitide e più fitte che mai.

Eravamo tutti in silenzio col naso rivolto all'insù, in attesa che si scorgesse la tipica colorazione dell'aurora boreale. Io mi ritrovai a stringere talmente forte la mano di Cael che temetti di fargli male, ma lui ricambiò la stretta con la stessa energia. Trattenemmo tutti il fiato quando una luce verde prese a discendere dal cielo. Rimasi paralizzata, come se anche il più impercettibile movimento potesse disturbare il timido fascio di luce e farlo scomparire. Poi balenò di nuovo nel cielo, solo che stavolta lo fece con più decisione, come se si stesse stiracchiando dopo un lungo sonno. E il fascio di luce verde brillò e si stagliò nel cielo nero come una coperta ricoperta di glitter.

Nel giro di poco, il cielo si tinse completamente di verde e il bagliore dell'aurora prese a riflettersi sulla neve, amplificando il meraviglioso effetto. Le stelle continuarono a spuntare come funghi, brillando come una miriade di costosissimi diamanti. Era lo spettacolo più eccezionale a cui la Terra avesse mai assistito.

Un senso di pace profondissimo infuse ogni cellula del mio corpo e mi sentii bagnare le guance dalle lacrime. Seduta lì, sotto quel cielo infinito, capii perché le persone associassero quel fenomeno alla manifestazione fisica dei propri cari scomparsi. Perché assistere a tutto questo era come rivedere Poppy. Il mio cuore era colmo di felicità e la mia anima cantava per la bellezza e la grazia di quella luce, danzava al ritmo di una musica che solo il cielo poteva udire.

Non riuscii a trattenere un singhiozzo, ma non di tristezza o dolore; ero semplicemente senza fiato, estasiata e sbalordita dallo spettacolo, e il mio corpo sprigionava tutte quelle emozioni con la stessa intensità di quel verde che danzava davanti ai miei occhi. *Era* Poppy. Si trattava di Poppy. Lei era palpitante di vita, brillante e sconvolgente. Aveva vissuto per una scheggia di tempo, ma lo aveva fatto con coraggio. Aveva abbracciato ogni attimo che la vita le aveva offerto...

E ora stava illuminando come un faro il cielo notturno.

Cael mi avvicinò ancora di più a sé, però senza strizzarmi la mano o rivolgermi occhiate preoccupate. E il mio cuore si strinse a lui, perché si era reso conto che stavo vivendo quel momento importante con serenità, e non con tristezza o dolore.

Fu come un *balsamo* per il mio cuore.

Mentre sedevamo là, si aggiunsero allo spettacolo delle striature di colore azzurro e rosso. Il cielo sembrava un arazzo di luce. L'universo ci stava comunicando di essere vastissimo e inesauribile. Starsene lì era come assistere alla danza tra le stelle dei nostri cari, liberati dal dolore, finalmente guariti. Senza paura, senza sofferenza.

Mi misi a piangere. E a poco a poco che il bagliore aumentava d'intensità anche le lacrime scendevano più copiose. Pregai che le leggende di cui avevo letto fossero vere e che Poppy si trovasse nel cielo, intenta a guardarmi dall'alto con il suo sorriso pieno di fossette e il suo entusiasmo.

La mia vita era stata così misera e insignificante negli ultimi quattro anni. Era stata ridotta a una sola e straziante emozione. Ma in quel momento, l'universo mi stava gridando che oltre alla vita che vivevamo c'era molto di più, che quando il cuore smetteva di battere, la nostra anima si librava verso il nord, e lì, ormai polvere di stelle, trovava una nuova casa.

«Cael» bisbigliai e allontanai per un breve istante lo sguardo dallo spettacolo per guardarlo in viso. Anche lui aveva le guance rigate di lacrime, e i suoi occhi argentati sembravano due stelle rubate al cielo. Sollevai di nuovo lo sguardo e mi abbandonai alle sensazioni. A ciascuna di esse. Ammirazione, stupore, magnificenza, sbalordimento. Lasciai che la vastità del mondo pervadesse la mia anima.

Accolsi persino quel filo di paura sfrangiato dal tessuto del mio cuore, la spaventosa consapevolezza di essere così piccola e insignificante rispetto a quello spettacolo stupefacente.

Provai *ogni cosa.*

Non mi mossi per un tempo indefinito, che poteva essere ore o anni. Rimasi immobile sulla sedia, la testa piegata all'indietro, ipnotizzata dall'aurora boreale e da tutta la bellezza che proiettava sul mondo, sui miei occhi, sul mio cuore. Poi, quando delle striature rosa presero a screziare il cielo prevalentemente verde, mi portai la mano alla bocca per soffocare un grido. Quella sfumatura rosa pallido danzava meravigliosamente nel cielo in contrapposizione con il verde acceso e l'azzurro.

«Poppy...» mormorai con un filo di voce, ma abbastanza forte da giungere all'orecchio di mia sorella nel caso fosse scesa fin lì a guardarmi attraverso quella manifestazione di luce. Non distolsi mai lo sguardo da quel bagliore color ciliegia che vibrava con grazia tra le stelle finché non svanì. Tuttavia il ricordo rimase vivo. Si era insinuato nella mia mente per sempre. Era stato tutto molto veloce, la personificazione della bellezza, e si era impresso nella mia anima.

Poi, lentamente, la luminosità dei riverberi dell'aurora diminuì, e a poco a poco i colori svanirono, fino a sparire del tutto, cedendo il passo al cielo trapuntato di diamanti.

Un dito mi sfiorò la guancia e sbattei le ciglia. La gola era irritata per il pianto e avevo gli arti anchilosati per il troppo tempo in cui ero rimasta seduta immobile.

«Pesca» risuonò la voce roca di Cael che trafisse il silenzio.

Mi voltai verso di lui. «Ho sentito che lei era qui» gli confidai, senza pensare troppo a ciò che stavo dicendo, traducendo in parole ciò che avevo nel cuore.

Cael chiuse gli occhi, come se quella frase lo avesse colpito profondamente. Poi posò la cioccolata calda e mi abbracciò con le sue forti braccia, attirandomi a sé. Appoggiò la guancia alla mia testa e io mi sentii così contenta che non avrei mai voluto venire via da lì. Avevo trovato il Paradiso in Terra in questo posto, tra le braccia di questo ragazzo, e non volevo tornare alla quotidianità di prima.

Una mano si posò sulla mia schiena. «È ora di andare» annunciò una voce premurosa e gentile. Mia. Rimasi abbracciata ancora qualche istante a Cael, dopodiché mi lasciai guidare da lui verso il pulmino. Mentre raggiungevo il mio posto a bordo, tutti gli sguardi che incrociavo sembravano sbalorditi.

Sembravamo tutti *cambiati.*

Il viaggio di ritorno fu molto confuso. Arrivammo in hotel che era tardi, ma raggiunta la mia camera mi sentivo iperattiva, piena di elettricità. Quella notte le probabilità di non riuscire a dormire erano molto alte. Mi misi seduta sul letto e mi ritrovai a fissare la parete, persa nei miei pensieri.

Recuperai il diario che ci avevano consegnato Mia e Leo e lo aprii, riversandovi sopra la mia anima.

Poppy, scrissi.

Credo di averti sentita stasera. Per la prima volta da quando non ci sei più, ti ho sentita al mio fianco. Ti prego, dimmi che eri tu.

Mi salì un nodo in gola.

Ti prego, dimmi che quel riverbero color ciliegia che ha squarciato la luce verde eri tu. Ti prego, dimmi che sei accanto a me in questo viaggio.

Singhiozzai e lacrime disperate presero a scendere dai miei occhi.

Ti prego, dimmi che sei felice e che in qualche modo sei qui. Perché, Poppy… ne ho bisogno. Ho bisogno che tu sia viva da qualche parte. TU eri troppo fantastica e luminosa per non essere viva. Ti prego, dimmi che eri tra le stelle che ho visto luccicare nel cielo stasera, così potrò guardarti ogni volta che avrò bisogno di te. Quando avrò bisogno di avere accanto mia sorella.

Posso vivere nelle tenebre, se tu sei una di quelle stelle.

Buttai giù quelle suppliche confuse. Poi guardai verso la finestra e, quando scorsi un altro sfavillio d'aurora che cercava di stagliarsi nel cielo di Tromsø, un pianto di gioia si levò dalla mia gola. Quel rosa... quel nastro rosa era lì, e danzava tra le stelle come la più bella delle ballerine. Mi strinsi il diario al petto come se fosse l'incarnazione di Poppy.

«Poppy. Ti vedo» bisbigliai mentre osservavo quell'alone rosa che lentamente svaniva, lasciandomi cambiata nel profondo del cuore. Le lacrime presero a sgorgare, ma erano lacrime di felicità. «Poppy... mi manchi...» bisbigliai ancora, credendo per la prima volta che lei mi stesse ascoltando.

Mi ero appena infilata nel letto, ancora completamente vestita, quando sentii bussare piano alla mia porta. Erano le quattro del mattino ed ero sveglissima. Avevo scrutato nel minimo dettaglio il cielo in cerca di altri segnali di luce, ma l'aurora era svanita. Le nuvole avevano coperto il cielo della città, giocando a nascondino con le stelle.

Bussarono di nuovo, così scesi dal letto e aprii solo uno spiraglio. C'era Cael dall'altra parte, gli occhi pieni di vita e sveglissimi quanto i miei. «Vieni» mi disse, protendendo la mano, l'espressione distesa ma elettrizzata.

La mia indole ligia alle regole mi suggerì di non andare, che c'era un coprifuoco da rispettare e che ci saremmo messi nei guai se ci avessero beccato. Mia e Leo avevano insistito molto sul fatto di non infrangere le regole. Eppure l'energia di quella sera continuava a scorrere dentro di me, spingendomi a dimenticare le regole e a cogliere l'attimo. Così infilai giacca, scarponi, guanti e cappello, e chiusi piano piano la porta. Dopodiché strinsi la mano di Cael e lo seguii in silenzio per le scale fino all'esterno dell'albergo.

Quando Cael prese a correre lungo la strada, trascinandomi con sé, una risata mi sgorgò dal petto. Non avevo la minima idea di dove stessimo andando. Il vento mi sferzava i capelli e schiaffeggiava le guance, mi sentivo così viva.

Le sue lunghe gambe macinarono metri e metri, calpestando la neve. Con l'aumentare della velocità mi venne il fiatone e mi sentii attanagliare il petto dall'aria gelida. Poi, a poco a poco, mi scaldai e ogni tanto una risata si liberava dal mio cuore.

A un certo punto, svoltammo un angolo e mi arrestai di colpo. Mi aggrappai al braccio di Cael mentre osservavo lo spettacolo davanti a noi.

«La spiaggia» dissi, scrutandola. La neve ricopriva quello che doveva essere l'accesso erboso, ma la sabbia era intatta e il mare la lambiva come in Georgia.

Era un sogno diventato realtà.

«Cael» mormorai, voltandomi verso di lui.

«Dovevo mostrartela» spiegò semplicemente, come se fosse il regalo più perfetto che avrebbe potuto farmi. Il luccichio della neve rendeva tutto più visibile al buio e le stelle sembravano delle vere e proprie decorazioni di luce.

Nel giro di poche ore, i miei occhi avevano avuto l'occasione di osservare delle scene di gloriosa bellezza. Le nuvole erano basse e l'aria gelida mi accarezzava i capelli, provocandomi dei brividi lungo la nuca. Ma ero qui, in questo posto.

Un paradiso in Terra.

«Vieni» mi esortò Cael, trascinandomi sull'erba innevata e poi sulla sabbia dorata. Ci fermammo a un passo dall'acqua, che anche in inverno sembrava così cristallina e invitante.

«Hai mai visto qualcosa di così bello?» gli domandai, di nuovo sbalordita.

«Solo una volta» ammise, la voce roca per l'emozione. Mi voltai verso di lui per esortarlo a raccontarmi di più, però dal modo in cui mi stava guardando, con quegli occhi concentrati sul mio volto e lo sguardo adorante, capii rapidamente che cosa intendesse insinuare.

Cercai di non farmi prendere dall'agitazione, ma mi sentivo le guance in fiamme e sapevo che, nonostante il buio, lui non potesse non notare che ero arrossita. Cael avanzò di un passo fino ad accorciare la distanza tra di noi. Io ero pietrificata sul posto, intenta a osservare ogni suo minimo movimento. Il respiro si fece più veloce e le farfalle presero a svolazzarmi in tutto il corpo. Cael si piazzò davanti a me senza dire una parola. Era talmente vicino che riuscivo a sentire il suo profumo inebriante e il suo fiato caldo sul viso.

Mi lasciò la mano, che senza dubbio aveva sentito tremare, e si tolse i guanti, dopodiché mi prese delicatamente il volto. Era così alto e massiccio, così atletico e forte, eppure mi stringeva come se fossi un oggetto prezioso che aveva paura di rompere.

I suoi occhi grigio-azzurri si immersero nei miei e Cael premette la fronte alla mia. Quel gesto intimo mi trasmise un'immediata calma. Questo era Cael Woods. Il ragazzo che mi aveva stregata. Il ragazzo il cui cuore si era inspiegabilmente unito al mio. Il ragazzo che stava diventando rapidamente la mia salvezza.

Non aprii bocca né pronunciai il suo nome. Lasciai semplicemente che il calore dei nostri corpi ci avvolgesse in questa vicinanza così intima. Poi Cael scostò la testa e mi sfiorò la guancia con la punta del naso. Il mio respiro si fece sempre più affannato e chiusi gli occhi. Lui prese ad accarezzarmi le guance con il suo tocco rassicurante. Poi il suo naso incontrò il mio e la sua testa indietreggiò di un millimetro. Mi sentii addosso tutta l'intensità del suo sguardo. Riaprii gli occhi e vidi aleggiare una domanda nell'aria statica che crepitava tra di noi.

Sorrisi e Cael interpretò il mio gesto come un invito. Si avvicinò e mi stampò un bacio esitante e delicato sulle labbra. Le luci dell'aurora che avevamo visto danzare davanti ai nostri occhi sembravano aver radicato dentro di me. Ogni riverbero si muoveva a tempo con i battiti del mio cuore mentre Cael sfiorava la mia bocca, con più decisione stavolta. Mi aggrappai alle sue braccia, ancorandomi al suo corpo, e ricevetti il mio primo bacio.

Cael aveva le labbra morbide e calde, che mi trasmettevano così tanta fiducia e affetto. Le luci dell'aurora e le stelle di poco prima mi avevano lasciata senza parole. Eppure adesso avevo l'impressione di volare nell'alba dorata. Erano presenti la vita e la morte e tutto ciò che stava nel mezzo in quel frangente. Era una sensazione che superava qualsiasi altra avessi mai provato, e mi avvolgeva così forte nella sua bellezza da trasmettermi pura euforia.

All'inizio, ricambiai il bacio di Cael con timidezza. Ma, mentre mi stringeva il viso fra le mani e mi lambiva l'apertura delle labbra con la lingua, mi ritrovai trasportata in una sorta di sogno a occhi aperti, inebriata dal sapore di menta della sua bocca e dalla premura dei suoi gesti. Schiusi le labbra, lasciando libero accesso alla sua lingua, in modo che invitasse la mia a una danza intricata.

Cael allontanò una mano dal mio viso e la posò sul collo, poi infilò le dita tra i miei capelli. Il bacio si fece più intenso e il cuore mi martellava fortissimo nel petto. Dentro di me esplosero sensazioni che avevo il terrore di provare, che sprigionarono un bagliore che allentò i miei nervi, dimostrandomi che non c'era nulla di cui aver paura.

Non c'era *nulla* da temere…

Cael mi baciò ancora, e continuò a farlo. Eravamo così vicini che sembravamo due stelle in collisione. Quando si staccò pensai che non ci fosse nient'altro al mondo che potesse farmi sentire così adorata come quel bacio, ma poi bisbigliò: «Mi sto innamorando di te, Pesca».

Trassi un respiro tremante e scioccato. Quando la sua voce roca e quella tenera ammissione filtrarono nella mia mente, mi sentii inondare da un senso di *completezza*. Cael desiderava me e io desideravo lui con così tanta intensità da occupare ogni mio pensiero.

I suoi occhi tradivano un certo nervosismo per quella dichiarazione. Eppure non aveva nessun motivo di provare paura. «Anch'io mi sto innamorando di te» bisbigliai per non disturbare la pace che si era creata in questo posto magico, così uniti in mezzo alla sabbia circondata dalla neve.

A quel punto, Cael sfoggiò un sorriso accecante.

Mi strinse i capelli con entrambe le mani e mi baciò. E baciarlo a mia volta risultò naturale come respirare. Con il petto premuto contro il suo, sorrisi a pelo della sua bocca, mentre i nostri cuori battevano all'unisono. Mi sentivo formicolare le labbra e avrei potuto rimanere lì per sempre, a baciare quel ragazzo con tutta me stessa, a donargli tutto il mio cuore e la mia anima. Poi…

Trasalii e tirai indietro la testa, sollevando lo sguardo al cielo. Una risata eruppe dalla mia gola, quando un fiocco di neve atterrò sulle mie ciglia. «Sta nevicando.»

Anche Cael sollevò lo sguardo, e la neve passò da minuscoli fiocchi bianchi a grossi fiocconi gelati, baciando i nostri volti con la stessa meticolosità delle nostre bocche.

Cael mi strinse tra le braccia e io mi misi a osservare il mare. I fiocchi di neve si sfaldavano appena incontravano la superficie dell'acqua. Chiusi gli occhi e mi lasciai cadere addosso tutto quel candore, accogliendo il freddo sul mio corpo. «Ma che posto *è* questo?» mormorai incredula, tornando a guardare Cael.

Lui mi stava già osservando con un sorriso gentile sulla faccia. Con le dita nude mi sfiorò le labbra. Era così bello. Il ragazzo più bello che avessi mai visto. Una sonora risata si sprigionò dal mio petto, quando della neve si accumulò sui suoi capelli spettinati che fuoriuscivano dal berretto.

«Potrei stare ad ascoltarla per sempre» confessò. Esattamente in quel frangente realizzai che io non lo avevo *mai* sentito ridere. Non di gusto, almeno.

Appoggiai la fronte alla sua e lo strinsi a me, sulla spiaggia adesso imbiancata.

Cael mi baciò di nuovo. Fu un bacio breve stavolta, ma non meno dolce. Poi si mise seduto sulla sabbia e mi guidò verso di lui, posizionandomi al centro delle sue gambe divaricate, la schiena appoggiata al suo petto.

Rimanemmo in silenzio a guardare la neve cadere. Dovetti battere diverse volte le palpebre per essere certa di trovarmi davvero lì. Non mi sembrava vero. Non mi sembrava vero neanche che Cael mi avesse baciato. Mi portai le dita alle labbra. Erano ancora calde per via dei baci che ci eravamo scambiati.

Avevo dato il mio primo bacio.

Avevo dato il mio primo bacio a un ragazzo che stava diventando in fretta il centro del mio mondo.

Spero che troverai il tuo Rune…

Mentre riecheggiavano nella mia mente le parole della lettera di Poppy, notai qualcosa di familiare nel cielo. «La Cintura di Orione» annunciai, indicando le tre stelle. Un ricordo affiorò alla mia mente e spiegai: «Quando eravamo piccole, io, Poppy e Ida dicevamo sempre che quelle tre stelle ci rappresentavano». Scossi la testa, aggrappandomi a tutta la gioia che quel ricordo mi ispirava per non soffermarmi sulla tristezza che stava tentando di insinuarsi dentro di me. Cael mi scostò i lunghi capelli dal collo e mi baciò appena sotto l'orecchio, facendomi scorrere un brivido lungo la schiena.

«Sei una bella persona» mi disse, lasciandomi di sasso.

«Anche tu» ricambiai, prima di girare la testa per incrociare il suo sguardo.

Sembrava avere un'espressione tormentata e, rendendosi conto che me ne ero accorta, continuò: «Non me lo aveva detto». Mi si spezzò il cuore quando capii che si riferiva a Cillian. I fiocchi di neve gli baciavano le guance e gli occhi, e si accumulavano come minuscoli angeli sulle onde scure dei suoi capelli. «Non mi aveva detto che era caduto nell'oscurità. E io non mi ero reso conto di niente.» Gli strinsi la mano, ma stavolta non per rammentargli di scacciare le sensazioni che stava provando, volevo semplicemente che sapesse che ero lì per lui.

Le emozioni non dovevano essere scacciate quando si era pronti a condividerle.

Mi misi in ginocchio davanti a lui e gli posai la mano sulla guancia. Scrutai il suo volto afflitto. «Non posso parlare a nome di tuo fratello. Ma a volte tendiamo a tenerci dentro le nostre preoccupazioni, e spesso sono talmente grandi che ci distruggono l'anima.» Lo baciai sulla guancia, poi sull'angolo della bocca, e infine sulle labbra. «A volte facciamo in modo che i nostri cari non sappiano quanto stiamo soffrendo, perché non vogliamo causare dolore anche a loro.»

I suoi occhi luccicarono e catturai una lacrima con il dito prima che rotolasse sulla sua guancia. La cullai nella mia mano. Quella lacrima rappresentava la crescita di Cael. «Lui ti voleva bene» affermai con un filo di voce, determinata a essere forte per lui. «Di questo non ho dubbi.»

Il respiro di Cael si fece affannato, poi parlò di nuovo. «Mi sono sentito così solo per tutto questo tempo, Pesca.» Mi si spezzò il cuore, come era naturale che fosse.

«Tu non sei più solo» lo consolai, la voce ferma e decisa.

Cael mi baciò di nuovo, e mi strinse a sé. Mi sedetti di nuovo tra le sue gambe e mi lasciai avvolgere dalle sue braccia in un abbraccio senza fine.

La neve continuava a cadere silenziosa attorno a noi, in netto contrasto con la spiaggia dorata su cui atterrava. Le stelle brillavano numerosissime tra le nuvole sopra le nostre teste. Intrecciai le dita a quelle di Cael e gli chiesi: «Come ti è sembrata l'aurora boreale?». Lo sentii irrigidirsi e gli strinsi la mano con più energia.

«È stata incredibile» commentò. «Ma... credo che la parte di me in grado di provare gioia sia sopita.» Mi appoggiai a lui con la schiena. «A volte mi chiedo se tornerà mai a manifestarsi nella sua interezza. La rabbia è l'unico sentimento che sono stato in grado di provare. Forse è per questo che ho continuato a esprimerla per così tanto tempo. Forse, per quanto tossica, era comunque meglio di *niente.*» Lasciai che le sue parole rimanessero sospese tra di noi per qualche minuto.

«Poppy credeva nel paradiso» annunciai, ritrovandomi a fissare la Cintura di Orione. «Non è mai sembrata triste per il fatto di dover morire» aggiunsi, cercando di contenere l'emozione. «Non potrò mai capire come facesse a non aver paura di quello che stava attraversando. Ma aveva così tanta fede che nel suo cuore non c'era posto per il dubbio.»

«E tu a cosa credi?» mi domandò Cael, stringendomi ancora di più.

«Onestamente non lo so» ammisi. «Ho sempre amato la scienza. Le risposte concrete che fornisce.» Feci spallucce. «Però quando si ha a che fare con la morte non si hanno mai certezze, a parte il fatto che un giorno toccherà a tutti affrontarla.» Sollevai le nostre mani intrecciate e con quella libera accarezzai le dita di Cael. Erano ruvide, ma erano così perfette a contatto con le mie. «Dopo che Poppy se ne è andata, ho letto tutto quello che la scienza aveva scritto sulla morte. La verità è che non sapremo mai cosa ci capiterà finché non lo vivremo.» Puntai le nostre mani unite verso il cielo. «Le stelle sono fatte di energia, e anche le persone. L'intero universo è fatto di energia. Alcuni associano questa energia alla scienza, altri la attribuiscono a Dio.» Scossi la testa. «Io propendo per la scienza. A me sembra più sensato.» Sospirai per la complessità dell'argomento. «Quello che so è che esiste qualcosa di più grande che non potrò mai comprendere.»

Sorrisi quando vidi una stella cadente ardere nel cielo. «Mi piace pensare che Poppy sia una stella ora.» Quell'ammissione mi costò una fatica enorme. Non lo avevo mai rivelato a nessuno. Nemmeno al mio psicologo. Né ai miei genitori o a Ida. «Lo so che deve sembrarti ridicolo.»

«Non lo è» ribatté prontamente lui, mettendomi a mio agio con il suo tono comprensivo. «È bellissimo» aggiunse, e in quel momento mi innamorai ancora di più di lui.

Mi misi a fissare la neve e le stelle che ci stavano osservando dall'alto. «Il cielo sembra più bello ora che so che lei è lassù» commentai, sentendo un muro sgretolarsi dentro di me. «Le stelle sono più luminose, ora che so che lei vive lassù.» Sorrisi. «Certe notti rimango alzata per ore a cercare di scorgerla, anche se è impossibile. Poi mi ricordo quanti milioni di persone hanno perso un proprio caro e quante stelle ci sono del cielo. Il dolore ti fa sentire solo e isolato, eppure non dovrebbe essere così perché è una sensazione che in molti condividono.»

Mi girai tra le braccia di Cael e gli buttai le braccia al collo. «Non è vero?» chiesi con un filo di voce.

«Certo» ribatté, scrutando ogni centimetro del mio volto. «Tu hai reso questo viaggio di gran lunga migliore» ammise, baciandomi sulle labbra. «Hai resto la mia *vita* migliore.» Lo abbracciai forte in mezzo alla spiaggia innevata, sotto quel cielo trapuntato di miliardi di stelle.

Stavamo migliorando l'uno l'esperienza dell'altra. E quando Cael reclamò di nuovo la mia bocca, io mi abbandonai completamente a lui. Avevo smesso di trattenermi, di provare paura. Mi sarei lasciata travolgere da Cael e lui da me.

Perché, quando avevi perso una persona per te così preziosa, e poi ti imbattevi in un sentimento tanto inestimabile, lo accoglievi a braccia aperte.

E non lo lasciavi più andare.

11

Unione di anime e cuori aperti.

Diversi giorni dopo
Oslo

La familiare pista di pattinaggio di Oslo si era svuotata con il calare della sera. Non era ancora iniziato il nostro coprifuoco, ma le strade erano praticamente deserte. Ero seduto su una panchina a fissare il ghiaccio mentre mi legavo i pattini ai piedi, un'operazione che facevo per pura memoria muscolare. Sentire la lama sotto la pianta del piede mi dava conforto come stare seduto davanti a un camino scoppiettante. Il fiato si condensò in una nuvoletta bianca davanti alla bocca e mi alzai in piedi. Una scarica di adrenalina mi corse nelle vene, una sensazione così inaspettata che per poco non mi fece perdere l'equilibrio.

Dopo qualche passo mi ritrovai al margine della pista. Posizionai un pattino sul ghiaccio. Poi chiusi gli occhi e, una volta contato fino a cinque, mi spinsi in avanti. Nell'attimo in cui l'aria fredda mi scompigliò i capelli, tutto sembrò tornare al proprio posto.

Aprii gli occhi e pattinai fino al centro. Mi abbassai e posai il palmo sulla lastra di ghiaccio come avevo fatto qualche giorno prima, solo che stavolta non mi lasciai schiacciare dalla solita sensazione opprimente. Stavolta non pensai a Cill. Mi godetti semplicemente il momento, incanalando tutta l'euforia del ritrovarmi in pista, del freddo che mi filtrava nelle ossa.

Pattinai fino al bordo e rimasi a osservare la distesa di ghiaccio di fronte a me. Poi, come avevo ripetuto un milione di volte, mi spinsi in avanti e scivolai sulla lastra a tutta velocità, mentre il vento mi mordeva la punta delle orecchie. Un giro dietro l'altro, solcai la pista con familiare scioltezza e le guance presero a farmi male. Quando realizzai che mi dolevano perché stavo sorridendo, per poco non persi l'equilibrio.

Serrai i pugni per il desiderio di poter stringere la mazza da hockey, colpire il dischetto e metterlo in rete. Ma... per il momento era sufficiente. Era sufficiente aver pattinato e aver riprovato la felicità mentre guadagnavo velocità. Mi sembrava di volare.

Poi udii una risata, una risata colma di orgoglio ed emozione. Mi arrestai di colpo, spruzzando la transenna di ghiaccio e vidi che si trattava di Savannah, stretta nel cappotto con il suo cappello e i guanti, e gli occhi scintillanti di... fierezza.

«Cael, tu... tu...» Rimase a corto di parole. Ma non c'era bisogno che dicesse niente. Riuscivo a percepire già da quella distanza quanto fosse orgogliosa di me.

Provai una sensazione insolita quando mi resi conto che io stesso ero fiero di me. E che questo momento non era legato a Cillian. Questa gioia nel pattinare, nel pensare all'hockey, apparteneva soltanto a me. *Adoravo* quella sensazione.

Adoravo giocare a hockey.

Indicai il capanno del noleggio al lato della pista e le ordinai: «Metti i pattini, Pesca». Pensai che si sarebbe rifiutata di farlo, invece lei andò diretta a recuperare i pattini e nel giro di qualche minuto se li infilò ai piedi.

Si portò sulla pista con passo incerto. Le andai incontro per darle una mano. Savannah non dubitò un attimo di se stessa. Né di me. Afferrò semplicemente la mia mano, fidandosi al cento per cento, e si lasciò guidare. Mi assicurai che riuscisse a reggersi in piedi e la trascinai lentamente in pista. La sua espressione contenta mi fece sciogliere.

Eravamo da soli. Il resto del gruppo stava guardando un film in hotel e riposava prima di salutare la Norvegia, l'indomani. Ci eravamo trattenuti una notte in più a Oslo per poter prendere il volo la mattina presto. L'hotel era sempre lo stesso. Leo e Mia mi avevano dato il permesso di uscire. Non mi sarei stupito se in quel momento ci stavano guardando. Ma non m'importava. Avevo *bisogno* di essere lì. E anche loro lo capivano.

Non mi sorprendeva neanche che Savannah mi avesse scovato. Era salita in camera a telefonare ai genitori e alla sorella, quando io avevo visto la pista svuotarsi e avevo deciso di uscire.

Non potevo credere che adesso lei fosse lì con me.

Ci fermammo al centro della pista, feci un respiro profondo e poi avvicinai le labbra alle sue. La baciai. Baciai Savannah con quella gioia ritrovata. La baciai per ringraziarla di avermi aiutato a rimettere piede sul ghiaccio, di non aver mai insistito, ma di avermi supportato nel ritrovare la parte mancante di me stesso.

«Eri uno spettacolo qua sopra» ammise, facendomi sciogliere completamente.

«Pronta?» le domandai, poi presi a trascinarla lentamente, le sue mani stringevano le mie come in una morsa.

«Guidami tu» disse, e io lo feci. Mi lasciai andare a questo momento di pura libertà, di vitalità liberata dal fardello del dolore. Lasciai che la mia anima si riprendesse la sua vecchia passione. E lasciai che tutto questo succedesse insieme alla ragazza del sud stretta tra le mie braccia, la quale stava cambiando in meglio la mia vita, giorno dopo giorno, ora dopo ora, ogni volta in un luogo diverso.

Pattinammo. Pattinammo sotto le stelle, tra le quali Savannah credeva vivesse sua sorella. E un senso di pace mi pervase, quando immaginai Cillian brillare lassù.

Finalmente libero.

12

Sabbia dorata e infinita tristezza

Goa, India

Il contrasto tra la Norvegia e l'India era strabiliante. Nell'istante in cui eravamo atterrati, l'umidità opprimente e il caldo torrido ci avevano inghiottiti. Goccioline di sudore mi colarono dalle tempie, quando scendemmo dall'autobus per raggiungere il posto dove avremmo pernottato.

Era un paradiso.

Le fronde delle palme ondeggiavano sotto la brezza calda, la spiaggia si estendeva davanti a noi, la sabbia bianca e il mare cristallino luccicavano. Sembrava di essere dentro a una cartolina. Quando mi capitava di viaggiare con la squadra di hockey, di solito finivo in città fredde e palazzetti ancora più gelidi.

Savannah era scesa dall'autobus prima di me. La raggiunsi sul marciapiede, aveva la testa inclinata all'indietro e si lasciava baciare la faccia dal sole. Le calde temperature di Goa le avevano arrossato la pelle. I lunghi capelli le si appiccicavano al collo, ma aveva un'espressione felice sul volto, mentre a occhi chiusi si godeva quel clima.

«Sembra di essere all'inferno, qui» commentai, facendole schiudere un occhio e guadagnandomi un'occhiataccia scherzosa.

«Adoro il caldo» ribatté lei, prima di liberarsi dal cardigan e scoprire la pelle color pesca delle braccia. Il suo volto era pieno di lentiggini. Era perfetta. Doveva essersi accorta che la stavo fissando, perché il rossore sulle sue guance si intensificò a causa di quello che ora riconoscevo come imbarazzo.

«Mi ricorda casa» commentò, scostandosi i capelli dal collo. Una goccia di sudore le colò dalla nuca e sparì sotto la canotta bianca.

«Benvenuti a Goa» annunciò Mia. «La vostra casa per i prossimi giorni.»

Ancora non riuscivo a capacitarmi del fatto che solo il giorno prima eravamo infagottati nei vestiti termici a osservare la neve cadere. Mentre adesso il sole brillava alto e l'odore di crema solare permeava l'aria.

Posai un braccio sulle spalle di Savannah, incurante del fatto che quel contatto fisico non facesse altro che aumentare il calore del mio corpo già surriscaldato. Savannah mi prese la mano che pendeva sul lato della sua spalla, e io mi sentii subito a mio agio.

«Da questa parte» ci esortò Leo, conducendoci verso il resort che sarebbe stato la nostra casa per un po'. Fummo accompagnati in una stanza che sembrava una sala per fare yoga. Dagli altoparlanti nascosti filtrava una rilassante musica da meditazione. Le pareti erano di un color rosso acceso e dei grandi cuscini erano disposti a cerchio.

«Prego» ci invitò a sederci Leo. Mi sfilai la felpa e rimasi in canottiera. Percepii subito lo sguardo penetrante di Savannah addosso. Mi tolsi il cappellino e mi passai la mano nei capelli spettinati. Poi le sorrisi, mentre mi scrutava le braccia, il petto e i tatuaggi sul collo.

Rendendosi conto di essere stata beccata a guardarmi, lei commentò: «Sono bellissimi». Con la punta del dito tracciò l'ancora al centro dell'avambraccio. Poi il trifoglio che rappresentava le mie origini irlandesi. Non potevo resistere al fatto che mi stesse guardando in quel modo, così mi piegai e la baciai sulle labbra. Adesso mi sentivo libero di esprimere il mio affetto. Tutti sapevano di noi, perciò non avevamo bisogno di nasconderci. Premetti le labbra sulle sue e immediatamente i miei nervi si distesero. Ero sempre diffidente di fronte a una nuova attività o all'idea di trovarmi in un paese nuovo. Ogni volta che cominciavo ad abituarmi a un posto, Mia e Leo ci scombussolavano facendoci atterrare in uno completamente diverso. Quella era la parte peggiore del nostro viaggio. In passato mi piaceva visitare luoghi nuovi. Da quando mio fratello non c'era più, però, l'idea mi procurava solo disagio.

Immaginavo che questo dimostrasse solo quanto fossi ancora lontano dalla guarigione.

Qualcuno si schiarì la voce e mi staccai da Savannah. Leo era lì in piedi, spazientito. Non ero ancora sicuro che approvasse la nostra unione. Non si era sbilanciato molto finora. «Quando siete pronti» prese a dire, tra le risatine generali. Lui e Mia stavano aspettando che ci sedessimo per iniziare.

Savannah diventò tutta rossa e corse verso il cuscino per prendere posto. Era ancora così timida e riservata. Con me, però, non lo era più, e questo mi faceva sentire il ragazzo più fortunato del mondo.

«Allora,» iniziò Leo, «qualcuno ha idea di cosa abbiamo cercato di mostrarvi in Norvegia?»

«La natura?» intervenne Lili, dopo aver riflettuto qualche minuto.

«Una nuova cultura?» si unì Jade.

Leo sorrise ai loro tentativi di risposta, poi aggiunse: «Volevamo portarvi in un posto che vi suscitasse stupore e meraviglia. Volevamo farvi vedere luoghi meravigliosi, unici, che spesso soverchiano l'occhio umano».

«Molto spesso, quando il dolore ci consuma, ci sentiamo soli e il nostro mondo si riduce soltanto a noi stessi e al trauma che abbiamo subito. Diventiamo miopi» aggiunse Mia. «Visitare quei paesaggi mozzafiato che ci lasciano spesso sbalorditi e sensorialmente sopraffatti può aiutarci a modificare la nostra prospettiva. Può fornirci accesso alle meraviglie della vita e dell'universo, che potrebbero aiutare la nostra mente e permetterci di stabilire un nuovo modo di pensare. Ricordarci che siamo vivi e, anche se il dolore persiste, che abbiamo ancora mille avventure da vivere.»

Il gruppo stava annuendo, come fosse perfettamente d'accordo con quelle parole. Anche Savannah sembrava concordare. Le stelle e l'aurora boreale l'avevano fatta sentire vicina a Poppy più di quanto non si fosse mai sentita in questi anni. E io avevo percepito questo lieve cambiamento in lei: non aveva mai ceduto all'ansia, neanche una volta.

Da quando avevamo intrapreso questo viaggio, lei sembrava più tranquilla. Certo, non era ancora guarita, continuava a lottare contro la morsa del dolore, ma in qualche modo sembrava alleggerita. Glielo leggevo negli occhi.

Io, invece, non la pensavo per niente come gli altri. Dentro di me regnava il panico. Certo, ero tornato sul ghiaccio. Era un passo avanti.

Almeno per quello che concerneva l'hockey. Ma per quanto riguardava mio fratello, non era cambiato molto. Avevo provato a figurarmelo tra le stelle, ma subito dopo ero stato assalito da dubbi e pensieri negativi. Perché non potevo guardare l'aurora e vedere mio fratello danzare tra i fasci di luce colorata? Perché non riuscivo a immaginarlo libero e in pace con se stesso?

Mantenni un'espressione neutrale. Non volevo che Savannah notasse quanto fossi in difficoltà.

«In questa tappa del viaggio,» riprese Leo, «vi confronterete con la mortalità.» Durante le nostre sedute individuali, Leo mi aveva spronato con gentilezza ad aprirmi su Cillian, ma io non ne avevo voluto sapere. Mi piaceva come mi ero sentito in Norvegia quando avevo accantonato tutto. Avevo sviluppato una dipendenza da quella sensazione, e Savannah era diventata la mia salvezza. Quando ero con lei, quando la stringevo, la voragine dentro di me non mi destabilizzava; ero comodamente anestetizzato. La rabbia era sopita. Ed era strano. Mentre prima mi aggrappavo alla rabbia adesso mi aggrappavo a Savannah. Lei era la cima di salvataggio che mi teneva ancorato, e mi impediva di andare alla deriva. Mi rifiutavo di perdere tutto questo.

«Cosa vuol dire?» domandò nervosamente Dylan.

«Esploreremo il naturale viaggio che riguarda tutti noi: la vita, la morte e tutto ciò che sta nel mezzo.» Diedi un'occhiata a Savannah; si stava torcendo le mani. Quelle parole avevano chiaramente reso nervosa anche lei. Controllai il suo respiro. Per il momento, stava bene.

«Durante questa tappa, visiteremo tre posti. Prima di tutto, Goa. Ci immergeremo in sessioni di gruppo e individuali, e anche in lezioni che ci aiuteranno ad affrontare alcuni dei nostri traumi interiori.»

«Ma sarà anche un'opportunità per ricaricarci un po'» aggiunse Leo. «Abbiamo vissuto due esperienze molto intense in Inghilterra e in Norvegia.» Gesticolò indicandoci tutti. «Questo posto è un paradiso. Vi incoraggiamo a rilassarvi, a farvi delle nuotate e a prendere il sole. A mangiare insieme, uscire e *parlare*» proseguì, rivolgendosi al gruppo.

«Riposatevi un po', sistemate i bagagli e divertitevi in piscina. Domani inizieremo con le sedute e tutto il resto» concluse Leo. Poi ci consegnò le chiavi delle nostre stanze.

Mentre recuperavamo i bagagli, Dylan domandò: «Ci incontriamo tutti in piscina?».

Afferrai la mano di Savannah. «Ti va di nuotare?» La baciai di nuovo. Non avrei mai smesso di farlo. La vita non sembrava così squallida quando c'era lei tra le mie braccia.

Savannah sorrise a fior di labbra. «Sì.»

La mia stanza era collocata tra quella di Dylan e quella di Travis. Mentre ci avvicinavamo alle rispettive porte, i due bisbigliavano tra loro. Non avevo notato quanto si fossero avvicinati in Norvegia. Ma del resto, a parte Savannah, non avevo notato molto altro.

Mi infilai il costume e andai a bussare alla porta di Savannah, ma lei non venne ad aprirmi. Così andai a cercarla direttamente in piscina e non appena la vidi rimasi di sasso. Si trovava vicino al bordo con un costume azzurro, la brezza afosa le agitava i capelli biondo scuri attorno alla testa, a mo' di aureola. Aveva la mano appoggiata al tronco di una palma ed era intenta a osservare la spiaggia e il mare.

In quel momento, non riuscivo a credere quanto fossi fortunato che una persona come Savannah mi stesse offrendo una possibilità. Ero a pezzi, e lo sapevo. Più partecipavo alle sedute di gruppo, più mi intrattenevo col gruppo, più mi accorgevo quanti progressi stessero facendo gli altri. Adesso ridevano molto di più, sorridevano e alcuni parlavano persino delle persone care che avevano perso. Le ricordavano positivamente e condividevano i loro ricordi felici.

Io avevo raccontato di Cillian solo a Savannah.

La sera, lei leggeva il quaderno che le aveva lasciato la sorella e scriveva sul diario che ci avevano consegnato Mia e Leo, come se stesse conversando direttamente con lei.

A me non avevano più fornito un secondo diario. Io e Leo avevamo deciso che al momento non avrebbe fatto parte del mio percorso. Mi scatenava troppe emozioni. Quindi durante le nostre sedute ci eravamo concentrati sulla psicoterapia. La cosa non stava funzionando lo stesso, ma almeno non dovevo scrivere niente.

Conservavo ancora quel biglietto di sei parole nel portafoglio, come se fosse la mia palla al piede.

Nonostante il caldo torrido, mi ritrovai lì in piedi in preda ai brividi freddi, perso nei miei pensieri. Ero appena riuscito a riemergere dalle tenebre dentro la mia testa, quando Savannah si girò e mi venne incontro in piscina. Mi sembrò un cavolo di miraggio quando, nel vedermi, i suoi occhi azzurri, accentuati dal colore del costume, si incresparono in un sorriso.

Non ero sicuro di meritare quel sorriso, ma avrei accettato qualsiasi cosa lei fosse intenzionata a darmi. Feci il giro della piscina per raggiungerla. Nel mentre, Dylan e Travis, i quali erano già in acqua, mi schizzarono le gambe, e io mostrai loro il dito medio.

Una volta vicino a Savannah, fui subito inebriato dal profumo della sua crema solare e ovviamente dalla sua bellezza. I suoi lunghi capelli si erano arricciati per via dell'umidità. In quel momento, decisi che era la sua versione che preferivo: baciata dal sole, in un posto che le apparteneva.

«Ehi» disse, quando le afferrai la mano.

«Ciao, Pesca» ribattei e la strinsi a me. La sensazione della sua pelle sulla mia era perfetta.

Mi staccai un poco da lei per darle un bacio lento e delicato e assaporai il suo burro di cacao alla ciliegia.

«Tutto bene?» le chiesi. Lei annuì vicinissima al mio volto, e io notai che aveva il naso e le guance arrossate dal sole.

«E tu?» mi domandò a sua volta, con un'espressione lievemente preoccupata.

«Ora, sì» risposi, sentendomi spruzzare di nuovo alle gambe. Mi girai per guardare male Dylan e Travis.

«Piantatela di fare i piccioncini e tuffatevi» ci esortò Dylan. Senza il minimo preavviso, saltai in piscina e mi assicurai di inondare Travis sul suo materassino. Savannah scoppiò in una risata alle mie spalle.

«Vieni, Pesca» la spronai, una volta riemerso in superficie. La osservai mentre si immergeva e, non appena fu dentro l'acqua, l'afferrai. Lei mi buttò le braccia al collo, e io la trasportai al centro della piscina. Dylan e Travis si tuffarono dai materassini per consegnarli a Jade e Lili, le quali ci raggiunsero qualche istante dopo.

«Preferisco tutto questo alla pioggia e alla neve» commentò Jade che chiuse gli occhi e si adagiò sul materassino. Dylan scivolò sott'acqua, poi riemerse e le ribaltò il materassino, facendola strillare e cadere completamente in piscina.

«Dylan!» gridò lei, una volta tornata a galla, dopodiché prese a inseguirlo.

«Non pensarci nemmeno» Lili avvisò Travis, il quale stava per imitare l'amico. Nel giro di un istante, anche lei cadde in acqua, ribaltata da Travis.

Savannah si aggrappò con ancora più forza alle mie spalle e scoppiò a ridere, mentre gli altri quattro si inseguivano per la piscina.

Era bello sentire quella risata spensierata. Quando si perdeva qualcuno, non era semplice ridere. Per me, per esempio, non era facile per niente. Le volte in cui mi capitava di ridere sommessamente provavo una sensazione così strana, come se il mio corpo non ricordasse bene *come* si facesse.

«Cael» mi chiamò Savannah, accarezzandomi il collo vicino al pomo di Adamo. Non avevo la minima idea di cosa le avesse velato gli occhi di lacrime.

«Che c'è?» le chiesi, confuso.

«Tu hai riso» mi informò. «Non ti avevo mai sentito ridere.» Le sue parole mi colpirono come fossero proiettili. In passato ridevo sempre. Mi divertivo. Pensai a Stephen, il mio migliore amico. Pensai alla mia squadra in Massachussetts. Al casino che combinavamo di continuo, tirandoci il ghiaccio addosso e facendoci lo sgambetto a vicenda con le mazze da hockey.

Ridevamo sempre.

Mi mancava il suono di quelle risate. Eppure... avevo appena *riso*.

Quindi magari non ero un caso così disperato come credevo.

«Dobbiamo iniziare a parlarne, Cael» disse Leo, ma il mio corpo era rigido e non avevo il coraggio di farlo. Io *volevo* stare meglio. Volevo che lui e Mia mi aiutassero, solo che non sapevo da dove iniziare.

Leo si appoggiò allo schienale della sedia. Eravamo nella stanza rossa in cui ci avevano riunito il primo giorno. Tutte le sedute di gruppo venivano svolte lì dentro. Io naturalmente non avevo mai partecipato attivamente, ma avevo ascoltato gli altri, ed era già un passo avanti.

«Nei casi di suicidio,» iniziò Leo con cautela, «è appurata tra gli uomini una mancanza di comunicazione.» Quelle parole mi lasciarono di sasso. Tutti i miei muscoli si contrassero e le mie ossa divennero immobili come la pietra. Leo si sporse in avanti. Io abbassai lo sguardo. «Comunicare salva vite.» Leo posò il suo blocco appunti sul pavimento accanto a lui e continuò: «Negli Stati Uniti, l'ottanta per cento dei suicidi viene commesso da uomini. È una delle principali cause di morte del Paese». Sentii la collera ribollire dentro di me. Non c'era bisogno che me lo dicesse. Lo *sapevo* già. Avevo fatto delle ricerche. «Sono preoccupato per te, Cael» disse, e stavolta lo guardai negli occhi. «Non ci parli. Non accenni mai a tuo fratello. E non mi riferisco solo al suo nome, ma a *tutto* il resto. So che ti sei un po' aperto con Savannah, ma io e Mia siamo qui per aiutarti. Siamo qui per darti un aiuto professionale. Per fornirti gli strumenti per poter andare avanti.»

Leo giunse le mani. «È necessario che tu ti metta in testa che non avresti potuto fare niente per salvarlo.» Fui colto da un familiare attacco d'ira, solo che, da quando stavo con Savannah, invece di sfogare quella rabbia con urla o pugni dati al muro, questo svanì di colpo e si trasformò in senso di colpa, vergogna e tristezza. Fu una sensazione così intensa da provocarmi *dolore* fisico. Perché non credevo alle parole di Leo. Lui non conosceva né me né Cillian. Non sapeva quanto fossimo affiatati. Quanto le nostre vite fossero intrecciate. Avrei dovuto capire che qualcosa non andava in lui. Come avevo fatto a non accorgermi di niente? Come avevo permesso che morisse?

La mia gamba cominciò a rimbalzare per l'agitazione. Aprii la bocca per cercare di dire qualcosa, ma non mi uscì niente. Era come se venissi colto da un blocco mentale ogni volta che cercavo di parlarne, di dare voce al mio dolore, alla mia vergogna, alle mie paure.

Leo controllò l'orologio alla parete. «Per oggi abbiamo finito, Cael.» Saltai su dalla sedia, sentendo un impellente bisogno di uscire da quella stanza. Prima che raggiungessi la porta, Leo aggiunse: «Lo so che è dura. Credimi, ragazzo, lo *so*». Il modo in cui mi aveva confidato quelle parole mi provocò un brivido lungo la schiena. Qualcuno di vicino a lui aveva forse commesso lo stesso gesto di Cillian? E se così fosse, come aveva *fatto* ad andare avanti? «Ma per poterti aiutare a riprendere in mano la tua vita, dobbiamo iniziare a parlare.» Leo aveva assunto un'espressione seria, implorante. Dal momento che non replicai, aggiunse: «Oggi ho parlato di nuovo con i tuoi genitori». Mi si contorse lo stomaco. «Ho detto loro che stai bene. Dicono che continui a ignorare le loro telefonate e i messaggi.» Per l'ennesima volta, lasciò in sospeso tra di noi delle parole taciute.

Aveva ragione. Da quando ero partito, non avevo mai chiamato i miei genitori. Loro avevano cercato di mettersi in contatto con me sempre alla stessa ora di ogni giorno, a prescindere da dove fossi. Mi avevano inviato dei messaggi. Soprattutto mio padre. Ma io non avevo mai risposto.

Non avevo nulla da dire.

Uscii dalla stanza e mi lasciai avvolgere dall'afa indiana. Presi a camminare senza una meta, perso nei miei pensieri. Non avevo la minima idea di come fare ad aprirmi. Non ritenevo che sarei mai stato in grado di farlo. Poi mi apparve il volto di Savannah. A lei avevo parlato di Cillian. Le avevo confidato che si era tolto la vita. Ma nulla di più. Non le avevo raccontato di quella notte, di cosa avessi visto…

Non pensavo che sarei mai stato capace di farlo.

Svoltai l'angolo del resort e vidi Savannah e Dylan seduti insieme a un tavolo a bere un caffè. Lei lo stava ascoltando. Savannah sapeva ascoltare così bene e con attenzione. Non giudicava mai né ti faceva sentire stupido. Il solo fatto di guardarla fece rilassare i miei muscoli e finalmente le mie spalle si abbassarono. Mi sorprendeva ancora come una persona potesse avere questo effetto su di me.

Magari un giorno sarei riuscito a raccontarle tutto di Cillian. Di come lui mi sostenesse quando ero giù di morale, di come mi avesse insegnato a tirare il dischetto in porta. O di come lo avessi trovato… di come l'ultimo ricordo che avessi di lui era da morto, per sua stessa volontà, esangue tra le mie braccia.

Mi sentii soffocare da un'ondata di emozioni e mi affrettai a tornare indietro. Aumentai il passo finché non mi ritrovai praticamente a correre. Imboccai un sentiero, senza mai fermarmi. Non potevo parlare di questo a Savannah. Lei era già in lutto per sua sorella, lottava quotidianamente per non soccombere all'ansia. Non era giusto appesantirla con il peso dei miei problemi.

Perciò continuai a correre fino a che non mi sentii esausto. Finché la tremenda tristezza scaturita dalla seduta con Leo non svanì. Corsi finché non riuscii a non pensare più a niente. Finché non fui talmente stanco da non desiderare altro che addormentarmi.

Per l'ennesima volta, ero riuscito con successo a sfuggire al pensiero ossessivo della morte di mio fratello, alla stessa velocità con cui i miei piedi erano in grado di portarmi lontano. E non avevo la minima idea se tutto questo sarebbe mai cambiato.

La lezione di oggi si svolgeva all'aperto, sotto un gazebo isolato che dava sul mare turchese. Miriam era la nostra terapista per l'occasione. Avevamo trascorso giorni impegnati in sedute di gruppo e individuali, in lezioni di yoga e passeggiate lungo i sentieri vicini, di meditazione e musicoterapia.

Oggi ci saremmo dedicati all'arte. Alla pittura, per essere più precisi.

«Davanti a voi avete una tela bianca» iniziò Miriam. Diedi un'occhiata alle tinte, ai pennelli e ai contenitori pieni d'acqua che servivano per pulire gli utensili di volta in volta.

Non avevo una vena artistica spiccata, perciò non nutrivo grandi speranze di tirare fuori qualcosa di buono da quella lezione. Le attività dei giorni precedenti, in riferimento al concetto di mortalità, non erano andate male ed erano state affrontate con delicatezza e gradualità. Ancora non eravamo stati spinti sull'orlo del precipizio. Ma sapevo che prima o poi quel giorno sarebbe arrivato.

Savannah era accanto a me, tuttavia, nessuno dei due poteva vedere il lavoro dell'altro. Mi misi a fissare la tela bianca e mi chiesi cosa accidenti ci avrebbe chiesto di raffigurare Miriam.

«Nella seduta di oggi, mi piacerebbe che ricordaste la persona o le persone che avete perso» ci informò Miriam, arrestando di colpo tutte le mie speranze. Delle mani invisibili presero a stritolarmi cuore e polmoni. Sentii il battito cardiaco rallentare negli orecchi mentre un rumore bianco annientava tutto il resto.

«Davanti a voi avete a disposizione una serie di colori. Voglio che pensiate a chi avete perso e che disegniate. Potete fare un ritratto o semplicemente una rappresentazione concettuale di cosa rappresentavano per voi, di chi erano da vivi. O magari di come vi sentite da quando non ci sono più.

«Voglio che vi immergiate nei ricordi che avete di quella persona e che li trasferiate sulla tela.» Miriam passeggiò lentamente tra di noi nella stanza silenziosa. La tensione che ci aveva colti era talmente tanta che la si poteva tagliare col coltello.

«Voglio che vi caliate profondamente nei ricordi.» Il tono della sua voce si fece più compassionevole. «Tutto questo potrebbe risultare sfibrante. Ma dobbiamo affrontare certe emozioni in maniera diretta. Dobbiamo pensare alla persona che abbiamo perso e non sfuggire al suo ricordo o al dolore che la sua morte ci provoca.» Miriam si piazzò al centro del gruppo e si portò la mano al petto. «Dovete *sentire* questo dipinto. *Sentire* i vostri cari. Lasciare che la vostra anima vi guidi in questo percorso e permettete alla tristezza repressa e al senso di ingiustizia che provate di lasciare il vostro corpo.» Miriam sorrise a ciascuno di noi. «Appena siete pronti, iniziate pure.»

Fissai la tela per così a lungo che persi completamente la cognizione del tempo. Non sapevo che cosa dipingere. Non mi veniva in mente niente.

Con la coda dell'occhio vidi che gli altri cominciavano ad armeggiare coi pennelli. Non mi disturbai a controllare quali colori stessero usando o cosa stessero raffigurando. La tela davanti a me sembrava una montagna impossibile da scalare.

Mi sentii travolgere da un calore familiare. E lo lasciai fare. Avevo *bisogno* di sentirlo, in quel momento. Ero così *arrabbiato* con Cillian. Si era preso i nostri sogni e li aveva frantumati in mille pezzi, in così tanti minuscoli frammenti impossibili da rincollare. Aveva distrutto la nostra famiglia. Aveva distrutto i suoi amici, la sua squadra; aveva lasciato così tanta distruzione dietro di sé da essere associato al più letale dei tornado.

E non aveva parlato con nessuno. Aveva nascosto il proprio dolore dietro a sorrisi facili e grasse risate. Aveva giocato ogni partita a hockey come se fosse la finale della Stanley Cup. Aveva parlato animatamente, aveva continuato a essere l'anima delle feste in famiglia e si era presentato ogni sera a cena. Quanto a me, ero l'idiota che non si era accorto delle crepe, delle fratture. Che non aveva notato la tristezza nei suoi occhi. La stanchezza nella sua voce, il fatto che si stesse arrendendo, giorno dopo giorno, fingendo col mondo intero di stare bene.

Ma la cosa peggiore di tutte era che non aveva detto a nessuno il *perché*. Non c'erano stati apparenti motivi per poter giustificare un gesto simile. Nessun bisticcio con gli amici, nessuna delusione amorosa. Non aveva avuto nessun tipo di problema. Era un giocatore titolare a Harvard, avrebbe partecipato al campionato dei Frozen Four, e il suo futuro era nella National Hockey League. Aveva una madre, un padre e un fratello che lo adoravano.

Eppure se n'era voluto andare comunque.

A un certo punto il pennello si spezzò nella mia mano e la tela diventò tutta sfocata. Fu allora che mi resi conto che stavo dipingendo. Avevo riversato il colore sulla tela bianca trasferendovi tutto ciò che stava affiorando alla mia mente, realizzando una sorta di opera d'arte.

Battei le palpebre e mi asciugai le lacrime dagli occhi. Rimasi a fissare il dipinto… ciò che avevo davanti a me.

Oscurità. Ghirigori neri venati di rosso. Rosso come il sangue e la rabbia. Nero come il lutto e lo stato mentale in cui Cillian mi aveva lasciato. Mi sentii attraversare rapidamente la schiena da un brivido gelido e un pensiero mi attraversò la mente: era così che si era sentito Cillian quella notte? Con un vuoto talmente grande nel cuore da spingerlo a rinunciare a vivere?

La morte come unica opzione.

La morte come soluzione per fermare il dolore.

La morte per sfuggire alla vita che reputava ormai un inferno. Aveva sofferto in silenzio ed era morto altrettanto in silenzio.

Una mano si posò sulla mia spalla. Un gesto delicato e rassicurante. «Bellissimo» commentò Miriam, la voce tremante. Non alzai lo sguardo verso di lei, ma mi sembrò commossa. «È davvero bellissimo, Cael.» Rimasi a fissare la tela e non ci vidi nulla di così bello. Somigliava a una voragine, che risucchiava dentro di sé tutta la luce e la bellezza. Più la guardavo, più osservavo le striature rosse, i ghirigori disegnati dal pennello, quella macchia nera al centro, più mi sentivo avvolgere da un profondo senso di freddo.

Mi venne la pelle d'oca, quando interpretai il vero senso di quel quadro. Sembrava quasi che Cillian fosse stato lì al mio fianco, a guidare la mia mano sulla tela. Come se avesse voluto che io *sapessi* come si era sentito dentro la sua anima, dandomi un indizio del perché non fosse riuscito a trovare un'altra soluzione alla morte.

Mi agitai sulla sedia.

Non avevo idea di cosa ci succedesse dopo la morte. Ma era possibile che lui fosse stato davvero lì a mostrarmi tutto questo? Che in qualche modo mi avesse esortato a *vedere*? A *comprendere*? Stupidamente, mi guardai attorno in cerca di un segnale che lui fosse davvero lì. Poi scossi la testa conscio della mia stupidità.

Cosa mi era venuto in mente?

Eppure quel dipinto continuava a fissarmi, come se possedesse una forza sinistra, un intento malvagio, un desiderio di inghiottirmi nella sua oscurità. La depressione in cui era caduto Cillian era così soverchiante da oscurare tutta la sua luce e catapultarlo in un vortice di disperazione? Quel tipo di desolazione era stata troppo grande da sostenere a tal punto da spingerlo a togliersi la vita per far cessare tutta quell'angoscia e quell'oscurità?

Se era così come potevo odiarlo? Se era questo che aveva pensato ogni minuto della giornata come potevo biasimarlo?

L'oscurità gli aveva rubato anche la voce? Era per questo che non mi aveva raccontato della sua sofferenza? Gli aveva strappato la forza di chiedere aiuto? Non gli aveva lasciato altra scelta che soccombere a quella tentazione?

Mi sentii le labbra salate e mi accorsi che stavo piangendo. Non volevo sentirmi così. Non volevo che quel dipinto rappresentasse anche me. Se tutto quel buio era riuscito a portarsi via un eroe come Cillian, poteva portarsi via anche me? Mi sentii attanagliare dal panico e per poco non caddi in ginocchio.

Leo mi venne accanto. «Andiamo a fare due passi, Cael.» Mi alzai dalla sedia. Non volevo pensare, volevo solo essere condotto via da lì, da quelle tenebre che mi stavano risucchiando.

Mi sentii addosso gli sguardi del gruppo e sapevo che tra di essi c'erano un paio di occhi azzurri concentrati su di me. Tuttavia mi lasciai guidare da Leo sulla sabbia bianca della spiaggia. Non percepivo neanche il calore rovente del sole, in quel momento. Continuavo a essere scosso dai brividi freddi, come se fossi intrappolato dentro a un frigorifero.

Leo non parlò subito, si sedette semplicemente accanto a me. Solo dopo un po' iniziò: «È successo a mio padre». Per un attimo mi si arrestò il respiro. «Avevo quindici anni.» Fece una pausa e lo sentii fare un respiro profondo. «Sono stato io a trovarlo.»

Chiusi gli occhi e mi misi ad ascoltare il dolce rumore del mare, nel disperato tentativo di calmarmi prima che mi esplodesse il cuore nel petto.

«Ho passato anni a logorarmi» proseguì. «Mi logoravo talmente tanto che mi sono ritrovato anch'io nel buio più totale.» Si strinse le ginocchia al petto. «Ero diventato autolesionista. Mi feci bocciare a scuola. Buttai via ogni possibilità di futuro.»

Lasciò sedimentare qualche istante quella confessione, finché non l'afferrai per elaborarla. Poi gli chiesi: «E cos'è cambiato?».

«Mi sono stufato, Cael» confessò, facendomi percepire tutta la sua onestà nella voce profonda. «Con la morte di mio padre, avevo perso anche me stesso. Il ragazzo che ero sempre stato morì con lui e di conseguenza nacque quello che sarei diventato.» Sorrise e io aggrottai la fronte. «Poi ho incontrato mia moglie.» Di colpo mi tornò in mente il volto di Savannah e una scintilla scattò dentro di me. Si accese un'immaginaria candela solitaria che risucchiò l'ossigeno dal pozzo del dolore, alimentandosi sempre di più.

«Volevo essere migliore per lei.» Leo si picchiettò all'altezza del petto. «Ma avevo *bisogno* di essere migliore per *me stesso.*» Si voltò a guardarmi.

«Così sono tornato sui banchi di scuola e ho deciso che, invece di scappare dalla morte di mio padre, l'avrei affrontata direttamente, che avrei onorato l'uomo che aveva rappresentato tutto il mio universo aiutando quelli come lui… e quelli come me, con la sofferenza nel cuore.»

«Perché lo ha fatto?» gli domandai, sentendomi squarciare il petto e sanguinare, fino a macchiare di rosso la sabbia dorata.

«Non l'ho mai saputo» confessò, facendo filtrare una manciata di sabbia dalle dita. A uno a uno, ciascun granello tornò a unirsi alla spiaggia, come in una clessidra. Osservai quei granelli. Un miliardo di minuscole particelle che creavano un tutt'uno. «Alla luce di ciò che so adesso sulla depressione, credo sia stato quello il motivo. Ma non ne avrò mai la certezza.» Leo trasudava emozione, però vedevo anche che la stava accogliendo e indossando come un mantello anziché come uno scudo.

Poi mi posò una mano sulla spalla. «Quando te la sentirai di parlare, io sono qui per te.» Si alzò e mi lasciò da solo sulla spiaggia. Rimasi lì finché il sole non iniziò a scomparire oltre l'orizzonte, un semicerchio arancione che proiettava la sua luce dorata sulla sabbia. Mi mossi solo quando il cielo cominciò a scurirsi e le stelle a fare capolino. Le osservai, e pensai a quello che mi aveva raccontato Savannah in Norvegia.

Cercai tra tutte le stelle quella che poteva essere Cillian. Ma ce n'erano talmente tante, così come c'erano miliardi di granelli di sabbia. Mi alzai e mi incamminai verso il resort. Le luci sotto al gazebo dove avevamo dipinto erano ancora accese.

Mi lasciai trasportare dalle sensazioni verso le luci, verso il dipinto che non ricordavo nemmeno di aver prodotto. Una volta raggiunto il gazebo, trovai ad accogliermi i lavori di tutto il gruppo, lasciati lì ad asciugare. Feci un giro tra di essi, per osservare ciò che avevano prodotto i miei amici quando era stato loro chiesto di aprire il cuore. Dylan aveva riempito la tela di colori pastello e sfumature di blu. In qualche modo trasmetteva affetto. Pace. Come la sensazione che si provava nel tornare casa.

Travis invece mi fece stringere il cuore. Aveva raffigurato undici croci bianche su un prato verde acceso. Il sole brillava nel cielo. Di lato, al di sopra delle croci, c'era una macchia rossa e arancione. Intuii che dovesse trattarsi di lui, intento a piangere i propri amici.

Il dipinto di Lili raffigurava tre mani che si tenevano strette, senza lasciarsi andare mai più. Due delle mani erano più chiare, quasi trasparenti, angeliche. Il dipinto di Jade era un tripudio di colore. Aveva utilizzato qualsiasi colore possibile e immaginabile. Trasmetteva un senso di vivacità, luminosità, divertimento, vita. E raffigurava sua madre e suo fratello.

Infine mi fermai davanti al lavoro di Savannah. Una serie di macchie rosa aveva trasformato la sua tela in un bouquet di fiori. Sul lato era raffigurato un barattolo di vetro, mentre sullo sfondo si scorgeva un albero in fiore. Nel cielo brillavano le stelle, intente a osservare la scena. Trasmetteva un senso di pace e serenità. Un posto che avrei voluto visitare.

«Blossom Grove.» Una voce gentile riecheggiò nel buio. Mi voltai e vidi Savannah scendere i gradini di pietra del resort e raggiungermi sotto al gazebo. Indossava un abito verde salvia con le spalline sottili che le fluttuava attorno alle ginocchia. I biondi capelli erano sciolti e increspati per via dell'umidità. Era più bella di qualunque di questi dipinti.

«È boschetto di ciliegi, in Georgia. È da lì che deriva il nome della nostra piccola cittadina.» Un sorriso nostalgico balenò sulle sue labbra. «Era il posto preferito di Poppy.» Mi venne accanto e passò la mano sulla base dell'albero. «È qui che l'abbiamo sepolta.»

«Savannah.» Avrei voluto stringerla tra le mie braccia, ma ero esausto, non mi sentivo me stesso. Non volevo abbracciarla nello stato in cui mi trovavo. Non volevo macchiarla con il mio tocco. La giornata mi aveva scosso. Completamente. Avevo come la sensazione di stare strisciando fuori dal mio corpo.

«Lì è dove era più felice. Era giusto che vi riposasse per l'eternità.» Ero così orgoglioso di Savannah in quel momento. Lo ero sempre. La ragazza che avevo visto la prima volta in aeroporto non avrebbe mai parlato in quel modo di sua sorella. Adesso era al mio fianco, forte e schietta nel dichiarare l'amore che serbava nel suo cuore per la sorella. E avevo scoperto che Savannah Litchfield aveva un cuore grandissimo.

«Questo cos'è?» le chiesi con la voce roca, indicando il barattolo di vetro. Mi doleva la gola, come se la mia anima fosse talmente stanca da non volermi far parlare. Ma dovevo farlo. Perché sentivo ribollire dentro di me tutte queste sensazioni, che risalivano a galla, implorandomi di farle uscire.

Savannah sorrise ancora di più. «Prima di morire, la nonna regalò un grosso vasetto pieno di cuori di carta a Poppy, mille per la precisione. Ogni volta che mia sorella riceveva un bacio – uno di quelli travolgenti – doveva annotarselo. Avrebbe dovuto collezionarne mille in tutta la sua vita.» La mano di Savannah tremava leggermente, mentre tracciava il contorno del vasetto. «Quando le è stato diagnosticato il cancro, non pensava che ci sarebbe riuscita. Invece ce l'ha fatta. Grazie alla sua anima gemella, Rune.» Savannah sollevò lo sguardo verso di me. «Il millesimo bacio le è stato dato in punto di morte.»

Il cuore mi esplose nel petto e cominciò a battere all'impazzata. Non avevo mai sentito nulla del genere.

«Prima, quando pensavo a Poppy, non facevo altro che provare un senso di perdita e dolore, non facevo altro che sentirmi seguire dalla sua pesante e insostituibile assenza, infausta e straziante. Ma quando Miriam ci ha chiesto di raffigurare il nostro amore nei confronti della persona cara che abbiamo perso, ciò che questa persona rappresentava per noi e come ci faceva sentire, non ho potuto fare a meno di dipingere qualcosa di bello.» Savannah trasse un respiro tremante. «Anche se la sua vita è stata breve, ha vissuto in grande e non ha mai perso un singolo momento, nemmeno in punto di morte. Ha vissuto la sua vita fino all'ultimo respiro. È stata la personificazione della grazia fino alla fine – e oltre.»

Pensai al mio dipinto, lì accanto a noi. Pensai alle pennellate rosse e nere, al vuoto che inghiottiva trionfante la felicità. C'era un muro dietro di me e mi ci appoggiai, esausto. Savannah mi imitò, ma non prima di avermi passato la mano sui capelli spettinati.

Intrecciai le dita alle sue e poggiai le nostre mani unite sulla mia gamba. Poi fissai il frutteto davanti ai miei occhi, la bellezza e il conforto di quei colori. «Non so proprio come parlare di quella notte.»

Savannah mi prese a braccetto. «Quando sarai pronto, io sarò qui per te.»

«Tu hai già abbastanza da affrontare, Pesca. Non hai bisogno di accollarti anche il mio trauma.»

«Non mi pesa» replicò lei, stringendomi il braccio. «Se serve ad alleggerire te, allora è il peso più leggero del mondo.» Mi baciò sul bicipite scoperto, e le schegge di ghiaccio che avevano creato un'armatura impenetrabile attorno a me si sciolsero nel punto esatto in cui le sue labbra vennero a contatto con la mia pelle.

Mi sentii in colpa anche solo per aver pensato di consegnarle il mio dolore. Eppure ero qui, a Goa, al buio, di fronte a un paesaggio da sogno con un dipinto che condizionava ogni mia mossa, e avevo bisogno di purificare la mia anima da tutto quanto.

Volevo essere migliore per lei. Ma avevo bisogno *di essere migliore per* me stesso. Le parole di Leo risuonarono nella mia mente a mo' di incoraggiamento.

«Era un giorno come tutti gli altri» cominciai a dire, la vista annebbiata, mentre mi sforzavo di rivivere tutto nella mia testa. «Ero andato agli allenamenti. E quella sera Cillian aveva una partita.» Sbuffai una risata priva di divertimento. «Ottenne il premio come miglior giocatore. La sua squadra vinse, fu un tripudio. Fu Cillian a segnare tutti i goal, fece una tripletta.» Scossi la testa. «Giocò con il cuore. Adesso mi chiedo se non abbia dato tutto in quella partita perché sapeva che sarebbe stata l'ultima. È stato forse il suo saluto finale alla squadra che amava tanto e ai fan che lo avevano supportato da quando era arrivato a Harvard?»

Le gambe mi fremevano per il nervoso. Non avevo mai parlato così tanto in vita mia. Era come fare a fette il mio cuore e lasciarlo sanguinare, volontariamente. «Durante la partita, io ero con i miei genitori. Ma dopo mi incontrai con i miei compagni di squadra. Stephan, il mio migliore amico, era stato invitato a una festa a Harvard, vicino a dove alloggiava mio fratello.» Ricordo di essere arrivato lì e che tutti stavano festeggiando. «Eravamo andati a un centinaio di quelle feste. Mio fratello c'era, naturalmente, ma quando mi vide arrivare, invece di salutarmi con il suo solito sorriso pieno di gioia, mi guardò con occhi burrascosi e mi ordinò di tornare a casa.»

Scossi la testa, come se stessi rivivendo veramente quella notte. «Non si era mai comportato così con me e la cosa mi lasciò turbato. Non mi aveva *mai* rispedito a casa. Era sempre rimasto al mio fianco. Lì per lì pensai che magari fosse stanco...»

Mi si strozzò la voce e soffocai un gemito di pianto. «Quello *era* un segnale, Sav. E io non l'ho colto. Non si era mai comportato in quel modo con me. Mai. Non era il tipico fratello maggiore che stava crescendo. Con me era sempre buono.» Visualizzai il volto di Cillian. Somigliava più a mio padre che a me; io avevo preso i tratti di mia mamma. Eppure tutti ci riconoscevano come fratelli. «Era una brava persona e amava la sua famiglia. Non mi aveva mai trattato con sufficienza. Dio, non mi aveva mai cacciato dalla sua stanza. Non mi aveva mai cacciato dallo stagno ghiacciato quando giocava a hockey coi suoi amici. Mi includeva sempre nella sua vita. *Sempre.*» Mi voltai verso Savannah e notai che stava piangendo. Il labbro inferiore le tremava. «Eppure non mi ha mai detto di stare male, Sav. Non me l'ha mai detto. Non mi ha mai detto *la* cosa più importante.»

Tirai su col naso e mi abbandonai alla tristezza che mi ero tenuto dentro per così tanto tempo. «Non mi aveva mai cacciato prima di quella sera. Eppure in quell'occasione lo aveva *fatto*. Avrei dovuto oppormi, chiedergli perché si stesse comportando in quel modo. Ma credo di essere stato troppo sconvolto. Mi mise in mano un biglietto da venti e mi ordinò di andare a comprare degli snack per casa.»

Mi guardai il palmo della mano, dove avevo stretto quei soldi. «In quel momento non me ne resi conto, ma mettendomi i soldi nel palmo mi aveva stretto la mano. Con forza. Qualche istante in più del normale. Sento ancora la sua stretta. Come un marchio.» Savannah mi afferrò la mano e se la portò alle labbra, baciandomela. Un gemito strozzato mi sfuggì dalla bocca, nel sentirmi sfiorare la pelle callosa del palmo dalle sue labbra morbide.

«Stai andando benissimo» mi incoraggiò, appoggiando la testa alla mia spalla. Il calore del suo corpo si diffuse nel mio e sciolse un po' del mio ghiaccio.

«Allora guardai negli occhi mio fratello e lui mi disse: "Fai attenzione. D'accordo, fratellino?". Col senno di poi, dalla sua voce arrocchita trapelavano mille emozioni. Pensai che magari gli stesse venendo l'influenza o roba del genere. Comunque sia, io annuii alla sua raccomandazione. Ero convinto che stesse solo alludendo alla guida spericolata di Stephan. Ma ora so che si riferiva alla mia *vita* in generale. *Cristo*, Savannah, quello era il suo addio, e io non lo avevo capito. Quella è stata l'ultima volta che ho sentito la sua voce, che mi ha toccato. Tutto qui.»

Savannah mi buttò un braccio sulle spalle e mi strinse a sé, mentre io mi abbandonavo alle emozioni. Affondai la faccia nell'incavo del suo collo e le bagnai i capelli con le lacrime. «Ho rivissuto quel momento milioni di volte, continuamente, ripetutamente durante lo stesso giorno. Ora riesco a decifrare ogni minimo indizio. A sentire il lieve tremolio nella sua voce. Ma allora tutto questo mi era sfuggito. La finestra che dava sul suo io interiore non era limpida; era appannata, e non sono riuscito a scorgere niente.»

Osservai i fiori di ciliegio che Savannah aveva dipinto sulla tela, e poi le stelle che sembravano delle gemme nel cielo. «Stephan era con me. Stavamo andando al negozio, poi lui si accorse di aver dimenticato il portafogli a casa. Voleva prendersi qualcosa da mangiare, aveva una fame da lupi, però non avevamo abbastanza soldi per prendere il cibo da asporto. Così tornammo indietro e sulla strada, nella direzione opposta, vedemmo sfrecciare l'auto di mio fratello. Ricordo che rimasi confuso. Doveva essere alla festa. Ma la cosa che mi fece preoccupare di più era la velocità a cui stava andando. Era da incoscienti. E lui non si comportava *mai* da incosciente. Era sempre calmo e misurato. Dissi a Stephan di seguirlo. L'istinto mi suggeriva che qualcosa non andava.» Digrignai i denti. Non ero certo di riuscire a raccontare quest'ultima parte. Non ero sicuro di trovare la forza per raccontare ad alta voce quello che era successo dopo.

«Se non riesci a dire altro, va bene lo stesso» mi confortò Savannah, interpretando alla perfezione i miei pensieri. Le stampai un bacio sui capelli, poi incrociai i suoi occhi lucidi. Volevo raccontarle ogni cosa. Volevo condividere tutto con lei. «Nessuno ti sta spingendo ad aggiungere altro» ribadì.

Scrutai il suo volto, poi ripensai al mio dipinto. *Dovevo* raccontarle la storia. Non volevo che il mio futuro fosse circondato da tutte quelle tenebre. Anche se, in verità, pensavo che queste avessero già cominciato ad avvolgermi. Ero giunto a credere che quella cupezza stesse attaccando di soppiatto, invadendo lentamente la mia anima, un pezzetto alla volta, finché non l'avesse divorata tutta senza che me ne rendessi conto. E a quel punto sarei stato troppo debole per difendermi.

Drizzai la schiena, determinato a combattere quel maledetto vortice nero. Non volevo che mi consumasse. «Vedemmo i fari posteriori dell'auto di Cillian e continuammo a inseguirlo. Ero preoccupato per lui. Stava andando sempre più veloce, mangiandosi la strada, mentre noi faticavamo a stargli dietro.» Feci una pausa e cercai di ricacciare indietro il groppo che avevo in gola. Inspirai e mormorai: «Poi lo vidi andare a sbattere di proposito contro un enorme albero appena oltre un tornante». Savannah trasalì. Io stavo tremando. Tremavo così tanto nel rivivere, volente o nolente, quegli attimi.

«Uscii dalla macchina di Stephan prima ancora che accostasse. Corsi verso Cill. Corsi più veloce che potei. E quando lo raggiunsi, spalancai lo sportello e lo vidi...» Scossi la testa, cercando di liberarmi di quell'immagine. «Era troppo tardi, Sav. Era andato.» Savannah mi strinse ancora più forte tra le sue braccia, contro il suo petto. Io crollai a pezzi. Annegai nelle mie stesse lacrime, finché non mi sentii squarciare il petto e i polmoni andare in fiamme a ogni respiro.

«Non trovarono traccia né di droghe né di alcol nel suo sangue. Scoprimmo più tardi che aveva disattivato l'airbag prima di mettersi alla guida. E non aveva neanche allacciato la cintura di sicurezza. Si era assicurato di non sopravvivere a quello che aveva progettato.» Cercai di schiarirmi la gola, ma la voce era così arrocchita da risultare quasi inesistente. «Lo tirai fuori dall'auto... e lo strinsi a me. Strinsi il suo corpo distrutto finché non arrivarono i soccorsi e mi costrinsero a lasciarlo andare.»

Mi abbandonai ai singhiozzi, e ogni volta che riuscivo a calmarmi ecco che riprendevano con la stessa intensità di prima. «A volte mi sembra di averlo ancora tra le mie braccia, mi sembra di sentire ancora il suo corpo senza vita premuto al petto. Ho cercato di riportarlo indietro, di rianimarlo, ho pregato Dio che lo salvasse, ma lui se n'era andato, Savannah. Se n'era *andato*. In fretta... e io sono rimasto a guardare mentre lui lo faceva.»

«Sono qui per te» disse Savannah. Scivolai a terra con la schiena premuta contro il muro, e lei si trascinò giù con me. Mi sostenne nel gazebo sotto le stelle, in mezzo ai dipinti pieni di ricordi di morte. Tutto ciò che riuscivo a vedere era Cillian, così mi strinsi più forte a lei. Voltai le spalle alla tela che mi aveva ridotto in *questo* stato e lottai con tutto me stesso per non cadere nelle tenebre.

Mi rifiutai di lasciarmi consumare anche da quelle pennellate.

13

Cuori infranti e ricordi frammentati

Il massiccio corpo di Cael tremava tra le mie braccia. Pregai di essere abbastanza forte per confortarlo, per sostenerlo in questo momento. Piansi anch'io. Piansi mentre rivivevo tutto ciò che mi aveva raccontato. Piansi per Cillian e piansi per Cael.

Lui aveva visto tutto.

Lo aveva trovato lui.

Aveva stretto tra le braccia suo fratello maggiore... Potevo solo immaginare il trauma che doveva avergli lasciato quell'evento. Le cicatrici che dovevano esserci sul suo cuore spezzato. Lo cullai al petto e non potei fare a meno di tornare con la mente alla camera di Poppy, alle nostre mani unite dopo la sua morte. Al pensiero ingenuo che, se non l'avessi lasciata andare, tutto quel dolore non sarebbe stato reale. Che, se fossi rimasta al suo fianco, i suoi occhi si sarebbero riaperti, come per miracolo. Lei aveva creduto così devotamente in Dio, ero certa che lui l'avrebbe ricambiata con un miracolo, e non l'avrebbe strappata alla sua famiglia. Ero sicura che il cancro avrebbe abbandonato il suo corpo e la salute avrebbe di nuovo trionfato. Che avrebbe continuato a vivere la sua vita insieme alle persone che amava di più. Che avrebbe partecipato ai nostri compleanni, matrimoni e future nascite. E che noi avremmo assistito ai suoi traguardi. L'avremmo vista sposarsi con Rune nel frutteto, che era diventato sinonimo del loro amore.

Eppure quel miracolo non era mai avvenuto. Adesso sapevo che quando si aveva a che fare con la morte, di rado avvenivano i miracoli.

Mi strinsi a Cael e lasciai che la diga si aprisse. Nel momento in cui mi abbandonai alla tristezza mi sentii fracassare lo sterno. Non avevo mai pianto così tanto in vita mia. Di solito mi trattenevo, mi controllavo. Ma veder crollare Cael, sentire la storia di Cillian, del fatto che lui lo avesse trovato morto – che lo avesse *visto* – mi devastò.

Le lacrime interminabili di Cael mi impregnarono il vestito, ma per me ciascuna di quelle lacrime rappresentava una benedizione. Si era tenuto questo dolore dentro per tutto questo tempo. Aveva cercato di nasconderlo dietro a piercing e tatuaggi. Si era forzato ad assistere alle nostre sedute di gruppo in silenzio, con distacco. Persino *io* vi avevo partecipato, cosa che qualche settimana prima mi sarebbe sembrata impossibile.

Cael aveva bisogno di piangere.

Io avevo bisogno di vederlo affrontare il dolore.

Gli accarezzai i capelli scuri. A un certo punto di questo viaggio, il mio cuore si era proteso verso il suo e vi si era fuso. Da quando era morta Poppy, mi ero sempre sentita terrorizzata all'idea di innamorarmi di qualcuno. Spaventata a morte al pensiero di perdere un'altra persona della mia vita. Eppure, a poco a poco, mi ero sentita attirata come una calamita da Cael, con talmente tanta forza che era stato impossibile resistere. Avevamo condiviso un dolore che le persone normalmente non riuscivano neanche a comprendere.

E adesso, con lui così sconvolto e vulnerabile tra le mie braccia e il mio cuore in mille pezzi per tutto quel dolore che stava buttando fuori, mi resi conto di essere innamorata di lui. Perdutamente, completamente innamorata di questo ragazzo distrutto della periferia di Boston. Lo cosparsi di baci sulle guance e sulla testa. E sulle mani, intrecciate alle mie.

«Sono così esausto, Savannah» confessò Cael, straziandomi il cuore con quelle parole pronunciate piano, senza vigore.

«Allora andiamo a dormire» replicai, prima di farlo alzare in piedi. Era così alto, massiccio, fisicamente forte, eppure il suo incedere debole gridava tutto il contrario. Mi mise un braccio attorno alle spalle e io gli infilai il mio attorno alla vita. Salimmo al piano dove si trovavano le nostre camere. Superammo la mia e il solo pensiero di lasciarlo da solo mi dava la nausea. Nemmeno io volevo stare da sola.

Imboccato l'altro corridoio, trovammo Leo ad attenderci. Ci arrestammo appena lo scorgemmo. «Come ti senti, Cael?» gli domandò. Avevo come la sensazione che lo avesse tenuto d'occhio tutto il tempo. Anzi, ero certa che fosse così.

«Stanco» ribatté lui, sprofondando al mio fianco.

Guardai Leo e scorsi la sua espressione triste. «Ti prego» lo implorai con un filo di voce. «Ti prego... lasciami restare con lui.»

«Savannah...» mi rispose, scuotendo la testa.

«Non succederà nulla, promesso. Dormiremo sopra le coperte. Per favore... voglio solo stargli accanto» lo supplicai di nuovo, anche con lo sguardo. Non potevo lasciare Cael da solo. Il mio cuore non me lo avrebbe permesso. *È talmente a pezzi*, cercai di comunicargli con gli occhi. *Si è appena aperto con me, mi ha raccontato tutto. E ora è così fragile e vulnerabile che non può rimanere da solo.*

Leo entrò nella sua stanza per uscirne qualche istante dopo con una sedia. La piazzò fuori dalla porta della camera di Cael. «La porta resta aperta, e verrò spesso a controllarvi» ci informò. «*Non* tradite la mia fiducia.»

«Non lo faremo» mormorai. Il sollievo che le parole di Leo mi avevano dato era immenso. Strinsi la mano di Cael e lo guidai dentro la sua stanza, lasciando la porta aperta. Il suo volto afflitto si illuminò di evidente gratitudine. Sapevo di aver fatto la cosa giusta. Il dolore era più insormontabile quando si restava da soli.

Lo accompagnai verso il letto e ci sdraiammo, completamente vestiti. Cael mi strinse tra le sue braccia, schiacciandomi al suo petto, come se fossi l'unica cosa a tenerlo ancorato alla speranza. Lo abbracciai a mia volta e inalai il suo profumo salmastro. Poi lui mi baciò sopra la testa e rilasciò un lungo sospiro sconfitto.

«Grazie.» Quella semplice parola riecheggiò nella stanza.

«Non mi devi ringraziare» replicai e mi strinsi ulteriormente a lui. Era vero. Era così che funzionava quando tenevi a una persona. La si stringeva nei momenti bui.

«Lui non era una persona cattiva» disse Cael alla fine, e il mio cuore si spezzò.

«Certo che no» risposi inflessibile, tirandomi su sui gomiti. Gli accarezzai il viso con la punta del dito. Aveva gli occhi arrossati per il pianto e la sua pelle era pallida e rigata di lacrime.

«Era solo triste» aggiunse, più per se stesso che per me. «Era solo troppo triste per andare avanti.» Batté le palpebre e si asciugò le lacrime. «E non era un codardo.» Mi si strinse il cuore. «Lui era forte e coraggioso, ed era la persona migliore che conoscessi.»

«Non era affatto un codardo» ripetei. «È stato forte fino alla fine. Non credere mai il contrario.»

Cael annuì con il capo, come se avesse avuto un disperato bisogno di sentirselo dire. Poi mi afferrò la mano. «Lei com'era? Poppy, intendo.»

Sentii sbocciare l'amore dentro di me che offuscò la tristezza. Sorrisi, anche se le labbra mi tremavano. Mi mancava così tanto. «Lei era gentile» bisbigliai. Strinsi più forte la mano di Cael. «Era bella. E ti incoraggiava sempre.»

Cercai di tenere a bada le emozioni forti che minacciavano di rubarmi le parole. Per la prima volta dopo tanto tempo, sentivo di *voler* parlare di Poppy e della persona meravigliosa che era stata. «Mi incoraggiava più di chiunque altro. Era la mia ancora. La persona che più di tutte mi aiutava a uscire dal guscio nel quale mi nascondevo.» In quel momento visualizzai il volto di Ida e risi. «Mia sorella più piccola, Ida, anche lei è così.» Provai una fitta allo stomaco. «Ma da quando è morta Poppy non l'ho mai lasciata davvero entrare nel mio mondo.» Mi salirono le lacrime agli occhi. «Non sono stata per lei la sorella maggiore che era stata Poppy per entrambe.»

«Stavi male» mi giustificò Cael, accarezzandomi la guancia con il dito.

«Anche lei stava male» ribattei. Nel rendermi conto di quella verità mi sentii colmare dal senso di colpa. «È stata Ida a convincermi a partire.» Guardai Cael negli occhi. «La verità è che non sono stata più io da quando è morta Poppy.»

Un pensiero che avevo sempre tenuto per me adesso gridava di essere liberato. Cael mi scrutò il volto, come se sapesse che c'era qualcos'altro che volevo dire. Gli baciai la mano, e gli accarezzai le nocche tatuate con la punta del dito. «A volte...» Trassi un respiro tremante. «A volte penso che sarei dovuta morire io.» Il cuore rimbalzò contro la gabbia toracica nel pronunciare quel pensiero così intimo. «Poppy era così piena di vita. Aveva Rune. Presto si sarebbero sposati. Avrebbero intrapreso una bellissima vita insieme. Erano davvero due anime gemelle.»

Vagai con lo sguardo nella stanza buia. Sapevo che Leo stava ascoltando ogni nostra parola, ma non m'importava. Magari era giunta l'ora di condividere quei pensieri anche con lui. «Ida è come Poppy. Sono due persone così piene di vita. Stare attorno a loro è come essere circondati da felicità e speranza. Io, invece...» mi interruppi. «Sono molto riservata.» Mi mancò il fiato. «Il mondo sarebbe andato avanti anche senza di me. Se me ne fossi andata io, non sarebbe stata tutta questa ingiustizia, tutto questo strazio. Me ne sarei andata senza troppo rumore, esattamene come ho sempre condotto la mia vita. Se ad ammalarmi fossi stata io, nessuno avrebbe davvero sofferto per me.»

«Io sì» ribatté Cael. La sua voce non era più debole, ma forte e piena di convinzione, tanto che non potei fare a meno di guardarlo. Era tremendamente serio; glielo leggevo nelle profondità grigio-azzurre dei suoi occhi. «Io ne avrei sofferto, Savannah. Mi sarei chiesto perché sentissi un improvviso dolore al cuore. Mi sarei sentito insoddisfatto, perché la mia vita non sarebbe stata influenzata dalla tua, come era scritto nel destino.»

«Cael...» dissi, la voce strozzata dall'emozione, mentre lui si piegava per baciarmi. Mi posò la mano sulla guancia e prese ad accarezzarmi i capelli. Ricambiai il bacio e cercai di assimilare quello che aveva appena detto. Le sue parole mi fecero gonfiare il cuore nel petto. E condividevo completamente quel sentimento. Cael era entrato nella mia vita e la sua anima si era unita alla mia, i nostri cuori erano diventati un tutt'uno. Era una sensazione inebriante e soverchiante, oltre che gioiosa. Era perfino troppo da reggere.

Cael si staccò dalle mie labbra e appoggiò la fronte alla mia. «Avrei sempre avuto la sensazione che mi mancasse qualcosa, Pesca. E avrei rovistato in ogni angolo di mondo per trovarti.» Cael si scostò leggermente. La sua espressione era seria e mi stava scrutando negli occhi. Poi mormorò: «Io ti amo, Savannah Litchfield. Sono follemente innamorato di te».

Il cuore mi esplose come una palla di cannone. E le farfalle, che solo la sua voce sapeva risvegliare, presero a sbattere le ali con talmente tanta veemenza da sentir formicolare la punta delle dita. «Anch'io ti amo» ammisi, senza il minimo dubbio. Il mio cuore straripava di Cael. Lui era dentro le mie ossa, dentro al mio sangue, in ogni mia cellula. Il sorriso che si palesò sul suo volto era accecante. E mi baciò di nuovo. Mi baciò con talmente tanta tenerezza e dedizione che mi domandai come avremmo fatto a staccarci per riprendere fiato.

Cael mi strinse tra le sue braccia e i nostri corpi combaciarono alla perfezione, come se fossero destinati da sempre l'uno all'altro. Cael sollevò le nostre mani unite e prese a giocare con le mie dita. Mi sentii sprofondare. Era questo che aveva provato Poppy per Rune? Era questo che Rune aveva provato per lei? Se era così, come avevano fatto a sopravvivere? Come aveva fatto Rune ad andare avanti quando gli era stata strappata l'anima gemella?

«Ho cercato di convincermi che era stato tutto un enorme sbaglio» confessò Cael, senza distogliere lo sguardo dalle nostre dita. «Ho cercato di convincermi che si era trattato di un incidente e che Cillian non aveva scelto di lasciarci.» Deglutì e aspettai pazientemente che proseguisse. «Ma quando sono tornato a casa, quella sera, sono entrato nella mia stanza e ho visto un vecchio biglietto dei Boston Bruins sulla scrivania. Era la prima partita di hockey a cui fossimo andati insieme, da bambini. Lo avevo attaccato alla parete della camera, dopo esserci andati. Un ricordo che avevo voluto imprimere per sempre nella memoria.»

Il cuore prese a martellarmi sempre più forte. «Sul retro aveva annotato sei parole.» La voce gli tremò leggermente per la tristezza, poi se la schiarì e continuò: «*Non ce la faccio più. Perdonami*».

Quelle parole rimasero in sospeso tra di noi. Avrei voluto afferrarle e stringerle nel palmo della mia mano. *Irradiavano* dolore. Irradiavano una tale tristezza che le lacrime presero a rigarmi il volto.

Strinsi più forte Cael, poi mi portai le nostre mani unite al petto, all'altezza del cuore, e le cullai. «Ho ancora quel biglietto, Sav. Nel portafoglio. Lo porto sempre con me. Ma dopo quella notte non sono più riuscito a leggerlo.» Sembrava davvero esausto. «Quando lo lessi, ebbi la certezza che quello che avevano ipotizzato la polizia e i paramedici era vero. Quello che avevano *visto* i miei occhi era vero. Si era tolto la vita.»

«Mi dispiace così tanto» commentai, facendo riecheggiare nella stanza quelle parole più che inadeguate.

«Non riesco a rileggerlo, Sav.» Cael sembrava così tormentato.

«Una volta mi hai detto che il dolore non procede secondo una determinata sequenza temporale. Devi fare tuo questo concetto» gli dissi, prima di baciarlo sulla guancia e sfiorarlo con la punta del naso.

«Ti amo» ribadì lui, le palpebre pesanti per lo sfinimento.

«Ti amo anch'io» bisbigliai, accogliendo il silenzio della notte.

Cael mi baciò sulla fronte e tirò un profondo ed esausto sospiro. Rivolse un'occhiata verso la porta aperta e le sue spalle abbandonarono qualsiasi rimasuglio di tensione. Aveva raccontato la sua storia anche a Leo. Era ovvio che avesse voluto che anche lui ascoltasse.

Era un passo avanti.

Cael mi guardò di nuovo, gli occhi pesanti. Nel giro di pochi minuti, si addormentò, ma io non riuscivo a smettere di pensare a Cillian e al fatto che Cael avesse visto tutto – che lo avesse visto morire. Poi pensai a Poppy e a come era morta serena. Di colpo realizzai quanto fosse stato speciale quel momento. Quanto la sua morte fosse stata davvero speciale.

Guardai Cael sul letto, addormentato. Era così bello. Così gentile e bello. E mi amava. Cael Woods *amava me.* E io amavo lui.

Mi accoccolai vicina al suo petto e mi addormentai tra le braccia del ragazzo che adoravo.

14

Amore da onorare e tramonti sereni

Distretto di Agra, India

«Wow» mormorò Lili al mio fianco. La sua semplice esclamazione rispecchiava esattamente come mi sentivo dentro, ero sbalordita dall'imponenza di questa magnifica struttura. Un monumento che avevo visto milioni di volte in TV e sui libri. Adesso, però, mi ci trovavo davanti e mi sembrava un sogno.

Il sole mattutino proiettava un bagliore arancione scuro sul marmo bianco degli esterni. La mano di Cael stringeva la mia davanti alla maestosità che si ergeva davanti a noi.

«Il Taj Mahal,» iniziò a spiegare la nostra guida, Fatima, «è stato edificato per onorare un grande amore perduto.» Mi venne la pelle d'oca. «Shah Jahan lo fece costruire in onore dell'adorata moglie. Mumtaz Mahal morì di parto nel 1631. Shah Jahan ne fu sconvolto. Era stata tutto il suo mondo e purtroppo se ne era andata. L'imperatore volle dunque rendere immortale la donna che era stata al suo fianco, così fece edificare questo mausoleo per mostrare a tutto il popolo quanto fosse amata.»

Fatima si voltò a guardare noi ragazzi. «Il Taj Mahal è diventato una delle sette meraviglie del mondo. Sì, per via della sua straordinaria architettura, ma anche perché prima o poi tutti nella vita sperimentiamo la perdita di qualcuno. E ognuno di noi onora i propri cari a modo suo.» La donna sorrise. «Il Taj Mahal è un luogo dove la bellezza incontra la morte. Dove l'assenza incontra l'eternità. Dove il dolore incontra l'onorificenza. È davvero uno spettacolo meraviglioso a cui assistere.»

Mentre visitavamo la famosa costruzione, Fatima ci raccontò delle sue cupole, di come era stato costruito. «Il marmo bianco è stato usato specificamente perché il sole potesse alterare il colore del mausoleo durante l'arco della giornata. All'alba riflette una sinfonia visiva di arancione e rosso; alla sera, la luna crea un capolavoro blu e argento. La bellezza naturale del mondo condensata in una sola giornata.»

«Se volete seguirmi...» continuò Fatima, guidandoci dentro la struttura. Le decorazioni, i dettagli, l'opulenza degli interni erano impeccabili. Poi fu la volta dei giardini. I giochi d'acqua e la vegetazione rigogliosa li faceva somigliare all'Eden. Mentre attraversavo ogni centimetro di quell'enorme memoriale continuavo a pensare solo a quanto Shah Jahan dovesse aver amato sua moglie. Esattamente come i nostri dipinti a Goa, tutto il posto era la rappresentazione tangibile di ciò che lei aveva significato per lui. L'imperatore aveva voluto far conoscere al mondo intero la donna che adorava.

La potenza del suo amore aveva creato questo luogo. Era quasi troppo da comprendere.

Camminammo attraverso questa testimonianza vivente dell'amore tra anime gemelle pieni di meraviglia, con il collo dolorante per quanto ci fosse da osservare. E Cael non lasciò mai la mia mano. Il ragazzo che amavo era al mio fianco mentre visitavamo il monumento in cui ogni centimetro di marmo e di pietra pulsava d'amore. Mi sentii avvolgere da un senso di appagamento.

Dopo aver camminato per ore, ci mettemmo a guardare il tramonto e assistemmo all'effetto blu-argento che la luna proiettò sui marmi.

Non mi sfuggì il fatto che si trattasse dello stesso colore degli occhi di Cael.

Durante la cena in hotel, Mia ci disse: «Vi abbiamo portato qui, in questo breve pit stop prima della nostra prossima destinazione, per poter affrontare il tema di come onorare coloro che non ci sono più». Ci rivolse un sorriso incoraggiante. «Una parte importante dell'affrontare la perdita di qualcuno è cercare di individuare i pensieri positivi, anche se sembrano pochi. Incanalare la propria energia nel ricordare con affetto la persona o le persone che abbiamo perso è benefico, è un passo avanti. Esistono molte religioni e culture che celebrano i morti in questo modo, con cerimonie e festività. Ma è importante che voi onoriate i vostri cari a modo vostro.»

«Qualcuno vuole dirci come ha onorato o pianifica di onorare i propri cari?» domandò Leo.

Quella sera cenavamo con dei tipici piatti locali a base di curry, naan e riso, conditi con spezie che non avevo mai assaggiato. Non sembrava una tipica seduta di gruppo. L'atmosfera era rilassata e rassicurante, come se fossimo un gruppo di amici che si confidavano e mangiavano insieme.

«Noi abbiamo la "seduta di Shiva"» intervenne Lili, posando il cibo. «È una tradizione ebraica in cui la famiglia del defunto sostiene un periodo di lutto di sette giorni dopo la sepoltura del proprio caro. Durante questo periodo si cerca di affrontare la sua perdita, di ricordarlo con affetto, per poi accettare la sua morte.» Lili sorrise. «A me ha aiutato. Mi sono riunita con i miei nonni, le zie e gli zii, che mi hanno sostenuta in ogni istante.»

«È molto bello» commentò Mia.

«Noi abbiamo *el Dià de los Muertos*, il giorno dei morti» intervenne Jade. «Io sono messicana e questa è una delle nostre principali tradizioni. È la celebrazione di coloro che abbiamo perso. Li ricordiamo con affetto e onoriamo la vita che hanno avuto su questa terra. Dovrebbe essere un'esperienza edificante. E lo è. Aiuta a trasformare il dolore in una celebrazione della vita delle persone che amavamo. È una delle mie festività preferite.»

«Mi piacerebbe vederla dal vivo un giorno» commentò Lili, abbracciando Jade. Le due stavano legando davvero in fretta, e speravo per loro che rimanessero in contatto anche dopo la fine di questo viaggio. Mi stavo rendendo conto che avere delle persone con cui parlare, persone che avevano attraversato la tortuosa strada della sofferenza come me, era incommensurabile. Ti capivano e basta. Non c'era bisogno di spiegare che una parte della tua anima era morta, perché anche per loro era così.

«Io ho organizzato una raccolta fondi per far costruire una targa commemorativa nella nostra città» intervenne Travis. «Un posto dove i miei amici e compagni di classe saranno sempre ricordati. Un posto dove noi che li abbiamo persi possiamo andare per sentirli vicini.»

«Molto bello» commentò Leo.

Sentivo il cuore battermi fortissimo. Ancora non mi veniva facile aprirmi, ma mi sforzai e dissi: «Io andrò a Harvard. Per studiare medicina». Cael mi guardò e notai l'interesse nella sua espressione. «Mia sorella, Poppy, aveva il Linfoma di Hodgkin. Aveva diciassette anni. Il mio sogno è diventare un'oncologa pediatrica.» Incrociai lo sguardo di Cael e proseguii: «Voglio aiutare i bambini e i ragazzi come lei. Voglio onorare la sua memoria aiutando a contrastare o a curare questa malattia in ogni modo possibile». Mandai giù il groppo che avevo in gola. «O anche semplicemente assistere coloro che non possono essere salvati affinché possano morire senza dolore e nel modo più dignitoso possibile.»

«Piccola» commentò Cael, prima di baciarmi sulle labbra. Dalla sera in cui mi aveva raccontato di suo fratello, eravamo diventati ancora più inseparabili, come se quell'episodio ci avesse uniti in modo permanente, due metà in un'anima sola. Ci supportavamo a vicenda nel nostro dolore. Parlavamo di tutto quello che ci passava per la testa, a volte erano i nostri fratelli, altre erano un numero infinito di altri argomenti. Cael mi aveva continuato a raccontare del suo amore per l'hockey, cosa che sapevo essere un enorme passo avanti. Finora, però, non mi era mai venuto in mente di condividere con lui quello che avrei voluto studiare al college.

«È molto nobile da parte tua onorare così Poppy, Savannah» commentò Mia, facendomi arrossire.

«Cael?» intervenne Leo. La mano di Cael si irrigidì nella mia. Non aveva mai partecipato attivamente a questo tipo di sedute. Stava migliorando, si apriva molto di più durante i colloqui individuali con Leo, tuttavia sopra la sua testa aleggiava ancora una nuvola scura. Mi preoccupavo molto per lui. Il viaggio attraverso il dolore era come un giro sulle montagne russe, ma sentivo che il suo era molto più tumultuoso di quello degli altri.

Cael rimase come al solito in silenzio, così Leo si girò verso Dylan, ma all'improvviso la voce arrocchita di Cael pronunciò: «Io volevo continuare a giocare a hockey. Come avevamo programmato di fare insieme. In suo onore. Però...». Si interruppe e scosse la testa, un chiaro segnale che non avrebbe aggiunto altro.

Eppure aveva *parlato.* Aveva partecipato alla seduta di gruppo e aveva raccontato qualcosa di suo fratello agli altri.

Ero talmente orgogliosa di lui da scoppiare di felicità.

«Un passo alla volta» lo incoraggiò Leo, con voce emozionata.

Mi avvicinai a Cael e gli dissi: «Sono orgogliosissima di te. Ti amo». Lui mi mise un braccio sulle spalle e mi attirò a sé. Lo sentii tremare leggermente, però non glielo avrei mai fatto notare. Quella confessione gli era costata moltissimo, ma era riuscito a *farla*.

«Dylan?» intervenne Mia. Accanto a me calò il silenzio. Dylan scosse la testa e guardai confusa il mio amico. Di solito parlava senza problemi di Jose.

Ripensai a quello che mi aveva raccontato Cael di suo fratello, del fatto che nascondesse il dolore con grasse risate e ampi sorrisi. Mi chiesi se Dylan non facesse lo stesso.

Un'ondata di panico si abbatté nel mio petto per il mio amico. Poco dopo, ci alzammo tutti quanti dal tavolo per andare a letto. Cael mi stava accompagnando in camera, quando intravidi Dylan nel cortile dell'hotel, intento a osservare una scultura di marmo al centro di un'enorme fontana. Era da solo. Il busto piegato in avanti. Sembrava che sulle sue spalle gravasse tutto il peso del mondo.

Mi voltai verso Cael. «Rimango ancora un po' qui.» Cael guardò oltre la mia testa. Doveva aver visto anche lui Dylan in quelle condizioni.

«D'accordo» ribatté, dandomi un bacio. «Buonanotte, Pesca.» Si allontanò e io percorsi il sentiero di pietra per raggiungere Dylan. Quando gli sedetti accanto, lui alzò la testa. Il gorgoglio dell'acqua nella fontana era rilassante, e gli uccelli notturni eseguivano la loro paradisiaca colonna sonora dagli alberi circostanti, consegnandola alla brezza mite.

«Tutto bene?» gli domandai. Lui appoggiò la schiena alla spalliera della panchina, lo sguardo fisso sulla fontana. Dalla sua espressione intuii che fosse immerso nei suoi pensieri. Posai la mano sopra la sua. Lui inclinò la testa per osservarla. Un paio di minuti più tardi, parlò: «Jose non era solo il mio migliore amico». Lo disse con un filo di voce, ma riuscii comunque a udirlo e a percepire tutto il dolore intriso in quelle parole.

Rimasi in silenzio, per lasciare che parlasse liberamente. Dylan emise un respiro tremante. Sollevò di nuovo lo sguardo davanti a sé e una lacrima rotolò dall'angolo del suo occhio. «Ho dovuto assistere mentre lo seppellivano, con tutta la gente al funerale convinta che fosse solo il mio migliore amico.» Poi mi guardò, gli occhi color ambra tormentati. «La verità è che era *tutto* per me, Sav.» Gli tremò il labbro e io gli strinsi la mano, dimostrandogli con quel gesto che poteva confidarsi con me. Avrei mantenuto il suo segreto.

«Ci siamo conosciuti alle elementari» mi informò, increspando affettuosamente l'angolo della bocca all'insù. «Siamo diventati subito migliori amici. Inseparabili. Abitavamo nella stessa via. Anche le nostre famiglie sono diventate amiche. Era tutto perfetto.» Fece una pausa e mi strinse la mano.

«Alle superiori, ho cominciato a odiarmi, perché a un certo punto, o forse sin dall'inizio, mi sono disperatamente innamorato di lui.» Avrei voluto abbracciarlo, ma dovevo concedergli il tempo di rivelarmi il suo segreto più profondo.

«Ero terrorizzato dal fatto che lui potesse accorgersene. Controllavo ogni mia mossa, stavo attento a non sfiorarlo più del normale. A non fargli sospettare quanto lo reputassi bello.» Dylan sbuffò una risata priva di divertimento. «Lui ovviamente si era reso conto che qualcosa non andava. Mi ha chiesto subito perché fossi tanto strano. Jose era così. Onesto al punto da essere brutale.» Fece spallucce. «Ho sempre cercato di evitare le sue domande incessanti, finché un giorno non ce l'ho fatta più e gli ho confessato che lo amavo.»

Dylan sorrise e lo feci anch'io. «Venne fuori che anche lui mi amava. Sapevamo che le nostre famiglie non avrebbero approvato il nostro amore, quindi non glielo dicemmo. Ci amavamo in segreto. Progettavamo di andarcene dalla nostra città per poter stare insieme senza vergogna.» Dylan mi guardò negli occhi. «Non ho mai provato vergogna per il nostro amore, Sav. Lui era la persona migliore di questo mondo e quando è morto ho maledetto l'intero universo per avermelo portato via prima che avessimo avuto la possibilità di amarci liberamente, alla luce del giorno. E ho dovuto sopportare i commenti di tutti, che mi dicevano che grande *amico* fossi stato per lui.» Contrasse la mascella. «Mentre io volevo gridare al mondo che lui era la mia anima gemella e che ci amavamo così tanto che a volte bastava allontanarci per pochi minuti per stare male.»

Dylan si intristì ulteriormente. Sapevo che qualunque cosa stesse per dire lo avrebbe disintegrato in mille pezzi. «Una normalissima mattina, Jose è stato investito mentre attraversava la strada. Un autista ubriaco. È morto qualche ora dopo in ospedale. Non mi è stato permesso di entrare nella sua stanza perché non ero un familiare.» Gli si incrinò la voce. «Ma lui *era* la mia famiglia. Era tutto il mio mondo, e io il suo.»

Dylan ebbe un sussulto e ricacciò indietro le lacrime. «Quando mi dissero che se n'era andato, dovetti far finta che non mi sentissi come se mi avessero strappato il cuore dal petto. Dovetti dire alle persone che mi mancava il mio migliore amico, non il mio *fidanzato*. Anche se "fidanzato" è riduttivo per descrivere quello che lui era per me. Jose era la mia ragione di vita. E ho dovuto piangerlo in silenzio fino a oggi, in privato. È davvero straziante.»

Le lacrime gli rigavano il volto, mentre esorcizzava la sofferenza che lo aveva consumato da dentro. Poi si voltò verso di me. «Tu sei la prima persona a cui lo abbia mai confidato.»

«Sono onorata» gli risposi, e stavolta lo strinsi tra le mie braccia. Lui vi si abbandonò di colpo, come se stesse aspettando che qualcuno lo afferrasse. Non potevo neanche immaginare come ci si dovesse sentire a celare il dolore in quel modo. La vita a volte sapeva essere proprio ingiusta. Dylan e Jose avevano dovuto tenere segreto il loro amore per paura che venisse disapprovato, o peggio. Ed era ingiusto che lui avesse dovuto nascondere quello che provava per Jose quando invece avrebbe voluto gridarlo al mondo intero.

«Mi dispiace tantissimo, Dylan» lo consolai. Lui annuì con il capo contro la mia spalla, mentre venivamo cullati dal gorgoglio dell'acqua della fontana.

Dylan tirò indietro la testa e si asciugò le lacrime. «Quando prima abbiamo parlato di come onorassimo i nostri cari, non ho potuto dire niente. Come potevo? Nessuno ha mai saputo di noi due. E sono terrorizzato all'idea di rivelarlo.»

«Lo hai appena fatto» gli feci notare. Lui inarcò le sopracciglia in un'espressione confusa. «Hai confessato la verità a me. Hai raccontato a qualcuno che lo amavi. Ti sei liberato di quel segreto. E allo stesso tempo hai liberato anche Jose.»

Il suo bellissimo sguardo fu attraversato da un lampo di sollievo. «Non sono ancora pronto a fare coming out» ammise, la voce triste. «La mia famiglia… non lo accetterebbe. Non mi accetterebbero. E al momento sono tutto quello che ho. Non posso perdere anche loro.»

Ripensai a quello che mi aveva detto Cael sul fatto che il dolore non procedeva secondo una determinata sequenza temporale. Non ero Dylan e non potevo sapere a quale fase si trovasse in termini di elaborazione del lutto, ma ritenni che quel consiglio fosse universale. «Non ho la minima esperienza in questo, Dylan, e non credo di avere qualcosa di utile da dire. Ma sono sicura che quando deciderai di fare coming out, se mai deciderai di farlo, sarà alle tue condizioni. Quando sarai pronto.» Dylan mi strinse la mano e pregai Dio di aver detto la cosa giusta. «Immagino che se non dirai a nessun altro di Jose, andrà bene lo stesso. È il tuo viaggio, Dylan. La tua vita. Devi rendere conto soltanto a te stesso.»

«Grazie» mi disse, prima di tornare a fissare la fontana. I lineamenti del suo volto si contorsero in una smorfia, come se fosse in balia di un dolore fisico. «Mi manca, Sav. Mi manca così tanto che a volte non sono sicuro di poter sopravvivere.»

Lo strinsi forte tra le braccia. «Mia sorella Poppy» cominciai, cercando di rimanere coi nervi saldi. «Lei aveva un fidanzato quando è morta. Lui si chiama Rune. Erano come te e Jose, migliori amici d'infanzia, poi diventati fidanzato e fidanzata.» Deglutii il groppo che mi era salito in gola. «Quando Poppy è morta, Rune era completamente a pezzi.»

«E come sta ora?» mi domandò.

Ripensai a Rune vicino alla tomba di Poppy, alle lacrime che versava. A come parlasse con mia sorella come se lei fosse seduta lì accanto a lui. Ripensai a tutte le fotografie che attaccava alla sua tomba, ai posti che aveva visitato, alle avventure che avrebbero dovuto affrontare insieme e che adesso lui intraprendeva da solo. *In suo onore*, mi resi conto. Rune stava vivendo per entrambi. Condivideva le sue esperienze con la ragazza che aveva amato tanto attraverso delle fotografie meravigliose. Fotografie che lei adorava.

«Sav?» mi incalzò Dylan, destandomi dai miei pensieri.

«Scusa» dissi, con voce roca. «Lui sta bene, Dyl. Lei gli manca. Ogni singolo giorno. Ma frequenta il college e fa tutto ciò che ama della vita.» Dylan era concentrato su ogni mia parola. «Non credo che abbia trovato qualcun'altra. Io…» Mi interruppi.

«Cosa?» mi spronò lui.

Sospirai. «Non sono sicura che troverà mai qualcun'altra.» Dylan annuì comprensivo con il capo. «Io credo che, come te, si senta privato di metà del proprio cuore e della propria anima.» Scossi la testa. «Non ho mai affrontato in profondità questo argomento con lui». Mi si attorcigliò lo stomaco. «*Avrei* dovuto farlo. È come un fratello per me. Avrei dovuto sentirlo più spesso. Avrei dovuto parlare con lui dei suoi sentimenti, chiedergli se stesse – se *sta* – bene.» Guardai Dylan. «Io per te ci sono, Dylan. Quando avrai bisogno di me, anche solo per parlare, o per ricordare Jose, io ci sarò.»

«Grazie» disse roco. Rimasi seduta accanto a lui nel cortile per un paio d'ore, a fissare la fontana, mentre Dylan assumeva lentamente una postura più eretta. Sembrava un po' più leggero dopo avermi confessato la verità.

Ero molto orgogliosa di lui e speravo che anche lui lo fosse di se stesso.

Sapevo che anche Jose lo sarebbe stato e mi piaceva pensare che, se era vero che esisteva una vita oltre la morte, lui lo stesse guardando con il sorriso sulle labbra.

Con orgoglio.

15

Buio pesto e luce accecante

Varanasi, India

C'era gente dappertutto. Ogni angolo o vicolo tortuoso che imboccavamo era pieno zeppo di persone. Il profumo di spezie e di tè permeava l'aria, mentre superavamo i venditori di cibo e bevande ai lati del marciapiede.

A Varanasi tutto si svolgeva all'aperto. I sensi ne risultavano quasi sopraffatti e la città era talmente colma di cose da vedere, da assorbire, che mi girava la testa. C'erano barbieri che tagliavano i capelli per motivi religiosi. Muri su cui erano raffigurate le divinità induiste con colori accesissimi.

Era tutto molto movimentato e chiassoso, e brulicante di quella che poteva essere definita solo come *vita*.

Savannah si teneva stretta al mio braccio, mentre ci immergevamo nei vicoli per seguire Leo e Mia, i quali ci stavano guidando verso il fiume per cui Varanasi era famosa. Il Gange. La nostra guida, Kabir, ci aveva già raccontato qualcosa di questo fiume. Nella cultura induista si credeva avesse delle proprietà curative. I pellegrini che intraprendevano il loro viaggio vi si immergevano e lasciavano che le acque sacre lavassero via le impurità e i peccati.

Far scorrere l'acqua attraverso le dita, inoltre, era un modo per ricordare i propri antenati, i defunti. Avevo provato una fitta al cuore quando Kabir ce lo aveva spiegato.

Era mattina presto e il sole era ancora basso quando arrivammo all'Assi Ghat, una grande scalinata che conduceva fino alla sponda del fiume. Una volta al culmine della scalinata mi fermai a osservare la scena davanti ai miei occhi. Dalla folla riunita vicino al fiume si levavano risate fragorose. C'erano persone di tutte le età, dalle più anziane ai bambini. Tutte intente a raccogliere l'acqua e a bagnarcisi, lasciandola poi ricadere nel fiume.

Fui colto da un senso di stupore. Udire quelle risate, vedere quelle persone concentrate, nella convinzione che le acque avrebbero permesso loro di espiare i propri peccati, era qualcosa che non avrei mai dimenticato.

«Questo momento, per molti di loro,» iniziò a spiegare Kabir, «rappresenterà l'avvenimento più importante della vita.» La guida sorrise ai bambini che si schizzavano con l'acqua e io attirai Savannah a me.

C'era qualcosa in quel posto che pareva in grado di calmarmi. Quando eravamo arrivati, Kabir ci aveva raccontato che questa città era nota per essere il luogo dove la vita e la morte si incontravano. Un luogo profondamente spirituale, considerato sacro nella religione induista. E lo si percepiva. Si respirava nell'aria la felicità dei pellegrini e dei turisti, ma si sentiva anche il pesante manto della morte che aleggiava costantemente. Come se tutti gli stadi della vita venissero rimestati in un enorme calderone, che ribolliva attorno a noi.

Sollevai lo sguardo e osservai l'ultimo gruppo degli oltre ottanta *ghat* lungo la sponda. Si trattavano di *ghat* destinati alla cremazione. Nell'arco delle ventiquattro ore della giornata, i corpi dei morti venivano bruciati lì. Poi le ceneri venivano sparse nel Gange per purificare le anime dei defunti. Kabir ci aveva spiegato che nella religione induista si credeva che se una persona fosse morta qui a Varanasi, o se il suo corpo fosse stato condotto qui per essere cremato, si sarebbe liberata dal ciclo di reincarnazione e avrebbe potuto raggiungere il nirvana.

Era per questo che la città era sempre stracolma di gente, di persone che desideravano fare il dono più grande ai propri defunti: il paradiso.

Guardai quei *ghat* in lontananza con il cuore stretto in una morsa. Mi sarebbe piaciuto regalare a Cillian una cosa del genere. Mi sarebbe piaciuto donargli un angolo di paradiso dopo l'inferno che aveva intimamente vissuto.

Le cremazioni andavano avanti senza sosta. Il fumo sbuffava dai comignoli e fluttuava nell'aria. Kabir ci aveva detto che Varanasi era la città dove la vita e la morte si intrecciavano tra loro alla luce del sole. La morte non era considerata un concetto da chiudere oltre una porta, da elaborare in privato, ma veniva vissuta pubblicamente, affinché tutti potessero parteciparvi.

Savannah era silenziosa da quando eravamo arrivati. Come d'altronde lo era il resto del gruppo. Era un posto inebriante da osservare. Poteva risultare disorientante per coloro che non facevano parte di quella cultura, di quella religione. Ma tutti noi eravamo determinati ad apprendere qualcosa. Leo e Mia ci avevano già spiegato che questa tappa del viaggio era dedicata al concetto di mortalità. Goa e il Distretto di Agra ci avevano introdotto a poco a poco a quella nozione. Mia e Leo l'avevano definita desensibilizzazione sistematica. Varanasi ci stava facendo immergere in essa. E lo percepivamo con chiarezza. Ci sentivamo costantemente inseguiti dall'ombra della morte.

Ci sedemmo sui gradini e io mi misi a osservare la gente nel fiume. Era euforica.

«Che bello» esclamò Savannah. Indossava dei pantaloni morbidi rosa e un'ampia maglietta bianca. «Guardare delle persone così devote vivere questo momento.» Sorrise. Era il sorriso che avevo ribattezzato il sorriso alla Poppy, perché lo sfoggiava sempre quando ricordava con affetto la sorella. Da quando eravamo nel Distretto di Agra lo vedevo sempre più spesso. Avevo anche imparato a riconoscere lo sguardo afflitto di quando si lasciava andare ai pensieri tristi sulla sorella. Ma ero contento che ora sorrideva con sempre più frequenza.

«Anche Poppy credeva in un essere superiore.» Indicò una donna interamente immersa nel fiume, con delicatezza, dimostrando un grande rispetto per l'acqua. «È come un battesimo.»

Poi Savannah mi guardò. «Anche se non credi in questa religione, come fai a guardare questa scena e a non provare un senso di calma e pace? Come fai a non farti trasportare dalla gioia e dalla serenità che provano queste persone durante questo rituale? È un evento grandioso nel loro viaggio spirituale. È incredibile» commentò.

Sulla destra c'era un uomo più anziano, da solo, intento a pregare. Una giovane coppia che si teneva per mano si immerse nel fiume. Il mio cuore saltò un battito quando i due riemersero e si scambiarono uno sguardo d'amore difficile da sostenere.

«Non ho mai visto nulla di simile» dissi, continuando a osservare tutto intorno a me. Rimanemmo là finché il sole non fu alto nel cielo e il *ghat* non diventò troppo affollato.

Durante il tragitto di ritorno verso l'hotel, ci fermammo a guardare una processione. Il cuore mi sprofondò nella gabbia toracica quando mi resi conto di ciò a cui stavamo assistendo.

Kabir lo aveva accennato.

Una famiglia stava trasportando il loro caro defunto su una lettiga. Il cadavere era avvolto in un lenzuolo bianco e la processione si dirigeva verso i *ghat* dedicati alla cremazione.

Ero talmente scioccato di fronte a quella scena che il mio corpo era come pietrificato.

Mi tornò in mente la scena in cui stringevo Cillian tra le braccia e non volevo lasciarlo. Mi sentii stritolare il petto e il cuore prese a battere fuori sincrono. La situazione peggiorò quando sentii tremare la mano di Savannah nella mia. Quando la guardai vidi che stava scivolando rapidamente verso il panico. Il suo volto era sbiancato e respirava a fatica.

«Sav» la chiamai con voce roca. Stavo cercando di stargli vicino, ma non riuscivo a liberare la mente da Cill. Avevo come l'impressione che se avessi abbassato lo sguardo, lo avrei visto tra le mie braccia... morto.

Savannah prese a barcollare, in preda all'ansia. Il suo volto spaventato mi diede la spinta per darmi una mossa. Mi piazzai davanti a lei, impedendole di guardare ancora la scena. La processione si allontanò dai suoi occhi e presi il suo volto tra le mani. «Concentrati su di me, Pesca. Guardami.» Lei obbedì, poi in mezzo al vicolo brulicante di gente le dissi: «Respira e conta fino a otto». La voce mi tremava un po' per via dei pensieri su Cillian, ma dovevo tenere duro. Finora Savannah era stata bravissima, però il lutto era così, bastava un ricordo doloroso e tutti i progressi che avevamo compiuto evaporavano in un attimo, facendoci fare diversi passi indietro.

«Trattieni l'aria e conta fino a quattro. Ascolta il battito del tuo cuore che rallenta.» Savannah seguì le mie indicazioni, solo che poi la sua attenzione si spostò di nuovo nel vicolo. Di colpo i suoi occhi si spalancarono e il suo respiro si fece discontinuo. Mi voltai per seguire la traiettoria del suo sguardo e scorsi un'altra processione diretta con il proprio defunto verso il *ghat* della cremazione.

Dalle labbra le sfuggì un gemito strozzato. Mia ci raggiunse subito. Diede un'occhiata a Savannah e disse: «Da questa parte. Dobbiamo riportarla in hotel».

Savannah si strinse ancora forte a me, tanto che dovetti quasi trascinarla. Sembrava così piccola tra le mie braccia. Teneva la testa nascosta contro il mio petto e io le facevo da scudo per impedirle di vedere qualcos'altro che avrebbe potuto scatenarle il panico. Incrociammo altre quattro processioni prima di raggiungere l'hotel.

Una volta nella hall, Mia e Leo ci radunarono tutti nella sala conferenze che utilizzavamo per le sedute di gruppo. Ce n'era una in ogni albergo in cui avevamo alloggiato.

Leo si chiuse la porta alle spalle e fu la prima volta durante la giornata che guardai gli altri. Erano tutti scossi e sconvolti.

«Non avevo mai visto un cadavere» ammise Dylan, tremante.

Travis era bianco come un fantasma. Lui, al contrario, ne aveva visti diversi. Dylan gli mise un braccio sulle spalle. Jade e Lili seguirono Leo attraverso la stanza per servirsi un po' del tè che l'hotel aveva messo a disposizione per noi.

Anche Kabir ci aveva seguiti e adesso aveva raggiunto Leo e le ragazze. Io stavo stringendo forte Savannah, la quale aveva gli occhi arrossati e le guance rigate di lacrime. Gliele asciugai e le chiesi: «Stai meglio, piccola?».

Lei annuì, ma subito dopo fece di no con la testa. «Mi hanno ricordato Poppy» ammise, le mani tremanti nelle mie. Sbuffò una risata piena di autocommiserazione. «Sogno di curare i bambini dal cancro e non riesco neanche a guardare una persona morta.» Scosse di nuovo la testa. «Forse non sono adatta a un lavoro del genere.»

Mia comparve al nostro fianco. «Era la prima volta dopo la morte di tua sorella.» Poi guardò Leo all'altro capo della stanza, intento a raggiungerci con un vassoio di tè in mano.

«Mettiamoci seduti» ci esortò Mia. «Dobbiamo discutere di quello che abbiamo visto e di come ci ha fatti sentire.» Dopodiché si rivolse a Kabir. «E sarebbe utile se lei raccontasse a questi ragazzi qualcosa di più su Varanasi e sul suo rapporto con la morte. Potrebbe aiutare tutti a elaborarla.»

Kabir annuì con il capo. «È un onore per me.»

Ci sedemmo e Leo ci porse il tè bollente. Lo mandai giù subito, lasciando che il suo calore mi scaldasse le ossa gelide.

«Come vi ha fatto sentire vedere quelle processioni?» ci domandò Mia, guardandoci a uno a uno.

«Triste» intervenne Lili. «Vedere i familiari che camminavano dietro ai cadaveri… mi ha fatto sentire davvero triste. Mi ha ricordato i miei genitori.»

«A me ha fatto pensare a quel giorno…» si inserì Travis, a capo chino. «Non le parti positive e i ricordi belli con i miei amici, ma la parte triste. Quella di loro dopo…»

Travis tirò su col naso, ricacciando indietro le lacrime. Dylan gli mise una mano sulla spalla. Guardai Savannah, teneva la testa bassa e il suo respiro, seppure più calmo, era ancora affannato. Anche io mi sentivo intrappolato nel mio inferno personale. L'inferno in cui Cillian era dentro la macchina, l'inferno di vederlo, immobile, tra le mie braccia.

Dal momento che nessun altro disse niente, Leo si inserì: «Conoscere di persona la morte, elaborare il lutto nei confronti di un caro, e persino vederlo morto può essere traumatico». La verità di quelle parole era evidente sulle nostre figure ricurve. «Quei ricordi si sono scolpiti nella nostra mente e non riusciamo a pensare ad altro. Quando pensiamo alla persona che abbiamo perso, la prima immagine che la maggior parte di noi rievoca è proprio quella.» Leo sospirò. «Ma la verità è che la morte ci circonda. La vediamo ogni giorno, anche se non ce ne rendiamo conto. L'autunno passeggiamo tra gli alberi e siamo circondati da foglie morte, che diventano prima rosse, poi gialle e infine marroni quando cadono a terra. Vediamo morire gli animali, riempiamo la casa di fiori e quando appassiscono li buttiamo.

«Quando si tratta di una persona cara diventa più difficile e doloroso, naturalmente. Ma la morte non è un evento che sperimenteremo soltanto una volta nella vita. Lo sperimenteremo diverse volte. Vedremo la natura intorno a noi mutare nell'arco dell'anno, anno dopo anno. Senza sosta.»

Mia fece un cenno con la testa a Kabir, il quale avanzò sulla sedia. «Mi sembra di capire che in Occidente la morte è qualcosa che avviene a porte chiuse. È un evento privato.» Non stava dando un giudizio, lo si capiva dal tono della sua voce. «Qui, specialmente a Varanasi, si celebra *ciascuno* stadio della vita. Persino la morte. Per noi, è soltanto un'altra parte del viaggio su questa terra. Viviamo la vita alla luce del sole e ciò significa che vediamo anche la morte alla luce del sole.»

Mi sentii percorrere il corpo dai brividi. Savannah aveva sollevato il capo e pendeva dalle labbra di Kabir.

Poi lui indicò Mia e Leo. «Lo scopo nel portarvi qui, in questa città dove la vita incontra la morte, è quello di mostrarvi che la morte non deve essere temuta, ma deve essere vissuta come un festoso rito di passaggio. E può essere anche stimata e ritenuta sacra.

«Nel giro di un paio di ore, abbiamo visto dei pellegrini fare gioiosamente il bagno nel Gange, lavare via i propri peccati. Poi abbiamo guardato alcune famiglie accompagnare i propri defunti verso la cremazione e il paradiso. Noi crediamo che morire qui spezzi il ciclo di reincarnazione e spedisca i nostri cari direttamente nel nirvana. Per noi, questo è un evento da celebrare, non da commiserare.»

«Tutti noi abbiamo un personale concetto di vita dopo la morte» si inserì Mia. «Varanasi ci insegna ad abbracciare la morte allo stesso modo in cui abbracciamo la vita. Lo so che può sembrare un concetto difficile da accettare, ma questa parte del viaggio è dedicata alla mortalità. E non esiste posto migliore che questa città magica e vibrante per scenderne a patti.»

«Se posso, vorrei mostrarvi una cosa» riprese Kabir, studiandoci per capire la nostra reazione al suo invito. «Dovremmo tornare fuori.»

Savannah si irrigidì, opponendosi a un altro attacco d'ansia, dopodiché fece un respiro profondo e annuì con il capo. Ero così orgoglioso della forza che stava crescendo dentro di lei. Giorno dopo giorno, la vedevo scalare la montagna del dolore, e prima o poi sapevo che avrebbe raggiunto la vetta. Nonostante la sua minuta figura, aveva la forza di un titano.

Una cosa stava diventando chiara: era sicuramente più forte di me.

«Sicura di volerlo fare?» le chiesi, mentre ci alzavamo dalla sedia.

«Sì» rispose, dando una stretta alla mia mano. Soltanto una. «E tu?»

«Sì» bisbigliai, anche se in realtà non ne ero così convinto. Mia e Leo non ci avevano ancora delusi, perciò mi sarei fidato di loro. Mi ci era voluta qualche settimana prima di dare loro un po' di credito, ma adesso riuscivo a capire quello che stavano tentando di fare. Mi avevano aiutato.

Seguimmo Kabir nel labirinto di vicoli della città e nel giro di una decina di minuti incappammo in altre due processioni. Quando le notai, trattenni il fiato e strinsi la mano di Savannah.

Lei stava tremando, ma continuò a tenere sollevato il mento. Appena i familiari ci superarono, abbassò il capo in segno di rispetto e le lacrime presero a rigarle il volto. Mi sembrava di aver imparato di più sulla vita da Savannah in una manciata di settimane che in tutti gli anni di scuola.

Chinai il capo anch'io. Sperai che quelle persone fossero morte in pace, e che il nirvana le attendesse davvero. Che bello sarebbe stato finire in un posto dove il dolore e il giudizio non esistevano, un posto colmo d'amore in tutte le sue forme. Privo di tristezza e problemi. Dove regnavano soltanto la pace e la gioia. Quel pensiero mi fece provare un senso di calda speranza. La speranza che tutto ciò potesse essere vero.

Di colpo, si udirono delle risate che mi fecero destare dai miei pensieri. Kabir ci condusse nella loro direzione. Arrivammo quindi a una specie di panetteria/negozio di dolciumi. Era pieno di persone vestite di bianco, che ridevano e mangiavano, che *festeggiavano*.

Kabir ci indicò quella gente. «Queste persone hanno appena visto cremare il proprio caro.» Corrugai la fronte, incredulo. Con la mente tornai al funerale di Cillian e alla veglia funebre. A malapena ricordavo i dettagli. C'erano stati solo i pianti infiniti di mia madre e di mio padre. Dei parenti. Rammentavo i silenzi provati, l'apatia e l'angoscia.

Di risate non ce n'erano state. Zero festeggiamenti.

«Esultano perché il loro caro adesso è in paradiso. Perché adesso è libero dai vincoli terreni. È guarito e può vivere nella gioia eterna. Il desiderio più grande che si possa avere per i propri cari è che raggiungano il nirvana.» Mi salì un nodo alla gola, nel sentire quelle parole, nell'osservare quella famiglia sorridente, pura.

Mi domandai chi avessero perso, che grado di parentela avessero con il defunto. Come sarebbe cambiata la loro vita da quel momento in poi.

«Qui,» riprese Kabir, indicandosi attorno, «celebriamo la morte.» Sorrise. «La morte è la migliore lezione che si possa ricevere dalla vita. La morte ci insegna a *vivere*, nel breve lasso di tempo a nostra disposizione. La morte ci insegna a vivere con tutto il cuore e con tutta l'anima, giorno dopo giorno, un prezioso minuto dopo l'altro.»

Un uomo che ipotizzai fosse il titolare del negozio uscì e ci offrì un dolcetto insolito. Savannah protese la mano. «Grazie» disse, fissando quel pezzo di arancia candita come se rappresentasse un punto di svolta nella sua vita. Fino a quel momento aveva ascoltato attentamente le parole di Kabir, con gli occhi sgranati e incantati dalla sua spiegazione.

Il titolare della bottega porse un dolcetto anche a me e io mi misi a fissare la sua mano. Ero disposto ad accettare la sua offerta, eppure una vocina dentro di me mi suggeriva di non allungare la mano. Lo sapevo che era un comportamento del tutto irrazionale, ma accettarlo era come ammettere che ci fosse qualcosa di buono nella morte di Cillian. Strinsi il pugno, e mi sforzai di prendere il dolce. Annuii al negoziante in segno di ringraziamento, e lui ricambiò il mio gesto con un ampio sorriso.

L'uomo stava celebrando insieme a quella famiglia, insieme a noi. Stava celebrando la morte. Glielo si leggeva chiaramente nello sguardo luminoso che quello che Kabir ci aveva appena rivelato rappresentava per lui una convinzione. Stava svolgendo un ruolo fondamentale nei festeggiamenti di quella famiglia che aveva appena regalato il nirvana al proprio caro.

Supposi che non esistesse un sentimento più grande di quello.

Alzai lo sguardo al cielo. Era terso, privo di nuvole. Il sole era alto e il caldo sempre più intenso. Il profumo di zucchero e spezie aleggiava nell'aria. Avrei voluto tanto essere lassù insieme a Cillian. Felice.

«Varanasi ci insegna a lasciar andare i nostri cari» proseguì Kabir, e i suoni attorno a me svanirono. Come in una scena a rallentatore, osservai la nostra guida, mentre il trambusto che ci circondava si trasformava in rumore bianco. Mi sembrava che il suo sguardo fosse concentrato su di me, come se sapesse che ero quello del gruppo ad avere più bisogno di apprendere quella lezione. «Qui, a Varanasi, dobbiamo liberare l'anima dei nostri cari dalle catene del nostro cuore in modo che possano librarsi in volo. In modo che possano raggiungere liberamente il nirvana, senza avere più alcun legame terreno.»

Savannah trasse un respiro tremante. Quando la guardai, i suoi occhi erano fissi su di me e riflettevano la stessa paura che provavo nel mio cuore. Io non potevo lasciare andare Cillian. Perché lasciarlo andare... avrebbe significato che non esisteva davvero più.

«Per quanto sia difficile farlo, si prova un enorme senso di libertà nel lasciare andare i nostri cari» concluse Kabir, dopodiché si voltò verso il negoziante e i membri di quella famiglia. Savannah e io rimanemmo l'uno al fianco dell'altra, persi nel bagliore delle parole che la guida aveva appena pronunciato.

«Torniamo in albergo» annunciò Mia, dopo averci radunati tutti. «Credo che il resto della giornata sia meglio passarla a meditare.»

«Siamo molto orgogliosi di voi» aggiunse Leo. Ancora storditi, li seguimmo verso l'hotel. Savannah e io ci tenemmo per mano come se fosse l'unico modo che avevamo per non andare alla deriva. Una volta tornati in albergo, Lili e Jade si chiusero nella sala privata, mentre Travis e Dylan si riversarono di nuovo in strada, dirigendosi verso il fiume.

Io presi Savannah tra le mie braccia e me la strinsi al petto. In quel momento non sapevo se ad aver più bisogno di quel contatto fisico fossi io o lei. Ascoltai i nostri cuori battere all'unisono, impegnati in una sinfonia che riecheggiava la nostra confusione. Sentii il suo petto alzarsi e abbassarsi. Dopo aver stretto Cillian tra le mie braccia, inerte e rigido, era strano percepire il corpo di Savannah così pieno di *vita.* Mi trasmetteva un grandissimo senso di conforto.

Per me non esisteva niente di più spaventoso di un petto immobile.

«Cosa vorresti fare?» le domandai. Lei schiacciò la guancia contro il mio petto e quando sollevò di nuovo la testa, i suoi occhi erano talmente stanchi e provati che non potei fare a meno di abbassarmi per darle un bacio sulle labbra. Ogni volta che la baciavo mi innamoravo sempre di più.

«Facciamo una passeggiata» replicò. Durante quelle settimane avevo imparato che, quando il suo livello d'ansia era elevato, le piaceva camminare. Le costava molto stare seduta immobile in un posto. Così la presi per mano e andammo a passeggiare per le strade di Varanasi. Camminammo in silenzio, senza una meta precisa, finché non ci fermammo in uno dei *ghat.* «Ti va bene se ci sediamo qui, piccola?»

Savannah mi rivolse un sorriso che mi tolse il fiato. Annuì con il capo e ci sedemmo sui gradini di quel *ghat* pittoresco, a osservare le acque che scorrevano davanti a noi, le imbarcazioni che portavano in giro i turisti. Noi ancora non avevamo fatto il tour del fiume, ma Leo e Mia ci avevano informati che era in programma alla fine di quella tappa.

«È così diverso» commentai, mentre Savannah appoggiava la testa al mio bicipite. Avrei voluto che rimanesse sempre vicina a me. «Intendo quello che Kabir ci ha raccontato su come percepiscono la morte qui.»

Degli uccelli si posarono sui gradini, in cerca di qualche briciola di cibo. Savannah sollevò la testa dal mio braccio e io finalmente potei guardarla. Aveva le guance arrossate per il sole, e una lieve abbronzatura scuriva la sua pelle color pesca. «È importante» rispose lei dopo aver riflettuto qualche istante. Savannah era fatta così. Non parlava mai finché non aveva qualcosa di significativo da dire. Questo aumentava sempre l'impatto delle sue parole. «Scoprire come altri luoghi del mondo, altre religioni e altre culture interpretano la morte.» Si mise a osservare il Gange, la gente che accarezzava l'acqua sporgendosi dalle imbarcazioni per godere di un istante di purificazione.

Savannah scosse la testa. «Mi fa sentire meno sola, credo. Vedere così tanta gente in lutto in un posto solo.»

Incrociai le braccia, le appoggiai sulle ginocchia e posai la guancia su di esse. Poi mi misi a osservarla, desiderando esternare ciò che nascondevo dentro la mia anima. Quando Savannah percepì il mio sguardo addosso, si girò verso di me. Aveva capito che adesso ero io ad aver bisogno di lei.

«*Non posso* lasciarlo andare» mormorai e provai un intenso dolore alle ossa per quanto mi costasse fare quell'ammissione.

Il volto di Savannah si addolcì e si avvicinò per baciarmi. Fu un bacio tenero e dolce, proprio come lei. Poi intrecciò il braccio al mio e disse: «Quando fu diagnosticato il cancro a Poppy, rimasi paralizzata dalla paura. Mi svegliavo ogni giorno con un nodo allo stomaco, perché sapevo che ogni giorno che passava ci avvicinavamo sempre di più al momento in cui ci avrebbe lasciati. Rimpiangevo ogni mese che trascorreva perché sapevo che quel tempo in cui la vedevo esaurirsi piano piano davanti ai miei occhi non me lo avrebbe restituito nessuno».

Savannah emise una risata strozzata che mi colpì come una coltellata al cuore. «Andai in biblioteca a recuperare tutti i libri disponibili sul cancro. Ero piccola all'epoca, ma credevo davvero che se avessi trovato una cura che ancora non avevamo provato avremmo potuto salvarla.» Il suo accento si fece più pronunciato a quelle parole, libero di venire fuori e pieno di passione. Potevo solo immaginare le notti in cui era rimasta sveglia in cerca di una soluzione. «Immagino che fosse il mio modo di lottare. Sono sempre stata una secchiona. Ero brava in scienze. Credevo di poter dare una mano. Persino negli ultimi tempi, quando ormai Poppy aveva accettato il suo destino, io ero lì che continuavo disperatamente a cercare una cura.»

Savannah si mise a osservare una giovane donna che scendeva i gradini del *ghat* per andare a sedersi vicino all'acqua. La donna in questione teneva in mano una fotografia che sollevò e si posò sul cuore. Ebbi l'impressione che anche lei avesse perso qualcuno.

Un'altra persona come noi.

Poi Savannah si voltò di nuovo verso di me. Incrociò il mio sguardo e con voce roca ammise: «Prima mi preoccupava perderla. Ora sono terrorizzata di dimenticarla». Sbiancai. Savannah aveva appena tradotto in parole la sensazione che mi divorava quotidianamente. Mi ero domandato a lungo se il mio rimanere aggrappato al dolore e alla rabbia fosse dovuto al fatto di non voler dire davvero addio a Cillian, di voler rimanere aggrappato a lui per non permettere che lasciasse la mia vita.

Mi concentrai sul fiume che scorreva davanti a noi e dissi: «Ogni volta che cerco di immaginare un mondo senza Cillian, in cui riesco a voltare pagina, mi sembra tutto sbagliato». Scossi la testa. «Dopo la sua morte, amici e parenti ci sono rimasti accanto, ci hanno travolto con il loro supporto, ci hanno rimpinzato di cibo e ci hanno sostenuto mentre cadevamo a pezzi. Col passare dei mesi, però, quelle persone sono tornate alla propria vita, ai propri problemi, dalle loro famiglie, come è giusto che sia. Mentre noi siamo rimasti lì, immobili nella nostra tristezza, incapaci di superare il dolore che si era cementificato ai nostri piedi, impedendoci di muoverci.»

Savannah mi si avvicinò ancora di più, appoggiando il capo al mio bicipite. Quel gesto mi aiutò a calmare il respiro. «Mi sembra ancora di essere lì fermo. Intrappolato in quel cemento, a osservare il mondo che va avanti, mentre io esisto e basta.»

«E i tuoi genitori?» mi chiese cauta. Era ovvio che li avessi tagliati fuori dalla mia vita.

Mi sentii attraversare da una fitta di vergogna. Era Leo a parlare con loro, non io, e in quel momento il rimorso mi travolse in pieno. Avevano perso un figlio. Sapevo che avevano solo cercato di aiutarmi, ma io ero così arrabbiato che mi ero sfogato su di loro.

«Hanno provato ad andare avanti» risposi. Abbassai il capo per appoggiarlo al suo. «Sono tornati al lavoro. Cristo, loro ci stanno *provando*, Savannah.» La voce mi si incrinò quando aggiunsi: «Sono proprio un figlio orribile».

Savannah sollevò di scatto la testa, gli occhi pieni di determinazione. «No, invece!» ribatté con fermezza. «Tu stai male, Cael. Stai soffrendo. Stai facendo fatica. Questo non ti rende *cattivo.*»

Nonostante il dispiacere che provavo, non potei fare a meno di sorridere alla mia minuta ragazza mentre si lanciava in mia difesa con la forza di un uragano.

«Che c'è?» mi domandò, confusa dal mio sorriso.

Le presi il viso tra le mani, il cuore gonfio d'amore, e lei chiuse gli occhi assaporando quel momento. La sua pelle era così morbida, eppure lei era tenace come uno squalo. E neanche se ne rendeva conto. Si riteneva debole, però io non avevo mai conosciuto nessuno di più forte.

«Mi stai dando una mano enorme» confessai con un filo di voce a malapena udibile.

Savannah inclinò di lato la testa per guardarmi e l'amore che scorsi nei suoi occhi non lo avrei mai dimenticato. Nessuno mi aveva mai guardato in quel modo. E io non avevo mai amato nessuno quanto amavo lei e tutto ciò che rappresentava.

Savannah aveva passato mesi a cercare un miracolo per salvare sua sorella. Mentre a me ne era stato concesso uno quando meno me lo sarei aspettato. *Lei.* Lei era il mio miracolo. Probabilmente l'universo sapeva che avevamo bisogno l'uno dell'altra per sopravvivere. Forse sapeva che soffrivamo entrambi la perdita di un fratello e aveva fatto incontrare le nostre anime in modo che potessero fondersi in una sola.

Ero certo che lei pensasse che fosse tutta opera di Cillian e Poppy, lassù tra le stelle.

«Ti amo» le dissi, prima di baciarla di nuovo. Come potevo non amarla?

Savannah ricambiò il mio bacio. «Ti amo anch'io, Cael Woods.» Poi mi si avvicinò ancora un po', ma per me non era abbastanza. La presi in braccio e la lasciai sedere sulle mie gambe. Savannah si mise a ridere e per me fu come ascoltare il suono della felicità. Allora la baciai ancora, finché non mi sentii le labbra gonfie ed entrambi non rimanemmo a corto di fiato.

Quando ci staccammo, Savannah era arrossita sulle guance – il mio nuovo colorito di pelle preferito. Poi il sorriso svanì dalle sue labbra. Mi accarezzò la guancia con la punta del dito. «Il tuo dolore non ti rende una cattiva persona. Il modo in cui stai elaborando il lutto non ti rende una persona debole. Ho bisogno che tu lo capisca.»

«Va bene» ribattei, stringendole la vita. La sincerità con cui pronunciò quelle parole mi spingeva a crederle, senza la minima ombra di dubbio.

Savannah si mise a osservare di nuovo la donna ai piedi della scalinata, intenta a stringere la fotografia del proprio caro al petto. Era assorta nelle sue preghiere. Un posto come Varanasi trasudava spiritualità da tutti i pori. Era quasi magico.

«Nel dolore risiede la paura» dichiarò all'improvviso. Tornai a concentrarmi sulla mia ragazza. «La mia è che Poppy non sia finita nel posto migliore in cui credeva tanto, che il mondo sia troppo alieno senza di lei.

La mia paura più grande...» Le tremò la voce. «La mia paura più grande è che in qualche modo io possa essere felice senza di lei.» Si voltò per guardarmi negli occhi. «Come potrei essere felice senza di lei?»

Savannah deglutì e premette la fronte contro la mia. «Eppure ho trovato te e tu mi rendi immensamente felice.» Una lacrima rotolò sulla sua guancia e atterrò sulla mia, come se fossero l'una la continuazione dell'altra. «In te ho ritrovato la felicità, nonostante Poppy non faccia più parte della mia vita. Proprio quello che ritenevo impossibile. Il che mi fa dubitare di tutto quello in cui mi sono costretta a credere.» Si staccò e batté le palpebre. «E quel che è peggio è che lei ti avrebbe adorato, ma tu non potrai mai conoscerla.»

Detestavo vederla piangere. Mi distruggeva. Tuttavia provai un po' di sollievo al petto nel pensare a mio fratello. «Anche tu saresti piaciuta a Cill» mormorai, con una fitta al cuore.

Il sorriso che quelle parole fecero comparire sulle labbra di Savannah fu come veder sorgere il sole in mezzo alle tenebre in cui ero sprofondato.

Lei mi buttò le braccia al collo e appoggiò la guancia al mio petto. La strinsi a mia volta, ancora più forte. Dopo un po' mi resi conto che si era addormentata. Ripensai alla prima volta che l'avevo vista in aeroporto. Anche in quel primo momento avevo provato qualcosa per lei, nonostante la mia solida corazza di rabbia. Avevo sentito una scintilla di consapevolezza, la mia anima che si risvegliava da un lungo periodo di torpore.

La baciai sulla testa, mentre rivivevo ogni tappa del viaggio. Il Distretto dei laghi, le escursioni infinite, le sedute di gruppo, i disastrosi colloqui individuali... eppure, nonostante fossi un completo sconosciuto, lei c'era stata per me. La Norvegia, l'aurora boreale, la spiaggia, il nostro primo bacio. Giorno dopo giorno il suo cuore si era fuso al mio. Le nostre anime si erano sovrapposte al punto che ormai era impossibile tracciarne i confini. Ci sostenevamo a vicenda quando l'altro ne aveva bisogno.

In quel momento, con i suoi setosi capelli contro la mia guancia, l'aria che sapeva di zucchero e spezie fu sovrastata dal suo profumo di ciliegia e mandorla. Savannah si mosse tra le mie braccia e batté le palpebre di fronte al sole basso. «Mi sono addormentata?» chiese con voce assonnata.

«Solo per un po'» risposi, mentre lei si voltava a guardarmi. «Torniamo in albergo?» La verità era che sarei rimasto lì con lei per sempre, che l'avrei tenuta al sicuro tra le mie braccia all'infinito, lontana dal pericolo.

Lei mi sorrise e annuì con il capo.

Tornati in hotel, ormai si era fatta sera, e ci separammo per andare a letto. Stavo quasi per addormentarmi quando il cellulare vibrò.

Papà: Spero che l'India ti stia piacendo. Leo ha detto che stai andando alla grande. Ti vogliamo bene.

Il cuore mi schizzò dal petto. Ripensai al *ghat* che avevamo visitato nel pomeriggio e alla confessione che avevo fatto a Savannah, sul sentirmi un pessimo figlio. Rilessi quel messaggio con le mani tremanti e la vista mi si annebbiò. Ripensai ai molti messaggi che i miei genitori mi avevano inviato nelle settimane precedenti, messaggi ai quali io non avevo mai risposto. Eppure loro non avevano mai smesso di provarci. Non avevano mai rinunciato a me. Io li avevo respinti, avevo riversato su di loro la mia rabbia e avevo reso la loro vita un inferno, ma nonostante tutto erano ancora lì, e continuavano a provarci. Ce la stavano mettendo tutta *per* me.

Sbloccai il telefono e risposi a mio padre.

Io: Vi voglio bene anch'io. Mi mancate.

La risposta di papà arrivò immediatamente.

Papà: Cael. Tesoro. Grazie di averci risposto. Non vediamo l'ora di parlare con te. Di ascoltare la tua voce. Ma aspetteremo finché tu non sarai pronto. Siamo già felicissimi che tu ci abbia inviato un messaggio. Manchi tanto anche a noi e siamo orgogliosissimi di te. Continua così, Cael. Ti vogliamo bene. Ti prego, continua a scriverci.
Io: Lo farò. Promesso. Ci sto provando, papà. Vi voglio bene.

Anche se avessi voluto, non avrei potuto chiamarli. Avevo la gola ostruita per l'emozione e il messaggio di mio padre mi aveva fatto annebbiare la vista. Lo avevo riletto svariate volte e gli occhi mi si erano riempiti di lacrime.

I miei genitori non mi odiavano. L'impatto che quella consapevolezza comportò fu devastante.

Posai il telefono e cercai di calmarmi, finché il mio cuore non prese a battere a un ritmo normale. Mi asciugai le lacrime e attesi l'abituale angoscia che si presentava ogni volta che cercavo di addormentarmi. La notte era la parte della giornata più difficile per me. Forse perché Cillian era morto di notte. Forse perché la notte mi forniva più tempo per pensare. Eppure stasera, l'angoscia si era attenuata. E con il cuore un po' più leggero riuscii a dormire meglio del solito.

16

Tripudio di colori e sonore risate

Savannah,

quello che più amavo dell'essere vostra sorella erano le risate che condividevamo. Come ci piacesse godere l'una della compagnia dell'altra. Anche se ognuna aveva i propri amici, non avevamo bisogno di nessun altro. Eravamo più unite che mai. E credo che questa sia la cosa che mi mancherà di più quando me ne andrò, le risate con voi due.

Ricordo la sera in cui Rune è comparso davanti alla nostra porta di casa dopo aver scoperto della mia malattia. Era venuto per chiedermi di uscire e noi stavamo ridendo per la reazione sciocc ata di papà nel trovarselo sull'uscio, con quell'aria da teppistello, i vestiti scuri e gli scarponi. Ricordo ancora che effetto mi fece vederlo. Mi mancherà tantissimo non poter più ridere con le mie sorelline. Le risate sono la medicina che guarisce l'anima.

Tu sei sempre stata la più seria tra di noi, Savannah. Per questo mi impegno sempre per farti ridere. E quando lo fai… ah, mi riempi di gioia!

Tu hai una risata dolcissima e il sorriso più luminoso che esista. Devi ridere e sorridere di più. In quanto sorella maggiore, insisto perché tu lo faccia.

Perciò ritrova la gioia, Savannah. Trova una ragione per ridere, per quanto frivola o insignificante. Ridi fino alle lacrime. E sappi che io riderò insieme a te quando ti vedrò felice e libera.

Ti adorerò per sempre,

Poppy

Eravamo tutti vestiti di bianco. Era mattina presto e già si sentiva la gente per strada. Nell'aria aleggiava l'odore dei falò che erano stati accesi la sera prima e la frenesia gioiosa delle persone vibrava attraverso le pareti dell'albergo. Oggi si celebrava l'Holi Festival, la festa dei colori, in cui i credenti induisti celebravano l'arrivo della primavera, l'amore eterno e il trionfo del bene sul male. L'evento era un tripudio di colori. Dell'acqua e delle polveri colorate venivano lanciate con gioioso trasporto. L'aria si riempiva di risate e felicità, e per una giornata ogni cosa era bella e piena di positività e luce.

Il popolo di Varanasi si stava preparando alla festa ormai da giorni. Di solito io ero restia a partecipare a contesti sociali di massa. Mi sentivo spesso a disagio in situazioni simili. Eppure, in quel momento, persino *io* sentivo una certa eccitazione. Sorrisi nel vedere Cael tutto vestito di bianco.

«Lo vedo che mi stai guardando di nuovo, Pesca» disse con tono allegro. Adoravo quella versione di lui, quel suo lato sfacciato e giocoso. Lui mi rivolse una lunga occhiata.

Scoppiai in una risata che risuonò nell'aria circostante. «È solo che sono abituata a vederti vestito sempre di nero.» Il mio cuore prese a battere più veloce. «Sei così bello.» Il suo sguardo si fece più dolce. Era vero. Vestito di bianco con i capelli scuri, i suoi occhi grigio-azzurri sembravano ancora più luminosi e seducenti del solito. Gli abiti trasformavano il suo sguardo turbolento in un mare calmo e placido.

Cael mi infilò le dita tra i capelli, legati in una coda di cavallo. «Ti stai scavando la fossa da sola, Pesca» commentò, stringendo le due buste di polvere colorata che ci aveva consegnato Kabir. Se quel quantitativo non fosse bastato, saremmo potuti tornare in hotel a prendere altre buste o avremmo potuto rivolgerci ai venditori ambulanti per strada.

Risi di nuovo. Era *bella*, quella leggerezza. Questa breve parentesi dal dolore. Festeggiare l'arrivo della primavera, della luce, la sconfitta del male. Non potevo certo definirmi induista, però ero contenta di partecipare a quell'evento e di trascorrere un giorno pieno di gioia, circondata da questa meravigliosa cultura.

A quanto pareva anche Cael la pensava allo stesso modo.

«Ooh, uno scontro verbale» si inserì Dylan, sfregandosi le mani mentre si avvicinava a noi. Mi diede una gomitata. «Che ne dici, Sav? Tu e io contro Cael e Trav?» Risi mentre Travis si portava vicino a Cael, mettendogli un braccio sulle spalle. Travis era molto più basso di Cael, perciò quella scena risultò piuttosto comica. Anche i capelli rossi di Travis spiccavano in tutto quel bianco.

«Formiamo delle squadre?» domandò Lili, sorridendo elettrizzata mentre lei e Jade si univano alla frenesia. Stavamo tutti aspettando davanti alla porta d'ingresso dell'hotel come dei cavalli da corsa ai blocchi di partenza, pronti a scattare liberi.

«Tre squadre» decretò Travis. Dylan mi mise un braccio sulle spalle, torreggiando su di me. Dalla nostra chiacchierata, Dylan sembrava di umore un po' più leggero. Si era aperto molto con me. Mi aveva raccontato diverse cose di lui e Jose e della loro vita insieme. Al termine di ogni racconto nei suoi occhi color ambra avevo visto balenare una nuova scintilla di luminosità. E adesso la mia missione era vederli completamente pieni di vita.

Con certe persone scattava semplicemente qualcosa, un'intesa, e Dylan per me era una di queste persone. Poi guardai Cael. Anche con lui era stato così.

Cael mi stava guardando e in modo scherzoso mi puntò il dito contro, dopodiché mi fece il gesto del pollice in giù. A quel punto, non potei fare a meno di scoppiare a ridere. Non riuscivo a togliergli gli occhi di dosso. Stava sorridendo.

L'ultima volta che lo avevo visto sorridere così era alla pista di pattinaggio in Norvegia. Cael era uno sportivo nato. Gli piaceva chiaramente la competizione. Aveva bisogno di rimettersi a giocare. L'hockey non era solo uno sport, rappresentava *ciò* che *lui* era. Non avevo idea di come lo avrei convinto di questo. Ma era vero. Lo sport e il brivido della competizione erano la sua isola felice.

E adesso lui era diventata la mia.

A mano a mano che le strade si riempivano di persone dirette ai *ghat,* le grida e le risate che ci giungevano dall'esterno erano sempre più forti. La polvere colorata veniva lanciata contro le finestre e Dylan prese a sfregarsi le mani. «Ti guardo le spalle, Sav» disse, baciandomi sulla testa.

«Tieni giù le mani dalla mia ragazza, Dyl» lo avvertì Cael con spiccato accento del Massachusetts venato di umorismo.

Dylan ammiccò con le sopracciglia facendolo scoppiare a ridere, infine Cael gli puntò il dito contro come aveva fatto prima con me. Ero completamente stupita. Sapevo che stavo scorgendo un barlume di ciò che Cael era stato prima della morte di Cillian. Del ragazzo che scherzava con i compagni di squadra. Del Cael libero e non quello incatenato dalla sofferenza.

Non riuscivo a togliergli gli occhi di dosso. Anche i suoi tatuaggi scuri e i dilatatori agli orecchi spiccavano tra il biancore dei suoi vestiti. Con la sua altezza, il suo corpo massiccio e i muscoli delle braccia definiti per gli anni di allenamento, potevo affermare di non aver mai conosciuto nessuno di così bello.

Dylan mi bisbigliò all'orecchio: «Stai letteralmente sbavando, Sav». Colta dall'imbarazzo arrossii e diedi una gomitata al mio amico, il quale scoppiò in una bellissima risata piena di leggerezza. Lo colpii di nuovo allo stomaco e lui emise un verso teatrale ed eccessivo rispetto all'entità del mio gesto. A quanto pareva, tutta la situazione gli risultava estremamente divertente.

«Pronta?» mi domandò Dylan, quando Kabir raggiunse la porta d'ingresso. Persino Mia e Leo erano con noi, armati delle loro buste di polvere colorata.

«Pronta» risposi, tenendo stretta la mia dotazione di colori. Il cuore prese a martellarmi fortissimo. Non sapevo cosa aspettarmi, anche se Kabir mi aveva detto che sarebbe stata un'esperienza che avrei ricordato per tutta la vita.

Cael mi venne incontro per baciarmi sulla testa e mi sussurrò all'orecchio: «Ti amo, Pesca». Poi Kabir spalancò la porta dell'albergo e fummo accolti da un arcobaleno di colori. Poco prima di immergerci nella folla, Cael aggiunse: «Ma adesso te la farò pagare».

Risi, mentre Dylan mi prendeva per mano e mi trascinava nella strada brulicante di persone. Percorsi un paio di metri e venni colpita al petto da un'ondata di blu. Presi a tossire, quando la polvere esplose davanti alla mia faccia. Mi voltai per controllare chi mi avesse lanciato quella bomba, ma fui subito travolta da un'altra esplosione. Rosa, stavolta. Non riuscivo a vedere nulla in mezzo a tutti quei colori – blu, verde, rosa e viola. La gente colpiva a caso, sembrava di essere in un dipinto di Jackson Pollock.

Un'ondata gialla mi atterrò sul fianco e scorsi Cael torreggiare sulla folla in mezzo alla strada. Era già completamente ricoperto di polvere colorata, e i suoi occhi erano più brillanti che mai. Tuttavia mi resi conto che era stato *lui* a lanciarmi la bomba gialla.

«Sav, colpiscilo!» gridò Dylan alle mie spalle. D'istinto, balzai in avanti afferrando una manciata di polvere verde dal mio sacchetto per lanciarla a Cael, il quale aveva un'espressione talmente contenta e luminosa da togliermi il fiato. Il mio momentaneo tentennamento giocò a suo vantaggio e infatti mi colpì sul braccio con del colore viola. Poi Cael si abbassò e mi stampò un bacio polveroso sulle labbra, come per addolcire il colpo.

Immersi di nuovo la mano nel sacchetto, ma Cael stava già arretrando con i denti bianchi che gli luccicavano al sole. Le successive ore trascorsero in una baraonda di colori, risate e divertimento, in festeggiamenti, immersi in quella cultura che ci aveva accolti con gentilezza.

Corremmo per le strade, uniti nonostante le squadre che avevamo creato. Bambini e adulti ci lanciavano addosso la polvere e l'acqua colorate, per poi abbracciarci con magnanimità. Il suolo si trasformò in una gigantesca opera d'arte e le pareti delle costruzioni diventarono un tripudio di colori. In tutto questo, Cael mi restò vicino. Le guance mi facevano male per le risate e il mio cuore era colmo di gioia. L'angoscia che mi aveva afflitto costantemente era momentaneamente sparita e adesso mi godevo quella sensazione di libertà e di felicità estrema.

Ne avevo un *bisogno* incredibile.

Sentendo la necessità di una tregua, mi fermai in un cantuccio di muro a riprendere fiato. Mi portai la mano sul cuore impazzito e continuai a ridere, mentre Dylan riversava la polvere blu che gli era rimasta sopra Lili, la quale lanciò un urlo assordante. Jade prese a rincorrere Travis in un vicolo, ma Cael sbucò vicino a lei e la ricoprì di rosa dalla testa ai piedi. Osservai quella scena come se fosse un film, osservai i capelli neri di Cael che col passare delle ore si erano trasformati in un sogno arcobaleno.

Ero talmente innamorata di quel ragazzo che temevo che il mio cuore non potesse reggere a tutta quella emozione.

Questa era vita. *Questo*. Le risate, la contentezza, la connessione, il gioco. La semplicità di quella giornata mi aveva fatto sentire più viva che negli anni precedenti. E l'amore. Amare Cael era la più grande benedizione che mi fosse capitata. Permettere a qualcuno di entrare nel mio cuore era una gioia che mi ero preclusa per troppo tempo.

Ma ora non più. Avevo intenzione di aggrapparmi a quell'amore con ogni briciolo di forza. Ora che avevo lui, non potevo minimamente pensare di perderlo.

Un uomo anziano spruzzò Cael di acqua arancione, e lui ricambiò lanciandogli una manciata di polvere blu sulla schiena. Ci fu uno scambio di risate e di abbracci e non potei fare a meno di sorridere. Cael sembrò percepire il mio sguardo divertito e sollevò la testa per individuarmi tra la folla. Il solo vederlo cercarmi con tanta meticolosità mi faceva battere il cuore all'impazzata.

Quando si arrestò per guardarsi intorno, fu investito da altre ondate d'acqua e di polvere. Alla fine mi scorse e le sue spalle si rilassarono. La sua espressione sembrò sollevata e l'amore che addolcì i lineamenti del suo volto mi fece esplodere il cuore nel petto.

Cael si incamminò tra la folla, mentre continuava a essere preso di mira da bombe di colore. Giunto al piccolo cantuccio in cui mi ero rintanata si mise a ridere. «Ti donano tutti questi colori, Pesca. Com'è possibile?»

Risi anch'io. Era una sensazione fantastica. «Donano molto anche a te.» Con il dorso della mano gli sfumai il rosa, il rosso e il blu che coloravano la sua guancia.

«Tutto bene?» mi domandò. Erano passate diverse ore da quando ci eravamo riversati in strada e adesso la folla stava lentamente scemando, la città si preparava ai festeggiamenti più pacati della sera.

«Tutto bene» replicai, stringendo la sua mano. Non avevo idea di cosa fosse successo quella mattina, ma il legame che sentivo unirci si era fatto ancora più stretto, più saldo. Cael mi accarezzò le braccia nude, mescolando i colori e facendomi venire la pelle d'oca. Le farfalle invasero il mio stomaco ed ero senza fiato. In qualche modo, era avvenuto un cambiamento fra di noi.

«Sei bellissima» mi disse, colpendomi dritto fino alle ossa.

Non riuscivo a interrompere quel contatto fisico. Percepivo la leggerezza del suo cuore con la stessa potenza del sole cocente della Georgia. Era un assaggio di ciò che potevamo essere. Di come sarebbe stato il nostro futuro. *Noi*, guariti e liberati dal fardello della sofferenza. Un assaggio di una vita fatta di risate frequenti e non di risvegli angosciosi. Un futuro in cui avremmo ricordato Poppy e Cillian senza sentirci annegare, in cui saremmo rimasti a galla, come due piume sul pelo dell'acqua placida.

«Ti amo» dichiarò, strofinando il naso sulla mia guancia. Sapevo che anche lui stava percependo quella strana svolta nella nostra relazione. Come se fossimo saldati insieme, incapaci di separarci. Il mio cuore stava battendo al ritmo del suo nome, come se fosse intenzionato a marchiarmici l'anima. In qualche modo, volevo sentirlo ancora più vicino. No, anzi, ne avevo bisogno. Lo bramavo. Volevo che conoscesse ogni parte di me. Volevo che le nostre anime entrassero in collisione. Cercai di stabilire quando si fosse verificato quel cambiamento nel nostro rapporto. Era avvenuto in modo talmente graduale che neanche ce ne eravamo accorti. Ma il merito doveva essere del fatto che ci fossimo aperti entrambi l'uno con l'altra, superando le nostre paure e le ferite più profonde, del fatto che avessimo imparato a fidarci, a sostenerci a vicenda nei momenti di necessità. Oppure delle risate che avevamo condiviso ogni volta che, accantonando per un po' il dolore, ci eravamo abbandonati alla leggerezza.

O magari il cambiamento era stato favorito semplicemente perché avevamo capito di essere perfetti l'uno per l'altra e che solo unendo le nostre vite potevamo avvicinarci più di quanto già non fossimo.

Cael mi diede un altro bacio, stavolta intenso e travolgente, dandomi un'ulteriore conferma di quel cambiamento. Fu un bacio diverso. Un bacio che riponeva in sé la promessa di un futuro, di una vita di coppia, di una luce disposta a guidarci attraverso le difficoltà.

Poi Cael mi afferrò delicatamente la coda di capelli. «Ancora non ci credo di averti incontrata» mi sussurrò a fior di labbra. Il mio corpo vibrò da capo a piedi e le farfalle che rispondevano solo ai baci e alle carezze di Cael presero a frullare le loro ali nel mio stomaco. «Ogni mattina ringrazio l'universo di avermi fatto conoscere te.» Scosse la testa incredulo. «Come ho potuto essere così fortunato?» Fece un sospiro. «Io non ti merito, Sav. E non ti darò mai per scontata.»

Quelle parole sincere mi lasciarono senza fiato.

Cael continuò a baciarmi, finché la folla non si disperse e la mattinata non giunse al termine, con i suoi colori accesi a testimoniare i festeggiamenti che si erano protratti fino a poco prima. Quando Cael sollevò il capo, io lo guardai negli occhi. Dentro vi scorsi riflessi lo stesso amore e l'affetto che io provavo per lui.

Lui era il mio specchio in tutto.

Rimanemmo sospesi in quel momento, l'aria che sfrigolava tra di noi. Di colpo provai un'incredibile energia. Le risate, i colori, l'amore che ci aveva circondati avevano intensificato *tutto*. Volevo *afferrare* la vita. Stringerla senza più lasciarla andare, e viverla fino in fondo, piena di felicità, vigore, e gratitudine per la mia salute e per questo ragazzo che aveva saputo accarezzare con così tanta premura il mio cuore.

L'espressione dei suoi occhi mi suggeriva che eravamo sulla stessa lunghezza d'onda. Risi di nuovo, mentre assaporavo quel momento. Sul viso di Cael spuntò un larghissimo sorriso e comparve una minuscola fossetta. Non me ne ero mai accorta. Non lo avevo mai visto sfoggiare un sorriso così grande. Quella fossetta era la perfezione…

Calzava perfettamente con le mie.

«Siamo in condizioni pietose» commentai, cercando di togliermi un po' di polvere dai vestiti e dalla pelle. Non servì a niente. Eravamo pieni zeppi di colore dalla testa ai piedi.

Cael inclinò il capo di lato. «Sembri l'aurora boreale» annunciò, togliendomi di nuovo il fiato. Era vero. Lo sembravamo entrambi. Un altro ricordo di cui avrei fatto tesoro per sempre. Soprattutto perché l'avevo vissuto insieme a lui.

Cael mi prese la mano. «Torniamo in albergo, Pesca.» Mi tirò via in silenzio dal nostro cantuccio isolato e mi condusse per le stradine della città, circondati da questa nuova aura che danzava attorno a noi. In lontananza, verso i *ghat,* si sentivano ancora riecheggiare delle risate. Questa città, dove la vita incontrava la morte, era una meraviglia. Non ti faceva percepire l'esistenza come qualcosa di spaventoso, come l'avevo percepita io dalla morte di Poppy in poi, terrorizzata com'ero di ogni minimo cambiamento. La vita *cambiava.* Ed era questo che mi aveva insegnato a gran voce Varanasi.

La vita cambiava. La gente cambiava. Era questa la direzione in cui andava l'umanità. Una direzione che non avevamo altra scelta che seguire.

Tornai in stanza e mi feci una doccia, continuando a sorridere mentre l'acqua si colorava concentrandosi attorno allo scarico. Una volta terminato di lavarmi mi infilai degli altri abiti bianchi. Lasciai che le onde naturali dei capelli bagnati mi ricadessero sulle spalle e mi unii al resto del gruppo nella nostra saletta privata. Quando arrivai, Cael stava parlando con Travis. Anche lui continuava a sorridere, ancora pieno di energia.

E io era ancora pazzamente, follemente innamorata di lui.

«Lo guardi come io guardavo Jose» commentò Dylan a voce bassa, comparendo all'improvviso al mio fianco.

«Dylan…» Quel commento mi spezzò il cuore. Non volevo causargli dolore o disagio per via del mio rapporto con Cael.

Dylan scosse la testa. «No. È una cosa *positiva*, Sav. È…» Deglutì. «È bello vedervi così. Dà speranza anche a me, sai? Mi fa sperare che magari un giorno possa capitarmi di nuovo.»

Gli cinsi la vita e lo strinsi a me. «Senza dubbio. Lo so per certo. Sei una persona troppo speciale per non innamorarti di nuovo, quando sarai pronto.» Dylan mi stampò un bacio sulla testa.

«Non ti avevo già detto di non stare appiccicato alla mia ragazza, Dylan?» si inserì Cael, con tono scherzoso. Mi staccai dal mio amico e Cael mi attirò giocosamente tra le sue braccia. Mi strinse forte e mi baciò sulla guancia. Di colpo mi sentii inondare dal calore, e l'elettricità che si era creata tra di noi riprese a sfrigolare, ancora più forte di prima, se possibile. Dylan alzò spiritosamente gli occhi al cielo.

«Se siete tutti pronti, andiamo giù al fiume» annunciò Mia. Dopo le celebrazioni della mattinata, tutto il gruppo si era dato una ripulita, ma sulla nostra pelle persisteva ancora qualche macchia colorata, che supponevo sarebbe andata via solo dopo molte docce. Cael continuava a stringermi a sé, come se quel giorno non avesse più alcun timore di esternare il proprio affetto nei miei confronti. Avrei voluto aggrapparmi per sempre a quel lato della sua personalità.

Stava calando la sera e le luci cominciarono a illuminare la città. Dopo il caos della mattina e del pomeriggio, Varanasi sembrava immersa nella pace e nel silenzio. A ogni passo, riuscivamo a percepire sempre più concretamente la sacralità di quella festa. Quando raggiungemmo il *ghat* e ci sedemmo sui gradini per continuare a osservare quella cultura magica, quella sensazione di sacralità si intensificò.

«La sera, la gente si rifugia nei templi per la *Puja*» spiegò Kabir. Ero estasiata dalla pace che ci circondava. Dal silenzio. Appoggiai la testa alla spalla di Cael e lasciai che il mio corpo assorbisse tutta quella quiete, quel significato religioso che questa città rappresentava per le persone giunte fin lì a causa dei più disparati motivi. Mi persi nell'andirivieni della gente dai templi, mentre la musica sacra riecheggiava nell'aria, e osservai i santoni che eseguivano i rituali sui gradini di pietra su cui sedevamo. Appresi l'importanza di questa festa nel cuore e nell'anima della gente.

Mentre la serata avanzava, mi tenni stretta a Cael, ipnotizzata. Non sapevo se era per via delle grandi emozioni provate durante la giornata o se per la spiritualità che filtrava da ogni angolo della città, ma in qualche modo mi sentivo cambiata. *Era così che doveva essersi sentita Poppy*, pensai, non per la prima volta. Sperimentare la pace che lei stessa aveva sperimentato con la sua salda fede risanò un'altra crepa nel mio cuore. *Per questo non era spaventata*. Non potevo non essere grata del fatto che avesse nutrito tutta quella fede, che l'aveva aiutata ad affrontare con coraggio ed eleganza la morte.

Cael mi stampò un bacio sulla testa e mi sollevò il mento perché lo guardassi negli occhi. Lui distolse l'attenzione dai santoni impegnati nei vari rituali per concentrarsi su di me. I nostri sguardi si incrociarono e qualcosa di più profondo si fece largo tra noi. Non riuscivo a decifrare con precisione cosa, ma era semplicemente qualcosa di... *più*. Una sorta di benedizione dell'anima che lui aveva portato nella mia vita. Mi venne la pelle d'oca. Ma non per la paura. Più per un senso di *adeguatezza*. Come se l'universo che mi piaceva tanto studiare stesse gridando ai quattro venti che Cael era mio e io ero sua.

Capii che Cael era il mio per sempre. Forse era proprio Poppy che mi stava mandando quella conferma. Non volevo più passare un solo giorno senza che lui sapesse quanto lo amavo e adoravo.

Volevo dargli tutta me stessa. Se avevo imparato qualcosa dalla morte di mia sorella era che il tempo volava via. Non volevo aspettare un singolo istante in più per dimostrargli il mio amore. Così mi accoccolai al suo fianco e feci il conto alla rovescia per il momento in cui saremmo stati da soli.

Tornata in camera, aspettai con impazienza che Leo e Mia finissero il loro giro di controlli. Una volta che diedero a tutti la buonanotte, io mi alzai dal letto. Sapevo che stavo infrangendo le regole e minando la loro fiducia con ciò che avevo intenzione di fare, ma avevo *bisogno* di Cael. Non c'erano altre scuse per giustificarmi. Volevo dimostrargli tutto il mio amore e nel mio cuore sentivo che valeva la pena rischiare di essere colta in flagrante.

Avevo appena raggiunto la mia porta, quando sentii bussare delicatamente. Confusa, abbassai la maniglia e mi ritrovai davanti Cael. Si stava guardando nervosamente intorno nel corridoio, assicurandosi evidentemente di non essere visto, poi incrociò il mio sguardo.

Deglutì. Era così bello in preda all'agitazione. Aprì la bocca per parlare, ma io gli afferrai la mano e lo trascinai dentro la mia stanza. Non doveva darmi nessuna spiegazione del perché si trovasse qui. Lo capivo benissimo.

Chiusi piano la porta, dopodiché mi voltai a guardarlo. Quando i nostri occhi si incontrarono di nuovo, mi sentii nervosa. Ma non in senso negativo. Ero elettrizzata, piena di *vita*. Dall'intensità dello sguardo di Cael, capii che anche lui voleva stare con me. Scorsi il suo pomo d'Adamo sotto i tatuaggi con cui celava il proprio dolore muoversi lungo la gola. Scorsi il ragazzo che si nascondeva dietro quell'apparenza da duro. Ero sempre stata in grado di vedere chi fosse veramente.

Gli afferrai la mano. «Sav...» La sua voce profonda riecheggiò nella stanza. Gli baciai il palmo e ogni singolo dito. La mano gli tremava leggermente. «Sav» ripeté, senza riuscire ad articolare altro.

«Lo voglio» ammisi, e accorciai la distanza tra di noi. Poi avvicinai le labbra alle sue. Il bacio che lui mi diede fu esitante, gentile ed estremamente premuroso. Mi strinse come se fossi fragile, un oggetto prezioso da cui non riusciva a separarsi. Anche io provavo la stessa cosa nei suoi confronti.

Senza interrompere il nostro bacio, lo guidai verso il letto. Lui si stese sopra di me, mi guardò negli occhi e mi scostò i capelli dalla faccia. «Sei sicura?» mi domandò, accertandosi delle mie intenzioni.

«Sì» risposi, la voce ferma e convinta. Poi, con un po' d'ansia, aggiunsi: «Non l'ho... mai fatto».

Lui schiacciò la fronte contro la mia. «Nemmeno io.» Mi sentii esplodere, e sospirai, liberandomi degli ultimi brandelli di agitazione che persistevano nel mio cuore.

«Ti amo» gli dissi, prima di sfilargli lentamente la maglietta dalla testa.

«Ti amo anch'io» rispose, poi recuperò il portafogli dalla tasca posteriore dei jeans e tirò fuori un preservativo. Io attesi che l'ansia mi travolgesse completamente. Invece non fu così. Rimasi ferma nella mia convinzione.

Avevo chiuso con l'aver paura di tutto, col privarmi dei momenti belli della vita a causa del terrore. Adesso volevo abbracciare l'*amore* e tutto ciò che comportava: la gioia, la meraviglia, il desiderio. Desideravo Cael più di qualsiasi cosa e volevo stare con lui in ogni modo possibile.

Volevo *vivere*.

Con gli occhi adoranti, lui mi baciò e fuse il suo corpo col mio, facendomi completamente sua. Mi prese le mani e le strinse due volte, e il cuore mi esplose nel petto. Poi Cael mi baciò ancora, con delicatezza e dolcezza. Mi trattò con cura e rispetto. Teneva a me più di quanto reputassi possibile. Continuò a farmi sua finché le nostre anime non divennero una cosa sola.

Non avevo mai provano niente di così speciale.

Alla fine Cael mi strinse al suo petto e mi baciò sulla testa.

Presi a tracciare con le dita la nave che aveva tatuata sulla pelle chiara, mentre lui mi accarezzava i capelli e giocava con i riccioli che si erano formati con l'umidità. Non avevo mai provato tanta pace. Tanta contentezza. Quando mi resi conto che la mia mente si era calmata chiusi gli occhi e le lacrime presero a rotolare sulle guance.

«Sav?» Quando una lacrima gli bagnò il petto scivolando verso l'addome lui si irrigidì. Mi sollevò il mento con il dito, l'espressione preoccupata.

«La mia mente è calma» mormorai, con il sorriso sulle labbra. Cael mi studiò attentamente finché non capì il senso delle mie parole e ne intuì la positività.

«Davvero?» mi chiese conferma con un filo di voce mentre mi accarezzava la guancia con il dito. Trasmetteva amore in ogni suo gesto. Non avrei mai voluto separarmi da lui.

«L'ansia...» Feci una pausa, cercando le parole giuste. «La mia testa è sempre piena di pensieri che si rincorrono. Pensieri che mi fanno perdere il controllo, che mi fanno sentire sopraffatta.» Sorrisi e osservai i tatuaggi sul suo addome. «Ora...» Mi interruppi di nuovo e intrecciai le dita alle sue. Poi lo guardai negli occhi. «Con te... così...» Arrossii. Cael arricciò le labbra in un accenno di sorriso. Cominciai a capire che adorava vedermi arrossire. «Quando sono con te, la mia mente si placa.»

Cael mi posò il palmo sulla guancia. «Perché in cuor tuo sai che ti proteggerò sempre.» Deglutì, mostrandosi vulnerabile. «Che ti terrò sempre al sicuro.» La sua voce si fece roca. «Che non smetterò mai di amarti.» Il mio cuore fu travolto da un'esplosione di calore. «Che è impossibile amarti più di così.» Cael scivolò verso il basso finché i nostri sguardi non furono allineati. Mi baciò e capii che dopo quella sera niente sarebbe stato più lo stesso tra di noi. Gli avevo donato il mio cuore e lui aveva donato il suo a me.

Mi fidavo del fatto che lo avrebbe custodito con cura, che mi avrebbe protetta. Mi fidavo di lui con tutta me stessa.

Poi Cael mi fece abbassare sul suo petto e io rimasi distesa sopra di lui. Lo adoravo. Lui mi capiva, e io capivo lui. Il nostro percorso di guarigione era ancora in corso e non avevo idea di cosa ci avrebbe atteso, ma per adesso, in questo momento, per una buona volta, eravamo in pace. Trascorsero diversi minuti, dopodiché Cael annunciò: «Sarà meglio che io torni in camera mia, Pesca. Non voglio che ci mettiamo nei guai».

«Va bene» acconsentii, ma lo tenni stretto ancora per qualche istante. Il mio gesto gli suscitò una tenera risatina che fece sorridere anche me.

Cael si rivestì, quindi si abbassò verso di me, mi posò la mano sulla guancia e mi diede un bacio talmente delicato da farmi sciogliere completamente.

«A domani, piccola» mi salutò, avviandosi verso la porta. Si voltò un'ultima volta prima di sgattaiolare in corridoio e tornare nella sua stanza.

Mi distesi sul letto, talmente felice che temetti di scoppiare. Sapevo benissimo che non sarei riuscita a dormire per la voglia che avevo di gridare a pieni polmoni tutti i miei sentimenti per lui. Volevo che tutti fossero a conoscenza del nostro amore, ed era una sensazione incredibile. Così afferrai il cellulare e chiamai l'unica persona che ero certa avrebbe compreso l'importanza di ciò che era appena accaduto. Ida rispose al secondo squillo. «Savannah!» La sua voce allegra mi accolse dall'altro capo del telefono.

«Ida...» mormorai. «Devo raccontarti un sacco di cose...»

17

Distacchi e cuori in pezzi

Qualche giorno dopo
Varanasi, India

I canti dei sacerdoti giungevano fino alla nostra barca in mezzo al Gange. Era la nostra ultima sera in India, e stavamo per assistere al Ganga Aarti, una cerimonia induista che veniva svolta quotidianamente al tramonto, in cui i sacerdoti ringraziavano il fiume per il suo potere purificatore, suonando conchiglie, campanelli e piatti.

Era uno spettacolo decisamente maestoso.

Osservare la città da quella prospettiva toglieva il fiato. I *ghat* erano stracolmi di persone intente ad accendere candele mentre il sole tramontava, portando con sé la notte.

Eravamo completamente in silenzio quando Kabir ci porse dei piattini fatti di foglie e fiori e una candela accesa. Sollevai la mia candela. «Per ringraziare il fiume» spiegò Kabir. «E per onorare coloro che avete perso.»

Provai una stretta al cuore a quelle parole e quando vidi i piattini fatti di foglie galleggiare sulla superficie dell'acqua mi emozionai. Cael aveva il capo chino e osservava la propria candela. Sotto il bagliore della fiammella i suoi occhi luccicavano per le lacrime.

Si accorse che lo stavo guardando e si sforzò di sorridermi. Stava attraversando un momento difficile. Stava cercando con tutto se stesso di superare la rabbia che provava nei confronti di suo fratello. Persino in quel momento riuscivo a scorgere il tormento che lo attraversava. Avrei tanto voluto farmi carico di quel fardello al posto suo. Ma stava a lui percorrere un passo verso la guarigione.

«Ai buoni ricordi» bisbigliai in modo che mi sentisse solo Cael. Lui annuì, ricacciando indietro le lacrime. Sentii il cuore in gola nel momento in cui lui posò la candela sul piattino e la spinse nel fiume. Eravamo tutti lì per questo.

Per cercare di lasciare andare i nostri cari.

Trattenni qualche istante in più il mio piattino e lo strinsi ancora un po' al petto. Era stato durissimo finora cercare di imparare a lasciare andare Poppy. Avrei voluto tenerla con me per sempre, ma tenerla così stretta mi impediva di andare avanti. Ripensai a quello che ci aveva detto Kabir quando eravamo arrivati in questa meravigliosa città. E cioè che dovevamo liberare l'anima dei nostri cari, in modo che potessero svincolarsi da questa vita terrena.

Io volevo che Poppy volasse libera. Meritava un posto tra le stelle, il cielo notturno reclamava la sua luce ultraterrena. Chiusi gli occhi e dentro di me dissi: *Grazie per avermi amato come mi hai amato tu. Grazie per avermi mostrato come si ama. Mi manchi. Da morire… Vola libera…*

Quando riaprii gli occhi, una lacrima mi rotolò sulla guancia. Feci scivolare il piattino con la candela sull'acqua e lo guardai allontanarsi. Tornai tra le braccia di Cael, il quale mi strinse talmente forte da togliermi il fiato. Il suo gesto mi aiutò a non crollare. Speravo solo di fare altrettanto per lui. Certe volte pensavo che se la stesse cavando bene, altre mi chiedevo cosa gli passasse per la testa.

Doveva solo continuare a provarci.

Mentre la nostra barca ondeggiava sull'acqua, ringraziai silenziosamente questa città per avermi permesso di affrontare la morte. Ma anche per avermi mostrato la sua bellezza. Non avrei mai creduto di poter arrivare a una simile consapevolezza, eppure, qui a Varanasi, era impossibile non arrivarci.

Mi godetti quegli ultimi scorci della città, riflettendo sul tempo che avevamo trascorso qui. Non vedevo l'ora di raccontare a Poppy tutte le cose che avevo visto e provato, quello che avevo condiviso con Cael. Questa città avrebbe rappresentato per sempre il posto che mi aveva fatto innamorare profondamente del ragazzo che in breve tempo era diventato tutto il mio mondo. Poppy avrebbe voluto questo per me. Ne sarebbe stata contenta.

E quel pensiero rese contenta anche me.

Non ero ancora guarita. Continuavo a soffrire, ma stavo per lasciare questa città, questo Stato, più leggera e forse con un po' più di speranza nel cuore. Appoggiai la testa al petto ampio di Cael e ripresi a osservare il rituale. Lui mi baciò sulla testa, io sorrisi.

Non ero ancora guarita, ma ero sicuramente molto innamorata.

18

Cuori infranti e spiriti affini

Filippine

«Tieni.» Savannah mi passò un altro chiodo. Lo presi e poi mi asciugai il sudore sulla fronte. Il trambusto dei martelli che battevano sul legno riecheggiava attorno a noi. L'aria era calda e umida, e il sole picchiava sopra le nostre teste.

Quella settimana ci trovavamo in una zona rurale delle Filippine. Era un posto magnifico. Con fitta vegetazione tropicale, sabbia bianchissima e mare cristallino. Sembrava un paradiso. Anche se il motivo per cui eravamo lì non era altrettanto idilliaco.

Mentre eravamo intenti a ricostruire case, nell'aria aleggiava una nota di tristezza che non ci abbandonava mai. Almeno secondo me e gran parte del gruppo.

Di solito Mia e Leo organizzavano i ritiri in un'altra parte delle Filippini, un posto dove le persone potevano andare per affrontare il proprio dolore. Cosa che presto avremmo dovuto fare anche noi.

Ma prima ci avevano portato in questo villaggio, che era stato distrutto diversi mesi prima da un uragano. Ci eravamo uniti a un'associazione benefica che ricostruiva le abitazioni abbattute e aiutava la popolazione che aveva perso tutto, inclusi i propri familiari.

«Un altro?» mi domandò Savannah, facendomi distogliere lo sguardo dalla scuola sulla collina poco più in alto. I volontari avevano da poco ripristinato la struttura. Per gran parte era frequentata da bambini che avevano perso i genitori o i fratelli – o comunque qualcuno di caro – e ogni volta che mi voltavo a guardarla, il cuore mi si riempiva di tristezza. Quei ragazzini erano molto più giovani di noi, e oltre a perdere i loro cari, avevano perso anche le loro case. Non esistevano più mezzi di sussistenza né l'acqua corrente, e i raccolti erano andati distrutti. Tutto questo mi permetteva di considerare la perdita da una prospettiva diversa.

Mi mostrava quanto potesse essere davvero devastante.

«Terapia dell'esposizione» dichiarò Savannah, seguendo la traiettoria del mio sguardo. Sospirai al suono di quella parola. Ogni volta che la sentivo mi venivano i brividi. Era diventata il filo conduttore di questa parte del viaggio. Dopo le Filippine, restava un ultimo posto da visitare. Al solo pensiero mi si gelò il sangue. Non volevo andarmene. Non volevo tornare a casa, non volevo riprendere in mano la mia vecchia vita.

Abbassai lo sguardo sulla biondina che ultimamente era sempre al mio fianco, la ragazza senza cui non ero in grado neanche di respirare. Non volevo separarmi da Savannah. A pensarci mi sentivo male.

«Terapia dell'esposizione» ripetei. Mia e Leo ci avevano detto che era arrivato il momento di affrontare ciò che era capitato ai nostri cari. I precedenti posti che avevamo visitato erano stati necessari per arrivare fino a qui, alla parte più difficile del processo di guarigione. Qui, nelle Filippine, avremmo affrontato in maniera diretta il dolore.

Il solo prendere in considerazione quell'eventualità mi faceva ribollire il sangue. Non avevo idea di cosa avessero in mente per noi durante questa tappa del viaggio. Per il momento, il nostro compito era chiaro: dovevamo aiutare persone come noi, in un altro luogo lontano. Un po' come in India, a Varanasi, dove eravamo stati circondati da persone che avevano perso qualcuno.

C'erano persone come noi ovunque.

Eppure l'idea di ciò che stavamo per affrontare mi rendeva nervoso.

«Mia e Leo vogliono che andiamo su alla scuola a giocare coi ragazzini, una volta finito qui» disse Savannah, distogliendomi dai miei pensieri.

Annuii distrattamente, non appena notai che stava aspettando una mia risposta. Poi mi si piazzò davanti e mi posò la mano sulla spalla nuda, la testa inclinata di lato. «Tutto bene? Sei distratto da quando siamo arrivati qui.» Savannah aveva lo sguardo preoccupato e prese a mordersi nervosamente il labbro.

Varanasi aveva fatto scattare qualcosa in me. Da quando avevamo lasciato l'India, non mi ero più sentito a mio agio. Non avevo idea del perché. Anzi, lo sapevo eccome. Là, avevo sperimentato la pace, come l'avevo sperimentata nel Distretto dei laghi in Inghilterra. Tuttavia, un gesto tanto semplice come sospingere la candela nel Gange in qualche modo mi aveva lasciato paralizzato. Vederla allontanarsi dalla sponda aveva lentamente fatto tornare sopra la mia testa i nuvoloni neri che spesso mi avevano sovrastato in passato. Avevo cercato di ignorarli con tutte le mie forze, eppure erano ancora là, sempre più vicini.

«Sto bene» risposi e vedi i suoi occhi rabbuiarsi. Aveva capito che le stavo mentendo, ma non sapevo cosa dirle. Ero depresso. Stanco. Vedere la candela allontanarsi… aveva fatto incrinare qualcosa dentro di me e non avevo idea di come spiegarglielo.

Savannah mi posò la mano sulla guancia. «Io sono qui per te. Sempre.» Annuii, cercando di mandare giù il nodo che mi ostruiva la gola. Annuii perché *sapevo* di poter contare su di lei. L'amavo moltissimo. E soprattutto sentivo ogni giorno l'amore che mi trasmetteva. «Con me puoi parlare di tutto» aggiunse.

Mi rivolse un sorriso triste, poi andò a prendere un'altra asse di legno e me la passò. «Eccone un'altra.» L'afferrai e mi asciugai subito una lacrima dalla guancia. Se lei se ne accorse, non me lo fece notare.

Il cortile era pieno di ragazzini che giocavano. Travis e Dylan si stavano divertendo con un gruppo di bambini di circa dieci anni. Savannah stava leggendo insieme a due ragazzine di sei. Lili stava disegnando sotto un albero con altri di otto anni, e Jade stava cantando filastrocche con i bimbi dell'asilo.

Io mi tenni in disparte. Non ero certo di quale fosse il mio posto. Leo mi vide dall'altro capo del cortile e mi venne incontro. Ero appoggiato a un albero, lo stomaco stretto in una morsa mentre osservavo quella scena idilliaca. Ero circondato da risate e felicità. Quei bambini avevano perso tutto, eppure sembravano aver trovato il modo di andare avanti.

Tutti eccetto uno. Un bambino sui nove o dieci anni che se ne stava seduto per conto proprio. Osservava gli altri con un'espressione quasi invidiosa. Mi sembrava di guardare il mio riflesso allo specchio. Stava chiaramente soffrendo e non sapeva come interagire.

«Suo fratello maggiore è morto» mi informò Leo e ogni muscolo del mio corpo si irrigidì. Presi a respirare affannosamente. «Lo ha salvato lui. Quando l'uragano si è abbattuto sul villaggio, ha portato in salvo Jacob – è così che si chiama quel bambino – senza però riuscire a salvare se stesso.»

Provai un senso di nausea, e mi sentii gelare il sangue.

Leo mi indicò Jacob con un cenno del capo. «Sa parlare inglese. Glielo insegnano a scuola.» I miei piedi rimasero ben piantati per terra. Percepii il peso dello sguardo di Savannah, la quale aveva sollevato la testa dal libro che stava leggendo. Non mi voltai a guardarla, rimasi concentrato su Jacob. Si vedeva la voglia che aveva di avvicinarsi agli altri bambini, però non osava farlo.

Sapevo esattamente cosa lui provasse in quel momento.

Ripensai al passato e mi tornò in mente quando Cillian mi portava sempre con sé, avevo più o meno l'età di Jacob. Mi chiesi se anche suo fratello fosse stato come il mio. Lui lo aveva salvato. Mi si contorse lo stomaco. Non potevo neanche immaginare quali sensi di colpa potesse provare Jacob. Mi salì un groppo in gola e mi si inumidirono gli occhi, perché sapevo che, se fossi stato in pericolo, anche Cillian mi avrebbe salvato. Se ci fossimo ritrovati in mezzo a quell'uragano, ero certo che Cillian mi avrebbe portato in salvo, anche a costo di sacrificare la propria vita.

Prima ancora di concludere quel pensiero, mi ritrovai ad attraversare il cortile per avvicinarmi alla panchina dove Jacob sedeva da solo. Il suo corpo si irrigidì quando presi posto accanto a lui. Poi mi misi a osservare il brulichio attorno a noi. Sorrisi non appena vidi un bimbetto che cercava di acchiappare Travis, il quale strillò giocosamente quando fu catturato; Travis se la cavava bene con i bambini.

Inspirai profondamente, dopodiché ruppi il ghiaccio: «Non giochi con gli altri?».

Jacob fece di no con la testa e si mise ad armeggiare con le mani, gli occhi bassi. Anch'io avevo chiuso il mondo fuori a quel modo, da un anno a questa parte? Era così che avevo trattato Stephan? I miei genitori? Savannah?

«Mi chiamo Cael» mi presentai. Il bambino mi diede una rapida occhiata, poi tornò a concentrarsi sulle proprie mani. Era agitato. Si intuiva benissimo. «Tu sei Jacob?»

Lui annuì, senza aggiungere altro. Detestavo tutto questo. Non il fatto che non parlasse, ovviamente, ma il fatto che un bambino così piccolo potesse aver perso il suo eroe e non sapesse come andare avanti.

Il cuore mi rimbalzò contro la gabbia toracica quando cercai di visualizzare Cillian. Quando cercai di ricordare il sorriso con cui mi guardava sempre. «*Puoi farcela, pivello.*» Riuscivo ancora a sentire la sua voce, come se fosse seduto anche lui su quella panchina, a indicarmi la strada da percorrere. Chiusi gli occhi e mi sentii accarezzare la faccia dalla brezza calda. «*Aiutalo*» ripeteva la sua voce dentro la mia testa. Mio fratello era fatto così. Era una brava persona.

Dio, quanto gli avevo voluto bene.

Lo visualizzai mentre mi metteva un braccio sulle spalle e mi portava a guardare le partite di football a scuola. «*Lui è il mio fratellino, Cael*» diceva a tutti. «*Sarà il prossimo Gretzky*» commentava. Ogni volta il cuore mi si riempiva di una luce paragonabile a quella del sole. Era orgoglioso di me. Anche poche settimane prima di morire, non smise mai di cantare le mie lodi…

«Ehi, Cael!» mi gridò ai piedi delle scale. «Andiamo!»

«Dove?» gli chiesi, prima di infilarmi la giacca e scendere di corsa.

«Andiamo a prendere qualcosa da mangiare» rispose e io lo seguii fino alla macchina.

Mi misi la cintura e lo guardai. Indossava la sua giacca marchiata Crimson Hockey e i pantaloni della tuta. A breve li indosserò anch'io, *pensai. Finalmente avremmo giocato nella stessa squadra.*

«Ti stai allenando per bene?» mi domandò.

Io annuii. Era vero. Stavo andando alla grande. Ultimamente, nessuno era in grado di battermi. Tutto il lavoro che avevo fatto mi stava ripagando.

«E tu?» gli chiesi.

«Non voglio parlare di me» rispose. «Voglio sapere tutto quello che riguarda il mio fratellino e il successo travolgente che sta per ottenere nel mondo dell'hockey.» A quelle parole, scoppiammo entrambi a ridere. «Lo sai, vero?» mi disse. «I miei compagni di squadra stanno già facendo il conto alla rovescia per il tuo arrivo.»

Imboccammo il drive-through e Cillian ordinò due hamburger e delle patatine fritte. In piena stagione agonistica non avremmo dovuto mangiare quella merda, ma non avevo intenzione di fare il guastafeste.

Dopodiché mio fratello parcheggiò. Mi sembrò un po' assente, lo sguardo perso oltre il parabrezza. «Cill?» lo chiamai, agitandogli la mano davanti alla faccia.

Lui batté le palpebre, scosse la testa e si stampò in volto il suo solito sorriso spensierato. «Scusami, pivello, mi sono distratto un attimo.»

Mi misi a ridere, mentre lui mi passava l'hamburger e le patatine. «I tuoi voti sono buoni, vero?» si informò. Annuii con il capo. «L'allenatore è contento di come stai giocando?»

«Sì» replicai, prima di addentare il panino. Cillian tornava spesso a casa a trovarci, visto che non era troppo distante. Ma ultimamente lo faceva con più frequenza. Trascorreva più tempo con me. Si assicurava che fossi sulla strada giusta per il college.

«Bene.» Cillian smise di parlare, poi si portò la mano alla nuca e si voltò a guardarmi. Sembrava di nuovo immerso nei suoi pensieri, dopodiché disse: «Lo so che diventerai qualcuno». Mi gonfiai d'orgoglio. «Qualcuno di straordinario.»

«Anche tu» replicai. Era questo il nostro piano. E avremmo raggiunto l'apice insieme. Cill sorrise, ma non mi sembrò molto convinto. Non rispose alla mia osservazione. Corrugai la fronte perplesso, poi lui proseguì: «Hai visto l'ultima partita dei Bruins?». Fece una risata. «Uno shutout totale!»

Io e Cillian trascorremmo insieme qualche ora, poi mi riportò a casa. «Ci vediamo alla tua prossima partita» lo salutai, ma il suo sorriso vacillò.

«Puoi contarci» replicò lui. Scesi dall'auto e mi abbassai fino al finestrino del passeggero. «Ti voglio bene, pivello» mi salutò Cillian. «Ricordatelo sempre.»

«Ti voglio bene anch'io» ribattei, facendogli ciao con la mano. Odiavo quando doveva tornare al college, ma lo avrei rivisto nel giro di poche settimane. E dopo, in men che non si dica, lo avrei visto tutti i giorni. Avremmo giocato insieme nella squadra di Harvard. Tutti i nostri sogni si sarebbero finalmente realizzati…

Battei le palpebre per la luce accecante del sole, che mi riportò al presente. Avevo ripensato svariate volte a quella sera. Perché, col senno di poi, vi avevo riconosciuto dei segnali che qualcosa in Cill non andasse.

Feci un lungo sospiro, tremante. Ormai non ero più sopraffatto dalla collera quando pensavo a mio fratello. Adesso provavo semplicemente un profondo dolore nel petto che non mi abbandonava mai. Guardai Jacob, che armeggiava ancora nervosamente con le mani. Poi mi ritrovai a parlare e stentai a credere alle mie stesse parole: «Anche io avevo un fratello maggiore. Si chiamava Cillian». Pronunciai il suo nome con voce rauca e stanca, ma le parole mi uscivano liberamente dalla bocca e questo poteva già essere considerato un miracolo.

Con la coda dell'occhio, notai che le mani di Jacob si erano fermate. «Lui era il mio migliore amico» aggiunsi, poi mi voltai verso Savannah, la quale stava facendo la coda a una bambina. Vederla impegnata in quel modo mi fece sorridere. Il suo desiderio era lavorare con i bambini, ma aveva paura di non esserne all'altezza. Invece lo era. Era perfetta. Sentendosi il mio sguardo addosso, lei sollevò il suo. Arrossì, poi mi premiò con un ampio sorriso.

La morsa dentro al mio petto si allentò leggermente. Mi voltai di nuovo verso Jacob e ci guardammo negli occhi. Stavolta lui non distolse lo sguardo. Mi schiarii la gola e proseguii: «Lui...». Diedi un colpo di tosse. «È morto non molto tempo fa.»

Lo sguardo del bambino si addolcì un po'. In quel momento, dovette capire che eravamo sulla stessa barca. Entrambi segnati dalla perdita di un fratello. Jacob si mosse sulla panchina e mi domandò: «Anche tuo fratello ti ha salvato?».

Mi sentii pungere gli occhi dalle lacrime. Serrai la mascella e battei rapidamente le palpebre per evitare di mettermi a piangere. Quella domanda mi lasciò senza fiato. Ma quando ripensai a Cillian, la mia mente fu inondata da una carrellata di ricordi: le nostre risate, i momenti divertenti passati insieme, le interminabili ore trascorse allo stagno ghiacciato, i compleanni, le vacanze... il viaggio in Messico, dove avevamo passato tutto il tempo a ridere. Ripensai a tutte le volte in cui avevo giocato male e lui mi aveva abbracciato e baciato sulla testa, rassicurandomi del fatto che andava tutto bene, che non dovevo pensarci e che dovevo solo concentrarmi.

Dovevo andare avanti...

«Sì» risposi con un filo di voce. «Anche lui... mi ha salvato.» Ed era vero. Lo aveva fatto in ogni modo possibile. Fino all'ultimo, era stato il miglior fratello maggiore che si potesse desiderare.

Si udì uno stridio di risate e Jacob si voltò verso il cortile brulicante di bambini. «Manca anche a te?» mi domandò, tornando a guardarmi, con occhi grandi e tristi.

«Ogni istante della giornata» mormorai.

«Mi stava insegnando a giocare a… a calcio» spiegò. «Daniel, mio fratello. Aveva iniziato a insegnarmi, poco prima che…»

In fondo al cortile, notai il capanno dell'attrezzatura sportiva. «Ti va di giocare adesso?»

Jacob seguì la traiettoria del mio sguardo. «Tu giochi a calcio?» mi domandò.

Feci un sorriso. «Me la *cavo*» buttai lì. «Io gioco a hockey.»

Jacob abbozzò un timido sorriso. «Quello sul ghiaccio?»

«Sì, quello.»

«Qua non abbiamo molto ghiaccio» commentò, ma poi si alzò in piedi e si incamminò verso il capanno. Io lo seguii. Quando il ragazzino aprì la porta, io rimasi di sasso. Davanti ai miei occhi si palesarono un mucchio di mazze da hockey e un secchio pieno di dischetti.

«Una volta è venuto qui un tipo del Canada. Anche a lui piaceva giocare a hockey sul ghiaccio e ha realizzato quelle mazze con del legno avanzato» mi spiegò. Chinò il capo. «Ha insegnato a qualcuno dei miei compagni a giocare sul terreno. Avrei voluto provarci anch'io, ma…»

Non era riuscito a unirsi al gruppo. Lo capivo benissimo.

Le mazze addossate alla parete del capannone a prendere polvere praticamente luccicavano. La mano mi formicolava, per tanto desiderava stringerne una. La mia mente fu inondata di ricordi. Di Cillian che mi insegnava a giocare. Che mi insegnava a impugnare la mazza…

«Una mano sopra» ordinò. La mazza sembrava enorme nelle mie mani, ma Cill aveva iniziato da poco a praticare l'hockey e io volevo imitarlo. «Ora metti l'altra qui sotto.» Mi indicò il punto spostando la mia mano più in basso lungo la mazza. «Come la senti?» mi domandò, prima di piazzarsi davanti a me. Poi mi afferrò la spalla e mi diede una strizzata. Era orgoglioso.

«Bene» risposi, con un sorriso talmente enorme che mi dolevano le guance. «È una sensazione fantastica.»

Mi addentrai nel capanno e liberai una mazza dalle ragnatele. Vi passai la mano sulla superficie liscia e la impugnai. Era una *bella* sensazione. Chiusi gli occhi e mi godetti quel momento di pace. Era da tantissimo tempo che non stringevo una mazza da hockey, senza lanciarla e mandarla in frantumi. Pensai a Cillian. Per un attimo, mi sembrò quasi di sentire la sua mano sulla spalla, ancora una volta orgoglioso di me.

Quando riaprii gli occhi, mi voltai verso Jacob. «Ti piacerebbe imparare a impugnarla?»

A Jacob si illuminarono gli occhi. Gli porsi il bastone e mi piegai davanti a lui. Era piccolo, ma in quel momento scorsi una nuova luce nel suo sguardo. «Metti una mano qua in cima» gli indicai, ricordando gli insegnamenti di mio fratello di tanti anni prima. «E l'altra qua» lo esortai con la voce rotta. «Come la senti?» gli domandai, cercando di restare nel presente e di non lasciarmi piegare dall'emozione.

«Bene» ribatté lui e io sentii l'aria intorno a noi fremere. Sembrava che Cillian fosse qui con me. Volevo credere con tutto me stesso che lo fosse.

«Ottimo.» Gli scompigliai i capelli, poi presi il secchio con i dischetti e la rete che era stata costruita alla bell'e meglio. Sistemai il tutto e aiutai il bambino a manovrare la mazza, a controllarla e a spingere il dischetto in porta. Non avevamo il ghiaccio, perciò non era proprio la stessa cosa che giocare su una pista, ma era comunque qualcosa.

A un certo punto, quando Jacob mise il dischetto in rete e sollevò le braccia in aria con fare esultante, mi resi conto che tutti si erano fermati a osservarci. Dylan raggiunse il capanno e, voltandosi verso di me come per chiedermi il permesso, tirò fuori tutte le altre mazze. Dopodiché le distribuì agli altri bambini, i quali attesero col fiato sospeso le mie indicazioni. Con la coda dell'occhio, notai che Savannah mi stava osservando con gli occhi lucidi.

«Pesca» la chiamai, gesticolando con la mano. «Vieni qui.» Con le guance in fiamme, poiché detestava stare al centro dell'attenzione, si incamminò verso di me. Presi una mazza dalle mani di Dylan e mi posizionai dietro di lei. Poi, servendomi di Savannah, mostrai ai bambini come impugnare il bastone. Con il petto attaccato alla sua schiena, spostai le sue mani sulla superficie di legno, rubandole qualche bacio sulla guancia ogni volta che i bambini si distraevano.

Alla fine i ragazzini iniziarono a giocare, monitorati dal resto del gruppo, e Savannah mi posò una mano sul braccio.

«Come va?» mi domandò. «Deve essere dura per te.»

«Sì» replicai, consapevole dell'emozione che trapelava dalla mia voce. «Però è anche una bella sensazione.» Strinsi con più forza la mazza. Aprii la bocca per aggiungere altro, ma mi bloccai.

«Cosa?» mi esortò, impedendo che mi chiudessi a riccio.

«È come se...» Feci un respiro profondo. «È come se lui fosse con me. Proprio adesso.» Mantenni lo sguardo basso, sentendomi uno stupido. Lei mi posò una mano sulla guancia e mi sollevò il volto finché i nostri occhi non si allinearono.

«E allora lo è davvero. Lui è qui» affermò con convinzione. «Ci credo con tutta me stessa. Facciamo tutti parte di questo mondo, con la nostra energia. Quando moriamo, l'energia resta.» Alzò le spalle. «Credo sia per questo che li sentiamo sempre vicini. Magari la loro energia rimane attorno a noi e ci ricorda di loro.»

Mi strinsi Savannah al petto e la circondai con le braccia, tenendola il più possibile vicina a me.

Qualcuno alle mie spalle si schiarì la gola. Mi staccai da lei e vidi Leo con una mazza da hockey in mano. «Non avrò un passato sportivo come qualcuno qui presente, ma me la cavo abbastanza... se ti va.» Savannah rise e io non potei fare a meno di abbozzare un sorriso.

«Sei sicuro di non essere troppo vecchio?» scherzai. Sentii il mio corpo attraversato da un'insolita leggerezza.

Leo mi puntò contro l'estremità della mazza. «Ti assicuro che non ci andrò per niente piano con te.»

«Fate largo!» gridò Travis, dopo aver origliato la nostra conversazione. Posizionò le due porte e piazzò il dischetto al centro. Io mi portai in mezzo al campo per cominciare la partita. Diedi un'occhiata a Savannah, che ora si era spostata di lato. Aveva una mano sul cuore e le lacrime agli occhi.

Era la perfezione.

Leo sfoggiò un sorriso determinato, dopodiché Travis suonò il fischietto che aveva trovato nel capanno e la partita ebbe inizio. Per i successivi venti minuti, con il sudore che mi colava sulla faccia e sulla schiena, corsi avanti e indietro per il campo insieme a Leo, lanciando il dischetto in rete per così tante volte che persi il conto. Mi mancava la sensazione dei pattini ai piedi e del freddo sulla pelle, tuttavia mi sentii più me stesso in quel frangente di quanto non mi fossi sentito nell'ultimo anno.

Leo si gettò a terra, in un gesto di resa, ma io non mi fermai. Anche quando i bambini tornarono in classe, rimasi in cortile ad allenarmi fino a esaurire le energie, rischiando di prendermi un'insolazione.

Savannah e il resto del gruppo restarono a guardarmi. Ero certo che avessero intuito quanto fosse importante quel momento per me. Non mi dispiaceva avere un pubblico. Ero talmente concentrato che lì c'eravamo solo io e la mazza da hockey.

Mi era mancata. Mi era mancato tutto *questo*.

Quando i bambini corsero fuori da scuola per tornare a casa, Jacob venne subito da me. Si vedeva che era ancora nervoso. «Tornerai?»

«Che ne dici di domani?» ribattei, strappandogli un sorriso. Poi raggiunse una donna che immaginai fosse sua madre. La signora mi salutò con la mano. Mi ricordava mia mamma. Lei veniva dappertutto per assistere alle nostre partite. Era straordinaria e mi mancava. Anche papà mi mancava. I miei genitori avevano sempre voluto il meglio per me. Adesso li sentivo tutti i giorni via messaggi. Mi ero aperto un po' di più con loro. E pian piano il nostro rapporto migliorava.

Qualcuno mi posò una mano sulla schiena. Savannah. «Sei pronto?» mi domandò. Annuii con il capo, un po' stordito dalla giornata. Mi aiutò a riporre l'attrezzatura da hockey, dopodiché mi prese per mano.

Invece di accompagnarla ai bungalow dove alloggiavamo, la condussi in spiaggia. Il sole era basso ormai, e il caldo era un po' calato, cedendo il posto a una brezza mite.

Lasciai andare la sua mano e mi incamminai verso il mare, per poi piegarmi in avanti e immergere la testa nell'acqua calma. Mi lavai via il sudore dal corpo e dai capelli e quando mi tirai su Savannah era a riva, con l'acqua che le arrivava alle caviglie.

Aveva la testa piegata all'indietro e si godeva gli ultimi raggi di sole, come era solita fare. Senza che se ne accorgesse, mi avvicinai di soppiatto. Giocare a hockey aveva alleggerito il mio cuore. Ricordare i momenti belli passati con Cillian aveva fatto diradare un po' le tenebre che tormentavano la mia anima.

Ero a pochi centimetri da lei, adesso. Solo quando le cinsi la vita e la trascinai in acqua, Savannah abbassò di colpo lo sguardo. La tenni stretta a me mentre ci immergevamo e poi riemergevamo.

«Cael!» strillò lei, buttandomi le braccia al collo. Fece un respiro profondo e si asciugò la faccia con la mano. Non potei fare a meno di scoppiare a ridere. Risi dal profondo del mio cuore. Lei mi imitò e si fermò solo quando mi posò una mano sulla guancia, con un enorme sorriso sulle labbra e le fossette in bella vista...

«Adoro quando ridi» confessò, mentre galleggiavamo nell'acqua calda. «E oggi mi è piaciuto molto vederti giocare.» Mi scostò i capelli dalla faccia e mi sfiorò naso e labbra con la punta del dito. «Sei fantastico, Cael.» Poi tornò seria e aggiunse: «Spero di vederti giocare in pista, un giorno».

La risata mi morì in gola, ma non ero né triste né arrabbiato. Semplicemente non sapevo cosa risponderle. «Ho detto qualcosa che non dovevo?» mi domandò preoccupata, rendendo ancora più distinguibile il suo accento. Sarei stato ad ascoltare la sua voce tutto il giorno.

«No» la rassicurai e catturai una goccia d'acqua sul suo collo. Il mio gesto la fece arrossire sotto le mille lentiggini che il sole aveva tirato fuori. Poi mi accarezzò i capelli. Il suo tocco mi faceva sempre sentire bene.

«Credo... di voler tornare a giocare» ammisi. Sbuffai una risata priva di divertimento. «Ma non so se sia troppo tardi. Me ne sono andato dalla squadra e non ho mai contattato Harvard. Mi sono semplicemente rifiutato di andare.» Incrociai i suoi occhi azzurri che facevano pendant con il mare. «Naturalmente i miei hanno spiegato tutto all'allenatore, però...» Sospirai. «Mi sono comportato in modo poco professionale.»

«Ma tu stavi – *stai* – soffrendo. Chi non capisce questo non merita il tuo tempo. Per la squadra di Harvard sarebbe una fortuna averti il prossimo anno. Tu sei incredibile.»

Sorrisi per l'intensità della sua voce, dopodiché sospirai di nuovo. «Ci sto ancora lavorando sull'hockey. Mi serve un po' più di tempo.»

«D'accordo» rispose semplicemente. Non riuscii a evitare di baciarla, bella com'era in quel frangente. Quando mi staccai dalle sue labbra, lei mi chiese: «Che numero hai sulla maglietta?».

«Ottantasette» risposi. Poi le accarezzai la schiena. «Cillian portava il numero trentatré.»

Savannah sorrise, probabilmente perché le avevo appena rivelato un altro dettaglio su mio fratello. La baciai di nuovo. «Sei andata alla grande con quei ragazzini, oggi.»

Sospirò. «Tu dici?»

«È *così*» replicai. «Sei preoccupata per questa parte del viaggio?»

«Sì» rispose onestamente. Il sole rifletteva sulla superficie dell'acqua, facendole scintillare gli occhi e i capelli bagnati. Sembrava un angelo. «So per certo che qualsiasi cosa Leo e Mia abbiano pianificato per noi sarà doloroso. Tremendamente doloroso.»

Mi sentii attanagliare lo stomaco da una fitta di apprensione. Aveva ragione. Sapevamo che le settimane a venire sarebbero state toste. Ma eravamo arrivati fin lì e volevo andare avanti. Strinsi con forza Savannah tra le mie braccia. «Per il momento, godiamoci questo posto.»

Savannah premette la fronte alla mia. «A me basta stare con te.»

Lo stesso valeva per me.

19

Storie strazianti e rabbia sopita

Qualche settimana dopo
Ritiro nelle Filippine

Mi arrestai di colpo quando Leo mi guidò davanti a una porta chiusa. Mi si gelò il sangue nelle vene nel momento in cui lessi la targhetta. Eravamo arrivati gradualmente fino a quel punto, dunque. Colloquio dopo colloquio. Seduta di gruppo dopo seduta di gruppo. Le avevamo provate tutte. Era stata dura, intensa. Ne ero sempre uscito distrutto, stanco, emotivamente provato.

E questo sarebbe stato il giorno in cui avrei affrontato ciò che era successo a Cillian. Il giorno in cui avrei affrontato direttamente il gesto che aveva compiuto mio fratello.

Mi vergognavo un po' a dirlo, ma ero completamente terrorizzato.

Leo mi posò la mano sulla schiena. «Non ti avrei portato qui se non ti avessi ritenuto pronto» commentò, poi si portò la mano al petto. «Ci sono passato anch'io. E anche se fa male, terribilmente male, *aiuta.*»

Mi fidavo di Leo. Più trascorrevo tempo con lui e Mia, più mi fidavo di loro. In più, Leo aveva provato sulla propria pelle ciò che era capitato a me. Faceva quel lavoro da tutta la vita. Se volevo stare meglio, dovevo continuare a fidarmi ciecamente di lui.

Il periodo che avevamo passato a ricostruire abitazioni era stato intenso. Avevo promesso a Jacob che sarei rimasto in contatto con lui tramite e-mail e posta tradizionale. Ma fare qualcosa di concreto, come costruire case e rifugi, era stato appagante. Era l'aspetto emotivo a darmi più filo da torcere.

Savannah aveva iniziato la terapia dell'esposizione da un paio di giorni. Aveva trascorso del tempo con dei dottori e aveva ascoltato come curavano le persone, soprattutto quelle malate di cancro. Potevo affermare che si era impegnata e aveva assorbito tutto quanto da perfetta studentessa quale era, ma la verità era che avevo visto quanta sofferenza le avesse comportato quell'esperienza, lo stress che aveva aggiunto a quello già presente per la perdita di Poppy. Nel giro di pochissimo, si sarebbe ritrovata a fare esperienza nel reparto di oncologia pediatrica dell'ospedale. Un'esposizione vera e propria. Ero così preoccupato per lei. Aveva fatto così tanti passi avanti e adesso temevo che sarebbe regredita.

Temevo che la stessa cosa potesse succedere anche a me.

«Pronto?» si accertò Leo.

No, avrei voluto rispondergli. *Non penso che lo sarò mai*. Invece annuii. Dovevo fare questa cosa. Dovevo lottare per il mio futuro. Ero arrivato fin qui per questo. L'associazione di Leo e Mia organizzava diversi ritiri in giro per il mondo. Di solito sceglievano posti che permettevano alle persone di allontanarsi dagli Stati Uniti e ottenere un aiuto professionale per affrontare qualsiasi problema desiderassero risolvere. Leo e Mia erano specializzati nel dolore, ma potevano contare sulla professionalità di psicologi in grado di trattare un numero infinito di problematiche.

Entrammo nella stanza e subito mi balzò all'occhio un gruppo di sedie disposte a cerchio, su cui erano seduti alcuni uomini. Leo mi aveva spiegato che le persone che partecipavano a questa parte del ritiro avevano cercato di togliersi la vita. Per varie ragioni, si trovavano ancora qui. Qualcuno tra gli uomini mi osservò. In quell'istante mi sembrò di scorgere in loro lo stesso sguardo di Cillian. La cosa mi sconvolse talmente tanto che mi sentii mancare l'aria.

«Leo!» Un uomo gli andrò incontro per stringergli la mano. Poi si rivolse a me. «E tu devi essere Cael.» Strinse la mano anche a me. Io sembravo un automa. Pietrificato dalla paura. «Sono Simon. Sono lo psicologo di questo gruppo.» Indicò Leo con un cenno della testa. «Tecnicamente, lui è il mio capo» cercò di scherzare, sorridendomi per mettermi a mio agio, ma io non riuscivo a muovermi. Non riuscivo a notare altro che gli altri uomini intenti a guardarmi. Quelle persone avevano cercato di mettere fine alla propria vita e non ci erano riusciti.

Perché non era sopravvissuto anche Cillian?

Nello stato catatonico in cui versavo, Leo mi guidò verso il gruppo. Mi misi seduto e accettai la bottiglia d'acqua che mi veniva offerta, però mi limitai a tenerla in mano. Leo si sedette accanto a me, per un supporto silenzioso. Avevo la gola asciutta e ostruita, e il cuore mi batteva all'impazzata. Alternai lo sguardo da una faccia all'altra, chiedendomi come avessero cercato di uccidersi, ma soprattutto quale motivo li avesse spinti a compiere quel gesto. Avevano una famiglia? Avevano dei fratelli minori che avrebbero potuto lasciarsi alle spalle?

«Cael, ho parlato con il gruppo, avvertendoli che saresti venuto a trovarci.» Avevo gli occhi sgranati e la fronte imperlata di sudore. «Tutti loro desiderano condividere la propria storia con te. Per aiutarti a capire.»

Avevo l'affanno. Tanto che Leo mi si avvicinò all'orecchio: «Respira come ti abbiamo insegnato, Cael. Puoi farcela». Pensai a Savannah. Alla pratica di respirazione che facevamo insieme: inspirare per otto secondi, trattenere l'aria per quattro, buttarla fuori per otto. La immaginai qui, a contare insieme a me. Poi, a uno a uno, ciascun uomo prese a raccontare la propria storia. Una più straziante dell'altra. Li ascoltai con molta attenzione.

«...poi mi sono svegliato» raccontò Richard, uno dei pazienti. Eravamo tutti in silenzio ad ascoltare la sua voce. Si passò la mano sulla faccia, come se parlare della sua esperienza gliela stesse facendo rivivere, lo stesse catapultando indietro nel tempo. «Mi sono reso conto che non ero morto, e che mi trovavo in ospedale. I miei genitori erano al mio capezzale e mi stringevano fortissimo le mani. Li avevo terrorizzati a morte.» Visualizzai la scena e mi sentii stritolare i polmoni. Richard alzò la testa e mi guardò dritto negli occhi. «Non avevano la minima idea di quanto stessi male... non glielo avevo mai confidato. Ero diventato un maestro a mascherare tutto.» Gran parte dei presenti annuì con il capo, rispecchiandosi nelle sue parole. «*Volevo* andarmene. Non era stato un grido d'aiuto. All'inizio, ero furioso che non avesse funzionato. Ma...» L'uomo sospirò e notai che la sua espressione si rilassò leggermente. «Ma poi mi hanno aiutato e ora sono grato di essere qui. Dico davvero.»

Ero felice per Richard. Ero felicissimo che gli fosse stata concessa una seconda possibilità. Solo che non riuscivo a smettere di pensare a Cillian.

Di pensare che se fossi stato in grado di effettuare un massaggio cardiaco magari avrei *potuto* salvarlo. Avrei potuto riportarlo indietro e lui avrebbe potuto farsi aiutare come Richard e il resto di questo gruppo.

Via via che gli uomini condividevano a turno la propria storia, una completamente diversa dall'altra, notai un particolare che le accomunava tutte. La depressione invalidante di cui avevano sofferto. Quel disturbo ossessivo che faceva credere a una persona che non valeva più la pena vivere e che la morte fosse l'unica via d'uscita.

Ero certo che anche Cillian aveva passato tutto questo. Il biglietto nel mio portafoglio me lo confermava. E adesso sapevo che molte altre persone soffrivano da sole, in silenzio. Eppure, per quanto me ne vergognassi, la rabbia che avevo sempre provato verso Cillian era ancora presente. Ero riuscito a domare i miei accessi d'ira, evitando che la collera avesse il controllo sulla mia vita, ma quando pensavo a come mi sentivo nei confronti di mio fratello, non riuscivo a liberarmene. Ero così *incazzato* con lui. Rimasi ad ascoltare tutte le storie per non essere scortese verso quelle persone che si stavano aprendo con me, però non appena l'ultimo uomo terminò di parlare, mi alzai dalla sedia e uscii dalla stanza.

Avevo bisogno di respirare. Di muovermi. Perché Cillian avrebbe potuto confidarsi con me. Avrebbe *dovuto* farlo. Eravamo così uniti.

Perché non me lo aveva semplicemente detto?

«Cael?» Simon, lo psicologo, mi venne incontro. Stavo passeggiando avanti e indietro sul prato all'esterno della saletta, e scorsi Leo sulla soglia, intento a osservarci.

«Non riesco» annunciai a denti stretti. «Non riesco a parlarne.»

Simon si sedette sulla panchina vicina. «Vuoi sederti?»

No, non volevo. Mi sentivo caricato a molla. Avevo bisogno di correre, di prendere e scappare. Avevo ricominciato a correre tutti i giorni, e piano piano stavo tornando in forma. Mi aiutava. Ma in quel momento non ero sicuro che correre un milione di maratone mi avrebbe aiutato a sedare l'inferno che sentivo dentro di me. Non volevo più provare rabbia. Non potevo più tornare a essere la persona che ero stata da un anno a questa parte.

«Ti prego» mi implorò. Leo tornò nella saletta. Immaginai che neanche lui avrebbe voluto affrontarmi, in quel momento. Simon attese qualche minuto, alla fine presi posto accanto a lui. Le gambe mi fremevano, ma feci come mi aveva chiesto. Una volta seduto, mi misi a guardare le palme e il sole accecante davanti a me. Fuori faceva un caldo bestiale, eppure dentro di me imperversava l'inverno.

«Non ti ho ancora raccontato la mia storia» mi disse. Le sue parole mi lasciarono di stucco, ma non lo diedi a vedere. «Io non ho cercato di togliermi la vita.» Mi concentrai sulla respirazione. Rispettavo molto quegli uomini che avevano raccontato la propria esperienza, della depressione che li aveva privati di tutto al punto da desiderare la morte, però ancora non riuscivo a comprendere perché mio fratello non si fosse confidato con me. Eravamo unitissimi. Ci raccontavamo tutto.

«Quando avevo diciotto anni, mio fratello si è tolto la vita» mi informò Simon, lasciandomi di sasso. Mi sentivo martellare il petto. Lentamente, mi voltai verso di lui. Stava fissando le nuvole, ma non appena si sentì il mio sguardo addosso si girò. Scorsi ancora una certa tristezza nei suoi occhi.

«Io ero come te. Arrabbiato. Eravamo affiatati, io e mio fratello. Thomas.» Sorrise. «Facevamo qualsiasi cosa insieme. Io ero più piccolo di lui, come te con Cillian.» Simon si sporse in avanti e appoggiò i gomiti sulle ginocchia. «E proprio come è successo a te, lui non mi ha mai raccontato come si sentisse prima di lasciarci. Ero furioso. Ero arrivato a provare talmente tanta rabbia da sentirmi consumare dall'interno, come se fossi affetto da una malattia. Poi uno psicologo mi ha rivolto una domanda che ha cambiato completamente il mio modo di vedere le cose.»

«Cioè?» gli domandai, la voce roca, venata di disperazione. Ero disposto a tutto pur di liberarmi per sempre della rabbia. Ero disposto a provarle tutte pur di imparare a vedere in modo diverso il gesto di Cillian. Gli avevo voluto bene. Avevo solo bisogno di *capire*.

Simon appoggiò di nuovo la schiena alla panchina e mi guardò. «Sappiamo benissimo che la depressione è un disturbo dell'umore grave e dannoso. Ma il problema è che molte persone non pensano a quanto può essere debilitante.» Mi sentii travolgere dal senso di colpa.

Simon sospirò. «Lascia che ti faccia una domanda, Cael.» Pendevo dalle sue labbra. «Se Cillian fosse stato affetto da una malattia terminale, se avesse dovuto lottare a lungo con quella malattia, ad esempio il cancro, saresti stato furioso con lui per il fatto di essere morto?»

Il solo immaginare Cillian morire in quel modo mi fece venire la nausea. «Certo che no» replicai con veemenza. «Chi si comporterebbe così?»

«Vedi, Cael» riprese con cautela. «Per alcuni, è talmente difficile convivere con la depressione da ritenerla al pari di una malattia terminale.» Mentre parlava, l'incendio che divampava dentro di me diventava sempre più debole, perdeva forza.

Col passare dei secondi, mentre ripensavo alle parole di Simon, il muro che proteggeva il mio cuore iniziò a sgretolarsi, lasciandolo esposto in tutta la sua fragilità e tristezza. *Per alcuni, è talmente difficile convivere con la depressione da ritenerla al pari di una malattia terminale…*

«La depressione è un disturbo che prosciuga tutta la gioia e la luce, finché non resta altro che la tristezza e la disperazione. Così come il cancro debilita il corpo, la depressione debilita la mente, l'anima e lo spirito. È un assassino silenzioso che ti priva gradualmente della vita, attimo dopo attimo, esaurendo tutta la luce dell'anima.» Simon mi posò una mano sulla schiena. «Comprendere questo può aiutarti a estinguere la rabbia che provi nei confronti di Cillian per averti lasciato. E magari a intraprendere il percorso del perdono, o a piangere tuo fratello senza la necessità di giudicarlo. Può aiutarti a capire perché abbia compiuto quel gesto e che non avresti potuto fare niente per impedirglielo… alla fine nessuno avrebbe potuto impedirglielo.»

Cillian… No…

Mi piegai in avanti e lasciai esaurire completamente le fiamme dentro di me, fino a sentirmi lacerato, esposto e in preda ai sensi di colpa. E con ciò arrivarono anche le lacrime. Presero a sgorgare talmente veloci e libere da compromettere il respiro e la vista. Cillian era malato. Non era sua intenzione lasciarci, lasciare me, ma la sua malattia lo avevo strappato alla vita. Proprio come Poppy era stata portata via da Savannah. Non aveva potuto farci nulla… mio fratello non aveva potuto farci nulla.

«Ora torniamo in camera, ragazzo» si intromise Leo con una voce calma, interrompendo il mio crollo emotivo. Quando sollevai lo sguardo, il sole era sparito lasciando il posto alla luna, e le stelle cominciavano a fare capolino a milioni nel cielo scuro. Simon era ancora accanto a me. Mi era rimasto vicino per tutto il tempo.

Dovevamo trovarci lì da ore ormai, come sospesi nel tempo, con questa nuova prospettiva.

Leo mi prese a braccetto e mi issò dalla panchina. Mi sentivo debole, e temevo che le mie gambe potessero cedere in qualsiasi momento. Il biasimo era sparito, ed era come se avessi perso di nuovo mio fratello.

«L'ho stretto tra le mie braccia» mormorai a Leo, appoggiandomi a lui, aggrappandomi forte alle sue braccia.

«Lo so, ragazzo. Lo so.»

«Lui non tornerà» proseguii, un gemito di una potenza brutale e dolorosa mi esplose dal petto. Fui travolto dalle emozioni. La tristezza era montata come una valanga e ora era inarrestabile.

«Cael?» Una voce che avrei riconosciuto a chilometri di distanza irruppe nella nebbia del mio dolore. Sollevai lo sguardo e attraverso gli occhi gonfi scorsi Savannah che mi correva incontro, seguita da Mia.

«Savannah...» mormorai mentre lei mi circondava con le braccia. L'avevo forse chiamata? Non ricordavo.

Ero troppo pesante per lei da sorreggere, quindi cademmo entrambi in ginocchio sull'erba e ci arrendemmo completamente alla mia tristezza. «Non è stata colpa sua» annunciai con un filo di voce, stringendola al petto. Il suo profumo di mandorla e ciliegia mi avvolse e mi sentii al sicuro nella bolla che ci eravamo creati. «Non è stata colpa sua, Pesca. Era malato. Era malato e non riusciva più a lottare...» Crollai e nascosi la faccia nell'incavo del suo collo. Ero consapevole che Mia e Leo fossero lì vicino, intenti a tenerci d'occhio, nel caso ce ne fosse stato bisogno.

«Lui era malato, tesoro» ripeté Savannah, accarezzandomi la schiena. «Era una bravissima persona e ti voleva un sacco di bene. Non ti avrebbe lasciato, se avesse potuto evitarlo. Io non lo conoscevo, ma questo lo so per certo.» Strinsi con forza la maglietta di Savannah e cercai di tenere duro, mentre il mio corpo riversava a terra mesi e mesi di rabbia, sensi di colpa, vergogna e dolore.

Dopo un po', Leo e Mia mi aiutarono a tornare nella mia stanza. Mi distesi sul letto, esausto, talmente lacerato da sentirmi ricoperto di ferite aperte. Savannah si sedette al mio fianco e Leo all'altro.

Visualizzai Cillian tra le mie braccia, esanime. Non era stata colpa sua... non aveva nessuna colpa. Quello da incolpare ero *io*. *Io* ero stato un cattivo fratello.

Cercai di mettere a fuoco la stanza, e mi sembrava di vedere tutto diversamente, adesso. Savannah si avvicinò a me e io mi rannicchiai vicino al suo grembo, stringendo le braccia attorno ai suoi fianchi. Volevo assicurarmi che almeno lei non mi lasciasse. La sentii piangere. Non mi ero mai sentito tanto grato per l'amore e il sostegno di una persona come in quel momento.

«Vi lascio qualche istante da soli» intervenne Leo, rivolgendosi chiaramente a Savannah. «Torno tra poco. Chiamami, se necessario.»

«Grazie» rispose lei con un filo di voce. Leo uscì dalla stanza e io mi aggrappai con ancora più forza a lei.

Respirare mi squarciava il petto e mi sembrava di avere gli arti di piombo. Sollevai lo sguardo e incrociai i suoi tristi occhi azzurri. «Ti amo, Pesca» gracchiai. «Mi… mi dispiace tanto…» Provavo un enorme senso di colpa per aver scaricato su di lei tutta la mia sofferenza.

Savannah si distese accanto a me. «Ti amo» dichiarò, scostandomi i capelli dalla faccia. «Non devi dispiacerti proprio di niente.» Il suo bellissimo viso era contorto in una smorfia di apprensione. Per me.

«Lui se n'è andato, Sav.» Per la prima volta in un anno, lasciai che quella verità si sedimentasse dentro di me. La sensazione era quella di venire trafitto da migliaia di lame, ma dovevo lasciarmi trapassare. Dovevo lasciare entrare tutto. Ogni briciolo di dolore. *Definitivamente*. Tutto.

«Lo so» bisbigliò lei. Il dispiacere trapelava dalla sua voce, da ogni suo gesto.

«Non lo rivedrò mai più, non ci parlerò mai più.»

«Lo so.» Lasciò che le lacrime le sgorgassero liberamente dagli occhi.

«E se… se non fosse in un posto migliore, adesso?» A quel pensiero mi sentii stritolare il cuore in una morsa. E se non fosse mai arrivato nel posto che si raggiungeva dopo la morte?

«È in pace, ora» dichiarò convinta, e percepii dal tono della sua voce che ci credeva davvero.

«Fa male» ammisi, intrecciando le dita alle sue. Le strinsi la mano due volte. Il nostro segnale, quello che usavamo quando stavamo per crollare. Stavolta, però, dovevo crollare. Dovevo percepire tutto questo. Dovevo permettere al dolore che avevo dentro di allentarsi piano piano.

«Sei forte» mi consolò Savannah. «E io sarò al tuo fianco quando ne avrai bisogno.»

Appoggiai la testa sul suo grembo e strinsi forte Savannah a me. Cominciai a sentire le palpebre pesanti e il sonno trascinarmi con sé. Mentre mi addormentavo, vidi il volto di Cillian. *Scusa, Cill. Scusa per non averti compreso…*

Mi manchi.

Ti voglio bene.

Vorrei tanto che tu fossi rimasto…

20

Cieli bui e stelle luminose

Savannah,

credo che la parte più difficile della malattia sia l'impatto che ha su di voi. Rammento un giorno in particolare in cui tu e Ida siete venute a trovarmi in ospedale. Mi avevano appena comunicato che la terapia non stava funzionando e che mi restava solo qualche mese di vita. Oh Savannah, ricordo di aver incrociato i tuoi occhi e capito che avevi intuito tutto. Stavo per morire. Io ormai me ne ero fatta una ragione, ma vederti crollare tra le mie braccia è stato uno dei momenti peggiori della mia vita.

Non c'è nulla di peggio che vedere coloro che ami travolti dalla tristezza. Fa tremendamente male perché è qualcosa fuori dal tuo controllo. E prego con tutta me stessa che i miei ultimi mesi siano belli. Non vorrei mai che il buio mi consumasse, persino nelle circostanze più tragiche.

Spero che quando leggerai queste parole la tua vita sia piena di amore e luce. Se non lo è, allora ecco il mio compito per te: fa entrare quella luce. Inonda di grazia, gioia e speranza coloro che ti sono accanto. Contagiali con la tua felicità. Ricoprili così tanto di amore che non potranno che percepirlo fin dentro le ossa.

Mentre me ne sto qui seduta, spero di aver fatto lo stesso con te. Con mamma, papà e Ida. E con Rune, che era così triste per la nostra lontananza quando era in Norvegia, che pensavo non avrebbe più ritrovato la gioia. Ma adesso lo vedo sorridere sempre di più ogni giorno. Mi sta vicino ed è l'anima gemella che ho sempre saputo essere.

Ricerca la felicità, Savannah. E poi elargiscila insieme alla speranza a tutti coloro che incontrerai. Soprattutto ai più bisognosi. Sei il mio raggio di sole. Lo sarai sempre. E so che puoi esserlo anche per coloro che ne hanno bisogno.

Con tanto affetto,

Poppy

Mi feci la treccia e indossai dei semplici orecchini d'oro, poi mi passai la mano su pantaloni e maglietta per togliere eventuali grinze. Ero pronta. Il cuore mi batteva talmente forte che ero certa si sarebbe visto sussultare da sotto la maglietta. Radunai le forze e mi concentrai sul respiro, drizzando la schiena.

Ce la posso fare, mi dissi, poi chiusi gli occhi e mi rivolsi a mia sorella. *Poppy, ti prego, posa la tua mano sulla mia spalla e aiutami a superare questa giornata.*

Riaprii gli occhi e me li sentii pungere dalle lacrime. Cercai di tenere a bada il pianto e mi voltai verso Cael, il quale era seduto sul mio letto. Leo gli aveva permesso di stare in camera mia durante il giorno, purché la porta rimanesse aperta. Si era presentato da me alle prime luci del mattino e Leo era già passato diverse volte a controllarci. Aveva controllato Cael, più che altro. Dal suo crollo emotivo, aveva continuato a tenerlo d'occhio.

Cael mi stava osservando con un'espressione triste. Gli ultimi giorni erano stati davvero duri per lui. E questo mi spezzava il cuore. Dopo aver partecipato alla seduta di gruppo con gli uomini che avevano tentato il suicidio e dopo aver parlato con Simon, che lo aveva aiutato a vedere la morte del fratello da un punto di vista diverso, Cael stava cercando a fatica di rialzarsi.

Mi allungò una mano, così io mi girai e lo raggiunsi. Negli ultimi giorni ci eravamo avvicinati ancora di più. Lo avevo visto piangere. Soffrire di insonnia. Tormentarsi per il dolore. E gli ero sempre stata vicino. In questo periodo di estrema sofferenza per lui, io mi ero resa conto di aver fatto grandi passi avanti. Da quando avevo intrapreso questo viaggio con Mia e Leo e i miei nuovi amici, con Cael, ero in qualche modo diventata più forte.

Avevo trovato il modo di andare avanti.

Mi sentii riscaldare il sangue nelle vene e ricordai le parole che Poppy mi aveva lasciato sul quaderno. *Ricerca la felicità, Savannah. E poi elargiscila insieme alla speranza a tutti coloro che incontrerai. Soprattutto ai più bisognosi. Sei il mio raggio di sole. Lo sarai sempre. E so che puoi esserlo anche per coloro che ne hanno bisogno.*

«Come ti senti?» mi domandò Cael, la voce arrocchita.

Mi sentii rivoltare lo stomaco. «Nervosa.» Sfiorai le nostre mani intrecciate con le labbra. Cael mi posò la mano libera sulla nuca e mi avvicinò a sé. Mi diede un bacio, delicato, pieno di compassione. Mi abbandonai tra le sue braccia, il cuore gonfio. Per quanto in quel momento soffrisse, lui era al mio fianco e si accertava sempre che stessi bene.

Mi misi a fissare il sole fuori dalla finestra. «Ho paura di non essere in grado di reggere la situazione. Di assistere i pazienti.» Mandai giù il groppo che avevo in gola. «Soprattutto quelli che hanno il destino segnato.»

Cael mi strinse più forte e mi stampò una serie di baci sulla testa. Visualizzai il volto di Poppy nel periodo in cui era più malata e fragile, e aveva la pelle giallastra. La visualizzai durante i primi giorni della terapia, senza capelli, distesa sul letto d'ospedale, con mille tubicini attaccati al corpo. La visualizzai verso la fine, caduta in uno stato comatoso. Temevamo che non avremmo avuto più occasione di parlarle, di darle il nostro ultimo saluto.

Ma se volevo diventare un medico, dovevo affrontare la situazione. Dovevo provarci. Per Poppy. Per i ragazzini come lei. Per le famiglie che mettevano i propri figli nelle mani dei dottori che lavoravano per salvarli.

Questa giornata sarebbe stato il primo passo per realizzare il mio sogno. Il sogno che ero determinata a concretizzare in onore di mia sorella. In onore di mia madre, di mio padre, di Ida e di me stessa, e di tutte le famiglie che avevano visto il cancro in faccia.

«Ce la posso fare» ripetei, asciugandomi le lacrime e drizzando la schiena.

Mantenni lo sguardo basso. Non ero così sicura come davo a vedere, ma Cael mi prese il viso tra le mani e allineò il mio sguardo al suo. «Non conosco nessuno più forte di te per farlo.»

«Amore...» Adagiai il volto sulla sua mano e gli baciai il palmo.

Cael mi avvicinò di nuovo alle sue labbra e mi baciò per infondermi coraggio. «Io sarò qui ad aspettarti.» Colsi il significato sottinteso delle sue parole. Sarebbe rimasto ad aspettarmi, nel caso fossi tornata distrutta dalla terapia dell'esposizione. Dilaniata dalla vista dei bambini malati che stavo per andare a visitare.

Qualcuno bussò alla porta aperta e Mia infilò la testa nella stanza. «Pronta, Savannah?» Annuii con il capo. Mia sorrise, poi guardò Cael. «Leo ti sta aspettando, Cael.» Gli diedi un altro bacio e mi alzai in piedi per raggiungere la porta, prima però gli lanciai un'ultima occhiata per farmi coraggio. Lui mi rivolse un flebile sorriso che sapevo essergli costato molto.

Uscii insieme a Mia e raggiungemmo una macchina che ci avrebbe accompagnate all'ospedale pediatrico.

«Come ti senti?» mi chiese lei, mentre ci allontanavamo dal rifugio tranquillo dove alloggiavamo.

«Nervosa» risposi. «Ma...» Mi feci forza con un bel respiro. «Ma pronta, credo.»

«Hai compiuto molti passi avanti, Savannah» mi spronò, facendomi percepire tutto il suo orgoglio nel tono della voce. «Hai fatto un cambiamento incredibile.»

«Grazie.» Ripensai alla cena della sera prima. Il gruppo era rimasto a tavola tutto incupito per via delle sedute di esposizione. Dylan aveva avuto un incontro con persone che avevano perso il proprio partner o il migliore amico. Al suo ritorno, i suoi occhi erano arrossati, ma vi avevo scorto dentro anche un po' di leggerezza. Travis, invece, aveva avuto occasione di confrontarsi con dei sopravvissuti a delle tragedie in cui erano morti dei compagni. Lili con degli adolescenti che avevano perso i genitori. E Jade aveva incontrato delle persone che avevano perduto dei familiari a causa di incidenti stradali. E poi, naturalmente, c'era stata l'esperienza di Cael.

Mia e Leo mi avevano presentato degli oncologi che conoscevano grazie alla loro associazione. Avevo parlato con loro per giorni, per conoscere le loro vite e carriere. Il che mi aveva reso ancora più determinata a diventare un medico. Quando la dottoressa Susan Dela Cruz, uno dei medici dell'ospedale locale, mi aveva chiesto se mi avrebbe fatto piacere visitare l'ala pediatrica assieme a lei, non ero certa che ci sarei riuscita. Però dopo aver parlato con Mia e Leo, avevamo deciso che sarebbe stata un'esperienza positiva per me.

Ero terrorizzata. Ma se questo viaggio mi aveva insegnato qualcosa era che per sconfiggere la paura bisognava affrontarla. E *io* dovevo sconfiggerla. Non volevo più scappare.

Un'ora più tardi arrivammo in una città e ci fermammo davanti a un alto edificio bianco: l'ospedale locale. Degli ospedali avevo un brutto ricordo, ma cercai di cambiare atteggiamento e di vederlo come un posto sicuro e pieno di speranza per coloro che dovevano fare i conti con una grave malattia.

Un posto fatto per guarire e non per morire.

Non appena attraversammo le porte di vetro, l'odore di disinfettante mi assalì le narici. Mi catapultò immediatamente nella stanza di Poppy, con lei distesa in coma sul letto, il corpo trafitto da aghi e tubicini, il volto nascosto dalla maschera dell'ossigeno. Nonostante quei ricordi, cercai di farmi forza e mi concentrai sul momento in cui si era risvegliata ed era tornata a casa per trascorrere gli ultimi giorni con le persone che amava di più. In pace.

Susan studiò il mio volto. «Come ti senti?»

«Voglio provarci» le dissi, sperando che la mano di Poppy fosse sulla mia spalla come avevo sperato. Avevo bisogno che lei mi guidasse in questa avventura. Seguii Susan fino all'ala oncologica.

«Abbiamo un intero reparto» mi informò la dottoressa e il mio cuore sprofondò nel petto. Doveva ospitare così tanti bambini. La donna doveva essersi accorta della tristezza nel mio sguardo e mi posò una mano sulla spalla. «Siamo fiduciosi di poterne salvare molti.»

Ma non tutti...

Annuii con il capo, incapace di parlare. Cercai di essere clemente con me stessa. Al momento la forza e la convinzione nel voler affrontare questa sfida vacillavano, ma ero là. Ancora intenzionata a provarci.

Susan inserì il codice di sicurezza su un tastierino e la porta del reparto si aprì. Poi fu subito presa d'assalto dagli infermieri. Non conoscendo la lingua non capivo cosa si stessero dicendo, così lasciai vagare lo guardo attraverso le finestrelle sulle porte delle varie stanze. I miei polmoni si svuotarono di tutta l'aria e provai un dolore tremendo quando scorsi un ragazzino calvo disteso sul letto, intento a leggere un libro. Era pallido e magro. Accanto a lui c'era una donna che presumevo essere sua madre. Lei gli teneva la mano, come se non volesse lasciarla mai più. Nell'altro letto, c'era una ragazzina che non doveva avere più di dieci anni. Era addormentata e sulla sua testa glabra spuntava qualche ciuffetto di capelli.

Fui travolta da una scarica di ricordi di Poppy nella stessa situazione e la mia forza di volontà fu messa a dura prova. Mia mi posò una mano sulla schiena e per un attimo credetti che mia sorella fosse lì con me. «Se per te è troppo, possiamo andare qualche minuto fuori» suggerì. Scossi la testa. Non volevo uscire. Volevo rimanere lì. Affrontare la situazione.

Era il momento giusto per farlo.

Mia annuì con il capo proprio mentre Susan tornava verso di me con una cartella in mano. «Sto per iniziare il giro di visite» mi informò, notando il mio turbamento. «So che non capirai gran parte dei discorsi che verranno fatti, ma abbiamo ricoverata una bambina di quattordici anni il cui padre è inglese. Se vuoi, potresti parlare un po' con lei.»

La vena mi pulsò lungo il collo. Susan sorrise. «Sa che stai arrivando e non vede l'ora di conoscerti.»

«D'accordo» acconsentii con voce roca. Quattordici anni. Era poco più piccola di Poppy quando le era stato diagnosticato il cancro. Guardai Susan. «Sta migliorando?»

Dall'espressione della dottoressa, capii immediatamente che non era così. «Ha il Linfoma di Hodgkin al quarto stadio. Le restano solo pochi mesi di vita. Il suo corpo ha smesso di rispondere alla terapia.» Mi si annebbiò la vista. Aveva la stessa malattia di Poppy.

E stava per morire.

«Ci farebbe piacere che tu affrontassi la situazione, Savannah, ma solo se credi di esserne in grado» mi disse Mia. Susan annuì col capo, concordando con la mia psicologa.

Visualizzai il sorriso di Poppy, la sua espressione vivace e la forza che ci aveva trasmesso fino alla fine. «Voglio farlo» gracchiai. «Voglio parlarle.»

Susan sfoggiò un enorme sorriso. «Iniziamo il giro, allora, poi ti porterò da Tala.»

Tala. Che bellissimo nome!

Seguii Susan all'interno della prima stanza e rimasi un passo indietro per permetterle di svolgere il proprio lavoro. La osservai mentre con un tono di voce dolce si rivolgeva ai bambini, mentre sorrideva loro e li trattava con gentilezza e rispetto.

Prima di entrare in ciascuna stanza, Susan mi riferiva a che punto della malattia si trovassero i pazienti. Se avevano appena iniziato la chemio o terminato il ciclo. Ma i momenti più dolorosi restavano quelli in cui i bambini erano in fase terminale. In quei casi, entravo nella stanza e sorridevo ai loro sguardi stanchi. Quando alcuni di loro cercavano di ricambiare il sorriso, o quando i loro genitori si avvicinavano per stringermi la mano, venivo travolta da un senso di rabbia. Non era giusto che quei bambini stessero perdendo la loro battaglia. Non era giusto che le loro famiglie stessero per perderli, lentamente, ogni giorno un po' di più.

Persino i pazienti che trovai tristi, in preda al pianto e alla stanchezza, ai miei occhi sembravano possedere la forza di un guerriero.

Proprio come Poppy.

Arrivammo davanti all'ultima stanza. Susan si voltò verso di me. «Questa è la stanza di Tala.»

Mi sentii sprofondare e cercai di concentrarmi sul respiro. Non volevo che mi vedesse in difficoltà. Stava già subendo abbastanza dalla vita.

«Sono pronta» la rassicurai, drizzando la schiena. Susan entrò e io la seguii. Tala era distesa sul letto. Aveva un aspetto fragile, i capelli corti. C'era una valigia accanto al letto e indossava abiti quotidiani. Quando mi vide, sfoggiò un sorriso accecante.

«Tala» la salutò Susan. «Come ti senti?» Stavolta la dottoressa le parlò in inglese.

«Bene» rispose la ragazzina, per poi girarsi di nuovo verso di me. Il cuore mi si arrestò nel petto quando incrociai i suoi occhi verdi. Mi sentii tremare il labbro inferiore, ma feci un respiro profondo e cercai di mantenere il controllo. «Tu sei Savannah?» mi domandò con un lieve accento che mi piacque molto.

«Sì» replicai, poi le porsi la mano. Tala la strinse forte.

«La dottoressa Dela Cruz mi ha detto che avrei avuto visite oggi. Dall'America.» Un sorriso elettrizzato si palesò sulle sue labbra.

«Sono onoratissima di conoscerti, Tala» dissi, cercando di non far tremare la voce.

«Vuoi diventare un dottore?» indagò.

«Esatto.»

«Perché?» Mi sentii gelare il sangue.

Guardai Susan – la dottoressa Dela Cruz – e lei mi incoraggiò a parlare con un cenno del capo, dopodiché si rivolse a Mia: «Che ne dici se lasciamo loro un po' di tempo per conoscersi?».

Mia mi lanciò un'occhiata e io annuii con la testa. Le due donne uscirono dalla stanza, e Tala mi fece segno di andarmi a sedere sul bordo del letto. «Vieni pure» mi esortò. «La mia famiglia arriverà tra poco.» Mi sorrise. «Oggi torno a casa...» Non aggiunse altro e mi sedetti con lei. Conoscevo benissimo il motivo per cui stava tornando a casa. Per la stessa ragione di Poppy, verso la fine.

Tala non abbandonò la presa sulla mia mano, così fragile e forte allo stesso tempo.

«Perché vuoi diventare un dottore?» mi chiese di nuovo. «Per i pazienti malati di cancro?» cercò di incalzarmi.

«Sì» risposi. «Soprattutto per i bambini malati di cancro.» La ragazzina mi studiò e aspettò che rispondessi al resto della domanda. «Avevo una sorella più grande...» iniziai a dire. Mi sforzai per mantenere la voce salda e ricacciai indietro le lacrime. «Aveva il cancro – il Linfoma di Hodgkin. Come te.»

L'espressione di Tala si fece seria. «E adesso dov'è?» indagò, dandomi una sferzata al cuore.

Guardai nei suoi occhi verdi come la foresta pluviale. «In paradiso.» Sperai con tutto il cuore che fosse così.

Tala serrò la presa e abbassò lo sguardo sulle nostre mani unite. «Anch'io sto morendo.» Quelle quattro parole mi squarciarono l'anima.

«Lo so» mormorai, stringendole la mano.

Le si velarono gli occhi. «Cerco di non avere paura, ma a volte...» Deglutì, e una lacrima le rotolò sulla guancia. «A volte non posso fare a meno di provarla.»

«È comprensibile.» Mi avvicinai ancora di più a lei. «Quello che stai passando è la cosa più difficile che si possa affrontare.»

«Tua sorella aveva paura?» mi domandò. «Come si chiamava?»

«Poppy» risposi. «Si chiamava Poppy.»

«Poppy» ripeté lei, scandendo il nome di mia sorella. Poi sorrise. «Mi piace.»

Aspettò che rispondessi all'altra domanda. «Poppy non aveva paura» le riferii. «O almeno cercava di non averne.» Pensai alla resilienza di mia sorella, ai suoi sorrisi, alla naturale gioia che ci aveva elargito fino all'ultimo respiro. «Lei era così felice. Amava tremendamente la sua famiglia e il suo fidanzato. Amava la *vita*... e l'ha amata fino alla fine.»

Tala girò la testa dall'altra parte e si mise a fissare una foto accanto al letto. Ritraeva una donna filippina, un uomo caucasico, un ragazzino e una ragazzina, e Tala stessa, intenta ad abbracciare tutti quanti. «Anch'io amo la mia famiglia» confessò, tracciando i loro volti sorridenti con il polpastrello. Poi tornò a guardarmi e aggiunse: «Credo che la cosa che mi spaventa di più sia doverli lasciare».

«Era anche la paura di Poppy.» Le strinsi la mano con entrambe le mie. «Ma noi stiamo bene» cercai di rassicurarla, sentendo smuovere qualcosa dentro di me. Stavo facendo dei passi avanti. Per la prima volta in quattro anni, nutrivo la speranza di stare meglio, che un giorno *sarei* stata bene. Sorrisi. «E parlo ancora con Poppy» le confessai. «Vado a visitare la sua tomba. E parlo con lei guardando le stelle.»

«Le stelle?» mi domandò.

Le rivolsi un flebile sorriso. «Mi piace pensare che lei brilli sopra di me, in mezzo a milioni di stelle.» Una lacrima mi scese sulla guancia, ma era una lacrima di gioia. Stavo ricordando mia sorella con *gioia*. «Era talmente luminosa quando era in vita che so per certo che adesso starà brillando ancora di più.»

Tala mi fece un sorriso, che però si spense subito. «Mi piace» disse. «Quello che hai detto sulle stelle.»

«Ma?» la incalzai, notando che le passava qualcosa per la mente.

«Mi sento molto stanca ultimamente. Stanchissima.» Incrociò il mio sguardo. «Non sono sicura di brillare come tua sorella. A volte mi sembra che la mia luce stia svanendo, che stia diventando buio.»

Nel sentire quelle parole, il mio cuore saltò un battito. Mi piegai verso di lei e le strinsi forte la mano. «Le stelle brillano più luminose al buio.»

Il sorriso che le strappò la mia frase era più luminoso delle stelle, della luce e del sole messi insieme. «Il mio nome,» riprese a parlare, «Tala, nella nostra lingua significa "stella luminosa". Il mio nome deriva dalla dea delle stelle.»

Adesso mi era tutto chiaro.

Percepii una vibrazione tra di noi. Ebbi la sensazione che una mano delicata si posasse sulla mia spalla, e capii che Poppy era lì accanto a me. Mi sembrò che fosse già tutto scritto, che fosse destino che la mia strada e quella di Tala si incrociassero. Che fossimo destinate a conoscerci.

Si sentì bussare alla porta e Susan infilò la testa nella stanza. «Tala, la tua famiglia è arrivata per riportarti a casa.» Spalancò la porta e fece entrare un ragazzino e una ragazzina, i quali saltarono subito sul suo letto, abbracciandola con le loro piccole braccia.

«Adesso torniamo a casa, tesoro!» la salutò un uomo in inglese sulla soglia, arrossendo leggermente quando mi vide al fianco della figlia. «Oh, scusate se vi abbiamo interrotto.»

«Nessun problema» lo rassicurai. In lui riconobbi gli stessi occhi verdi di Tala.

Sorrisi sia a lui che alla donna alle sue spalle, la madre di lei.

Mi alzai dal letto e lasciai la mano di Tala, la quale mi sorrise. «Ciao, Savannah.»

«Ciao, Tala» replicai, la voce arrocchita, consapevole che non ci saremmo più riviste.

Lei deglutì e da sopra le teste dei suoi fratellini mi disse: «Ti guarderò dalle stelle».

Le sorrisi con i lucciconi agli occhi. «E io ti cercherò» riuscii a rispondere, prima di uscire dalla stanza e infilarmi nella saletta privata sulla sinistra. A quel punto, alzai gli occhi al soffitto e mi abbandonai in un pianto dirotto. Mi presi il volto fra le mani e lasciai che tutta la tristezza per la situazione di Tala sgorgasse fuori.

Quella ragazzina era così coraggiosa, così pura. Era una bellissima anima e non meritava di morire.

«Savannah?» Mia entrò nella saletta, seguita da Susan, che si chiuse la porta alle spalle.

«Voglio fare questo» annunciai, senza il minimo dubbio, la voce carica di emozione. «Voglio diventare una pediatra oncologica. Voglio dare una mano a curare questi bambini che non meritano di essere malati. Voglio lavorare tantissimo e magari, un giorno, il cancro non porterà più via i nostri cari. Voglio contribuire a far diventare curabile questo cancro, *tutti* i tipi di cancro. Voglio fare questo. Lo voglio davvero.»

A ogni parola pronunciata, la mia voce si fece più forte. *Io* diventai più forte. Desideravo talmente tanto che si realizzasse questo sogno che ero certa che quell'autunno sarei andata a Harvard. Avrei iniziato il mio percorso a medicina e non mi sarei più fermata finché non avessi trovato il modo di impedire al cancro di privare le famiglie di una Poppy o di una Tala di un ramo prezioso dei loro alberi genealogici.

«Io ce la posso fare» dichiarai a Mia. «Lo *so* che ce la posso fare.» Sorrisi e aggiunsi: «Perché nel mio cuore ci sarà sempre Poppy a guidarmi».

Gli occhi di Mia luccicarono e mi strinse tra le sue braccia. «Sono così orgogliosa di te, ragazza mia.»

«Grazie» mormorai.

La verità era che anche io ero orgogliosa di me stessa. Ed ero incommensurabilmente orgogliosa di Poppy, per avermi fatto arrivare a quella decisione. Per il suo quaderno, per avermi spronato, e stretto nel suo abbraccio virtuale tramite la scrittura, dal momento che non poteva più farlo fisicamente. Ed ero orgogliosa di Tala, per avermi donato la possibilità di parlarle e avermi aiutata a trovare la forza interiore quando pensavo di averla persa definitivamente. Ero onorata di averla incontrata.

Lasciai l'ospedale con una nuova determinazione e uno scopo nel cuore. Avrei accolto tutto ciò che sarebbe venuto dopo con gratitudine. Perché adesso possedevo una luce da condividere con il mondo. Proprio come ce l'aveva avuta Poppy. In fondo, avevamo lo stesso sangue. Quello che scorreva in lei scorreva anche in me.

E avrei fatto questa cosa per entrambe.

21

Gesti premurosi e rinascita musicale

Savannah

Qualche giorno dopo
Manila, Filippine

Eravamo giunti alla nostra ultima notte nelle Filippine. Questa era stata la tappa più commovente e difficile del nostro viaggio. Mi sentivo ancora provata dall'incontro con Tala, ma la mia determinazione era forte e chiara. Niente mi avrebbe più distratto dal mio obiettivo. Sarei diventata un medico. Ormai ne ero convinta.

Ciò non significava che non avrei più vacillato di fronte alla vista di bambini malati o in fin di vita. O che la chiacchierata con Tala sui suoi ultimi giorni su questa Terra e su ciò che sarebbe venuto dopo non mi avesse segnato per sempre.

Intendevo tenere fede alle mie parole. L'avrei cercata tra le stelle nello stesso modo in cui cercavo Poppy. In cui adesso cercavo anche Cillian.

Quella sera, ci trovavamo a Manila e l'indomani saremmo saliti sul volo per il Giappone. Mia e Leo ci avevano comunicato la nostra ultima destinazione la sera precedente. Ero rimasta senza fiato, perché era inizio primavera e in Giappone questo significava una cosa sola: ciliegi in fiore.

Poppy aveva sempre desiderato visitare il Giappone e i ciliegi in fiore. Avrei terminato questo viaggio di guarigione tra i fiori che lei adorava tanto.

«Sei pronta?» Girai la testa verso la porta aperta della mia stanza. Cael era sulla soglia e indossava una camicia a maniche lunghe sbottonata in alto e un paio di eleganti pantaloni neri. Si era sistemato i capelli e tolto il berretto. Si era rasato la faccia e riuscivo a percepire il suo profumo salino misto a neve fresca persino da quella distanza. Cercai di deglutire di fronte a quella visione.

«Cael» esclamai. «Stai benissimo». Mi sentii avvampare. C'era una cosa che sapevo non sarei mai riuscita a nascondere: il mio imbarazzo facile.

I tatuaggi spuntavano orgogliosamente sulla sua pelle baciata dal sole e qualche lentiggine qua e là decorava il suo naso, facendo risaltare l'anello d'argento al labbro e alla narice.

Teneva le braccia conserte, ma i suoi occhi grigio-azzurri avevano un'espressione dolce. Mi alzai dalla sedia e mi lisciai il vestito estivo azzurro. Avevo lasciato i capelli sciolti, acconciati in morbide onde, e indossavo un paio di sandali con il tacco a rocchetto. Alle orecchie avevo infilato degli orecchini d'oro e avevo applicato un trucco leggero.

Feci per sollevare la testa e chiedergli come stavo, ma prima che potessi farlo Cael mi circondò con le braccia e mi strinse a sé. Poi avvicinò la bocca al mio orecchio e sussurrò: «Porca miseria, Pesca, sei una bomba». Mi sentii avvampare di nuovo, ma stavolta sulle mie labbra si palesò un sorrisone.

Cael si staccò leggermente e mi scostò i capelli dal viso. Studiò ogni mio lineamento e gracchiò: «Non capirò mai perché cavolo tu mi abbia dato un'occasione. Non smetterò mai di esserne grato».

«Amore» mormorai, mentre lui mi stampava un bacio sulla fronte, su entrambe le guance e infine sulle labbra, senza preoccuparsi minimamente del mio lucidalabbra. Mi baciò intensamente, con premura, facendo incontrare le nostre lingue. Poi si avvolse i miei capelli attorno alle mani e continuò a stringermi al suo petto, dimostrandomi tutto il suo affetto.

Se c'era una cosa di cui ero certa era come ci si sentisse a essere amati. A essere adorati. A essere desiderati sia nei momenti di forza che di massima debolezza.

Sapevo per certo cos'era un'anima affine.

Poi Cael fece un passo indietro e mi prese le mani. Mi squadrò a lungo, facendomi venire la pelle d'oca lungo il collo. «Spero che tu ti renda conto di quanto ti amo» mormorò. Il cuore mi esplose come i fiori in primavera, ma nella mia anima persisteva ancora un briciolo di tristezza che rispecchiava quella nella voce di Cael, nel suo modo di incedere.

Le sue spalle non erano dritte come al solito, i suoi ampi sorrisi erano spariti e ormai non sentivo da un po' la sua risata. Negli ultimi giorni aveva lavorato molto su se stesso insieme a Leo, ma il nocciolo della questione era che con la terapia dell'esposizione sembrava aver fatto dei passi indietro. *Anzi*, in realtà non aveva fatto dei passi indietro, semplicemente era stato indirizzato verso la *giusta* strada da intraprendere. Solo che era immensamente difficile per lui, e ogni giorno speravo di riuscire a liberarlo dalla sofferenza.

Adesso io respiravo leggermente meglio, mentre lui ancora no. La sera precedente lo avevo osservato insieme ai nostri amici ed ero stata colta dal panico. Mi era sembrato così riservato, così distante che dovevano averlo notato anche gli altri. Non era mai stato un chiacchierone, eppure ultimamente era ancora più silenzioso e introverso. Negli ultimi giorni avevo avuto come l'impressione che fossimo a due stadi completamente diversi del nostro dolore. Lo avevo notato anche all'interno del gruppo. Cinque di noi stavano cambiando atteggiamento, sembravano emotivamente e mentalmente più forti. Cael, invece, era rimasto indietro, e questa era la cosa più difficile da digerire.

«Tutto bene?» gli domandai, sfiorando con la punta del dito l'anello sul suo labbro. Adoravo baciarlo e sentirlo a contatto con la mia bocca. Cael abbassò lo sguardo e quando lo sollevò di nuovo i suoi occhi mi parvero straziati dal dolore.

«Sono solo triste, Pesca» ribatté con un filo di voce. «Sono solo...» Fece un lungo sospiro. «Sono solo tanto triste.»

«Lo so.» Lo abbracciai e mi sembrò di sentire una lacrima colpirmi sulla spalla, ma quando Cael sollevò la testa aveva gli occhi asciutti. «Sei in grado di uscire a cena stasera?» mi accertai. Mia e Leo avevano prenotato in un ristorante locale. Una serata diversa per staccare dalle giornate emotivamente intense di questa tappa del viaggio.

Un'opportunità per tutti noi di riprendere fiato, prima del volo che ci attendeva.

Cael annuì con il capo e un accenno di sorriso si palesò sulle sue labbra. «Sì.»

«Che c'è?» indagai, sospettosa di quel sorrisetto.

«Potrei aver organizzato qualcosa per il dopocena.»

Mi sentii invadere lo stomaco dalle farfalle. «Davvero?»

«Sì» replicò, anche se scorsi un po' di preoccupazione nel suo sguardo. «Spero solo… che vada tutto bene.»

«Andrà tutto bene» lo rassicurai, prima di baciargli il dorso della mano. «Lo so per certo.»

Cael mi accompagnò fuori dalla stanza e nel corridoio ci imbattemmo in Travis e Dylan. «Wow!» esclamò Dylan. «Vi siete agghindati per bene!» Scoppiai in una risata e mi misi ad ammirare il look dei due amici. Indossavano entrambi la camicia e i pantaloni eleganti, e stavano benissimo. Era una bella sensazione mettersi in tiro dopo tutte quelle settimane di abiti pratici e comodi.

«Siete bellissimi» commentai, per poi stampare un bacio sulla guancia di entrambi.

«Be', signora, grazie mille» rispose Travis, con un sorriso enorme, prima di rivolgersi a Cael: «Tutto bene, amico?».

Cael annuì con poco entusiasmo, dopodiché schiacciò il tasto dell'ascensore. Si vedeva che anche Travis e Dylan erano preoccupati per lui, ma comunque non dissero niente per non indisporlo. Volevamo tutti che Cael guarisse, aveva tutta la forza necessaria per riuscirci.

Ci incontrammo alla reception con Mia, Leo, Lili e Jade, e insieme ci avviammo al ristorante attraverso le strade illuminate di Manila. L'aria era mite e soffiava una leggera brezza. La sensazione era come di essere baciati sulla pelle da quell'atmosfera serale. Al ristorante, Cael si sedette alla mia destra e Dylan alla mia sinistra. Il tavolo situato in una stanzetta intima era rotondo e permetteva di guardarsi tutti negli occhi.

Leo batté il bicchiere pieno d'acqua con il coltello e lo sollevò in aria. Tutti lo imitammo. «Al Giappone» brindò.

«Al Giappone» ripetemmo in coro.

Finito il brindisi, fu Mia a prendere la parola. «Come sapete, il viaggio nelle Filippine ci ha sottoposti all'esposizione.» Rivolse a tutti un sorriso orgoglioso. «So che è stato difficile per tutti voi. È così per ogni gruppo che accompagniamo fin qui. È una tappa che sconvolge molto, ma è anche quella che aiuta di più.»

Cael serrò la presa sulla mia coscia. Abbassai la mano e intrecciai le dita alle sue. Il mio gesto lo fece rilassare leggermente.

Leo si schiarì la gola. «Il Giappone sarà la nostra ultima tappa: l'accettazione.» Un brivido mi corse lungo la schiena nell'udire quell'annuncio.

Il tavolo era silenzioso e quando incrociai lo sguardo dei miei compagni mi sentii sopraffatta dall'emozione. Ce l'avevamo fatta.

Strinsi forte la mano di Cael e lo guardai. Il suo sguardo era fisso fuori dalla finestra, in quel momento. Avrei voluto abbracciarlo e alleggerirlo un po' dal dolore, ma non potevo, così gli appoggiai la testa sulla spalla. Quando lui mi stampò un bacio delicato sul capo, io tirai un sospiro.

«Il Giappone è un Paese meraviglioso e quello che faremo là vi ispirerà e vi farà fare un passettino avanti nel vostro percorso.»

Leo annuì a Mia, la quale aggiunse: «Sono molto orgogliosa di voi. E spero che mentre ci imbarchiamo in un altro Paese, anche voi siate orgogliosi di voi stessi». Fece una pausa. «Tutti voi». Non mi sfuggì la sua occhiata a Cael. Anche lui avrebbe dovuto essere orgoglioso di se stesso. Si era liberato della rabbia nei confronti di suo fratello, rabbia che lo teneva ostaggio, e aveva aperto il proprio cuore alla guarigione.

Per quanto mi riguardava, io ero più orgogliosa di lui che di me stessa.

La cena fu deliziosa e l'atmosfera al tavolo serena. Nell'aria aleggiava il sollievo dato dalla consapevolezza di essersi lasciati alle spalle la parte più difficile del viaggio. Per questo ridemmo molto.

Terminata la cena, Mia si alzò in piedi: «Travis, Dylan, Lili, Jade, voi venite con me». I nostri amici si alzarono dal tavolo e dopo averci salutati, seguirono Mia fuori dal ristorante.

Poi si alzò anche Leo. «Vi aspetto fuori.»

Inarcai le sopracciglia in preda alla confusione. «Cosa...?» presi a dire, ma poi mi tornò in mente quello che mi aveva detto Cael, sul fatto di aver programmato qualcosa per la serata. Mi voltai verso di lui sorridendo. Sembrava preoccupato e subito il mio sorriso svanì. «Cael...»

«Volevo fare qualcosa per te» spiegò, tutto d'un fiato. «Ma non so se ho esagerato.»

«Di che si tratta?» indagai, il cuore che mi batteva fortissimo per la sorpresa.

Cael si mosse sulla sedia e mi strinse la mano. Mi guardò negli occhi, come se cercasse una risposta alla domanda che non mi aveva ancora posto. «Qualche tempo fa, mi hai detto che non riuscivi più ad ascoltare la musica classica e l'orchestra dal vivo, perché Poppy suonava il violoncello e voleva diventare una musicista professionista.» Avvampai, e mi sentii pulsare collo e polsi. Annuii con il capo alle sue parole. Cael si umettò le labbra con la lingua, poi aggiunse: «Ho scoperto che qua in fondo alla strada si esibirà un'orchestra professionale – è così che si dice?».

«Un'orchestra sinfonica?» chiesi conferma, a corto di fiato.

«Sì» confermò, piegando il capo. «Ho chiesto a Leo se potevo comprare i biglietti e portarti a vederla.» Sollevò di nuovo lo sguardo. «Non voglio spingerti a farlo, e se senti che è ancora difficile per te ascoltare quel tipo di musica, Leo ci accompagnerà dagli altri nel parco dove suonano altri generi musicali.» Inspirò ed espirò meticolosamente. «Volevo semplicemente fare questa cosa per te.»

Le sue lunghe ciglia scure gli sfiorarono lo zigomo, quando chiuse gli occhi. «Tu sei stata una presenza costante per me. Mi sei stata vicino in questi ultimi giorni difficili in cui ho sofferto molto.» Mi tremò il labbro. Questo ragazzo... Era così gentile e premuroso, e io lo amavo tantissimo.

«Tu mi hai dato molto, Savannah, e non credo che tu ti renda conto di quanto questo significhi per me.» Fece una pausa e io premetti la fronte contro la sua, inalando il suo respiro. «Volevo semplicemente ricambiarti il favore... restituirti una parte di Poppy.»

«Cael» esclamai, la voce rotta dall'emozione.

Lui mi guardò negli occhi e io scorsi il panico nel suo viso. Poi mi accarezzò il volto. «Non c'è nessun problema, Savannah. Non ci andremo.» Scosse la testa. «Non avrei dovuto pressarti. Io... Dio, mi dispiace tanto.»

«No» mi affrettai a dire, afferrandogli i polsi. La sua espressione insicura si posò sul mio sguardo. «Non hai capito.» Gli sorrisi con le lacrime agli occhi. «È un gesto bellissimo.» Incrociai di nuovo il suo sguardo. «È il regalo più dolce e premuroso che abbia mai ricevuto.»

Cael tirò finalmente un sospiro di sollievo.

Mi appoggiai allo schienale della sedia senza lasciargli la mano. «Sarei onorata di venirci con te.»

Lui mi scrutò il volto per togliersi ogni dubbio, ma non avrebbe potuto trovare altro che sincerità nel mio sguardo. La più grande passione di Poppy era la musica. Il suo violoncello. E io volevo riascoltare ciò che aveva amato così tanto. Volevo sentirmi avvolgere dal suo ricordo mentre gli archetti scivolavano sulle corde, dando vita a una sinfonia familiare.

Volevo abbattere anche quest'ultimo muro, e volevo farlo con Cael al mio fianco. Mi sporsi in avanti per baciarlo, poi mi alzai dal tavolo, imitata subito da lui.

«Sei sicura?» si accertò ancora una volta.

«Mai stata più sicura.»

Cael mi accompagnò fuori da Leo, il quale ci fece strada fino a un ampio edificio. Il foyer brulicava di gente e Cael mostrò i biglietti all'ingresso. Leo sarebbe rimasto seduto a distanza per concederci di vivere quel momento da soli.

Una volta all'interno del teatro vero e proprio, abbracciai con lo sguardo tutto quello che mi circondava. Il familiare golfo mistico, per esempio. Non ci eravamo mai persi un'esibizione di Poppy. Eravamo sempre andati a vederla suonare. Di solito io rimanevo ipnotizzata sulla poltrona mentre lei suonava con gli occhi chiusi e il sorriso sulle labbra. La vedevi abbandonarsi alle note, oscillare a tempo della melodia, le delicate mani intente in una complicata danza con l'archetto.

Avevo adorato assistere a ogni sua esibizione.

Io e Cael ci sedemmo, e diedi uno sguardo al programma della serata che ci era stato consegnato. Mi sentivo un po' nervosa. Cael mi stava osservando. «Si esercitava tutto il giorno» gli confidai. Lui mi posò la mano sulla coscia e io rimasi a fissare il sipario che ancora nascondeva l'orchestra. «Di solito, mentre suonava, mi sedevo alla finestra del salotto a leggere.» Sorrisi, senza provare la consueta fitta al petto. Magari percepii un lieve formicolio, ma quel ricordo non mi provocò nessuno squarcio nel cuore. Era una... *bella* sensazione ricordarla in quei momenti.

«Certo, si esibiva durante i concerti, ed era fantastica. Faceva parte di diverse orchestre. Ed era sempre in prima fila, perché era bravissima. Ma nel mio cuore resterà per sempre il ricordo di quei pigri pomeriggi di pioggia in cui leggevo in soggiorno, con lei che mi suonava accanto e Ida che giocava per terra con le bambole.» Anche Cael stava sorridendo.

Mi si annebbiò la vista. «La casa è troppo silenziosa da un po' di tempo a questa parte.» Cercai di scacciare le lacrime. «Verso la fine, non riusciva più a suonare. Era diventata troppo debole anche solo per sorreggere l'archetto. Ma in sottofondo c'era sempre della musica classica.»

Cael diede una stretta alla mia coscia. Lo guardai e notai che anche i suoi occhi luccicavano. «Dopo che ci ha lasciati, anche la musica lo ha fatto.» Forse avrei potuto tornare a leggere nel mio cantuccio accanto alla finestra, una volta tornata a casa. «Magari, quando torno, metterò di nuovo della musica in sottofondo. Per lei» dissi, sorridendo. «E anche per me.»

«Credo che le farebbe piacere, Pesca» commentò. Gli appoggiai la testa sulla spalla e chiusi gli occhi mentre lui mi baciava tra i capelli. Di colpo, un applauso scrosciò nella sala e il sipario si aprì, svelando l'orchestra. Cercai di individuare subito i violoncellisti.

Li osservai rapita mentre prendevano posto e il direttore d'orchestra faceva il suo ingresso sul palco. Tra il pubblico calò il silenzio e anche l'aria che ci circondava sembrava essere diventata immobile. Il direttore mosse la sua bacchetta e l'orchestra prese vita.

Quando le note iniziali delle *Quattro stagioni* di Vivaldi iniziarono a diffondersi nel teatro, sorrisi, perché la *Primavera* era il movimento preferito di Poppy. Quando sentii suonare il brano, la rividi di nuovo sul palco, concentrata sulle note, con gli occhi chiusi e il sorriso sulle labbra, il fiocco bianco tra i capelli, intenta a ondeggiare a tempo della melodia.

Chiusi gli occhi anch'io e visualizzai solo mia sorella che mi regalava un'ultima esibizione. La visualizzai sola sul palco, mentre suonava per me dall'aldilà. Poi iniziò il suo componimento preferito: *il Cigno* dal *Carnevale degli animali*.

Lasciai che le lacrime sgorgassero dai miei occhi mentre il violoncello conquistava la scena. Lasciai che la melodia si insinuasse in ogni angolo della mia anima e che Poppy suonasse idealmente per me. Lasciai che mia sorella mi regalasse tutto questo. Che mi facesse dono della sua musica preferita.

La mano di Cael tremava nella mia e me la strinse più forte. Anche lui percepiva la bellezza amplificata di quel momento, momento che *lui* mi aveva concesso, restituendomi qualcosa di tanto caro.

Le note finali del componimento vibrarono sulle corde e all'interno del teatro, riecheggiando dentro la mia testa. Il pubblico esplose in un applauso estasiato che mi fece riaprire gli occhi. Applaudii anch'io, ma faticai a restare in piedi. Avevo gli occhi spalancati e il petto mi scoppiava per il fatto di essermi ripresa una parte di me, di mia sorella, della mia famiglia. Non era tristezza, la mia. Era amore, gioia, speranza.

Era Poppy.

Mi voltai verso Cael, mentre i membri dell'orchestra facevano l'inchino e iniziavano ad abbandonare il palco. Mi sollevai sulle punte per baciarlo e mi schiacciai a lui. «Grazie. Grazie infinite» mormorai con un filo di voce.

Sapevo che mi aveva sentito, nonostante lo scroscio di applausi, perché si avvicinò al mio orecchio e mormorò: «Farei qualsiasi cosa pur di vederti felice, Pesca».

Questo ragazzo aveva conquistato tutto il mio cuore.

Fuori dal teatro, Leo mi abbracciò. Anche i suoi occhi sembravano segnati dalle lacrime, a dimostrazione di quanto potessero essere commoventi la musica e l'arte in generale.

Cael e io ci incamminammo verso l'hotel mano nella mano. Diedi uno sguardo alle stelle. Dalla città se ne scorgevano poche, ma alcune brillavano intensamente. «Le stelle» esclamai, e Cael sollevò lo sguardo. Appoggiai la guancia al suo braccio. «Sono entrambi lassù, lo sai, vero? E ci guardano e ci sorridono.»

Il suo respiro si fece affannato, ma si sforzò di dire: «Lo spero davvero».

Leo ci scortò fino alle camere e attese che ognuno entrasse nella propria. Aspettai una decina di minuti prima di sgattaiolare fuori per andare a bussare alla porta di Cael. Quando lui mi aprì, io gli buttai immediatamente le braccia attorno alla vita e lo strinsi forte. Niente mi faceva sentire al sicuro come l'abbraccio di Cael.

Mi scostai leggermente e lui mi baciò. Ricambiai il bacio, intenzionata a non perdermi neanche un istante con lui. Poi pensai al fatto che il Giappone sarebbe stata la nostra ultima tappa e mi sentii sprofondare il cuore. Non ce la potevo fare all'idea di separarmi da lui, dal ragazzo di cui mi ero perdutamente innamorata. Ma avevamo ancora tempo. Avevamo ancora un po' per stare insieme.

Lo baciai un'ultima volta e riluttante gli diedi la buonanotte. Quella sera, Cael Woods mi aveva fatto il più bel regalo che avessi mai ricevuto. Era un ragazzo così altruista e bello, nonostante in questo momento fosse distrutto. Ed era mio, e io ero sua.

Per sempre.

Più che mai.

E avrei fatto di tutto per aiutarlo a rimettersi in sesto. Qualsiasi cosa.

22

Piatti rotti e ritrovata bellezza

Tokyo, Giappone

La città di Tokyo era un tripudio di colori. Eravamo sul marciapiede con lo sguardo rivolto all'insù, intenti a osservare la città, gli edifici, le luci al neon che ornavano questo posto speciale con i loro colori prismatici. Persino nello stato di torpore in cui mi ritrovavo riuscivo a coglierne il fascino.

«È incredibile» mormorò Savannah al mio fianco, accarezzandomi la schiena. Chiusi gli occhi e mi godei la sua vicinanza. Poi la guardai. Le luci della città si riflettevano nei suoi occhi e un sorriso si palesò sulle sue labbra. Notando che la stavo guardando, mi chiese: «Hai mai visto qualcosa del genere?».

«Mai» risposi. Travis era all'altro mio fianco, e Dylan dietro, mentre Lili e Jade si trovavano accanto a Savannah. Eravamo tutti sbalorditi da quel panorama insolito. Dovevamo apparire come dei tipici turisti americani perché eravamo tutti intenti a osservare gli edifici con le bocche spalancate.

«La patria dei manga» annunciò Travis, fregandosi le mani. «Finalmente a *casa*!» Dylan rise e i due intavolarono una conversazione che non riuscii a seguire. Non aveva mai letto un manga in vita mia.

Savannah si mise a ridere di fronte alla loro discussione animata, e il suo entusiasmo aumentò quando Lili strillò: «Qui ci sono i bar con i gatti. I *gatti*!».

«Dobbiamo assolutamente andarci» intervenne Jade. Le due si misero a cercare l'indirizzo più vicino sul cellulare. Beccai Savannah a osservare con profondo affetto le due nuove amiche. Mi aveva detto che avrebbe fatto tesoro di ogni istante qui in Giappone.

Perché era l'ultima tappa del nostro viaggio.

Provai una fitta al cuore al pensiero di dovermi separare da tutti loro. Non ero certo stato il componente più motivante del gruppo, ma avevo imparato a voler loro bene, profondamente bene. Soprattutto alla biondina al mio fianco che si stava chinando a guardare la posizione di una caffetteria con i gatti che Lili le stava mostrando.

Le misi un braccio sulle spalle e la tenni vicina a me mentre lei parlava con le ragazze. Non avevo idea di come fosse possibile sentire la mancanza di qualcuno ancor prima di essersene separati, eppure era così che mi sentivo nei confronti di Savannah. Ogni giorno di questa tappa ne rappresentava uno in meno da passare con questa ragazza che era arrivata a rappresentare tutto il mio mondo, il mio pilastro. La mia unica consolazione era che in autunno sarebbe venuta nel New England.

Come avrei fatto a resistere fino ad allora non lo sapevo.

«Andiamo» mi esortò, infilandomi un braccio attorno alla vita. Io inarcai le sopracciglia. «Che c'è?» mi chiese divertita. «Non vuoi berti un caffè circondato da gattini?»

Un sorrisetto divertito si palesò sulle mie labbra. Ultimamente era raro che sorridessi, mi sembrava quasi strano farlo. Molto probabilmente anche Savannah ebbe il mio stesso pensiero, perché la sua espressione si addolcì di colpo.

Quanto a lei, stava andando benissimo. Era ancora introversa, del resto era così di carattere, però adesso sembrava alleggerita e trasudava pace da tutti i pori.

Per non parlare del fatto che erano settimane che non aveva più un attacco di panico.

Sapevo che il Giappone era un posto speciale per lei. Mi aveva raccontato del sogno di Poppy di vedere dal vivo i ciliegi in fiore, purtroppo, però, non le era stato concesso il tempo di farlo.

Persino io mi ero emozionato quando mi ero reso conto che saremmo arrivati in questa nazione nel momento di massimo splendore di quegli alberi. Avevo avuto come la sensazione che qualcosa di più grande avesse tramato per farla arrivare in questo posto che associava alla sorella nel momento più propizio. Di ciliegi ne avevamo già visti alcuni qui a Tokyo, però nel giro di un paio di giorni ci saremmo spostati a Kyoto per assistere al Festival dei Fiori di ciliegio.

Volevo emozionarmi. Volevo sentirmi in pace con me stesso e forte, ma non mi sentivo così. Continuavo a parlare molto con Leo, tuttavia sapevo di essere indietro rispetto al resto del gruppo. Non sarei tornato a casa guarito. Sarei tornato a casa *scorticato*. E una parte di me temeva quello che sarei potuto diventare lontano dal gruppo. Lontano da Leo e Mia, e soprattutto da Savannah. Sarei sprofondato ancora di più nella tristezza, o magari la rabbia che ero riuscito così faticosamente a domare sarebbe tornata nell'instante in cui avessi rimesso piede a casa?

Leo e Mia mi avevano offerto un ulteriore aiuto. La verità era che il mio problema non era più riformulare i miei pensieri sul suicidio di Cillian, ma il fatto che, per un anno, non ero riuscito a togliermi dalla testa il modo in cui l'aveva fatto. Il modo in cui vi avevo assistito. In cui lo avevo *visto*. In cui lo avevo stretto tra le mie braccia e guardato morire.

Ogni volta che chiudevo gli occhi, rivedevo tutto. Quando mi sentivo stanco, rivedevo tutto. Mi bastava sentire il suono di un clacson, uno stridio di gomme, e ritornavo a quel momento, a Cillian tra le mie braccia, dilaniato, *andato*.

Rammentai la conversazione che avevo avuto con Leo qualche giorno prima durante una seduta individuale…

«Cael, Mia e io abbiamo parlato e pensiamo che ti serva un ulteriore aiuto.»

Non avevo battuto ciglio, nonostante la leggera fitta allo stomaco. In realtà lo sapevo. Lo sentivo. Annuii con la testa. Avrei fatto quello che era necessario. Non avevo intenzione di discutere. Quello a cui avevo assistito era stata un'esperienza traumatica ed ero consapevole che ci sarebbe voluto più tempo per guarire. Se volevo migliorare per Savannah, per i miei genitori, per me, dovevo continuare a lavorare su me stesso.

«Dopo il viaggio, ti troveremo un aiuto a casa.» Leo fece una pausa, poi aggiunse: «Riteniamo che un percorso locale sia la cosa migliore per scavare

in profondità e aiutarti a superare la situazione». Leo attese finché non incontrai il suo sguardo. «Andrebbe bene per te?»

«Sì» risposi e visualizzai di nuovo il volto di Savannah. «Farò qualsiasi cosa sia necessaria.»

«Torna da me» disse Savannah e io mi destai dai ricordi. Mi stava accarezzando la guancia, nel centro di Tokyo, con migliaia di persone che brulicavano attorno a noi, come un fiume che scorreva attorno alla nostra isola. Inspirai e mi sentii crollare. Ero davvero stufo di dover lottare con il dolore.

Mi stava distruggendo.

Quando guardavo Savannah, sapevo che avrei distrutto anche lei se non avessi saputo risolvere la questione. Non le avevo ancora raccontato dell'aiuto extra che avrei ricevuto una volta tornato a casa. La verità era che non volevo farla preoccupare.

«Sono qui» cercò di tranquillizzarmi, la voce roca.

Mi guardai attorno. I nostri amici non c'erano.

Savannah doveva essersi accorta della confusione nel mio sguardo. «Sono entrati in una caffetteria.» Mi prese per mano. «Vieni, andiamo da un'altra parte.»

Le impedii di trascinarmi via da lì. «No» dichiarai, sforzandomi di sorridere. «Raggiungiamo gli altri.» Feci un respiro profondo, nella speranza che mi desse forza. Savannah non sembrava troppo convinta. «Non ci resta molto tempo. Vogliamo entrambi passare più tempo con i nostri amici.»

«Solo se lo vuoi davvero» mi concesse, scrutandomi il volto.

Le misi un braccio sulle spalle e la guidai dall'altra parte della strada. «Lo voglio davvero, Pesca. Non mi viene in mente nulla di più elettrizzante di essere assalito da un branco di gatti mentre cerco di mangiare qualcosa.»

La lieve risata di Savannah fu come un raggio di sole che squarciava il mio cielo coperto dalle nuvole scure. «Mi pare di notare del sarcasmo nelle sue parole, signor Woods, ma per stavolta lascerò correre. Non vedo l'ora di vedere come gestirai venti gattini che cercheranno di attirare la tua attenzione.»

Così ci recammo nella caffetteria con i gatti e seppellii la mia tristezza per un altro giorno. Era diventata la normalità, ultimamente.

«Io sono Aika e oggi lavorerò con voi.» Aika era una giapponese di un metro e cinquanta, magra, con i capelli sale e pepe legati in una crocchia. Era molto sorridente e trasmetteva un senso di pace. Doveva essere sulla sessantina e aveva uno studio nel centro di Tokyo.

Ci trovavamo all'interno di uno vasto spazio vuoto con luminosissime pareti bianche. Davanti a noi era situato un tavolo con sopra dei piatti impilati. Ci disponemmo tutti davanti a esso e Aika si piazzò sul lato opposto.

«Davanti a voi avete una pila di piatti. Vi pregherei di prenderne uno ciascuno.»

Facemmo come ci aveva chiesto e rimanemmo in attesa di istruzioni. Savannah mi guardò e scrollò le spalle. Anche lei non aveva la minima idea di cosa avremmo fatto. Aika sembrava un'artista, quindi quel posto poteva essere il suo atelier. Anche se le pareti non presentavano il minimo ornamento.

«Guardate il vostro piatto. Cosa vedete?» ci domandò la donna.

«Un piatto?» intervenne Travis, evidentemente confuso come il resto del gruppo.

«Sì» approvò Aika. «E?»

«È liscio?» provò nervosamente a dire Jade.

«E?» insistette la donna.

«È perfettamente tondo» tentò Lili.

Aika annuì con un rapido e netto cenno del capo. «Ci sono crepe?»

«No» rispose Dylan, scrutando l'oggetto. Lo studiai anch'io e verificai che non ci fossero tracce di crepe.

«È un piatto perfetto» intervenne timidamente Savannah.

«Esatto» confermò la donna. «Bene, adesso sparpagliatevi, prendetevi un po' di spazio.» Seguimmo le sue istruzioni e lei annuì di nuovo con il capo in segno di approvazione. «Ora, sollevate il vostro piatto.» Feci come richiesto poi lei impartì un nuovo ordine che mi lasciò perplesso: «E gettatelo a terra».

Rimanemmo tutti di stucco, incerti se stesse scherzando o meno. Ci guardammo l'un l'altro per capire se qualcuno avrebbe osato compiere quel gesto. Era una sorta di test? Perché se era così, non sapevo proprio a che cosa potesse servire.

«Buttateli a terra» ripeté la donna, mimando il gesto con la mano.

«Dobbiamo romperli?» indagò Lili, l'incertezza nella voce.

«Sì» confermò Aika. «Lanciateli, rompeteli, fateli a pezzi.»

Dylan fu il primo a gettare a terra il piatto, il quale si frantumò ai suoi piedi, in cinque pezzi.

«Bene» si complimentò la donna, prima di rivolgersi al resto del gruppo. «Ora tocca a voi.»

A poco a poco, il fracasso dei piatti rotti riempì la stanza. Io gettai il mio dall'alto del mio metro e novantacinque e questo prese velocità, disintegrandosi in nove pezzi. Li contai.

Savannah stava fissando il suo, che si era suddiviso in sei parti.

Aika passò in rassegna la nostra opera. «Ora, ricomponeteli.»

Non compresi con esattezza ciò che stava succedendo.

«E come?» domandò Dylan.

«Prendete i pezzi da terra e ricomponete i piatti.»

Mi abbassai e raccolsi i miei cocci, poi mi inginocchiai e li sistemai a mo' di cerchio. Piccoli pezzetti di ceramica, o di qualunque materiale fossero fatti, si erano disintegrati e alcune parti del piatto rimanevano vuote. Ricomposi il puzzle, ma ormai il piatto era rotto. Molto semplicemente.

«Ora tirate su il piatto» ci esortò Aika. Accogliemmo quell'invito nel silenzio più totale.

«È impossibile» commentò Travis. «Cadrebbe a pezzi.»

«Ah» esclamò la donna, le mani dietro la schiena e uno sguardo d'intesa. «Allora dovremo ripararlo» aggiunse prima di dirigersi verso una porta chiusa dall'altra parte della stanza. «Prendete i vostri cocci e seguitemi.»

«Ma che sta succedendo?» bisbigliò Savannah. Scossi la testa confuso, non avendone la minima idea.

Raccolsi i pezzi del mio piatto e seguii il gruppo nell'altra stanza. Fui l'ultimo a entrare, però mi resi immediatamente conto del perché tutti si fossero arrestati di colpo sulla soglia. Quella stanza era piena zeppa di ceramiche di tutti i tipi, ceramiche venate d'oro e d'argento.

Aika si avvicinò a un tavolo rotondo con molte sedie, poi indicò attorno a sé. «Questi sono gli oggetti rotti che abbiamo riparato. E possono essere riutilizzati.»

«Ma comunque,» intervenne Dylan, «non sono più gli oggetti di prima.»

«Oh, bene, adesso capite?» domandò la donna. Mi ci volle qualche istante per capire quale fosse il suo scopo. Guardai il piatto che avevo in mano, o meglio i nove pezzi dai bordi irregolari che ne erano rimasti, e mi sentii ostruire la gola per l'emozione. Il piatto era rotto, ma…

«*Ora*, vi insegnerò a rendere quei piatti di nuovo funzionali» ci spiegò la donna, facendo a brandelli la mia anima. Savannah si sporse verso di me. Aveva intuito anche lei la lezione che ci stava impartendo Aika.

Poi guardai il resto del gruppo; tutti avevano compreso lo scopo di quell'esperienza. I nostri piatti erano rotti, ma ci saremmo occuparti di quel danno irreparabile per porvi rimedio.

Tutti *noi* eravamo dei piatti rotti.

«Ora sedetevi» ci esortò Aika. Ci porse dei pennelli e una pasta dorata. Dopo aver distribuito l'occorrente, si mise seduta e tirò fuori un piatto rotto che doveva aver serbato per l'occasione.

La osservammo col fiato sospeso. Sapevamo benissimo che quella lezione non era solo un'occasione per imparare una nuova tecnica artistica. Intuivamo tutti quanti che c'era molto di più dietro. Qualcosa che sarebbe andato a giovamento di tutti noi, della nostra salute, del nostro cuore e della nostra anima.

Aika prese i due pezzi più grandi del piatto rotto e applicò la lacca dorata sul bordo di uno di essi. «State per assistere all'arte giapponese del *kintsugi*» ci informò, senza distogliere lo sguardo dalle proprie mani operose. «Per riparare il piatto sto utilizzando una pasta dorata, una sorta di colla, così da rimettere insieme i cocci e dargli una nuova vita.»

Aika incollò i due pezzi e adesso, al posto della crepa, spiccava una bellissima venatura dorata. «Questa tecnica rappresenta la manifestazione fisica del principio del *wabi-sabi*. Il *wabi-sabi* ci insegna ad accogliere le imperfezioni della vita, la sua provvisorietà, la sua incompletezza.»

«Come per i *sakura*, gli alberi di ciliegio» intervenne Savannah, con un filo di voce per l'emozione.

«Sì. Come per i *sakura*» confermò la donna, dopodiché con un cenno del capo ci indicò i nostri cocci e gli strumenti che ci aveva fornito. «Prego, iniziate. Seguite i miei stessi passaggi.»

Afferrai il pennello con la mano tremante. Savannah rimase immobile per qualche minuto, gli occhi chiusi, concentrata sulla respirazione. Le posai la mano sulla coscia e lei riaprì immediatamente gli occhi. «Tutto bene?» le domandai piano.

«Sì» rispose, con un sorriso commosso. «Avevo solo… bisogno di qualche minuto.» Savannah prese il pennello e iniziò a ricostruire il suo piatto.

Lavorammo tutti nel silenzio più totale, e a ogni coccio che rincollavo la mia mente veniva attraversata da flash del passato. Lo stato catatonico in cui ero caduto dopo la morte di Cillian. La rabbia che aveva preso piede dentro di me e infestato il mio corpo fino a consumarlo. Rammentai la prima volta che avevo respinto i miei genitori, le urla con cui li avevo implorati di lasciarmi in pace. Il giorno in cui avevo abbandonato gli allenamenti senza guardarmi indietro, rifiutandomi poi di andare a Harvard in autunno. Quello in cui avevo lanciato i pattini nel capanno allo stagno per poi sbattere la porta. Quello in cui avevo preso la mazza da hockey di Cillian e l'avevo ridotta in mille pezzi contro lo spesso strato di ghiaccio dello stagno che amavamo tanto.

Ciascuno di quei ricordi rappresentava una crepa nella mia anima.

Crack.

Crack.

Crack.

Rappresentava la manifestazione fisica del mio cuore spezzato, della mia anima ridotta in mille pezzi. Non avevo mai creduto di potermi rialzare in piedi.

Fino a che non avevo intrapreso questo viaggio.

Fino a che non mi ero innamorato della ragazza più incredibile che aveva osato infondermi una nuova *speranza*.

Tutto questo rappresentava la mia lacca dorata? Era questo che stava succedendo al mio spirito fatto a pezzi? Questo viaggio, i miei nuovi amici, la guida di Leo e Mia, l'amore che provavo per la mia ragazza, tutto questo era il mio *kintsugi*? In qualche modo potevo – *potevamo* – rimettere insieme i pezzi? Oppure dopo la terapia dell'esposizione mi ero rotto di nuovo e i miei cocci si erano ulteriormente frantumati? Dovevo semplicemente rimestarli per trovare il modo di riassemblarli? O erano talmente piccoli da essere inservibili? Era proprio quella la mia più grande paura, che ormai fosse troppo tardi per rimediare.

«Sei in difficoltà?» mi domandò Aika. Ero seduto immobile con le mani sospese davanti a me, perso nei miei pensieri. Poi registrai la sua domanda. Ero in difficoltà?

Parecchio.

Deglutii e incrociai il suo sguardo indagatore. «No, è che...» mi agitai sulla sedia, in imbarazzo per la domanda che stavo per farle. Ma dovevo sapere. «Esistono dei casi in cui il piatto è talmente frantumato da non essere riparabile? Dei... casi senza speranza, insomma?»

La mia domanda riecheggiò nella stanza silenziosa. Savannah mi posò la mano sul ginocchio, in segno di supporto, ma io non distolsi lo sguardo da Aika e trattenni il fiato finché non mi rispose.

«No» rispose la donna, secca. «Magari ci vuole un po' per ricomporre il puzzle e più tempo anche per fissare i pezzi tra loro, ma ogni piatto può essere riparato con tempo e tenacia.»

Il sollievo che provai per poco non mi fece cadere dalla sedia. Aika prese a osservarmi attentamente e, quando sollevai lo sguardo e incrociai il suo, mi fece un cenno con il capo, come se fosse riuscita a leggermi nell'anima. Mi stava incoraggiando. Mi fece capire che sapeva perché gli avessi posto quella domanda. Tutti attorno a quel tavolo lo sapevano.

«Tutto bene?» si accertò Savannah, con un filo di voce intriso di tristezza. Tristezza per me.

«Tutto bene» le confermai, dando una stretta alla sua mano. Poi andai avanti col lavoro, ignorando gli sguardi dei miei compagni.

Senza accorgermi delle ore che ci erano volute per riparare il piatto, appoggiai la schiena alla sedia. Studiai il risultato tra le mie mani, completamente a corto di fiato.

L'avevo sistemato. Non era più il piatto di prima, ma era di nuovo un piatto. Era qualcosa di nuovo, eppure conservava la sua funzione.

«Adesso cosa vediamo osservando i nostri piatti?» ci domandò Aika, la voce più gentile che mai, consapevole che fossimo fragili quanto la ceramica che avevamo riparato. Ci sarebbe voluto un po' di tempo perché la colla dorata si seccasse, rendendo il piatto solido.

«È bellissimo» commentò Savannah mentre osservava il proprio piatto. Ricacciò indietro le lacrime che minacciavano di rotolarle sulle guance e incrociò lo sguardo di Aika. «Credo sia persino più bello di prima.»

«Ah» esclamò la donna. «Questo è vero.» Indicò i piatti di tutti. «Ecco una lezione da ricordare» aggiunse sorridendo. «Ciò che si rompe, una volta aggiustato, può essere persino più bello di prima.»

Un brivido mi corse lungo la schiena e si spanse in tutto il corpo. Afferrai la mano di Savannah. Le dita le tremavano e, quando la guardai, le lacrime le rigavano il volto come fossero il collante salato della sua anima. Rimasi a osservare rapito la mia ragazza. L'avevo trovata bellissima quando ci eravamo conosciuti, quando la sua anima era frantumata in mille pezzi, ma adesso, dopo che il viaggio e la terapia avevano gradualmente rincollato i vari elementi con una lacca dorata, lo era ancora di più.

Per quanto mi riguardava, invece, i miei cocci erano ancora tutti sparpagliati. Niente pasta dorata a tenerli insieme... *non ancora*, almeno. Ma mentre osservavo il mio piatto, mi convinsi che ci *sarei* riuscito. Un giorno. Non sarei più stato lo stesso dopo la morte di Cillian – nessuno di noi sarebbe più stato quello di prima. Era impossibile perdere qualcuno che si amava e tornare a essere la persona di un tempo.

La perdita ti cambiava.

Ma si poteva *guarire*. Si poteva riparare la propria anima con la lacca dorata del *kintsugi* e tornare a *vivere*. La vita non sarebbe più stata quella di prima, ma ciò non significava che non valesse la pena di essere vissuta. Che non potesse essere bella, nonostante tutto. Anzi, forse la morte di una persona cara poteva insegnarti ad amarla *di più*, la vita. Perché sapevi cosa significava perderla. E non l'avresti data mai più per scontata.

Ero consapevole di non essere ancora a buon punto con il mio percorso di guarigione, ma continuando a impegnarmi, continuando a *provare* a ricomporre i miei cocci, forse un giorno avrei cantato vittoria.

Una mano si posò sulla mia spalla. Aika era in piedi accanto a me. «Voglio donare a tutti voi un kit da portarvi a casa, in modo che possiate continuare a fare pratica col *kintsugi*.» La donna sorrise e i suoi occhi castani sprizzavano gentilezza. «Per ogni volta che avrete la sensazione che la vita non possa tornare a essere bella.»

«Grazie» mormorai, stringendo il kit come se fosse la mia cima di salvataggio. Come se stringendolo forte, nelle mie vene prendesse a scorrere quella lacca dorata, insinuandosi nelle arterie e riparando il mio cuore spezzato.

Sentii riecheggiare nella mia testa le parole di Aika... *Il* wabi-sabi *ci insegna ad accogliere le imperfezioni della vita, la sua provvisorietà, la sua incompletezza.*

Niente durava in eterno. Né la vita né la felicità... né il dolore.

Ma la *speranza* sì. Se l'incontro con Savannah mi aveva insegnato qualcosa era proprio che la speranza era sempre a portata di mano e che, se una volta ti sfuggiva, potevi sempre tentare di riacciuffarla.

Savannah appoggiò la testa alla mia spalla e rimase a fissare il proprio piatto. Io continuai a osservare il mio, mentre tutto il mondo attorno a noi scompariva. *Dovevo* trovare un modo per rimettere insieme i miei cocci.

Baciai Savannah sul capo e inalai il suo profumo di ciliegia e mandorla. Volevo costruire una vita con questa ragazza. Desideravo trovare la felicità con lei.

Desideravo semplicemente *lei*, in ogni modo possibile.

La lacca dorata luccicò sotto la luce artificiale appesa al soffitto. I nostri due cuori si erano spezzati per la perdita che avevamo subito, ma forse, quando avevamo iniziato a ripararli, li avevamo anche fusi insieme per trasformarli in un unico cuore.

Eravamo più forti così, con i battiti all'unisono.

Ed ero certo che i nostri cuori non fossero mai stati più belli.

23

Alberi in fiore e vecchie amicizie

Savannah,

lo so che molti si chiedono perché io ami tanto gli alberi di ciliegio. È sempre stato così. Ci siamo cresciute attorno. I colori dei fiori e la loro fragilità mi hanno sempre affascinata. Molti bambini contano i giorni che li separano dal Natale. Io da bambina contavo i giorni che mancavano alla primavera per veder fiorire i ciliegi.

Adesso sono seduta qui e li vedo. Il frutteto è un tripudio di rosa e bianco. È vivo, estremamente vivo. Il dolce profumo e l'incredibile bellezza dei fiori mi tolgono il fiato ogni volta che vengo portata là.

Non riesco più a camminare. Adesso uso la sedia a rotelle. Ma non importa. Finché sono in grado di godermi il frutteto in tutta la sua bellezza sono contenta. Soprattutto se c'è Rune al mio fianco. Possiamo stare in mezzo agli alberi per ore. Mi sento al sicuro tra le sue braccia, sotto quei rami. Sono grata di ogni respiro che riesco a fare. E ogni bacio di Rune è un dono preziosissimo.

Non do mai nulla per scontato.

Ma questa primavera è un po' dolceamara, dato che ho la consapevolezza che sarà l'ultima su questa Terra. So che presto, quando il primo petalo cadrà, il mio respiro si intorpidirà. Il mio cuore rallenterà. Sono stanca, Savannah. Persino adesso, tenere in mano questa penna e scriverti mi risulta faticosissi-

mo. Eppure non ho paura. Voglio che tu lo sappia. Al pari dei fiori di ciliegio, la mia vita è stata breve, ma è stata comunque ricca ed emozionante, e davvero davvero dolce.

E lo è ancora di più ogni volta che sono insieme alle persone che amo. Ogni volta che sto insieme a te e Ida. Insieme al mio Rune.

Dio sapeva che la mia vita sarebbe stata breve, Savannah. È per questo che mi ha donato questa passione per gli alberi di ciliegio. Così avrei compreso il significato di avere a disposizione un tempo limitato per vivere appieno la mia vita. Sono nata a Blossom Grove per vivere tra gli alberi che tanto mi hanno ispirata. Ci credo davvero. Niente è permanente nella vita, Savannah, perciò accogli tutta la sua bellezza finché puoi.

Quando leggerai queste parole, sappi che io mi troverò al sicuro tra gli eterni ciliegi del paradiso. E sarò così contenta di sedermi tra loro, a pensare alla mia famiglia, a prosperare nella vostra vita fino a quando non vi rincontrerò e finalmente, come gli alberi eterni del paradiso sotto cui aspetto, sarete per sempre al mio fianco.

A quel giorno,
Poppy

Kyoto, Giappone

Era uno spettacolo troppo maestoso da digerire. Dovunque mi girassi c'erano distese di fiori rosa e bianchi. Alberi allineati in ogni strada, parchi pieni zeppi di rami coloratissimi. Il profumo era inebriante e mi sembrava di vedere Poppy dappertutto. Ero contenta di visitare Kyoto a questo punto del viaggio, alla fine del nostro percorso. Perché se fossimo arrivati qui mesi prima, all'inizio del viaggio, non sarei stata in grado di sostenere un'esperienza simile.

Adesso potevo osservare questi alberi, emblema della caducità della vita, e ammirarli con il dovuto rispetto. Potevo vedere Poppy ad ogni angolo senza sentirmi schiacciata dal suo ricordo. Perché mi ero *fortificata.* Sorrisi, nonostante dentro il mio petto si fosse scatenato un vortice di emozioni che mi provocò le lacrime. Queste cadevano a terra, lasciando una parte di me in questo posto. Il mio tributo a mia sorella. Cael mi teneva la mano sinistra e si stava godendo questo spettacolo maestoso accanto a me. Sollevai la mano destra e lasciai che la brezza accarezzasse le mie dita. Immaginai Poppy al mio fianco, intenta ad abbracciarmi e a osservare quegli alberi che amava tanto con il cuore pieno di amore e gratitudine.

«Incredibile» mormorò Dylan alle nostre spalle. Aprii gli occhi e vidi gli uccellini svolazzare in cerchio sopra le nostre teste, come se anche loro fossero rimasti senza fiato per lo spettacolo. «È come a Blossom Grove, Sav?» mi domandò Dylan, al quale avevo raccontato tutto.

Ripensai a casa e provai un'immensa nostalgia. Per quanto fosse bellissimo questo posto, *nulla* poteva sostituire il nostro piccolo frutteto. Soprattutto adesso che mia sorella era sepolta lì. Era un posto magico, placido e sacro.

Aprii la bocca per rispondere, quando una voce alle spalle di Dylan lo fece al posto mio: «Niente potrà mai sostituire il nostro frutteto».

Quando *riconobbi* quella voce, rimasi di sasso per lo shock. Mi era *mancata* moltissimo. Lasciai la mano di Cael e mi voltai. Rune Kristiansen in carne e ossa, proprio lì accanto a noi, in questo meraviglioso parco di Kyoto.

«Rune...» borbottai, mentre le lacrime presero a rigarmi il volto. Mi lanciai verso di lui e lo abbracciai fortissimo. Lui ricambiò la stretta e io mi sentii accarezzare le guance dai suoi lunghi capelli biondi. Era tutto così surreale. Il trovarmi qui, in mezzo a così tanti alberi in fiore, con il Rune di Poppy al mio fianco.

Mi staccai dall'abbraccio e mi asciugai le lacrime. Rune era vestito come al solito di nero: jeans neri, maglietta nera, scarponi neri. Non era cambiato per nulla, a parte il fatto che adesso era un po' più grande. E proprio come il vecchio Rune, sorreggeva tra le mani una macchina fotografica.

«Sorpresa» esclamò. Scossi la testa, incapace di parlare.

Lui sorrise. «Sono stato qualche settimana in Corea con il mio mentore per un servizio fotografico. Avevamo un paio di giorni liberi tra un progetto e l'altro. Lui s'incontrava con dei vecchi colleghi, così ho deciso di prendere l'aereo e fare una piccola deviazione. Mi tratterrò qui solo per una notte. Ma tua madre mi ha detto che eri qui anche tu, così mi sono messo in contatto con i tuoi responsabili e loro mi hanno riferito dove ti avrei trovata. Volevo farti una sorpresa.»

«Tu sei qui» mormorai, ancora scioccata.

Gli occhi di Rune si addolcirono e un velo di tristezza li offuscò per un istante. «Non mi sarei mai perso i ciliegi in fiore, Sav.» Toccò la macchina fotografica. «Devo ancora mostrarli alla mia ragazza.»

Le foto sulla tomba di Poppy.

Ogni anno, alla fine della stagione, in prossimità della ricorrenza della morte di mia sorella, sulla tomba compariva una nuova foto della fioritura scattata in un qualche angolo di mondo.

Rune e io ci scambiammo un lungo sguardo d'intesa e a me si ostruì talmente tanto la gola per l'emozione da non riuscire a parlare. Rune chinò il capo e si asciugò sobriamente gli occhi. Poi tornò a guardarmi e dalla sua espressione capii quanto mia sorella gli mancasse.

«Pesca?» Cael si avvicinò, mi piazzò un braccio sulle spalle e mi fece ruotare verso di lui. «Tutto bene?» Guardò Rune con la confusione negli occhi. Rune inclinò la testa di lato quando registrò la nostra vicinanza e io arrossii. Era chiaro che la mia famiglia non gli avesse riferito di Cael. Poi sollevò il sopracciglio con fare d'intesa, alleggerendo quel momento di tensione.

«Cael» dissi e indicai Rune. «Lui è Rune, il...» Mi interruppi, non sapendo come proseguire.

Mi sentii ingarbugliare lo stomaco, ma alla fine Rune venne in mio soccorso: «Sono il Rune di Poppy».

Il *Rune di Poppy*... Del resto, per mia sorella, era stato sempre qualcosa di più che un semplice fidanzato. Aveva rappresentato tutto il suo mondo, la sua anima gemella, la sua ragione di vita. E adesso erano separati solo temporaneamente.

Cael abbassò il braccio dalle mie spalle e il suo sguardo si illuminò. «Cael» si presentò e gli strinse la mano. Rune sorrise, poi si voltò verso di me e mi guardò con un'espressione da fratello maggiore, come se gli dovessi delle spiegazioni.

«Rune?» si inserì Dylan. Mi voltai verso il mio amico, il quale stava osservando Rune con un'espressione seria.

«*Hei*» lo salutò lui in norvegese, stringendogli la mano. Prima che si rimettesse in viaggio, dovevo ricordarmi di chiedere a Rune di parlare con Dylan. Ritenevo che potesse aiutare anche lui.

«Dylan,» si presentò, «l'amico di Savannah. Sono uno dei suoi compagni di viaggio.» Dylan indicò il resto del gruppo che si avvicinò a noi incuriosito. Negli occhi azzurri di Rune balenò la comprensione. A uno a uno conobbe i miei amici, mentre Cael mi supportava in silenzio, con una mano sulla schiena. Rune rivolse a tutti un piccolo sorriso. Sapeva esattamente quello che ognuno di noi stava attraversando dal punto di vista emotivo. Ci era passato – ci *stava passando* – anche lui.

«Non posso credere che tu sia qui» commentai, ritrovando la voce.

Rune indicò il parco con un cenno della testa. «Hai tempo per fare due chiacchiere?»

Diedi un'occhiata a Mia e Leo che erano dietro di noi. Era evidente che avessero già conosciuto Rune e che lo avessero aiutato a farmi questa sorpresa. Mia mi fece segno di andare con la mano. Mi voltai verso Cael. Avevo desiderato tanto vedere i ciliegi in fiore insieme a lui. A ogni modo, doveva essersi accorto della mia espressione combattuta, perché premette la fronte alla mia e disse: «Vado con gli altri. Prenditi tutto il tempo che ti serve. Ti aspetto finché non avrai finito con Rune». Mi diede un bacio tenero e delicato, facendomi provare un brivido lungo la schiena.

«A dopo» mormorai, prima di raggiungere Rune, il quale si era allontanato per lasciarci un po' di privacy.

Rune mi venne incontro, mi mise un braccio sulle spalle e mi strinse al suo fianco. «Mi sei mancata, Sav.» Poi si staccò e mi squadrò da capo a piedi. «Sembri stare meglio.» Trasse un lungo respiro sollevato. «Sembri più forte.»

«Lo sono» confermai, credendoci con tutta me stessa. «Sto meglio. E sono più forte.» Sollevai la mano e sfiorai con le dita una germoglio rosa in procinto di sbocciare. «Questo viaggio...» scossi la testa. «Non so nemmeno da dove cominciare.»

Raggiungemmo un prato su cui erano disposti dei tavolini da picnic. Rune mi fece segno di sedermi. Questa parte del parco era ombreggiata da una tettoia naturale di rami di ciliegio fioriti. Osservai quello spesso strato di fiori che impediva quasi totalmente di scorgere il sole primaverile.

«Direi che potresti cominciare dal ragazzo che ti ha appena baciata» buttò lì lui, in tono scherzoso.

Mi sentii prendere fuoco le guance, ma ero così orgogliosa di Cael. Ero orgogliosa che fosse mio. «Adesso sai che si chiama Cael» iniziai, dimostrando il mio amore per lui in ciascuna parola pronunciata. Rune mi diede una gomitata, facendomi ridere, ma poi tornai subito seria. «Ha perso suo fratello maggiore.» A quelle parole, anche Rune tornò serio. «Cillian... suo fratello... si è suicidato.»

«No» mormorò e senza dubbio pensò ad Alton, il suo fratellino.

«Cael ha assistito a tutto. Lo ha stretto tra le sue braccia dopo l'accaduto.» Inspirai profondamente per scacciare via il dolore che quell'immagine mi provocava. «Lui… sta trovando tutto molto difficile da superare.»

«È naturale» commentò Rune, comprensivo. Quello era uno dei motivi per cui Poppy lo amava, ne ero certa. «Questo viaggio lo ha aiutato?» mi domandò.

«Sì» replicai, tuttavia dovetti ammettere la verità. «Ma è ancora in difficoltà. La terapia che abbiamo intrapreso ha tirato fuori delle cose con cui è ancora alle prese.»

Rune annuì con il capo, poi sollevò lo sguardo verso i fiori di ciliegio. Chiuse gli occhi e una leggera brezza gli accarezzò la chioma. Mi piacque pensare che si trattasse di Poppy, seduta accanto a lui, intenta a scompigliargli i capelli. Dal sorriso che si palesò sul volto di Rune, anche lui dovette immaginare la stessa cosa.

Riaprì gli occhi e riprese a parlare: «Quando ho perso tua sorella…». Scosse la testa. «I primissimi giorni dopo la sua morte… mi sentivo mancare il *respiro*, Savannah.» Gli si spezzò la voce, facendomi venire gli occhi lucidi. Anche io mi ero ritrovata nella sua stessa situazione. «Poi, col passare del tempo, diventava sempre peggio, perché *percepivo* la sua assenza. Il lasso di tempo tra l'ultimo bacio e il presente mi sembrava infinito. *Troppo* lungo da sopportare.»

Rune sollevò la macchina fotografica e, scorgendo qualcosa che a me sfuggì, scattò una foto. Quando la riabbassò, aggiunse: «Gli ultimi momenti con tua sorella… con *Poppymin*, sono stati tutto per me». La sua voce adesso era roca e tremante. Ero consapevole che quei mesi erano stati speciali per lui. Lo avevo visto con i miei occhi. Avevo percepito la felicità che, in quell'ultimo periodo, Rune aveva restituito a mia sorella con la sua presenza. Per quanto Poppy amasse la sua famiglia, solo Rune avrebbe potuto rendere il suo trapasso così speciale. Lui lo aveva reso perfetto per lei, tornando a far parte della sua vita nel momento in cui lei aveva avuto più bisogno di lui.

Esattamente come Cael era entrato a far parte della mia, di vita.

Rune posò la sua mano sulla mia e la strinse. «Lo ami?»

Non avevo alcun dubbio. «Sì. Più di quanto io abbia mai ritenuto possibile.»

Rune sfoggiò un sorriso così grande che sembrò sorridere anche a nome di mia sorella. «Quindi l'hai incontrato» commentò. «Il ragazzo con cui passerai il resto della tua vita.»

Gli diedi una gomitata e replicai: «Ho trovato il mio Rune».

Rune scoppiò in una risata, e una lacrima gli rotolò sulla guancia. «Il tuo Rune» ripeté.

«Vive appena fuori Boston ed è un giocatore di hockey» gli raccontai.

«Boston?» domandò, riferendosi chiaramente al mio prossimo futuro a Harvard.

«Lo scorso autunno avrebbe dovuto iniziare Harvard anche lui. Con una borsa di studio sportiva. Ma quando è morto il fratello si è ritirato sia dal college che dalla squadra. Anche il fratello era un giocatore di hockey. Per Cael è dura continuare a giocare… i ricordi… è tutto troppo difficile.»

«Dagli tempo» mi confortò. «Sta attraversando un momento difficile, ma può ritrovare la strada.» Si voltò verso di me. «Curioso, però» commentò. «Che anche Cael dovesse andare a Harvard…» La pensava esattamente come me. Rune indicò il cielo con il dito. «Mi verrebbe da dire che ci sia lo zampino di tua sorella, in tutto questo.»

Mi misi a ridere. «Lei adorava l'amore.»

«Già» confermò lui, malinconico. «Dio, Sav, quanto mi manca. Essere in questo posto mi fa sentire ancora di più la sua mancanza, ma allo stesso tempo mi sembra di averla qui vicina a me.»

«Ti capisco perfettamente» replicai. Poi gli domandai ciò che avrei dovuto chiedergli un sacco di tempo fa: «Tu stai bene, Rune? *Davvero* bene, intendo?». Con la sua espressione mi confermò di aver capito che non intendevo in senso generale, ma che mi riferivo a Poppy.

«Sì» rispose, provocandomi una fitta al petto. «Perché un giorno o l'altro la rivedrò. *So* per certo che mi ricongiungerò alla mia ragazza, prima o poi. Che potrò baciarla di nuovo e stringerla forte a me. Sentire ancora la sua risata e le delicate note del suo violoncello. Dormire con lei e stare semplicemente al suo fianco. Come avrebbe dovuto essere sin dall'inizio. E a quel punto tutti gli anni che ci saremo persi in questa vita verranno immediatamente cancellati.»

Chinai il capo in modo che non mi vedesse crollare, ma evidentemente non funzionò perché aggiunse: «Per ora, mi limito a incontrarla nei sogni, Sav. Parlo con lei ogni giorno, e so che lei mi ascolta. Vedo le sue perfette fossette. E mi sento rassicurato nell'anima dal suo sorriso, perché mi conferma che è felice e che non prova più dolore. Parlo con lei ogni volta che posso. Mi aiuta a tenerla in vita». La sua voce divenne roca, incrinata dall'emozione. «Non potrà esserci nessun'altra per me. Persino dal paradiso, Poppy mi dona tutto l'amore di cui ho bisogno.» Sollevò la macchina fotografica. «Viaggio per il mondo e scatto foto per *lei*. In suo onore. Mi dà uno scopo nella vita, ogni giorno. Mi aiuta ad andare avanti. Mi tiene lontano dalle tenebre del dolore.» Sollevò gli angoli della bocca con fare affettuoso. «Poppy mi ha insegnato questo. Ad apprezzare e ad amare la vita. Nonostante lei non ci sia più. Devo vivere per entrambi, glielo devo. Gliel'ho promesso. Non infrangerei mai la parola data alla mia ragazza.»

«Uno scopo... come lo sarà per me studiare medicina» commentai, ripensando a Tala, a tutti i bambini delle Filippine, soprattutto quelli che non potevano essere salvati.

«Come lo sarà per te studiare medicina» ripeté, concordando con le mie parole. «Stiamo onorando Poppy semplicemente andando avanti, in suo nome. Questo sarà la mia consolazione, finché non la rincontrerò.»

Rune rimase in silenzio per qualche istante, mentre rimuginavamo entrambi sulla nostra conversazione. «Non rimpiango un singolo istante della mia vita con tua sorella, Sav» riprese. «Nemmeno i momenti brutti. Nemmeno quelli peggiori in assoluto. Quando stava combattendo con la malattia, io ero lì e lei lo sapeva. Questo ci ha resi forti. Nella gioia e nel dolore, io ero al suo fianco, a tenerle la mano. Niente potrebbe separarmi da lei... nemmeno la morte.»

Pensai a Cael. Ero certa che anche per noi era così. Sarei rimasta al suo fianco nelle giornate di pioggia e in quelle di sole, sia se avesse danzato nella luce che vagato nel buio. Sperai solo che lui fosse consapevole al cento per cento di questo. Sapevo che si riteneva un peso per me, ma non lo era affatto. Cael mi rendeva una persona migliore. Mi elevava. Mi faceva volare in alto. Sapevo che detestava i suoi momenti di difficoltà, quando era giù di morale, immerso nelle tenebre. Ciò che Cael non capiva, però, era che la sua vulnerabilità non faceva altro che farmi innamorare ulteriormente di lui. Ero arrivata a capire che mostravamo il nostro peggio solo a coloro che amavamo di più. Senza temere alcun giudizio, ricevendo solo totale e risoluto sostegno.

Strinsi il braccio di Rune. «Sono davvero contenta che tu sia qui» confessai, appoggiando la guancia al suo bicipite. «Un pezzo di casa è qui con me, dall'altra parte del mondo.» Sorrisi, mentre i fiori venivano agitati dalla brezza. «Un pezzo di Poppy.»

Rune mi baciò sulla testa e rimanemmo seduti in silenzio, a osservare gli alberi che mia sorella amava tanto. Ricordandola. Onorandola. Pensando a lei.

Amandola.

Per sempre.

24

Addio

Ōtsuchi, Giappone

Giungemmo nella piccola città costiera di Ōtsuchi in un nebbioso pomeriggio. Era molto diversa da Kyoto. Il panorama era dominato dal mare, dagli alberi e dai campi, ma era un luogo isolato e silenzioso.

Mi ero lasciata Kyoto alle spalle con una sensazione di pienezza e allo stesso tempo di intorpidimento. Vedere così tanti alberi fioriti, parlare con Rune… era stato bellissimo, ma anche molto difficile. Mi ero resa conto che erano le piccole cose a risvegliare il dolore nel mio cuore. E ogni volta era una sensazione così travolgente e forte che, per qualche ora, mi ritrovavo catapultata nell'inferno della sofferenza. Tuttavia avevo imparato a venirne fuori, un po' bruciacchiata ma non arsa viva. Era comunque un passo avanti.

Anche se per certi versi, Kyoto era stata una tappa difficile, mi ero sforzata con tutta me stessa di scorgere il bello che aveva da offrire. Ero andata a visitare un posto che Poppy aveva tanto sperato di poter vedere e ci ero stata insieme a Rune. Sapevo che Poppy ne sarebbe stata felicissima. Rune si era scattato un selfie insieme a me sotto i rami pieni zeppi di fiori rosa e bianchi. Ero certa che, una volta tornata a Blossom Grove, avrei trovato quella foto ad attendermi sulla tomba di mia sorella.

Quella sera, Rune era venuto a cena con tutto il gruppo. Avevamo parlato di Poppy con il sorriso sulle labbra e le lacrime agli occhi, ricordandola con affetto. Era da tempo che io e il ragazzo che reputavo ormai un fratello non parlavamo di persona.

Rune, inoltre, aveva fatto anche una passeggiata con Dylan, quella sera, e quando erano tornati Dylan mi era sembrato camminare più leggero. L'espressione dei suoi occhi non mi era parsa così triste e nel vederli insieme – due persone che avevano perso troppo presto la propria anima gemella – mi si era stretto il cuore. Allora avevo guardato Cael, che mi abbracciò senza proferire parola, come se avesse intuito la lieve tristezza che offuscava la mia anima, come se avesse avuto il mio stesso pensiero... Se gli fosse successo qualcosa... non avrei saputo come uscirne. Il che mi faceva ammirare ancora di più Rune. Per il modo in cui aveva preso in mano la propria vita, *vivendola* davvero. Stava realizzando il suo sogno di diventare fotografo. Vivere per Poppy era diventata la sua missione.

Onorare la vita. Il Giappone mi aveva insegnato più di tutto questo. Mi aveva insegnato che ogni gesto doveva essere compiuto con grande rispetto e determinazione. Tutti dovevamo comprendere che niente durava in eterno, che tutto era temporaneo, dalle fioriture dei ciliegi alle stagioni, dalla breve vita dei fiori o degli animali, ai momenti belli e a quelli brutti. Tutto passava e tutto ricominciava da capo.

Soprattutto la vita.

Tutto, tranne l'amore.

La vita sapeva essere un disastro. Poteva piegarti e farti a pezzi, ma questo non significava che, con tutte le sue imperfezioni, non potesse essere trasformata in qualcosa di bello o che le sue brutture dovessero essere considerate qualcosa di irrimediabilmente negativo. Non significava che non potesse essere comunque affascinante e sorprendente.

Mi bastava guardare Cael per ricordarmi tutto questo.

E ora eravamo qui. In questo nuovo posto del Giappone. In questa piccola e silenziosa città. La nostra ultima tappa. Mi sentivo malinconica. Mi ero opposta con tutta me stessa a questo viaggio, e ora non avrei mai voluto che finisse. Eppure ero consapevole che questa bolla di felicità dovesse scoppiare a un certo punto, se volevamo davvero voltare pagina. Dovevamo fare tesoro di tutto quello che avevamo imparato e applicarlo nella vita di tutti i giorni.

Speravo solo che la forza che sentivo dentro di me continuasse ad assistermi. E sapevo che sarebbe stato così, perché conoscere nuove culture, affrontare i problemi che avevo nascosto sotto il tappeto per troppo tempo era stato liberatorio. Mi sentivo come un uccellino in gabbia in procinto di essere liberato.

Ma c'era un ultimo ostacolo da superare. Un ultimo gradino prima di poter spiegare le ali e volare.

«La giornata di domani,» prese a spiegare Leo nella hall dell'hotel in cui avremmo alloggiato, «rappresenterà il culmine degli insegnamenti di questo viaggio.» Ero nervosissima. Mia e Leo non ci avevano ancora detto cosa sarebbe successo, ma sapevo che doveva trattarsi di qualcosa di intenso. Cercai di non farmi prendere dal panico e di lasciarmi andare. Ero migliorata nell'affrontare ciò che la vita aveva da offrirmi.

Ero seduta sul divanetto, stretta a Cael. Il suo corpo era teso e aveva gli occhi inquieti. Non potevo credere che presto non sarebbe più stato al mio fianco. Come se si fosse accorto del mio cuore straziato, Cael mi strinse ancora di più a sé e io mi sciolsi nel suo abbraccio confortante.

Terminata la cena, tornammo mano nella mano in camera mia. Lui mi aspettò sulla porta. Avevo bisogno di averlo vicino in quel momento, perché la serata era stata parecchio intensa per me. Mi avvicinai al comò e recuperai il quaderno di Poppy.

Poi mi voltai verso Cael, il quale mi stava osservando con sguardo vigile. I suoi occhi grigio-azzurri si addolcirono quando mi strinsi il quaderno al petto. Con le labbra e la voce tremanti gli dissi: «Mi manca l'ultima pagina».

In qualche modo ero riuscita a leggere decine e decine delle pagine che mi aveva lasciato Poppy. A mia volta, io le avevo scritto sul diario che ci avevano consegnato Mia e Leo. Era stato bello condividere quel viaggio con lei. Mi aveva aiutata a connettermi di nuovo con mia sorella. E lei, con le sue parole, mi aveva risollevato nei momenti bui, aveva rappresentato la lacca dorata che teneva insieme i cocci della mia anima.

Attraverso quelle pagine, aveva vegliato su di me durante tutto il viaggio. Avevo pianto, avevo sentito la mancanza di casa... ma non come mi sarei aspettata, perché avevo le parole di mia sorella a tenermi compagnia ogni sera.

Eppure eravamo giunti alla fine.

Quella era l'ultima notte, il capitolo finale del suo addio per me. E per quanto non volessi leggerlo, dovevo farlo. Non volevo dire addio alle sue meravigliose parole, alla sua prosa edificante. Per quattro anni non avevo voluto dire addio a mia sorella, e di certo non volevo farlo adesso.

Ma dovevo. Bisognava dire addio, che lo volessimo o meno. Come mi avevano insegnato gli alberi di ciliegio che lei aveva adorato tanto, niente durava in eterno. E io – *tutti noi* – dovevamo accettare questo fatto. Potevamo credere in un'altra vita, nell'universo o in qualunque altra cosa pensavamo sarebbe venuta dopo.

Ma gli addii, in qualche modo, dovevano essere sempre pronunciati su questa Terra.

Protesi la mano verso Cael. Senza la minima esitazione, lui vi fece scorrere sotto la sua, callosa e tatuata, per poi stringerla due volte. Subito, mi sentii montare le lacrime agli occhi. La gola mi si ostruì, però riuscii a parlare. «Resti con me,» presi fiato, «mentre leggo l'ultima pagina?»

Con gli occhi lucidi, lui rispose: «Non vorrei trovarmi da nessun'altra parte». Aveva la voce roca, e l'accento di Boston spiccava più che mai. Doveva già occuparsi del proprio dolore, eppure era comunque lì per me.

L'hotel in cui alloggiavamo era in perfetto stile giapponese. C'erano tavoli bassi e paraventi di carta a separare i vari ambienti, e ogni stanza aveva il proprio curatissimo giardinetto privato. Strinsi la mano di Cael e lo guidai all'esterno, per sederci sui cuscini. Lui mi strinse tra le sue braccia, creandomi attorno una sorta di scudo con la sua stazza.

Osservai il sole ormai basso e le stelle che cominciavano a intravedersi. L'universo era così vasto e imponente, così eterno che avrei dovuto sentirmi soverchiata. Ma c'era *qualcosa* di confortante nel fatto che tante persone nel mondo, ogni sera, osservassero quelle stesse stelle e la luna, a prescindere da dove abitassero.

Accarezzai per l'ennesima volta la copertina del quaderno, sorridendo alla calligrafia di Poppy. Un tempo quell'oggetto mi terrorizzava a morte. Lo avevo evitato, tenuto nascosto in un cassetto della mia camera. Adesso, invece, era fonte di pace.

Era il mio contatto diretto con una sorella che mi aveva amato oltre ogni comprensione.

Cael si abbassò per imprimermi un bacio sul collo, poi risalì sulla guancia e infine sopra la testa. Chiusi gli occhi e lo lasciai fare, ascoltando il canto degli uccelli sui rami in ombra degli alberi circostanti. Sorrisi quando udii riecheggiare le risate contagiose di Travis e Dylan dall'altra parte del giardino.

La vita, riflettei… era davvero meravigliosa.

«Sono pronta» mormorai, e riconobbi l'importanza di quel momento. Era quasi spaventoso. O almeno, per me lo era. Cael mi strinse più forte tra le sue braccia e io sfogliai il quaderno fino all'ultima pagina.

Lo stomaco mi si aggrovigliò nello scorgere la calligrafia di mia sorella. Non era decisa come nelle pagine iniziali. A mano a mano che ero andata avanti nella lettura, avevo percepito tutta la stanchezza di Poppy. Nonostante le sue parole mi avessero trasmesso una forza incredibile, la sua scrittura era diventata via via più imprecisa.

Ricordavo quei giorni. Ricordavo il periodo in cui era ormai costretta a letto. In cui aveva il respiro talmente affannato da dover ricorrere all'ossigeno giorno e notte. La sua pelle era diventata giallognola e gli occhi sembravano enormi sul suo viso smunto. Aveva perso molto peso. Eppure era sempre bella come i petali che guardava cadere dalla finestra della sua camera. Feci un respiro profondo, e cercai di trovare la forza per leggere le parole di addio che mia sorella aveva scritto per me, la sorellina minore che l'aveva amata con tutto il suo cuore.

Savannah,

temo che il mio momento sia arrivato. Mentre ti scrivo queste parole, la mia mano fatica a tenere la penna. Onestamente, comincio a percepire l'ombra pesante della morte sopra la mia testa. Non voglio che tu ti preoccupi, però, non è una sensazione soffocante. Non sono triste né provo paura.

È come se venissi richiama a casa.

Le persone temono la morte. La vedono come una cosa sinistra e terrificante. Ma io sono qui, alla fine, e ti garantisco che non lo è per niente. Percepisco un'esaltante leggerezza che aleggia attorno a me. Riesco a sentire il profumo dei fiori. Non so perché ma mi piace pensare che si tratti della nonna, intenta a guidarmi in queste ore finali. Finché la mia anima non si sarà liberata di questo corpo malato. E finalmente sarò libera. Allora sarò di nuovo forte. Me ne andrò con gli ultimi petali rimasti sui ciliegi.

Rune è accanto a me adesso. Erano giorni che non dormiva. Mi ha portata al ballo della scuola, Savannah. Ha ballato con me la mia canzone preferita e non mi ha lasciata un secondo. Ora sta dormendo al mio fianco e mi stringe con un braccio.

Tu sei appena entrata e ti sei seduta qui con me. Non hai detto niente, ma siamo rimaste vicine, a osservare fuori dalla finestra i petali cadere sotto la pioggia.

Tu sei fatta così, Savannah. Sei la quiete della mia tempesta. La mia consolazione. Il mio respiro. Il battito del mio cuore.

Spero che quando leggerai questo quaderno, tu ti sarai ripresa. Spero che leggendo queste mie ultime righe tu possa sentirti più forte. E spero che tu creda che non sto più soffrendo. Che sto camminando al tuo fianco. Prego che tu possa guardare in alto nel cielo e sorridere, consapevole che sono ancora viva, che sono tornata a casa, e che aspetto pazientemente di stringerti di nuovo tra le mie braccia.

Ti voglio bene, Savannah. Te lo scrivo con le lacrime agli occhi, ma non sono lacrime di dolore o rabbia. Sono lacrime di gioia. Quanto sono stata fortunata ad averti come sorella? Quanto sono stata fortunata ad avere un'anima così bella nella mia vita?

Non vedo l'ora di guardarti dall'alto e saperti davvero felice. Di vederti vivere la tua vita, amata dalla persona più perfetta per te. Non vedo l'ora di vederti innamorata. Di vedere cosa ha in serbo la vita per te.

Ti prego, prenditi cura di te, Savannah. Sii felice. Questo è tutto quello che mi auguro per te. Di essere felice. Perché la felicità è tutto. E di trovare l'amore. Un amore così grandioso e profondo che si irradia dalla tua anima.

Vivi.

Adesso sto sorridendo. Perché sto immaginando il tuo bel volto pieno di gioia, amore, e vita.

Savannah, essere tua sorella è stata una benedizione. E anche se non sarò più su questa Terra, sarò sempre la tua sorellona. Parlami spesso. Io ti ascolterò. Ho apprezzato ogni momento della nostra vita insieme. La mia sorellina. La mia migliore amica. Tu sei parte di me, come io sono parte di te. Questo non potrà mai cambiare.

Questo non potrà mai morire.

Ora devo andare. Mi sono stancata troppo. Ma ricorda, ti voglio bene più di quante sono le stelle nel cielo.

Con eterno affetto,
la tua sorellona orgogliosa,
Poppy

Non riuscivo a mettere bene a fuoco l'ultima frase per via delle lacrime. Il petto di Cael si alzava e si abbassava freneticamente per l'emozione e capii che anche lui aveva letto le parole di Poppy. Mi voltai verso di lui e gli buttai le braccia al collo. Affondai la faccia nell'incavo della sua spalla e mi sciolsi in un pianto dirotto. Mi permisi di sfogare quattro anni di sofferenza repressa con il ragazzo che amavo tantissimo. Lui mi infilò la mano nei capelli e mi tenne stretta a sé. Stava piangendo insieme a me, stava piangendo *per me.* Pianse per Poppy e pianse, ne ero certa, anche per Cillian, il fratello che lo aveva amato tanto, ma che lo aveva lasciato solo e distrutto, senza un vero addio.

Magari, pensai, l'addio di Poppy poteva rappresentare anche l'addio di Cillian, perché ero sicura che il fratello di Cael lo aveva amato tanto quanto Poppy aveva amato me.

«Lei ti voleva bene» mormorò Cael tra i miei capelli. «Ti voleva moltissimo bene.»

Non potevo certo sentirmi triste per questo. Perché era vero. Essere stati amati in quel modo cambiava tutto. Potevo anche aver perso una sorella e potevo sentire la sua mancanza ogni giorno, ma lei mi aveva *amata.* Io avevo sentito il suo amore e lo sentivo ancora aleggiare nell'aria attorno a me. Lo sentivo negli alberi e nella terra, nel vento e soprattutto nelle stelle.

L'amore non moriva; era eterno. Era come un tatuaggio sull'anima. Un dono che neanche la morte avrebbe potuto strapparti via. Se eri stato amato da una persona che avevi perso, quell'amore non ti avrebbe lasciato mai. Ti avrebbe riempito il cuore e avrebbe ricucito le crepe che il dolore ti aveva causato.

Quello che dovevamo fare noi era semplicemente aggrapparci a quell'amore nei momenti in cui tutto sembrava impossibile.

«Ti amo» dichiarai a Cael. Avevo bisogno che se ne convincesse. Che il mio amore per lui colmasse le crepe del suo cuore e lo sostenesse una volta che questo viaggio fosse giunto al termine.

«Ti amo anch'io» rilanciò lui, e mi sentii penetrare fino alle ossa dalla sua sincerità.

«Dobbiamo fare un patto» proseguii. Cael mi studiò. «Dobbiamo prometterci che saremo sempre onesti l'uno con l'altra. Che ci racconteremo le nostre speranze e i sogni, ma anche quello che ci fa paura e ci mette ansia.» Gli posai una mano sulla guancia. «Se la vita mi ha insegnato una cosa è che ci saranno sempre alti e bassi, ma anche preziosi momenti di gioia.» Cael abbassò lo sguardo e io premetti la fronte alla sua. «Dobbiamo dirci tutto... anche se fa male. Questo è il vero amore, Cael. Questo è fidarsi completamente dell'altro.»

Cael scrutò nei miei occhi e mormorò: «Leo mi ha consigliato di fare un ulteriore lavoro su me stesso. Una volta tornato a casa, vuole che vada in una struttura locale che scaverà più in profondità e mi aiuterà ad affrontare tutto quanto». Sospirò. Era esausto. «Credo che abbia ragione.» Mi strinse fortissimo con le braccia, come se avessi potuto volare via. «È stato vederlo... vedere Cillian farlo...» si interruppe.

«Cael» bisbigliai, il cuore spezzato per il mio amato ragazzo. «Potevi dirmelo.»

Lui sprofondò nelle spalle, spossato. «Credo che non volessi ammetterlo, che non volessi farti preoccupare. Ma...»

«Ma?» insistei, sperando di non pressarlo troppo.

«Ma ha ragione» confessò, e in quel momento ero troppo *orgogliosa* di lui. Cael si era opposto a questo viaggio, alle sedute di terapia, ma mi resi conto che aveva dato il massimo di se stesso. Adesso doveva continuare quel percorso. Doveva essere forte, perché la strada era ancora lunga.

«Grazie per esserti confidato con me.» Lo baciai sulle labbra tremanti.

«Grazie di amarmi» mormorò lui contro la mia bocca, che non desiderava altro che entrare in collisione con la sua. Cael poteva anche pensare di non meritare l'amore, ma ai miei occhi era magnifico.

«Lo supereremo insieme» gli promisi, perché lo amavo e credevo fermamente che, insieme, avremmo affrontato tutto.

Cael mi strinse e io lo strinsi a mia volta, circondati dall'eco degli addii di Poppy e della sua confessione. Una volta esaurite le lacrime, sfiniti, sollevammo lo sguardo per osservare le stelle. Sorrisi, perché sapevo che Poppy era lassù e, ultimamente, quel pensiero era confortante come un suo abbraccio.

25

Venti caldi e parole sincere

Il giorno dopo
Ōtsuchi, Giappone

Stavo osservando il giardino in cui ci avevano portati e la cabina telefonica al suo interno. Il mare si estendeva oltre la strada trafficata, ma noi ci trovavamo in mezzo al verde, intenti a fissare una semplice cabina telefonica bianca in stile inglese. Attorno a noi c'erano panchine sparse ovunque, eppure quella cabina se ne stava lì, solitaria e fuori posto.

«Anni fa, in questa città, in tutto il Giappone, si è abbattuto uno tsunami» ci informò Leo, provocandomi un sussulto. Mi guardai attorno. Doveva essere stato devastante. «Questa città costiera in particolare è stata gravemente colpita. Sono morte tante persone. In molti hanno perso i propri familiari.» Cael strinse più forte la mia mano.

«Questa cabina telefonica fu costruita un anno prima di quel disastro» ci informò Leo, avvicinandosi a essa. «È nota come il Telefono del vento e al suo interno c'è un telefono senza fili.» Diedi un'occhiata al telefono nero al suo interno. Era uno di quegli apparecchi che si vedevano nei vecchi film, prima dell'avvento dei cellulari.

«L'uomo che creò la cabina aveva perso un cugino. E quel cugino gli mancava. Gli mancava così tanto che non sapeva come andare avanti.»

Quelle parole furono come delle pugnalate al petto. Conoscevo esattamente quella sensazione. «Sentì di aver bisogno di un luogo in cui tradurre in parole i suoi sentimenti. Di aver bisogno di un posto dove poterli esprimere. Così questo signore costruì la cabina telefonica nel suo giardino per poter parlare con il cugino.» Corrugai la fronte, confusa. «Questa cabina è stata progettata per elaborare il dolore. È un filo diretto con l'aldilà o con coloro che sono trapassati.»

«Per comprendere perché questo telefono sia così importante, bisogna sottolineare alcune informazioni sul Giappone e le sue credenze religiose» intervenne Mia. «Il Giappone è prevalentemente buddista. E nel buddismo la gente crede che tra questo mondo e l'aldilà ci sia una linea sottilissima, che tutto in questo mondo, nella *vita*, sia connesso, e questo vale anche per coloro che non ci sono più.»

Mi piaceva quel ragionamento. Somigliava molto al mio pensiero sull'universo e sulla polvere cosmica, all'idea che alla fine avremmo trovato tutti il nostro posto tra le stelle, il luogo dove tutto aveva avuto origine. All'idea che la nostra energia sopravvivesse alla morte, restando in questa vita in una forma diversa, senza mai esaurirsi veramente.

«In Giappone, in molte case si trovano degli altarini in soggiorno, dedicati ai defunti» proseguì Mia. Non riuscivo a distogliere lo sguardo da lei, pendevo dalle sue labbra. «Sono altarini pieni di fotografie e ricordi, di frutta e riso e altre offerte. La gente crede che, dopo la morte, i cari defunti rimangano legati alla propria famiglia e che debbano essere onorati.»

Come il diario che ci avevano fornito Leo e Mia, pensai. Il diario mi aveva aiutata a rimanere connessa con Poppy ed ero consapevole che, dopo questa esperienza di viaggio, avrei continuato a parlarle attraverso la scrittura. Non mi sarei più fermata. Non sapevo se fosse un gesto sensato, ma trovarmi qui e ascoltare questi racconti sulla cultura buddista e giapponese, mi faceva pensare che lo fosse, che fosse normale cercare di rimanere in contatto con la sorella che avevo perso. Attraverso il diario, avevo ritrovato la sua voce.

«Questa cabina telefonica è un'estensione degli altarini che si trovano nelle case. Funge da ponte verso la linea sottile che separa la vita e la morte, e collega i due mondi in un modo sano e del tutto personale» aggiunse Leo, indicando la cabina bianca. «Il telefono all'interno non è allacciato a nessuna linea telefonica e si collega direttamente con l'aldilà. L'uomo che ha creato quella cabina sapeva benissimo di non poter parlare direttamente col cugino, ma gli piaceva pensare che le sue parole venissero trasportare fin lassù dal vento. Ecco perché è stata ribattezzata il Telefono del vento.»

Le mani mi tremavano mentre fissavo la cabina e il telefono al suo interno. Un brivido mi percorse la schiena, quando si levò una folata di vento. Cael mi strizzò la mano due volte e io ricambiai il gesto. Anche lui stava tremando.

«Secondo una credenza buddista, non molto diversa da quella che abbiamo appreso a Varanasi, poiché i nostri cari continuano a essere connessi a noi, dobbiamo saperli lasciare andare. Se non lasciamo andare i nostri cari, se non riusciamo a superare il dolore per la loro perdita, loro non potranno essere liberi e rimarranno sospesi in una sorta di limbo» spiegò Leo. «Perciò le frasi più comuni utilizzate all'interno della cabina sono: "Non preoccuparti per noi" e "Me la sto cavando bene". La gente crede che quelle frasi servano a rassicurare i nostri cari sul fatto che stiamo bene, anche se non è così, e aiutino le loro anime a passare nell'aldilà, alla successiva tappa del loro viaggio.»

Cael era rigido come una tavola di legno al mio fianco. Per lui era la parte più impegnativa lasciare andare suo fratello. Sospingere la candela accesa nel Gange era stato davvero difficile. E adesso la difficoltà era la medesima. Appoggiai la testa al suo braccio e cercai di fornirgli un po' di conforto.

«Dopo lo tsunami,» riprese Mia, «molte persone di questa città cominciarono a venire in questo giardino per dire addio ai defunti che erano stati strappati alle loro famiglie all'improvviso. Proprio come è successo a molti di noi. Incidenti fatali, malattie fulminanti… suicidi…» spiegò Mia con molto tatto. «Tutti quei casi in cui non si è potuto dire addio, o qualsiasi altra parola.»

In quel momento mi sentii fortunata, perché io avevo stretto la mano di Poppy e le avevo detto addio di persona. Le avevo riferito tutto quello che mi ero sentita di dirle. Mentre Cael… e alcuni dei miei compagni di viaggio, non avevano potuto fare altrettanto. Non avevano avuto modo di sperimentare una chiusura netta con i propri cari.

«Non tutti se la sentiranno di farlo, e va bene così. Ma noi abbiamo scoperto che, specialmente per coloro che non sono riusciti a pronunciare il proprio addio, parlare al Telefono del vento ha un effetto benefico ai fini della guarigione da un lutto. Può aiutare a esprimere finalmente quello che avremmo voluto, a tu per tu con quella o quelle persone, in totale privacy» aggiunse Leo, sorridendo a tutti noi. «Vi abbiamo portato qui per questo ultimo compito del nostro viaggio, in modo che possiate esprimere quello che volete alle persone che vi hanno lasciati.» Sentii qualche singhiozzo e gemito soffocati da parte dei miei amici, ma non distolsi lo sguardo dalla cabina telefonica. Continuai a stringere la mano di Cael come fosse una cima di salvataggio e quando osai guardarlo in faccia notai che lui era sbiancato. I suoi occhi grigio-azzurri erano sgranati, spaventati.

Accostai di nuovo la testa al suo braccio. Era freddo e tremava. «Daremo a ognuno di voi il tempo per entrare nella cabina» ci informò Mia. «Io e Leo portiamo spesso qui i nostri gruppi e siamo riusciti a riservare il posto, in modo che possiate avere tutto il tempo necessario, senza essere disturbati da altre persone.» Mia si spostò di lato. «Quindi, prego, se vi sentiti pronti, entrate pure.» Leo si avvicinò a Cael e con discrezione gli comunicò: «Non devi farlo se non ti senti pronto, ragazzo». Cael annuì passivamente con il capo. Con tutta onestà, non avevo la minima idea di cosa avrebbe fatto.

Qualcuno mi strinse la mano libera. Dylan. Quando mi guardai attorno, notai che eravamo tutti mano nella mano. Lili con Jade, Jade con Travis, Travis con Dylan, Dylan con me e io con Cael. Eravamo arrivati tutti fin lì. Attraverso lacrime e dolore, con sofferenza, aprendo i nostri cuori spezzati l'uno con l'altro. Tutti e sei eravamo giunti alla prova finale.

«Siamo arrivati fin qui» annunciò Dylan. Insieme ci eravamo sostenuti. Eravamo arrivati a questo punto fianco a fianco, asciugandoci a vicenda le lacrime e confortandoci nei momenti bui. Avevamo costruito un legame fatto di dolore ma anche di amore. Ero consapevole che sarei rimasta legata a quei ragazzi per sempre.

Lili fu la prima a prestarsi a quell'esperienza. La osservai col fiato sospeso mentre si staccava da Jade, e raggiungeva la cabina. Poi distolsi lo sguardo nel momento in cui la vidi afferrare il telefono. I miei amici le concessero la stessa cortesia.

Il vento agitava le fronde degli alberi e gli uccellini cantavano sopra le nostre teste. Il rumore delle onde che si abbattevano lentamente sulla costa e delle auto sulla strada trafficata alle nostre spalle creava una colonna sonora perfetta. Ma soprattutto, garantiva la massima privacy una volta entrati dentro la cabina.

Uno alla volta, i nostri amici fecero la propria "telefonata". Ciascuno uscì triste e sfinito dal pianto… ma in qualche modo sembrò anche diverso. Purificato, rinvigorito, in preda a un cocktail di emozioni. Continuammo a tenerci per mano per non smettere di supportarci a vicenda. E quando Dylan tornò verso il gruppo, le guance arrossate e gli occhi umidi, capii che era arrivato il mio turno.

Guardai Cael, il quale distolse lo sguardo dalla cabina per incrociare il mio. «Puoi farcela, Pesca» mi incoraggiò, la voce roca ed emozionata.

Annuii con il capo e lasciai la sua mano. Un gesto che sembrava una metafora, pensai.

Potevamo tenerci per mano, supportarci a vicenda, asciugare l'uno le lacrime dell'altra, ma quando arrivava il momento di guardare in faccia il dolore dovevamo farlo da soli. Eravamo da *soli*. E altrettanto da soli dovevamo guarire.

Ogni passo verso la cabina mi sembrava una maratona. La porta sembrava pesare dieci tonnellate. Una volta dentro, con il telefono nero davanti, tutto diventò silenzioso e un senso di pace mi avvolse.

Con la mano tremante, sollevai la cornetta e me l'avvicinai all'orecchio. Dall'altro capo, il silenzio.

Tuttavia sapevo che lei era lì, in attesa nel vento.

«Poppy…» iniziai, la voce risuonò troppo acuta in quello spazio vuoto. «Lo so che puoi sentirmi» aggiunsi. Strinsi forte gli occhi. «Ho letto le tue ultime parole sul quaderno, ieri sera.» Mi si incrinò la voce e le lacrime minacciarono di uscire. «Erano così belle. *Tu* eri così bella. Spero che tu lo sappia.» Sorrisi, nonostante i singhiozzi. «Ieri sera mi hai detto addio, così ora tocca a me farlo.» Strinsi con più forza la cornetta. «Solo che non voglio. Perché questo viaggio e il tuo quaderno mi hanno fatto capire e credere con tutto il cuore e l'anima che tu sei con me.» Tirai su col naso e feci un respiro profondo. Il petto mi doleva.

«Quando sei morta, tutto il mio mondo è imploso. Ma ora ti sento attorno a me. Ti vedo in mezzo alle stelle. Ti vedo nei miei sogni. E adesso ti sto parlando al telefono.»

Mi asciugai le guance e rimasi pietrificata quando una farfalla atterrò su un fiore fuori dalla cabina. Un tempo era stata un bruco e adesso era una farfalla. Quella farfalla, per quanto bellissima, avrebbe avuto vita breve, però la sua bellezza sarebbe rimasta impressa nella memoria di chiunque l'avesse scorta.

«Ti voglio bene più di quante sono le stelle nel cielo, Poppy. Non piangerò più per tutto il tempo che non ci è stato concesso in questa vita, ma apprezzerò ogni momento prezioso che mi hai fatto vivere insieme a te.» Le lacrime e il respiro si placarono a poco a poco. «Non preoccuparti per noi» mormorai, desiderando che fosse libera. «Abbi cura di te, sorella adorata. Ti voglio bene. Ti amo. E mi mancherai ogni istante di ogni giorno» dissi, poi riagganciai la cornetta.

La farfalla volò via e la osservai mentre si levava nella brezza verso il cielo, per poi scomparire dalla mia vista. Chiusi gli occhi e sorrisi sempre di più, a mano a mano che mi sentivo avvolgere da un dolce profumo vanigliato.

Aprii la porta e uscii dalla cabina, e vidi i miei amici e l'amore della mia vita che mi aspettavano, mano nella mano, l'espressione orgogliosa sui loro volti. A quel punto, lo capii nel profondo del mio cuore…

… sarei stata bene.

26

Voci silenziose e punti di svolta

La serenità sul volto di Savannah quando uscì dalla cabina fu come un'arma a doppio taglio. Da un lato ero orgoglioso di lei. Ero contentissimo per la mia ragazza, perché era stata così coraggiosa da mettere a nudo la propria anima per la sorella della quale sentiva tanto la mancanza. Ero soddisfatto di come camminasse con la schiena dritta e il mento in fuori. Dall'altro mi rendevo conto di quanto lavoro io dovessi ancora svolgere, di quante cose non volessi affrontare, del dolore che non volevo sopportare.

La mano di Leo si posò sulla mia spalla. «Ripeto, non sei obbligato a farlo, Cael.»

Savannah mi strinse forte la mano e io mi voltai verso di lei. I suoi grandi occhi azzurri erano preoccupati per me. Il mio desiderio era stare meglio per lei. Diamine, volevo stare meglio anche per *me stesso*.

«Posso farcela» gracchiai, sotto lo sguardo indagatore di Leo. Dopo qualche istante, lui annuì, ma la sua espressione rimase cauta. Ero consapevole di quanto fosse in apprensione per me.

Un attimo prima di lasciare la mano di Savannah, lei mi stampò un bacio sul dorso della mia. Dopodiché fece un passo indietro. Mi incamminai verso la cabina, aggrappandomi alla sensazione che le sue labbra avevano lasciato sulla mia pelle. Durante quel breve tragitto mi sembrò di essere un condannato a morte diretto alla sedia elettrica. Per quanto mi riguardava, quella cabina telefonica non mi allettava affatto, e anzi rappresentava l'incarnazione delle mie più grandi paure.

Mi arrestai davanti alla porta e mi sforzai di aprirla. Il silenzio all'interno era assordante. La totale assenza di rumori mi perforava i timpani esattamente come un fastidioso e acutissimo strepitio. Poi posai la mano sulla cornetta. Era fredda, dura. Il petto cominciò a sollevarsi e ad abbassarsi freneticamente. Troppo velocemente. Il respiro mi si fece affannato. La fronte mi si imperlò di sudore. Tuttavia, feci un respiro profondo e mi sforzai di sollevare la cornetta, portandomela all'orecchio con mano tremante.

Il solo immaginare che dall'altra parte ci fosse Cillian, in attesa di ascoltare le mie parole, mi devastava. La voce mi si bloccò nella gola e, come accadeva spesso, la mia mente cominciò a ripropormi le immagini di quella sera. Cillian che si schiantava con dovizia di suoni e dettagli visivi. Provai a parlare, ma non uscì alcun verso dalla mia bocca. Nonostante i miei sforzi, le ginocchia mi cedettero e caddi a terra. La cornetta rimase appesa all'apparecchio, oscillando avanti e indietro. La lasciai lì. Volevo soltanto dire a Cillian quanto gli volessi bene, quanto mi mancasse, quanto la mia vita senza di lui, certe volte, non somigliasse affatto a una vita. Ma tutto quello che riuscivo a visualizzare in quel momento era mio fratello tra le mie braccia… morto.

Morto.

Mio fratello era *morto*!

Crollai. Il mio corpo fu scosso dai singhiozzi e non riuscivo a fermarli. Non riuscivo a sollevarmi dal pavimento freddo della cabina. Poi la porta si aprì e Leo fece capolino piegandosi su di me. Mi aiutò a rimettermi in piedi e mi guidò fuori, ma ancora non riuscivo a smettere di singhiozzare. Dylan mi raggiunse subito, dando una mano a Leo ad accompagnarmi al pulmino che ci stava aspettando. Una mano familiare si posò sulla mia schiena e capii subito che era quella di Savannah. La mia ragazza. Sempre disposta a venirmi incontro con un gesto di supporto. Con il suo amore e le nostre due strette di mano.

Il viaggio di ritorno fu molto confuso, e a poco a poco sprofondai nella tristezza. Non ero riuscito a dirgli addio. Non ero riuscito a pronunciare un semplice addio.

Non ero pronto a farlo.

Non ancora.

Leo e Dylan mi aiutarono a scendere dal pulmino e mi accompagnarono in camera. Mi fecero distendere sul letto e in un attimo Savannah mi fu accanto. Finalmente tornai a respirare. Come succedeva sempre quanto mi era vicina. Ma le lacrime continuarono a scendere finché i miei occhi non furono prosciugati e il sole non cedette il passo alla luna. Leo rimase per tutto il tempo con noi nella stanza, finché la mia anima non fu completamente purificata.

Poi si alzò in piedi e disse: «Devo parlare con Mia. Torno tra un minuto. Posso lasciarvi da soli?». Annuii con il capo, perché non riuscivo a emettere un singolo suono. Avevo completamente perso l'uso della parola.

Una volta uscito, Savannah si tirò su. Aveva gli occhi arrossati e tristi.

«Mi dispiace tanto, tesoro» iniziò a dire. «Mi dispiace tantissimo che sia stato così doloroso per te.»

La guardai nelle profondità azzurre degli occhi e capii che se volevamo avere una sorta di futuro insieme dovevo migliorare la mia situazione. «Ti amo» riuscii finalmente a pronunciare, proprio nel momento in cui si sentì bussare alla porta. Entrò Mia, seguita subito dopo da Leo.

«Savannah,» la chiamò Mia, dolcemente, «andiamo a cena.»

«No.» Savannah scosse la testa. La sua tenacia mi faceva sorridere, ma non avevo abbastanza energia per farlo concretamente.

«Non hai mangiato» insistette Mia, la quale poi si voltò verso il collega. «Lascia che Leo e Cael parlino un po'.»

Savannah aprì la bocca per argomentare, però intervenni prima che potesse dire qualcos'altro: «Va', Pesca». Mi voltai verso Leo. Lo sguardo che mi rivolse mi suggerì che voleva parlarmi di qualcosa, e questo qualcosa non ero certo che mi sarebbe piaciuto. «Mangia qualcosa.»

Savannah mi scrutò il volto. «Sei sicuro?» Abbassò gli occhi. «Non voglio lasciarti da solo.»

«Lo so, piccola» la rassicurai, poi mi sedetti e le presi il viso fra le mani. Le baciai la fronte, le guance e infine la bocca. «Starò bene. Te lo prometto» la confortai, sperando che fosse davvero così.

«D'accordo» mi concesse, fidandosi ciecamente di me. Mi fece sentire un po' più forte. Era ancora dalla mia parte in questa battaglia.

La guardai andare via insieme a Mia, e il cuore mi si spezzò di nuovo quando si voltò sull'uscio, rivolgendomi un sorriso triste. Alla fine la porta si chiuse e io mi voltai verso Leo. «Mi serve quell'aiuto extra una volta tornato a casa» esordii subito. «La giornata di oggi mi ha fatto rendere conto di quanta strada io debba ancora fare.»

Leo annuì e disse: «Suggerirei di andare via adesso».

Mi sentii attanagliare immediatamente dal panico e dallo shock. «Adesso?» chiesi, schizzando su dal letto. «Non voglio andarmene ora. Non voglio lasciare Savannah. Voglio tornare a casa insieme a lei e agli altri. Rimanere fino alla fine.»

Leo mi raggiunse, l'espressione cauta. «Ragazzo, non ti ho mai costretto a fare qualcosa che non volevi, ma temo che rivedendo Savannah o rimanendo fino alla fine non vorrai più andartene.» Visualizzai il volto di Savannah, rammentai le sue braccia strette attorno a me, la sensazione di sicurezza che mi trasmetteva, come se potessi sempre contare su di lei... Trassi un sospiro sconfitto. Leo aveva ragione. *Sapevo* che aveva ragione, ma desideravo solo vederla, un'ultima volta. Volevo salutarla. Fare progetti per quando saremmo stati lontani. Su come ci saremmo mossi d'ora in poi.

«Cael, tu la ami?» La domanda di Leo mi destò dai miei pensieri, facendo schizzare il mio sguardo verso di lui.

Lo guardai fisso negli occhi. «Da morire» replicai, con voce ferma. Il mio amore per Savannah era l'unica cosa di cui fossi certo. Tutto il resto mi scuoteva nel profondo. Il mio amore per Savannah era tangibile.

«Allora devi andartene ora, figliolo. Se vuoi avere un qualche futuro con lei, devi continuare a fare terapia. Questo viaggio non è stato sufficiente per te. Al momento, sei in una situazione precaria, e il mio consiglio è quello di tornare subito a casa. Ho visto coi miei occhi cosa succede alle persone quando sono fragili e rimandano un aiuto.» Mi sentii contorcere lo stomaco. Quello era Cillian. Io non volevo essere come lui. «Lascia che ti aiuti, Cael. Accetta il mio consiglio e lascia che ti aiuti.»

Il cuore mi batteva all'impazzata e non riuscivo a concentrarmi. Non ero sicuro di cosa fosse meglio fare. Non ero certo di poter lasciare Savannah. «Hai a disposizione una vera possibilità di felicità, entrambi l'avete» aggiunse Leo, parlando dritto al mio cuore. «Poniamoci come obiettivo quello di andare a Harvard, questo autunno. Di stare di nuovo insieme a Savannah. Una volta guarito, potrai finalmente donarle tutto te stesso.»

Lo immaginai nella mia testa. Entrambi felici e in salute, con il nostro bagaglio sulle spalle, al college – college che eravamo destinati a frequentare insieme. Lo volevo. Lo desideravo così tanto che di colpo era l'unica cosa che riuscivo a vedere.

Leo era consapevole della mia titubanza, così mi colpì con le parole giuste. «Tu non vuoi che il tuo amore per lei sia minato dalla tristezza. Tu non vuoi che lei subisca i residui della tua sofferenza. Vieni con me, lasciati aiutare, poi, una volta *guarito*, potrai donarle completamente il tuo cuore. Donarle tutto *te stesso*.»

Quelle parole mi svuotarono i polmoni di tutta l'aria. Savannah meritava tutto il bene di questo mondo. Meritava di essere amata *totalmente*. Leo attese con pazienza una mia risposta. «D'accordo» gracchiai alla fine, con il cuore in pezzi. Non era quello che volevo. Io desideravo solo lei… ma prima dovevo guarire.

E dovevo farlo da solo.

Leo tirò un sospiro di sollievo. «Hai preso la decisione giusta, Cael. Ti do dieci minuti per preparare i bagagli. Io vado a organizzare il viaggio.»

Leo uscì dalla stanza e io rimasi immobile sul posto per qualche minuto. Non riuscivo a muovere un passo, come se i miei piedi si stessero opponendo a ciò che stavo per compiere. Ma il solo pensiero di riuscire ad andare a Harvard quell'autunno, insieme a Savannah, e di vivere con lei una quotidianità priva di sofferenza… mi fece scattare nel giro di un secondo. Buttai i miei vestiti nel bagaglio e mi guardai attorno nella stanza, con l'impressione che lei fosse ancora sul mio letto. Quella ragazza mi amava e io le avrei dimostrato quanto fossi innamorato di lei. Al cento per cento. Le avrei dimostrato che, per quanto giovani, ce l'avremmo fatta.

Scorgendo il taccuino sulla scrivania, mi avvicinai e le scrissi un biglietto. Speravo solo che capisse. Stavo infrangendo il nostro patto. La stavo tenendo all'oscuro di qualcosa, la stavo lasciando senza neanche salutarla. Tuttavia, per quanto doloroso, per quanto la mia anima mi gridasse di tenermela stretta, questa cosa era importante, per *entrambi*.

Recuperai il portafoglio dalla scrivania e lo fissai, percependo tutta la pesantezza del biglietto di Cillian al suo interno. Senza pensarci troppo, lo tirai fuori. Quando scorsi la familiare calligrafia di mio fratello e le sei parole che mi avevano lasciato disintegrato per un anno, annaspai. Quel biglietto mi aveva ossessionato, afflitto ed eroso fino a farmi diventare un inetto. Non volevo più vivere in quel modo. Avevo *chiuso* con quella vita.

Travolto da un'ondata di rabbia, feci a pezzettini il biglietto e lo gettai a terra. Quel pezzo di carta aveva rappresentato un ostacolo per la mia guarigione, una zavorra che aveva continuato a schiacciarmi.

Afferrai il borsone e uscii dalla stanza. Trovai Leo alla reception e subito mi guardai attorno in cerca di Savannah. Magari avrei scorto il suo viso per un'ultima volta. Anche solo per un istante. Magari, se l'avessi baciata un'ultima volta, *avrei* avuto la forza di andarmene senza abbandonarmi tra le sue braccia.

Tuttavia non la vidi da nessuna parte e, dentro di me, sapevo che era tutta una menzogna. Mi sarebbe bastato uno sguardo della mia ragazza e avrei lottato con tutto me stesso per restare. Sarei rimasto e avrei continuato a soffrire, la mia situazione sarebbe solo peggiorata, e anche la nostra, finché il dolore non ci avrebbe consumati. Savannah meritava di essere libera. Sinora aveva lasciato che io la trattenessi.

Adesso mi serviva solo tempo per portarmi al passo con lei.

«Mia li ha portati a cena fuori, lontano dall'hotel» mi informò Leo. «Non torneranno finché non ce ne saremo andati.» Il cuore mi si riempì di tristezza.

Mi costrinsi a lasciare l'albergo, con l'impulso costante di girare i tacchi e tornare indietro. Ma mi sforzai di salire sul pulmino e sedermi accanto a Leo. Nel giro di qualche istante, ci allontanammo dall'hotel e scorsi in lontananza la cabina telefonica illuminata. La cabina telefonica che mi aveva sconfitto e che aveva mostrato a Leo e Mia che per me il viaggio era appena iniziato.

Tirai fuori il cellulare e, sforzandomi di non contattare Savannah, feci la chiamata che rimandavo ormai da tempo.

«Cael?» rispose mio padre. Mi si squarciò il petto mentre la sua voce familiare mi giungeva all'orecchio.

«Papà...» gracchiai.

«Che succede, figliolo?» Sembrava preoccupato a morte. Sentii mia madre in sottofondo, preoccupata anche lei.

«Sto tornando a casa» lo informai, mentre Leo mi posava la mano sulla spalla, in un gesto di conforto. «Mi... serve ancora aiuto. E sto tornando a casa.»

La voce di mio padre s'inceppò un istante. «Siamo orgogliosi di te. Tantissimo.» Fece una pausa. «Ci vediamo in aeroporto. Di' a Leo di inviarci le informazioni sul volo. Io e la mamma siamo qui per te. Affronteremo tutto quanto insieme.»

«D'accordo» replicai. Poi rimasi in linea ancora per un po', confortato dal supporto che i miei genitori mi stavano inviando via telefono

Un paio di ore più tardi, mentre ero in attesa al gate dell'aeroporto, intorpidito dal dolore, il mio cellulare squillò. Il cuore mi rimbalzò nella gabbia toracica quando vidi che si trattava di Savannah. Sfiorai la sua foto sullo schermo con il dito e feci tutto il possibile per non crollare a pezzi.

«Pesca» risposi, la gola ostruita per i sensi di colpa.

«Hai infranto il nostro patto!» mi disse subito, la voce delusa e triste. «Avevi promesso di dirmi tutto. Non mi hai nemmeno salutato!» Scoppiò in lacrime e non riuscii a sopportare la delusione che le stavo provocando.

Mi spostai in un angolo più appartato della sala e cedetti anch'io alle lacrime. «Leo era preoccupato per me. Ha dovuto portarmi via affinché io possa ricevere un ulteriore aiuto.» Scossi la testa, cercando le parole più adatte per spiegarle la situazione. «Non potevo, Savannah. Non sono riuscito a salutarti. Sono a pezzi, piccola. Non sto guarendo come dovrei. Devo andare a...»

«Non è giusto» mi interruppe lei; i singhiozzi la stavano devastando. «Io ti avrei dato il mio supporto. Avresti dovuto salutarmi. Abbracciarmi un'ultima volta. Lasciare che ti baciassi e mi assicurassi che stessi bene. Mi hai ferito. Tu...»

«NON ME NE SAREI ANDATO!» Mi ritrovai a urlare, ad alzare la voce più di quanto non volessi. Le emozioni vennero a galla ed ebbero la meglio su di me. Mi voltai e mi accorsi di avere addosso gli sguardi della gente. Incluso quello di Leo.

Schiacciai la fronte contro la finestra e fissai le luci degli aerei che si preparavano a decollare. Mi placai e ascoltai il battito del mio cuore. «Se ti avessi salutata, Sav,» mormorai, sovrastando i suoi laceranti singhiozzi, «non sarei stato in grado di lasciarti.» Deglutii e capii in quel momento che Leo aveva avuto ragione. Persino adesso stavo combattendo contro il desiderio di scappare dall'aeroporto e tornare tra le sue braccia. «E dovevo farlo». Un gemito mi sfuggì dalla gola, e aggiunsi: «Sono... a pezzi, Pesca. Sono talmente a pezzi che devo farmi aiutare, prima che il dolore mi distrugga definitivamente». La mia voce era a malapena udibile. Mi sentivo esausto. Stanco di combattere.

Savannah prese a piangere ancora più forte. Le sue lacrime mi affliggevano. Ma doveva andare così. Ne ero ormai convinto. E sapevo che, nel profondo, ne era convinta anche lei.

Mi asciugai le guance e proseguii: «Io voglio una vita con te, Savannah. Voglio venire ad Harvard con te questo autunno, più forte di adesso, guarito. Desidero una possibilità per noi, ne ho *bisogno*. Tu sei l'unica cosa che mi faccia andare avanti. Ma salutarti… non sono abbastanza forte per farlo senza conseguenze, Pesca. Non potrei mai dire addio all'amore della mia vita». Savannah aveva il respiro affannato per il pianto, eppure mi stava ascoltando. «Ti amo» mormorai. «Ti prego, credimi. Ti amo da matti. Tu sei il mio *tutto*.»

«Cael» mi chiamò lei, la voce rotta. «Ti amo anch'io. Ti amo… tantissimo. Scusa se ti ho aggredito. È solo che… mi mancherai.»

«Mi mancherai anche tu» rilanciai, continuando a sentirmi dilaniato, come se nel mio cuore si fosse aperto uno squarcio. «Dovrò seguire un programma di terapia a casa, perciò non so quando sarò in grado di parlarti. Ma ti chiamerò e ti manderò dei messaggi ogni volta che ne avrò l'occasione. Avrò bisogno del tuo aiuto per affrontare tutto.»

«Sono così orgogliosa di te» mi confortò con un filo di voce, allentando un po' la tensione che stava minacciando di distruggermi. «E penserò a te ogni giorno.»

«A Harvard» pronunciai quell'obiettivo a voce alta, nonostante il nodo in gola. «Ci incontreremo a Harvard.»

«A Harvard» ripeté lei. Mi sentii avvolgere da un senso di pace. «Ho appena iniziato il conto alla rovescia.»

Leo mi picchiettò sulla spalla e notai che era iniziato l'imbarco dei passeggeri. «Devo andare» le dissi, riluttante a riagganciare.

«Ti amo» annunciò per l'ultima volta. «Avvertimi una volta atterrato.»

«Ti amo anch'io» ribattei e poi mi sforzai di riagganciare. Mi stampai la sua immagine nella testa e il suo amore nel cuore, con la convinzione che mi avrebbero aiutato ad andare avanti.

Dopo un giorno di viaggio, atterrai all'aeroporto JFK. Era una sensazione strana scorgere di nuovo il cielo americano. Non facevo altro che pensare a cosa stesse facendo Savannah in quel momento. Il gruppo doveva essere di ritorno ormai, ma lei sarebbe atterrata in Georgia e io avrei iniziato la nuova terapia.

Seguii Leo fino alla zona degli arrivi. Mi ci volle solo qualche istante per individuarli. Senza preoccuparmi del bagaglio, corsi in mezzo alla calca e mi lanciai verso i miei genitori per abbracciarli. Sentii montare le lacrime agli occhi e mormorai: «Mi dispiace. Mi dispiace tanto».

«Non devi dispiacerti di niente» mi confortò mia madre.

«Infatti» concordò mio padre, con un filo di voce.

Feci un passo indietro e notai che avevano gli occhi arrossati. Tuttavia la loro espressione era felice. Il loro figlio era tornato, e non solo fisicamente. Con tutta probabilità c'erano ancora ampi margini di miglioramento, ma mi avvicinavo sempre di più al ragazzo che ero prima che il dolore assumesse il controllo della mia vita.

Leo salutò i miei genitori e spiegò loro quello che sarebbe successo da quel momento in poi. Accesi il cellulare e subito comparve un messaggio.

Pesca: Ti amo tantissimo. Ricordatelo sempre. Lo so che ce la puoi fare.

Emisi il lungo sospiro, poi le risposi con una semplice parola.

Io: Harvard

Mia madre mi prese a braccetto e ci dirigemmo verso l'uscita. Il duro lavoro era appena iniziato, ma l'amore che provavo per Savannah, per mia madre e mio padre, per *me stesso*... e per Cillian... mi avrebbe fatto andare avanti.

E avrei riabbracciato presto Savannah, anche se fosse stata l'ultima cosa che avrei fatto.

27

Cuori in viaggio verso casa e anime in via di guarigione

Savannah

Mentre ci preparavamo all'atterraggio, tirai fuori la lettera che Cael mi aveva lasciato e la lessi per l'ennesima volta. Ormai, avrei saputo recitarla a memoria, ma la lessi comunque, perché mi faceva sentire più vicina a lui, anche se si trovava a chilometri di distanza.

Pesca,

ti prego non essere furiosa con me perché me ne sono andato. Ho dovuto farlo. Per poter diventare l'uomo che voglio essere per te, sono dovuto andare con Leo. Ti prego, non pensare che ti stia lasciando. È l'opposto. Me ne sto andando in modo che, quando ci rincontreremo, niente potrà più separarci, in modo che niente potrà mettersi fra noi due. Così potremo vivere il futuro che desideriamo. Tu sei l'amore della mia vita.

Quando mi sono imbarcato in questo viaggio, il mio cuore era ridotto in mille pezzi. Ma un po' alla volta, a mano a mano che diventavamo più uniti, tu sei riuscita a rincollarli tutti. Non sono ancora guarito, ma sono determinato a mettercela tutta per noi. Ti amo, Pesca. Concedimi del tempo, e io cercherò di correre da te il più in fretta possibile.

Ti amo,

Cael

Misi via la lettera e presi il cellulare. Mi ero arrabbiata così tanto con lui per essersene andato senza salutarmi.

Dopo tutto quello che avevamo passato, un saluto mi sembrava il mimino. In quel momento, mi aveva spezzato il cuore. Ma quando gli avevo parlato… avevo percepito tutta la sua devastazione. E anche la determinazione nella sua voce.

Sfiorai con il dito il messaggio che mi aveva spedito.

> **Cael:** Harvard

Sorrisi e il cuore mi si gonfiò nel petto. Era quello l'obiettivo a cui puntavamo. Avevo intrapreso questo viaggio per sentirmi meglio e iniziare a frequentare Harvard per diventare un medico. La mia aspirazione era ancora quella, solo che stavolta in quel sogno era racchiuso molto più di quello che avrei mai potuto immaginare. Ovvero il poter frequentare il college insieme a Cael. Il poterlo amare e stargli accanto.

L'aereo atterrò sulla pista di Atlanta e, non appena l'assistente di volo aprì il portellone e una folata di caldo entrò nella cabina, sospirai felice. Tolsi la modalità aereo dal cellulare e subito mi arrivò un messaggio da parte di Cael.

> **Cael:** Sono in ritiro per la terapia. Non ci permettono di usare il cellulare se non poche volte a settimana. Ti scrivo e ti chiamo appena posso. Ti amo e mi manchi.

Il mio cuore palpitò. Avevo totale fiducia in lui. Se stare del tempo separati era il prezzo da pagare per poter stare assieme a lui per sempre, be', ero felice di sacrificarmi.

Scesi dall'aereo e andai a recuperare la valigia. Le porte scorrevoli che conducevano alla sala degli arrivi si erano appena aperte quando sentii gridare il mio nome. Feci in tempo ad alzare lo sguardo che Ida si abbatté su di me, abbracciandomi.

Scoppiai in una risata, mentre lei saltellava, buttandomi le braccia al collo. L'abbracciai anch'io e la strinsi forte. Ridemmo insieme e quel suono fu come una sinfonia per le mie orecchie.

Mia sorella.

La mia sorellina.

Ida mi stampò un bacio sulla guancia. «Mi sei mancata tantissimo!» annunciò, facendo un passo indietro. Mi scrutò a bocca spalancata. «Sei una favola, Sav!» Si accostò di nuovo. «È merito di Cael?»

Risi di fronte alla sua espressione allusiva. Mi era mancata. E non solo durante il viaggio. Mi era mancata per quattro anni. L'avevo tenuta fuori dalla mia vita. Ma le cose sarebbero cambiate da ora in poi.

«Mi sei mancata» replicai, abbracciandola di nuovo. «Scusa per non essere stata molto presente.»

Ida si scostò e incrociò il mio sguardo. I suoi occhi luccicavano. «Sei tornata?» mi domandò esitante.

«Sono tornata» risposi, sollevata e determinata.

«Ho di nuovo la mia sorellona!» esclamò con fare teatrale, dopodiché mi baciò sulla guancia.

Era tutto così magnifico.

«Tesoro!» L'abbraccio di mia madre fu caldo e protettivo, e mio padre circondò tutte le sue donne con le braccia.

Poi mi baciò sulla testa. «Le mie ragazze, di nuovo tutte riunite qui.» Sapevo che si riferiva anche a Poppy, che ci stava aspettando a Blossom Grove. Qualche mese prima, una frase del genere mi avrebbe spezzata, ma in quel momento mi sembrava semplicemente perfetta.

«Torniamo a casa» annunciò mamma, e papà andò a recuperare il mio bagaglio. Sorrisi al sole della Georgia, al caldo che ci avvolgeva dandomi il suo benvenuto.

Casa. Non c'era nulla che potesse eguagliare il concetto di casa.

In macchina, Ida mi aggiornò su ogni dettaglio della sua vita dalla mia partenza. Quando entrammo in casa, fui travolta da un milione di ricordi. Se chiudevo gli occhi, riuscivo quasi a sentire l'eco delle risate mentre io e le mie sorelle ci rincorrevamo per le scale. Era il paradiso. Il cuore mi si gonfiò nel petto quando mi resi conto di poter camminare in quelle stanze sentendomi a mio agio nel ricordare il passato, invece di sentirmi paralizzata. Quella casa era tornata a essere il mio santuario e non la mia prigione.

Mi feci la doccia e mi cambiai, chiedendomi per tutto il tempo come se la stesse cavando Cael. Il solo pensiero di quello che stava attraversando mi impensieriva, ma implorai l'universo di aiutarlo. Di dargli la forza per affrontare tutto.

Uscii dalla mia camera e mi diressi in soggiorno. Mamma stava preparando la cena e il profumo aleggiava in tutta la casa. Quando arrivai all'altezza della stanza di Poppy, invece di passare oltre come al solito, mi fermai e aprii la porta. Nulla era cambiato.

Andai alla finestra e guardai fuori. Sapevo che era proprio lì che aveva annotato il quaderno indirizzato a me. Accarezzai la sua poltrona e mormorai: «Grazie».

Riaprii gli occhi e mi ritrovai a ridere. Poi guardai fuori dalla finestra e vidi Alton Kristiansen seduto sul davanzale della finestra della vecchia camera di Rune.

Salutai con la mano la copia più piccola di Rune e lui ricambiò il saluto. Per un attimo mi sentii quasi una giovane Poppy che guardava il suo ragazzo adorato. Accarezzai la scrivania e il letto, e alla fine bisbigliai: «Ti voglio bene, Poppy».

Mi chiusi la porta alle spalle e trovai Ida ad aspettarmi in corridoio. «Tutto bene?» mi domandò apprensiva.

«Sì» replicai, orgogliosa di come mi stessi comportando. Ci sarebbe sempre stata una parte di me che avrebbe provato tristezza per la perdita di Poppy. Si trattava di un lutto. Di un dolore profondo. Le cicatrici non se ne sarebbero mai andate. Ma si poteva andare avanti. Al passo che ritenevamo più opportuno.

«Bene. Ora che sei tornata e che abbiamo tutto il tempo di questo mondo, raccontami *dettagliatamente* di Cael.» Le avevo già raccontato tutto di lui per telefono e tramite messaggio. Era stato bello confidarmi di nuovo in quel modo con mia sorella.

«Se ne è andato prima» confessai. Anche papà e mamma si misero ad ascoltare. Ci sedemmo al tavolo della cucina. «Doveva tornare a casa per ricevere un ulteriore aiuto.»

«Dovevi proprio sceglierti il ragazzo coi tatuaggi, eh?» mi domandò papà, suscitandomi un sorrisetto. Ida scoppiò a ridere per la descrizione di mio padre del ragazzo che teneva in pugno il mio cuore.

«Non è solo un ragazzo coi tatuaggi, *papino*!» lo redarguì mia sorella. «È l'amore della sua vita!» Mi sentii avvampare sotto lo sguardo dei miei genitori. Sapevano che io e Cael stavamo insieme, però solo Ida era a conoscenza dei miei sentimenti.

Papà sbuffò e mi chiese: «È davvero così, bambina mia? Ami quel ragazzo?».

Assunsi un'espressione seria pensando a Cael. A quanto non desiderassi altro che proteggerlo dalla sofferenza e vivere tra le sue braccia. «Lui è...»

Mi interruppi e cercai le parole per spiegargli cosa provassi. Poi, con un sorriso d'intesa, annunciai: «È il mio Rune».

Lo sguardo severo di mio padre cedette alla dolcezza. Mia madre si protese in avanti e mi afferrò la mano.

«Ma che romantico» esclamò sognante mia sorella. «Anch'io voglio trovare il mio Rune.» Papà la fulminò con lo sguardo, facendomi scoppiare a ridere.

«Come mai ha bisogno di un ulteriore aiuto?» domandò mio padre. Così raccontai tutto ai miei genitori. Raccontai loro il motivo per cui Cael aveva intrapreso quel viaggio. Non avevo intenzione di spiattellate ai quattro venti la sua storia personale, però un giorno lo avrebbero incontrato, avrebbero rappresentato una spalla per lui, e per ricoprire quel ruolo dovevano essere al corrente di tutto.

«Povero ragazzo!» mormorò mia madre, la voce triste. Papà invece mi strinse la mano, in un gesto di conforto.

«È forte e coraggioso. Gentile e paziente, e mi ama da impazzire» annunciai.

Ida mi posò la testa sulla spalla. «Gli serve semplicemente più tempo.»

Annuii con il capo. «Soffre molto, ma sono convinta che ce la farà.»

Cenammo tutti insieme tra una risata e l'altra. Finita la cena, uscii e mi recai al frutteto. Rimasi a bocca aperta. Ogni anno era sempre la stessa storia, eppure ogni volta il piccolo e isolato giardino sembrava un dipinto diverso. I fiori rosa e bianchi erano sbocciati alla perfezione. Sotto i rami fioriti giaceva luccicante la lapide bianca. Una volta raggiunta la tomba di Poppy, scorsi il selfie che mi ritraeva insieme a Rune a Kyoto, e sorrisi.

Mi sedetti, lasciando che la brezza calda mi accarezzasse i capelli. Sospirai, poi con tutta la convinzione di questo mondo, annunciai: «Poppy… andrò a Harvard».

28

Guarigione

Fine estate
Massachusetts

Dopo interminabili settimane ero di nuovo qui. Finalmente a casa. Appoggiai la mano sulla porta della camera da letto di Cillian. Chiusi gli occhi e inspirai profondamente. Tutte le terapie, le lunghe sedute quotidiane con Leo, Mia e altri psicologi che mi avevano seguito nel mio percorso di guarigione… mi avevano condotto fino a qui. Il sostegno incondizionato e le visite settimanali dei miei genitori, l'ora a settimana che avevo a disposizione per parlare con Savannah mi avevano guidato in questo nuovo stato di pace.

Ero più forte adesso. Respiravo con più facilità. Camminavo con la schiena più dritta. Non ero arrabbiato e, soprattutto, mostravo comprensione. Comprensione verso Cillian come non ne avevo mai avuta. Comprendevo la sua invalidante depressione. Comprendevo perché non me ne avesse parlato. Era difficile, ma lo capivo.

Cillian era mio fratello maggiore. E mi mancava. Mi sarebbe sempre mancato. Però dovevo andare avanti.

Feci un respiro profondo e abbassai la maniglia per entrare nella sua camera. Il sole brillava attraverso la finestra esposta a sud. Il letto era fatto. Ogni centimetro di mobilia era pulito. Mia madre teneva tutto in ordine. Annusai l'aria e riuscii ancora a sentirlo lì dentro. In vita era stato così energico e vitale che era come se avesse lasciato la sua impronta in quella stanza.

In ognuno di noi che lo amavamo.

Le pareti erano tappezzate di tutto ciò che riguardava l'hockey. Sfiorai la casacca dei Bruins autografata e incorniciata. Poi mi fermai davanti alla sua, quella di Harvard. Quella che aveva ricevuto al primo anno. Io ero stato presente alla prima partita. Avevo sorriso talmente tanto da sentire male alle mascelle.

Passai alla parete con le foto che ci ritraevano insieme e rimasi immobile a guardarle. Qualche mese prima, quella visione mi avrebbe fatto a pezzi. Osservare quelle immagini di noi felici, con un meraviglioso futuro davanti, mi rendeva ancora triste. Poi la mia attenzione venne catturata da un vecchio e rovinato biglietto dei Bruins, attaccato alla bacheca di sughero.

Era identico a quello su cui lui mi aveva lasciato scritto il suo addio.

Il mio stomaco si attorcigliò. Lo avevo strappato. Ero così stufo di sentirmi triste che, in preda alla rabbia, lo avevo stracciato e lasciato in Giappone.

In quel momento, desiderai solo poterlo stringere di nuovo tra le mani. Mesi di terapia mi avevano insegnato a ridimensionare la morte di Cillian. Vederlo schiantarsi, stringerlo tra le mie braccia… il ricordo di quella notte era ancora difficile da sostenere e sarebbe sempre stato così.

Ma la terapia mi aveva aiutato a guardare le cose sotto una nuova luce. Mi aveva fatto comprendere il privilegio che avevo avuto nel trovarmi lì con lui in quel momento, mentre moriva. Lo avevo stretto tra le mie braccia intanto che la sua anima trapassava il suo corpo. E quel biglietto… quel biglietto rappresentava un bel ricordo per entrambi, e il fatto che fosse stato vergato con le sue parole di commiato lo rendeva ancora più speciale. Quel biglietto era un pezzo di lui. E avrei sempre rimpianto di averlo perduto.

Alla fine, ero grato di essergli stato accanto mentre lasciava questo mondo. Gli volevo talmente bene che avevo voluto che mi avesse vicino nel momento finale. Che il fratello che lo amava più della sua stessa vita fosse lì nel momento in cui la morte lo reclamava.

Pensavo che fosse meglio trovarsi accanto a qualcuno mentre si moriva.

Avrei tentato di rimanere aggrappato a quel concetto ogni volta che le immagini di quella notte avessero cercato di distruggermi. Mi voltai, orgoglioso di essere riuscito a entrare in quella stanza, poi mi arrestai di nuovo. Appoggiata alla parete, c'era la mazza che avevo disintegrato mesi prima, quando mamma e papà mi avevano proposto il viaggio con Mia e Leo. Adesso, la mazza – la mazza di Cillian – sfoggiava di nuovo i colori dei Bruins, era stata riparata e luccicava sotto i raggi del sole.

Allungai la mano e la sollevai con cautela. Riuscivo a scorgere i punti in cui si era spezzata. E adesso, come il piatto che Aika ci aveva fatto rompere e riparare in Giappone, era ancora più speciale di prima. Ora rappresentava il simbolo del perdono e della guarigione.

Parlava di me e di Cill.

«L'ho trovata allo stagno.» Mi voltai di scatto, sorpreso. Papà era sulla porta, mamma alle sue spalle. Erano stati così preoccupati per me. Ma negli ultimi giorni, vedendomi stare meglio, sembravano più leggeri. Non potevo neanche immaginare la sofferenza che avevano dovuto provare loro.

Papà entrò nella stanza. Gli luccicavano gli occhi osservando le pareti. Mamma lasciò scorrere liberamente le lacrime. Negli ultimi mesi avevo ritenuto questa stanza maledetta. Contaminata. Tuttavia, trovarmi di nuovo lì dentro… era come essere circondato da Cillian. Mi parlava del fratello che mi mancava tanto. Non era più un luogo spaventoso. Era… mi sentivo a casa lì dentro.

Papà si ficcò le mani in tasca. Era appena tornato dal lavoro e indossava ancora l'uniforme da poliziotto. «L'ho fatta riparare.» Mi guardò con un'espressione timida. «Ho pensato che l'avresti rivoluta… un giorno. Magari. Non so…»

Sfiorai la superficie di legno con la mano. In quella mazza erano racchiusi talmente tanti ricordi di Cillian mentre la stringeva, con me al suo fianco. Il mio fratellone, il mio eroe… «Grazie» mormorai.

Mi sedetti sul letto e mamma mi raggiunse immediatamente. Mi abbracciò e si mise a guardare la parete con le foto. «Voi due…» prese a dire, e rise tra un singhiozzo e l'altro. «Mi avete fatto venire i capelli grigi a trent'anni, voi due e l'hockey.» Scoppiai a ridere e mi asciugai le lacrime. «Ma lo adoravo» proseguì, stringendomi con più forza. «Portarvi in giro, svegliarsi all'alba per gli allenamenti… guardarvi giocare allo stagno a vostra insaputa…» Tornò seria. «Nei momenti difficili,» aggiunse con voce tremante, «penso a questo e allora torno felice. Riesco a trovare la felicità, in quei ricordi.»

Il volto di Savannah si affacciò alla mia mente. L'aver menzionato il concetto di felicità mi aveva fatto pensare a lei. Mi mancava in un modo incredibile. Mi mancava la sua mano piccola nella mia, le sue guance arrossate quando si imbarazzava. Mi mancavano i suoi baci e il suo marcato accento del sud.

Mi mancava lei, punto.

«Stai pensando alla tua ragazza?» mi domandò papà. Sbuffai una risata. Avevo raccontato loro di lei. Come non avrei potuto? Lei era sempre al centro dei miei pensieri. Quando la terapia mi aveva messo in ginocchio, nelle settimane passate, erano stati il suo volto e le sue telefonate a impedirmi di crollare. La sua forza pacata, il suo modo di affrontare il dolore con dignità ed eleganza.

Quella era la mia ragazza.

«Mi manca» confessai, guadagnandomi un abbraccio ancora più stretto di mamma.

«Non vediamo l'ora di conoscerla» mi informò papà. L'idea mi piaceva.

Rimanemmo nella stanza di Cillian per un'altra ora, a ricordare i momenti che custodivamo preziosamente nei nostri cuori. Ridemmo e piangemmo, ma quando uscii di casa sentii che un altro fardello se ne era andato. Giorno dopo giorno, le catene che mi avevano tenuto ancorato al dolore e alla sofferenza cedevano fino a spezzarsi completamente.

Un passo alla volta, mi sentivo sempre più forte del giorno prima.

Presi la Jeep e raggiunsi quella che un tempo era stata la mia seconda casa. Sapevo che non c'erano gli allenamenti quel giorno e che avrei trovato il posto vuoto. Adesso che ero di nuovo qui, il mio vecchio allenatore mi aveva dato il permesso di venire ad allenarmi quando la pista era libera. Era contento che fossi tornato in me e che fossi riuscito a tornare sul ghiaccio.

Non appena varcai la soglia del palazzetto, l'aria fredda pervase i miei sensi. Percorsi il corridoio fino allo spogliatoio. Posai il borsone sulla panchina e iniziai a cambiarmi. Infine infilai i pattini.

Una volta all'ingresso della pista, lasciai che la morsa del freddo mi colpisse in faccia. Strinsi la mazza tra le mani e salii sul ghiaccio, espirando lentamente. Presi a girare in tondo sulla lastra ghiacciata, sempre più veloce, finché non mi sembrò di volare. Era ciò per cui ero nato.

Non mi sarei mai scordato come si facesse.

Guardai gli spalti, immaginandoli pieni di gente, la luce puntata sulla pista e la musica assordante proveniente dagli altoparlanti. Visualizzai me e la mia squadra, allineati, la mano sul cuore, intenti a cantare l'inno nazionale.

Lo desideravo. Lo desideravo con tutto il cuore.

«Woods!» Aprii gli occhi e mi arrestai di colpo. Il cuore prese a battermi all'impazzata quando scorsi Stephan Eriksson, il mio migliore amico. Mi stava venendo incontro. Il coach mi aveva assicurato che sarei stato solo. Dallo sguardo sorpreso di Stephan, dedussi che avesse garantito la stessa cosa anche a lui. Era proprio tipico del coach farci rincontrare in questo modo.

«Sei tornato in pista?» mi domandò, la voce piena di speranza.

«Sì» mi concessi di rispondere con tutta la sincerità del mio cuore. Ero tornato. «Sono tornato.» Stephan mi balzò addosso e mi abbracciò.

Mi trattenne a sé un po' troppo a lungo. «Sono contento che tu sia tornato, fratello.» Stavolta il fatto che mi avesse chiamato fratello non mi urtò. Stephan era il mio migliore amico da anni. Per me era sempre stato come un fratello, e lo era ancora.

«Mi dispiace» gli dissi, quando si staccò. Eravamo da soli, al centro della pista di ghiaccio. Si udivano solo i nostri respiri. «Mi dispiace tantissimo...»

«Non devi scusarti di niente, okay?» La sua espressione era sincera. Mi preparai a contraddirlo, ad ammettere che lo avevo trattato di merda per troppo tempo, ma lui mi posò la mano sul braccio e ripeté: «Non hai *niente* di cui scusarti, Cael. *Niente*».

Annuii con il capo, la gola ostruita per l'emozione. Non riuscivo a parlare. Stephan doveva essersene accorto e prese a pattinare all'indietro. «Allora, Woods,» prese a dire in modo canzonatorio, «che ne dici di un bell'uno contro uno? Ora che sei un po' arrugginito ho più probabilità di batterti.»

Mi sentii il cuore leggero e pieno di calore. Sfoggiai un sorriso a trentadue denti. «Anche se non giocassi da dieci anni, riuscirei comunque a farti il culo, Steph.»

Stephan scoppiò a ridere e andò a recuperare un dischetto. Mi scaldai le braccia, scrocchiai il collo e mi misi a giocare con il mio migliore amico come se non fosse passato neanche un giorno dall'ultima volta.

Giocammo per ore. Ridemmo. Sorrisi molto. Respirai senza sentirmi un peso sul petto.

Vinsi ogni partita.

E soprattutto avevo di nuovo un futuro di cui occuparmi. Avevo promesso alla mia ragazza che ci saremmo rivisti.

E non avevo nessuna intenzione di deluderla.

29

Ospiti a sorpresa e cuori connessi

Autunno
Università di Harvard

«Leggete il materiale per la prossima settimana!» urlò il professore alla massa di persone che recuperava in fretta e furia le proprie cose e si precipitava fuori dalla porta.

«Credo di aver fatto il passo più lungo della gamba» commentò Cara, la mia nuova compagna di stanza.

«Dai, ce la puoi fare» la incoraggiai, infilandomi la borsa in spalla per poi dirigermi all'uscita. Il college era appena iniziato. Dopo una settimana di orientamento, oggi era ufficialmente il primo giorno di lezione. E, soprattutto, presto avrei rivisto Cael. Quando ero arrivata, la squadra di hockey era andata in ritiro. Cael mi aveva informato che sarebbe tornato oggi e io stavo facendo il conto alla rovescia.

Ci eravamo sentiti telefonicamente ogni giorno da quando aveva concluso la terapia, e non stavo più nella pelle dalla voglia di rivederlo. Di farmi cullare dalle sue braccia, stretta al suo petto.

Mi sentivo anche un po' nervosa. Erano trascorsi mesi dalla tappa in Giappone. Da quanto ci eravamo scambiati l'ultimo bacio e ci eravamo stretti l'uno all'altra. Mi era mancato talmente tanto che a volte sarei voluta salire su un aereo per raggiungerlo. Tuttavia sapevo che doveva rimanere concentrato e che presto ci saremmo rincontrati al college.

Ancora non ci credevo che nel giro di qualche ora me lo sarei ritrovata di nuovo vicino.

Percorremmo il corridoio e uscimmo all'esterno, dove Boston risplendeva in tutta la sua bellezza autunnale. La città era talmente bella da non sembrarmi reale. Tirai fuori il cellulare per verificare se Cael mi avesse chiamato. Ancora nessuna notifica. Rimisi il telefono nella tasca e sollevai lo sguardo, poi rimasi di sasso. Il cuore mi schizzò fuori dal petto quando lo vidi davanti a me, appoggiato contro un albero del giardino. Si stava guardando attorno, in cerca di qualcuno… in cerca di *me*, realizzai. Gli studenti borbottavano mentre cercavano di aggirare la statua che ero diventata. Non riuscivo a muovermi, ero troppo sconvolta di vederlo di nuovo davanti a me.

«Savannah? Cosa…» prese a chiedermi Cara, prima di interrompersi. Poi riprese a parlare: «Quello è Cael Woods». Il mio sguardo era fisso sul ragazzo che aveva rubato il mio cuore dal primo istante in cui lo avevo incontrato. Sul ragazzo che aveva custodito con cura il mio cuore fino a quel momento.

Indossava abiti sportivi: pantaloni della tuta e giacca. Restai senza fiato quando mi accorsi che sulla giacca c'era scritto *Crimson Hockey*. I suoi tatuaggi spuntavano dal collo attraverso il colletto, e i capelli scuri e corti ai lati erano spettinati come al solto. Finalmente mi individuò tra la folla e i nostri sguardi si incrociarono.

I suoi occhi si addolcirono quando si posarono sui miei e io, che in quel momento mi sentivo come una barchetta alla deriva, trovai nella sua presenza un'ancora. Senza distogliere lo sguardo, cominciai a scendere di corsa la scalinata con le gambe tremanti e gli andai incontro.

A ogni passo, assaporavo quella visione con i lucciconi agli occhi. Lui era qui. Cael era davvero *qui*. Senza la minima esitazione, prese a correre anche lui e alla fine ci abbattemmo l'uno sull'altra, facendo collidere i nostri petti, impazienti di riabbracciarci e di non lasciarci mai più. Lo strinsi forte e la mia anima tirò un sospiro di sollievo, ora che lui era di nuovo con me.

«Pesca…» mormorò sul mio collo. Per poco non mi misi a piangere nel sentire pronunciare quel nomignolo – il *mio* – con la sua tipica cadenza di Boston.

«Amore» mormorai a mia volta, stringendolo incredibilmente forte da diventare un tutt'uno con lui in mezzo al giardino del college.

Poi Cael si staccò e io lo studiai attentamente. Era come tornare a rivedere l'alba dopo giorni di buio. «Mi sei mancata, Pesca» confessò con voce roca e tutta la sincerità che aveva nel cuore. «Dio, quanto mi sei *mancata.*»

Cael appoggiò la fronte alla mia e intrecciammo le nostre dita. «Mi sei mancato anche tu» mormorai con un filo di voce, troppo felice, sopraffatta dal suo familiare profumo di salsedine e neve fresca che mi faceva sentire a casa.

Cael trasse un respiro, dopodiché prese a baciarmi sulla guancia, sulla fronte e, cercando prima conferma nei miei occhi, sulla bocca. Tutta la pena che avevo provato a causa della sua lunga assenza svanì in un istante. Il mio Cael mi stava *baciando*. Era *qui* con me.

Quando mi sciolsi tra le sue braccia, lui intensificò il bacio, che diventò appassionato, sincero, reale. E mentre mi baciava, percepii un senso di leggerezza in lui, nel ragazzo che amavo con ogni fibra del mio essere. I suoi baci erano intensi ma affettuosi. Ottimistici, e non velati di tristezza e disperazione.

Una lacrima rotolò dall'angolo del mio occhio mentre lui mi stringeva a sé. Mi sentivo di nuovo al sicuro tra le sue braccia, e lui altrettanto tra le mie.

Poi interruppe il bacio per annunciare con voce rauca: «Ti amo, Savannah». Sentii tutto il suo amore verso di me che si irradiava dalla sua anima.

Gli posai una mano sulla guancia. «Ti amo anch'io. Mi sei mancato tantissimo.»

Fece un passo indietro e mi studiò il volto, come se avesse davanti un quadro rinascimentale. Poi lessi del nervosismo nel suo sguardo. «Stasera vieni, vero?» mi domandò, tentennante.

«Dove?» indagai.

«Ci sarà un'amichevole» mi spiegò, lasciandomi una delle mani per accarezzarmi i capelli. Chiusi gli occhi e mi godei quella carezza. «Ti voglio lì.» Deglutì. «È la prima partita della squadra.» Inspirò rumorosamente l'aria, per poi buttarla fuori lentamente. Gli afferrai le mani e le strizzai due volte. Il nostro gesto segreto. Un sorriso abbacinante gli illuminò il volto, rivaleggiando con il sole stesso.

Dio, quanto era bello.

«Non me la perderei per nulla al mondo» commentai, poi appoggiai la testa al suo petto. Cael tirò un sospiro di sollievo e il martellio del suo cuore risvegliò le farfalle nel mio stomaco.

Lo avevo di nuovo con me. Eravamo di nuovo insieme.

Cael continuò ad accarezzarmi i capelli, come se non riuscisse a evitarlo dopo tutto questo tempo.

Dopodiché mi prese il viso fra le mani e mi baciò di nuovo. «Non posso credere che sei qui davanti a me. Non mi sembra vero» commentò. Sorrisi. Girai la testa e gli premetti un bacio sul palmo della mano.

«È tutto vero» lo rassicurai, abbracciandolo in vita. «*Noi* due siamo reali.»

Cael mi inglobò nel suo abbraccio. Torreggiò su di me e mi fece sentire protetta.

Non mi sarei più staccata da lui, sarei rimasta in quella posizione per sempre. «Harvard» mormorò, realizzando che avevamo tenuto fede alla nostra promessa.

«Harvard» ripetei, sopraffatta dall'emozione.

Poi si staccò e, riluttante, mi disse: «Devo andare, ora, ma…».

Non volevo che se ne andasse. «Cael!» Sollevai lo sguardo e oltre le sue spalle vidi un ragazzo biondo che lo stava chiamando. Cael alzò la mano per indicargli che stava arrivando.

«Lui è Stephan, il mio migliore amico nonché compagno di squadra. Abbiamo una riunione del team adesso.» Mi si strinse il cuore, non perché dovesse allontanarsi, ma perché aveva riaccolto Stephan nella sua vita. Ero talmente orgogliosa di lui che mi sarei messa a urlare.

Cael prese a indietreggiare, entrambi riluttanti a distogliere lo sguardo l'uno dall'altra, finché non fu ormai troppo lontano e io fui costretta a voltarmi. Ero sotto shock, mi sentivo in preda alle vertigini.

Ero incredibilmente felice.

Cara mi raggiunse. «Esci con Cael Woods?» mi chiese, sembrandomi molto colpita. Avevo dimenticato che fosse di queste parti e che era appassionata di hockey.

Mi voltai verso di lei con il cuore talmente colmo di gioia che riuscivo a malapena a respirare. «Vuoi venire con me a vedere un'amichevole? L'amore della mia vita scenderà in pista stasera.»

Il palazzetto era mezzo pieno, cosa che, a detta di Cara, era normale per una partita amichevole. Vagai con lo sguardo sulla pista in cerca di Cael, e proprio in quel momento lo vidi uscire dalla galleria degli spogliatoi per scivolare sul ghiaccio. Sulla sua schiena campeggiava con orgoglio il numero ottantasette. Mi sentii il cuore in gola mentre lo guardavo pattinare e prendere sempre più velocità.

Era surreale vederlo così. Sapevo che era un abile giocatore di hockey. Da quando aveva concluso il percorso di terapia, mi aveva parlato spesso delle selezioni per riprendersi il suo posto nella squadra di Harvard. Quando avevo mostrato curiosità per il suo passato sportivo, mi aveva persino inviato dei link che rimandavano a delle vecchie partite. Tuttavia, trovarmi lì, sentire il freddo che saliva dalla pista sul mio viso, era tutto molto diverso da ciò che mi ero immaginata.

Vidi Cael scrutare gli spalti con lo sguardo e, quando mi individuò, rallentò. Incrociò i miei occhi e io gli sorrisi. Anche lui sfoggiò un sorriso perfetto.

Uno dei coach suonò il fischietto e Cael andò nella sua posizione. Dovevo ammettere che non avevo la minima idea di cosa stesse per succedere. Stavo cercando di imparare le regole del gioco, avevo passato diverse sere, durante l'estate, a leggere quello che trovavo in giro a tal proposito. Alla fine ero certa che sarei riuscita a padroneggiare l'argomento. Per il momento, mi bastava osservare Cael nel suo elemento, con gli occhi pieni di meraviglia. Anche se non capivo il gioco, riuscivo a intuire facilmente che Cael era un passo avanti a tutti. Era il più forte, il più dinamico e segnava un punto dietro l'altro, dando la sensazione che non fosse per niente stanco e che potesse andare avanti così tutta la serata.

Ero letteralmente senza fiato mentre lo guardavo. Soprattutto quando rideva, sorrideva ed esultava insieme alla sua squadra. Era felice. Ce l'aveva fatta. Era guarito. Quel ragazzo sul ghiaccio era anni luce avanti rispetto a quello che avevo visto in Giappone. Vederlo in quella veste me lo faceva amare ancora di più. Come gli aveva detto Aika, Cael possedeva tutta la tenacia necessaria per ricomporre i propri pezzi, e in questo momento era più bello che mai.

Quando la partita finì, i volti sbalorditi dei fan che acclamavano Cael mi suggerirono quanto fosse talentoso e che sarebbe stato un vero peccato se non fosse mai tornato a giocare.

Cael si avvicinò agli spalti e io mi alzai in piedi per andargli incontro. «Tesoro...» lo chiamai, scuotendo la testa. Ero incapace di tradurre in parole ciò che provavo. Lui arrossì imbarazzato dalle mie lodi. Era così adorabile che avrei voluto riempirlo di baci, senza mai fermarmi.

«Mi aspetti fuori dagli spogliatoi?» mi domandò. Annuii con il capo. Per quanto mi fossi divertita ad assistere la partita, desideravo parlargli e trascorrere qualche ora insieme a lui.

«Torno in stanza» mi comunicò Cara. Io invece seguii le indicazioni per gli spogliatoi. Rimasi ad aspettarlo nel corridoio. C'erano anche altre persone ad attendere i giocatori per congratularsi con loro.

Cael uscì dallo spogliatoio insieme al suo amico Stephan. I suoi occhi mi individuarono subito. Mi venne incontro e mi abbracciò. Mi strinse al suo petto e i capelli bagnati dalla doccia mi si appiccicarono alla guancia. Scoppiai a ridere e Cael mi strinse con ancora più decisione.

Poi qualcuno alle nostre spalle si schiarì la gola. Cael si staccò ed entrambi ci ritrovammo davanti Stephan. Con i suoi capelli biondi e gli occhi azzurri, mi ricordava Rune. «Lei è la famosa Savannah?» gli domandò, e io arrossii. Poi Stephan diede un colpetto sul torace di Cael. «Gli voglio bene, ma se lo sento parlare ancora di te, credo che mi scoppierà la testa.»

«Imbecille» esclamò Cael, ridendo.

Stephan mi fece l'occhiolino. «Comunque molto piacere di conoscerti, Savannah.» Dopodiché abbracciò Cael. «Ci vediamo in dormitorio.»

Cael mi mise un braccio sulle spalle e mi stampò un bacio sulla tempia. «Vieni con me, Pesca. Dobbiamo recuperare un bel po' di tempo perso.»

Condussi Savannah alla mia Jeep nel parcheggio. Buttai la borsa dentro e protesi una mano verso di lei, la quale l'afferrò senza esitazione. «Facciamo due passi?» le chiesi.

«Certo.» Mi sorrise e, cavolo, non ci potevo credere che fosse lì con me. Mi sembrava un sogno. Avevo pensato tanto a lei, soprattutto durante i difficili giorni del ritiro terapeutico, quando non credevo di potercela più fare. Erano stati il suo volto e le sue telefonate a darmi la forza per andare avanti.

Savannah rabbrividì a causa del fresco d'inizio autunno, così io tornai di corsa alla macchina e recuperai la mia giacca. Ricordavo quanto avesse sofferto nel Distretto dei laghi e in Norvegia. Alla mia Pesca della Georgia piaceva il sole. Le porsi la giacca e Savannah rise quando se la mise addosso, sparendoci dentro.

Non riuscivo a immaginare una cosa più perfetta di lei con il mio nome sulla schiena. Attraversammo il campus in un piacevole silenzio e ci dirigemmo verso il parco illuminato. Poi ci sedemmo su una panchina appartata. In giro c'era solo qualche persona a passeggio con il cane.

Le strinsi la mano e mi portai le sue dita alla bocca. Gliela baciai, senza riuscire a fermarmi.

Lei era qui.

Era *davvero* qui.

«Cael...» fece per dire qualcosa, ma io la interruppi.

«È stata così dura, Sav.» L'adrenalina della partita stava calando e la stanchezza cominciava a farsi sentire.

Savannah si avvicinò ancora di più e io mi girai verso di lei. Mi stava osservando. Non riuscivo a toglierle lo sguardo di dosso. Mi sembrava uno di quei miraggi che mi creavo nella testa durante la terapia e che avevo paura mi sfuggisse al minimo battito di ciglia.

«Sono qui» mi rassicurò, eppure io avevo bisogno che il mio cuore capisse che non si trattava di un'allucinazione. La mia ragazza si trovava a Boston. Con me. Ed eravamo pronti a iniziare la nostra vita insieme.

Inspirai profondamente. «È stata durissima. Ma dovevo migliorare. Per te, per noi. Io dovevo...»

«No» esclamò lei, scuotendo la testa. «Tu non dovevi migliorare, Cael. Tu dovevi *guarire*. Stavi soffrendo. Non si può parlare di miglioramento in quel caso. Avevi il cuore spezzato e stavi cercando di aggiustarlo, giorno dopo giorno. E ci sei riuscito.» Mi posò una mano sulla guancia e mi guidò il volto per allinearlo al suo sguardo. «Non hai mai avuto bisogno di migliorare per me. A me andavi bene così com'eri. Anche quando eri a pezzi. Per me sei *sempre* stato abbastanza.»

Dio, esisteva qualcun altro in questo mondo che aveva lottato per qualcuno più di quanto questa ragazza avesse lottato per me?

«Sono il ragazzo più fortunato dell'universo. Lo sai, vero?» La baciai sulla guancia fredda. Poi chiusi gli occhi e assaporai il momento. «Finalmente posso vivere la mia vita con te, Pesca. Posso donarti il mio cuore, per quanto pieno di cicatrici.» A Savannah tremò il labbro e io vi passai sopra il pollice. I suoi occhi azzurri scintillarono. «Adesso è tuo, e io potrò avere il tuo in cambio.» Indicai me stesso. «Sono il ragazzo più fortunato al mondo.»

«Lo siamo entrambi» commentò, allontanandomi i capelli ancora bagnati dalla faccia. Savannah sorrise, e avrei dato qualsiasi cosa perché restasse sempre così sorridente. «Siamo vivi, siamo forti, e siamo insieme. È questo a rendermi fortunata. Il fatto...» Si interruppe e sollevò lo sguardo verso le stelle che stavano iniziando a scorgersi.

Seguii la traiettoria del suo sguardo e la incalzai: «Il fatto?».

Savannah si voltò a guardarmi. Sorrise facendo spuntare le fossette e io desiderai stamparmi quell'immagine nella memoria. «Il fatto di aver attraversato un periodo difficilissimo per arrivare alla felicità di adesso. E che grazie a questo non daremo mai la vita per scontata.» Il cuore mi pulsò nel petto. Sottoscrivevo ogni sua parola. Savannah mi baciò il dorso della mano, sul cuore tatuato, tracciandone i contorni neri, poi tornò a guardarmi negli occhi. «Abbiamo perso qualcuno. Sappiamo cosa significa il dolore. Sappiamo cosa vuol dire sentire talmente tanto la mancanza di una persona da non riuscire a respirare. Ma proprio per via di quella perdita, noi ci ameremo profondamente, ci sosterremo tantissimo e saremo più forti l'uno per l'altra. Perdere qualcuno ti insegna ad apprezzare l'amore. Questo è il nostro futuro, Cael. Amarci nel modo migliore che conosciamo: totalmente.»

«Ti amo, Savannah. Non smetterò mai di dirtelo.»

Sorrise. «E io non smetterò mai di volertelo sentir dire.» Risi e lei mi imitò subito, la tristezza che si sfaldava a poco a poco attorno a noi.

Placate le risate, Savannah aggiunse: «Ho qualcosa per te. Ma non so se ho fatto bene o male. Non so se ho fatto la cosa giusta».

Dalla sua voce trapelava una certa agitazione. «Tu non potresti mai fare nulla di male, piccola» la rassicurai. Eppure la sua espressione rimase preoccupata. Mi scrutò negli occhi, poi infilò la mano nella tasca. Quando la estrasse, al centro del suo palmo campeggiava il biglietto di Cillian, con le sue scuse scarabocchiate sul vecchio e preziosissimo pezzo di carta, quello che avevo fatto a pezzettini in Giappone.

Adesso il biglietto era di nuovo integro, ricomposto grazie alla lacca dorata. Mi venne il fiato corto osservandolo nella delicata mano di Savannah.

«L'ho trovato quando te ne sei andato» mi informò con un filo di voce colma di emozione. «Dopo essertene andato... sono entrata nella tua stanza solo per...» Deglutì visibilmente. «Ho visto la lettera che mi avevi lasciato, e ho visto il biglietto strappato sul pavimento. Solo una volta riuniti i pezzi ho capito di cosa si trattava. Così l'ho portato subito nella mia stanza e con il kit che ci aveva dato Aika l'ho rincollato.» Batté le palpebre e poi incrociò il mio sguardo. «Mi dispiace se ho esagerato. È solo che ho pensato...»

Mi abbattei sulla bocca di Savannah, interrompendo qualunque cosa stesse dicendo. Aveva compiuto questo gesto per me. Si era presa cura del mio più grande rimpianto e vi aveva posto rimedio, rendendo quel biglietto ancora più speciale, poiché lo aveva sistemato con tutto il suo amore per me, e per mio fratello, che non aveva mai conosciuto.

Quando mi staccai dalle sue labbra, senza fiato ed estremamente grato nei suoi confronti, le dissi: «Grazie. Grazie infinite, piccola».

Presi il biglietto, che era protetto da una bustina di plastica trasparente e me lo infilai in tasca. Era di nuovo in mio possesso. Avevo di nuovo un pezzo di mio fratello con me. Il senso di sollievo che provai fu travolgente.

«Ci siamo» annunciai a quel punto.

«A cosa?» mi domandò, appoggiando la testa al mio bicipite. Non potei fare a meno di baciarla sulla testa.

«All'inizio del nostro per sempre» risposi e sentii scorrere la speranza nelle vene. Stavo talmente bene da avere le vertigini.

«Per sempre» ripeté Savannah.

«Siamo qui insieme, al college. Avrò la possibilità di vederti tutti i giorni. Giocherò a hockey e sarò di nuovo me stesso. E tu... tu diventerai un medico, piccola. Io sarò il tuo ragazzo...»

«E io sarò la tua ragazza» disse a sua volta lei, la gioia nel tono della sua voce.

«E vivremo la nostra vita insieme.»

Vita. Il più strano viaggio, pieno di alti e bassi, tristezza e senso di perdita, ma anche di stelle, sole, gioia e amore.

Soprattutto di amore. L'amore sopra ogni cosa.

30

Giri d'onore e stelle piene di speranza

Sette settimane dopo
Università di Harvard

Lo stadio era pieno. Fissavo meravigliata il pubblico tutto vestito di rosso. La musica rimbombava sparata da ogni angolo e le grida eccitate degli studenti erano assordanti. Mi strinsi forte a Cara.

Questo era il mondo di Cael. La partita amichevole non era nulla in confronto a questo evento. Durante il viaggio, questo aspetto della sua vita non era venuto molto fuori, era rimasto solo a livello concettuale. Ma questa era la sua arena. Ero nervosissima e dovetti concentrarmi sul respiro per calmarmi. Dai nostri posti si aveva una visuale perfetta sulla pista. Le luci danzavano sul ghiaccio al ritmo della musica.

Mentre aspettavo col fiato in gola di veder uscire Cael, dagli altoparlanti venivano date le varie statistiche di gioco. Cael era un po' in ansia per la partita. Lo avevo incrociato un'ora prima…

«Sono nervoso» ammise, passandosi una mano tra i capelli.

«Andrai alla grande» lo rassicurai, cercando di fare il mio meglio per placare i suoi nervi.

Cael rivolse lo sguardo al cielo, chiuse gli occhi e si concentrò sulle stelle. Io capii che stava trattenendo le lacrime. Quando mi guardò di nuovo i suoi occhi erano diventati lucidi. «Ho sempre immaginato che sarebbe stato qui, sai. In questo momento.» Sospirò. «Credo che il fatto che invece non ci sia, mi stia mettendo a dura prova.»

Allora io gli indicai le stelle. «Lui è qui.» Il suo volto si addolcì.

Poi mi abbracciò. «Non so cosa farei senza di te, Pesca» mi disse, prima di baciarmi sulle labbra. Nel frattempo, il resto della squadra si riversò in pista per i riscaldamenti. «Devo andare.»

«Io sarò sugli spalti» lo rassicurai. Lui annuì con il capo e accennò un piccolo sorriso. Io pregai che riuscisse ad affrontare al meglio quella prima partita...

Cercai di tornare al presente, ma un milione di pensieri riaffiorarono alla mia mente. Pensieri tutti incentrati su Cael. Ero talmente immersa nella mia testa che, di punto in bianco, il volume della musica si abbassò e lo speaker cominciò a parlare.

Mi concentrai sulla galleria da dove uscivano i giocatori. Poi, all'improvviso, le luci si affievolirono e lo speaker prese a dire: «Buonasera, questa partita verrà giocata in onore di Cillian Woods, il nostro attaccante centrale prematuramente scomparso. A giocare in suo onore, stasera, ci sarà il fratello minore e nuovo attaccante degli Harvard Crimson, Cael Woods».

In quell'istante, tutto sembrò arrestarsi: la musica, il mio respiro, il mio cuore. Mi sentii aggrovigliare lo stomaco e un misto di tristezza e orgoglio prese possesso di me. Il pubblico scattò in piedi e iniziò ad applaudire a Cael, che in quel momento non indossava né casco né guanti, ma solo una fascia nera attorno al braccio. Cael prese a fare il giro della pista in onore di Cillian, del fratello che aveva amato tanto e che aveva perso giovanissimo, in circostanze così tragiche...

Quando Cael si girò per pattinare verso il lato opposto della pista, io trasalii alla vista della sua schiena. Il ragazzo che amavo, al quale avevo donato tutto il mio cuore, non indossava più la casacca ottantasette. Adesso portava il numero trentatré.

Il numero di Cillian. Stava pattinando per Cillian.

Stava onorando il fratello nel miglior modo possibile.

Un gemito mi sfuggì dalla gola mentre lo guardavo pattinare lentamente e sollevare la mazza in aria. Un tributo verso il fratello maggiore, colui che avrebbe dovuto giocare insieme a lui, quella sera. Ecco perché Cael era così nervoso prima. Stava per onorare Cillian sulla pista di ghiaccio che entrambi adoravano.

Volli credere che Cillian fosse qui, adesso, con i capelli scompigliati dalla velocità, un braccio attorno alle spalle di Cael, come li avevo visti ritratti in quella foto mesi prima.

Cara mi circondò le spalle proprio quando il resto della squadra fece il suo ingresso sul ghiaccio. Pattinarono anche loro in onore di Cillian, tutti in lutto per il loro compagno di squadra. Cael pattinò nella mia direzione e io mi portai la mano alla bocca.

«Cael…» mormorai nel momento in cui lui si fermò davanti a me, gli occhi colmi di lacrime. Premette le mani contro la protezione di vetro che ci separava. Io allungai le mie e allineai i palmi ai suoi, come se il vetro non esistesse. Poi Cael vi appoggiò la fronte e io lo imitai di nuovo. Piansi per il ragazzo che non avevo mai conosciuto ma che mi mancava lo stesso. E piansi per quello di cui ero follemente innamorata, il quale stava condividendo il proprio dolore con il mondo, per onorare il fratello che lo aveva lasciato.

Quando Cael si tirò indietro, io gli mimai con le labbra: «Ti amo. Sono orgogliosa di te».

«Ti amo anch'io» rispose lui, poi tornò verso la galleria.

Quando uscì di nuovo in pista per giocare, io ero ancora con i palmi contro il vetro. Non distolsi mai lo sguardo da lui mentre si muoveva sul ghiaccio come se fosse nato con i pattini ai piedi e la mazza in mano.

Giocò con il cuore. Onorò il fratello che aveva perso.

Segnò quattro goal. E Harvard vinse. Per Cillian.

Cael

L'adrenalina mi scorreva ancora nelle vene quando mi sedetti nello spogliatoio. Buttai la testa all'indietro e chiusi gli occhi, ascoltando i festeggiamenti della prima vittoria della stagione. Le gocce di sudore mi scorrevano sulla schiena e il cuore mi martellava il petto.

Avevamo vinto. Avevamo vinto per Cillian. Ruotai la testa, come se lui fosse accanto a me. Stasera, in pista, lo avevo percepito accanto a me. Dopo la sua morte, mi ero sentito derubato del nostro futuro insieme. Ma stasera lui era stato presente. Ne avevo la certezza. E una cosa che avevo imparato in quell'anno era che Cillian sarebbe sempre stato al mio fianco, perché lui era una parte di me. Nemmeno la morte avrebbe potuto separarci.

Sorrisi, immaginandolo accanto a me. *Ce l'hai fatta, fratellino. Ce l'hai fatta!*

Ce l'abbiamo fatta, avrei osato dire. *Ce l'abbiamo fatta, proprio come avevamo previsto.*

Una mano si posò sulla mia spalla. Sollevai lo sguardo e vidi l'allenatore. Tutta la squadra mi stava osservando. Molti dei compagni li conoscevo già. Erano stati amici di Cillian. E, a giudicare dai loro occhi lucidi, anche loro dovevano percepire la sua presenza.

«Questo dischetto è tuo, figliolo» annunciò il coach. Non ero una persona di tante parole, quindi afferrai il dischetto e mi alzai in piedi. Poi lo baciai e lo sollevai verso il cielo.

Questo è per te, Cill. Questo è per te.

Uscii dallo spogliatoio e sorrisi quando vidi che Savannah mi stava aspettando. Era appoggiata da sola contro la parete, intenta a farsi piccola piccola. Evidentemente la sua amica era tornata in camera. Sarebbe stata per sempre la mia ragazza introversa. La sua espressione di sollievo e di orgoglio, e i suoi luminosissimi occhi azzurri mi misero quasi al tappeto.

Non appena le fui vicino, la sollevai in aria e lei si sciolse tra le mie braccia. «Io… non ho parole per stasera, amore mio. Io…» mormorò. Buttò la testa all'indietro e proseguì: «Sono semplicemente orgogliosa di te. Del tuo nuovo numero di casacca, della tua forza…». Scosse la testa, a corto di parole.

«Ti amo anch'io, Pesca» replicai, e lei sfoggiò un flebile sorriso tremante prima che ci baciassimo senza più fermarci.

«Cael?» Una voce familiare interruppe il nostro momento d'intimità. Quando mi voltai e vidi i miei genitori con un'espressione divertita sui loro volti, io scoppiai a ridere. Savannah doveva aver notato una certa somiglianza perché non appena li scorse arrossì per l'imbarazzo.

«Immagino che lei sia la famosa Savannah?» intervenne mio padre, protendendo la mano verso di lei.

«Sì, signore, sono io» gli rispose lei, facendomi sciogliere con la sua timidezza e i suoi impeccabili modi del sud.

Papà le strinse la mano, mentre mia madre si fece avanti e l'abbracciò. Non mi sfuggì il momento in cui le bisbigliò all'orecchio: «Grazie. Grazie di aver salvato mio figlio».

Savannah strinse forte mia madre e le rispose: «È un piacere conoscerla, signora». Poi mi rivolse un sorriso timido. «Amo molto suo figlio. Anche lui ha salvato me.»

Questa ragazza...

«Ora vi lasciamo soli» annunciò mio padre, dopo avermi abbracciato forte. «Non mi sono mai sentito tanto orgoglioso in vita mia, figliolo» mi confessò, facendomi venire il groppo in gola.

Mamma mi si avvicinò e disse: «È bellissima. È così splendida e dolce». Non vedevo l'ora che i miei genitori avessero l'opportunità di conoscerla meglio. Mamma fece un passo indietro e andò a stringere la mano di mio padre. «Domenica organizzerò una cena.» Si voltò verso Savannah. «Ci piacerebbe che tu venissi, tesoro.»

«Con molto piacere. Grazie, signora» le rispose Savannah, spezzandomi di nuovo il cuore con la sua dolcezza. Era impossibile amarla più di quanto già l'amassi. Mamma e papà mi avevano concesso dello spazio per ambientarmi al college, ma io avevo voluto che fossero presenti alla mia prima partita. E desideravo con tutto il cuore che finalmente conoscessero la ragazza che mi aveva salvato.

Se ripensavo a quanto mi ero opposto al viaggio con Leo e Mia, a quanto avessi lottato con tutto me stesso per non partire... eppure l'universo mi aveva messo sulla strada della guarigione. E questo mi aveva portato a conoscere la mia ragazza, l'altra metà del mio cuore, la mia anima gemella. Avrei fatto di tutto ogni giorno per renderla felice, per renderla orgogliosa. E avremmo proseguito il nostro cammino l'uno al fianco dell'altra, con la mano dei nostri fratelli sulla spalla, a indicarci la via.

E saremmo stati felici.

Saremmo stati insieme.

E avremmo vissuto per sempre in onore di coloro che avevamo perso.

Epilogo

Sotto un cielo infinito di stelle

Otto anni dopo
Distretto dei laghi, Inghilterra

«Sembra così diverso in estate» commentai, mentre passeggiavo mano nella mano con Cael lungo la familiare riva. Il Lago Windermere si estendeva davanti a noi, la sua superficie luccicava come se fosse tempestata di diamanti. Stava calando la sera, e la luce estiva donava al lago un bagliore etereo.

Cael mi strinse la mano e io gli sorrisi. Era così bello. Non c'era un giorno che non avessi ringraziato le stelle per avermelo fatto incontrare. Soprattutto ultimamente.

Purtroppo la vita ci aveva portato via un'altra persona cara.

Rune.

Come aveva sempre sognato, era diventato un fotografo professionista. E così si era ritrovato in una zona di guerra per documentare il conflitto, quando un missile fuori rotta aveva colpito il suo albergo, portandocelo via. Cael mi era stato vicino, aiutandomi ad affrontare il dolore per la perdita di un'altra persona cara. Ma stavolta, per quanto facesse male, non ero precipitata nelle tenebre come in passato. Perché sapevo che Rune era con Poppy adesso, ero certa che le loro anime si fossero riunite nel frutteto e fossero di nuovo felici. Pensarla in quel modo era stato di grande conforto. Adesso non erano più separati, erano finalmente insieme, come aveva dovuto essere sin dall'inizio.

Mi accoccolai tra le braccia di Cael, mentre lui mi guidava verso una familiare pensilina. Adesso, al posto della barca a remi, vi era attraccata vicina una piccola barca a motore. Quando Cael protese la mano verso di me, io mi misi a ridere. «Signorina Litchfield» esordì lui tutto calmo e composto, facendomi ridere ancora più forte. Era così divertente. Spiritoso nel suo modo pacato di essere.

«Mi ricordo questo posto» osservai, mentre lui mi sollevava per i fianchi. Prima di abbassarmi sulla barca, mi baciò. Presi posto a sedere e anche Cael salì a bordo per mettere in moto la barca.

«Qui è dove tutto è iniziato, Pesca» annunciò, con un certo luccichio negli occhi. Sembrava passato tantissimo tempo da quel viaggio del destino attorno al mondo. Io ora avevo appena finito medicina e stavo per iniziare la specializzazione. Il mio sogno di diventare un medico era sempre più a portata di mano. Ed ero felicissima. Era stata dura e spesso emotivamente tosta, ma la sera tornavo da Cael e mi sentivo meglio. Nei momenti più bui sapevo di poter contare su di lui.

Cael era rimasto ad Harvard solo due anni, poi era passato alla NHL. Adesso giocava nei Bruins, e ogni stagione partecipava agli All-Stars Games ed era un giocatore di spicco del Team Usa. Era straordinario e mi piaceva da impazzire guardarlo giocare, era come vedere la libertà in persona.

Vivevamo a Boston e non potevo essere più felice. Andavamo spesso in Georgia. Ida stava vivendo la sua vita, felice e socievole come sempre. La mia famiglia adorava Cael e, naturalmente, ogni tanto dovevo andare a trovare Poppy… e adesso anche Rune, che giaceva nel frutteto accanto a lei.

«È strano sapere che non ci sono gli altri ad aspettarci in ostello» commentai. Cael annuì. Avevamo mantenuto la nostra promessa. Il gruppo si ritrovava una volta all'anno. Eravamo diventati tutti grandi amici. Soprattutto Travis e Dylan, che nell'anno successivo al viaggio si erano messi insieme. Lili e Jade si erano sposate con due ragazzi magnifici. Lili adesso era incinta del primo figlio.

Non potevo che essere orgogliosa di tutti loro.

«La prossima volta li invitiamo» suggerì Cael. Lo guardai negli occhi grigio-azzurri che facevano pendant con i colori della luna piena sopra le nostre teste. Gli anni appena trascorsi erano stati gentili con lui. Grazie all'hockey era diventato ancora più massiccio e i tatuaggi sulla sua pelle erano aumentati. I miei preferiti erano il pesco che ora campeggiava all'altezza del suo cuore e il cuore spezzato sul dorso della sua mano, che era stato corretto con l'aggiunta di filamenti dorati in vero stile *kintsugi*. Un cuore non più spezzato.

Chiusi gli occhi e sorrisi, mentre la brezza tiepida mi accarezzava la pelle. Questo posto era magico per entrambi. Era il posto dove avevamo iniziato a innamorarci. Il posto che rappresentava la genesi di noi e del nostro cammino verso l'acquisizione della forza in un momento di estrema fragilità e debolezza.

Rappresentava il nostro viaggio verso l'altro.

Il nostro viaggio verso la consapevolezza della potenza dell'amore.

Non potei fare a meno di rammentare Cael all'epoca. Tutto vestito di nero, col cappellino in testa e i capelli spettinati. Allora lo avevo ritenuto perfetto. Oggi indossava dei pantaloncini blu e una camicia bianca con le maniche arrotolate fino ai gomiti, l'intrico di tatuaggi sugli avambracci muscolosi in bella mostra. Era bellissimo. Io indossavo un vestitino blu. A Cael piaceva molto quando vestivo di blu. Diceva che faceva pendant con i miei occhi.

«Pesca...» Aprii gli occhi.

Il cuore cominciò a martellarmi il petto quando lo vidi in ginocchio davanti a me, con un anello in mano. Mi portai la mano alla bocca, in preda allo shock. I suoi occhi luccicavano per la felicità e a me mancò il respiro.

«Savannah» disse, la voce roca. «Quando siamo venuti qui la prima volta, eravamo letteralmente a pezzi. Entrambi credevamo che la felicità ci fosse preclusa per sempre.» Quelle parole velarono i suoi occhi di tristezza. «Ma non sapevamo che quel viaggio ci avrebbe fatti incontrare. Non sapevamo che avremmo trovato la nostra anima gemella, lontani dagli Stati Uniti, in giro per il mondo.» Cael sorrise quando le lacrime presero a rigarmi le guance. «Quel viaggio ha cambiato completamente la mia vita. Mi ha insegnato a vivere, a essere forte, ma soprattutto mi ha insegnato ad amare, nonostante il dolore. E io ti ho amata più di quanto pensassi fosse possibile, Pesca. Tu sei la mia ragione di vita. Tu mi rendi più felice di quanto abbia mai sperato. Tu sei la cosa più bella della mia vita, e ti chiedo... vorresti farmi l'onore di diventare mia moglie?»

Tutto si arrestò. Gli uccelli smisero di cantare, i rami di agitarsi per il vento e il mio cuore di battere. Poi pronunciò la parola più preziosa per me: «Sposami».

Mi sentii circondare dalla luce e mi inginocchiai davanti a lui. Gli presi il bellissimo viso fra le mani e gli stampai un bacio sulle labbra. «Sì» risposi, annuendo e piangendo, sopraffatta da tutta quella contentezza. «Sì, assolutamente sì.» Con mani tremanti, Cael mi spinse l'anello di zaffiri e diamanti al dito che brillò alla luce del crepuscolo.

«Ho aspettato così tanto a chiedertelo perché volevo lasciarti studiare senza la pressione del matrimonio. Ma onestamente, piccola, non potevo aspettare un giorno in più per metterti questo anello al dito e farti mia. Ufficialmente.»

«Ti amo.» Non c'era altra persona al mondo che mi capisse più di lui.

Poi Cael mi spiazzò: «Non ero a un ritiro la settimana scorsa». Corrugai la fronte, confusa. «Sono andato in Georgia a chiedere a tuo padre il permesso di sposarti.»

«Cael...» Il cuore mi scoppiava per l'emozione.

«Volevo procedere nel modo giusto» mi informò, scostandomi i capelli dalla faccia. Poi mi avvicinò al suo petto e mi abbracciò fortissimo. «Desidero ardentemente che tu diventi mia moglie.»

Adesso mi era tutto chiaro. Ci saremmo sposati. Io sarei diventata un dottore e Cael avrebbe continuato la sua carriera nell'hockey. Poi ci saremmo costruiti una famiglia e saremmo stati talmente felici che non sarebbe andato sprecato neanche un giorno della nostra vita. Ci saremmo amati con tutto il nostro cuore e avremmo goduto al meglio della nostra breve esistenza su questa Terra. La vita mi aveva insegnato a non dare per scontato neanche un giorno, a non perdere neanche un minuto.

«Ti amo» ripetei, prima di baciarlo, straripante di felicità. Lui ricambiò il bacio con passione e con così tanta adorazione che ebbi la certezza che il suo amore non mi avrebbe mai abbandonato. Proprio come le stelle, pensai, sollevando lo sguardo al cielo. In passato guardavo la Cintura di Orione pensando che rappresentasse Poppy, Ida e me. Adesso, quando la guardavo, vedevo Poppy, Rune e Cillian, intenti a vegliare su di noi dall'alto, mostrandoci tutto il loro celestiale amore.

E poi c'era la stella polare, che rappresentava Tala.

«Adesso staranno festeggiando anche loro, lo sai, vero?» mi chiese Cael con lo sguardo rivolto verso il cielo. Lo sapevo bene. Perdere una persona cara, a prescindere dalle circostanze, era la cosa più terrificante che potesse accaderti, ma vivere per quella persona, continuare ad amarla anche se non c'era più, era terapeutico. Perché quella persona sarebbe sempre stata al tuo fianco, pronta a desiderare per te una vita vissuta al massimo, un amore e una vita così piena da non lasciare spazio ai rimpianti quando sarebbe arrivato il nostro momento.

Con Cael vivevo una vita talmente dolce da non desiderare di meglio. Ero felice. Davvero felice. E mi aggrappavo a quella felicità con tutte e due le mani.

Sapevamo con certezza che Poppy e Cillian erano al nostro fianco. Per questo vivevamo e amavamo in loro onore. In loro memoria. E io amavo Cael più di quanto avrei mai pensato fosse possibile. Sarei diventata sua *moglie*. E lui sarebbe diventato mio *marito*. Mai due parole mi erano sembrate più perfette.

E non vedevo l'ora che la nostra vita da sposati iniziasse.

~~FINE~~
INIZIO

Ringraziamenti

Quando ho iniziato a scrivere *Dammi mille baci*, venivo da anni in cui avevo visto alcuni miei familiari soffrire per il cancro. Quella terribile malattia aveva colpito i miei nonni, i miei genitori e anche mio suocero. Dopo aver perso i miei nonni e mio suocero, desideravo, anzi avevo bisogno di esorcizzare tutto il dolore e l'amarezza che avevo accumulato negli anni a causa della malattia. Avevo perso tre persone a me carissime. Per fortuna, la malattia di mia madre era in remissione, ma mio padre stava ancora soffrendo. Il suo cancro era incurabile. Per lui era una battaglia costante, però affrontava ogni giorno con coraggio.

Quando ho iniziato a mettere nero su bianco i miei sentimenti nei confronti della perdita, della vita e delle avversità, il risultato è stato *Dammi mille baci*.

Non avevo in programma di scrivere un sequel. Mi era venuta in mente qualche idea, sì, ma l'ispirazione non mi aveva mai chiamata come per la storia di Rune e Poppy. Il mondo che avevo creato a Blossom Grove in Georgia mi sembrava già completo. Avevo messo tutto il mio cuore in quelle pagine e avevo condiviso il mio dolore con il mondo. Avevo fatto quello che mi ero messa in testa di fare.

Poi è successo l'impensabile. Ho perso mio padre. Per quanto fosse affetto da un male incurabile, la sua morte era stata rapida e inaspettata. Un altro cancro si era sviluppato dentro di lui (senza che ce ne accorgessimo) e ce lo aveva strappato in un battito di ciglia.

Dire che ero distrutta è un eufemismo. Ho provato un dolore talmente forte che sono stata trascinata nella depressione più totale e mi sono sentita mancare il fiato. Avevo già esperienza con la perdita, ma non avevo ancora perso un genitore. Avevo conosciuto il dolore, ma non quello per la morte di un padre, della tua *ancora di salvezza*.

Dopo alcuni mesi, ho cercato di riconquistare una parvenza di vita. E da persona creativa, da scrittrice, dentro di me ha iniziato a formarsi un'altra storia. Mentre contemplavo la mia "nuova" vita senza un padre, una nuova domanda mi è frullata nella testa: cosa sarà successo alla famiglia di Poppy? E di colpo ho pensato a Savannah. La sorella taciturna. Quella che amava con discrezione ma con immensa intensità.

In quel periodo soffrivo di ansia cronica e usavo la scrittura come forma di terapia. Era come se la storia di Cael e Savannah si stesse scrivendo da sola. Una storia di perdita e sofferenza, di talmente tanto dolore per la mancanza del proprio caro da ritenere impossibile poter essere di nuovo felici.

Invece tutto è possibile. Quello che ho cercato di dimostrare con il mio percorso attraverso il dolore e con questo libro è che gradualmente si *può* tornare a vivere. Piano piano si riescono a ricordare i momenti felici passati con le persone che non ci sono più, soppiantando quelli tristi. E volevo che fosse così anche per Savannah e Cael, perché sapevo che era questo che desiderava per me mio padre. Lui non avrebbe voluto che noi ci abbandonassimo al dolore e alla sofferenza. Avrebbe voluto che ci riprendessimo al meglio che potevamo e che vivessimo anche *per* lui.

Mille pezzi del mio cuore è stato il libro più difficile che io abbia mai scritto, perché si basa sul periodo più duro della mia vita. Ma è stato anche una fonte di grande conforto per me. Vedere Savannah e Cael che lentamente riconquistano la propria vita, affrontando il dolore ed elaborandolo, mi ha ispirata. E spero che questo libro stia aiutando, anche se in piccolissima parte, coloro che stanno soffrendo la perdita di una persona cara. Io mi sono creata un posto sicuro per affrontare il mio dolore e per questo Savannah e Cael occuperanno sempre un posto speciale nel mio cuore.

Mi sono messa a nudo in queste pagine e mi auguro di aver reso orgoglioso mio padre. Questo libro è interamente dedicato a lui.

Per pubblicare *Mille pezzi del mio cuore*, ci è voluto un esercito di persone attorno a me. Ho scritto questo romanzo per affrontare il mio viaggio del dolore, ma senza il supporto e l'amore delle persone accanto a me non sarebbe mai stato possibile.

Prima di tutto, voglio ringraziare mio marito. Le lacrime che ho versato scrivendo queste pagine non hanno precedenti e tu sei sempre stato al mio fianco, abbracciandomi quando non ero certa di potercela fare. Sei la mia roccia. Ti amo da impazzire.

Sei il mio Rune.

Grazie ai miei bambini, i quali mi hanno dato una ragione per andare avanti. Nei momenti più bui, mi avete risollevato il morale. Mi avete fatto sorridere e ridere, quando non pensavo fosse più possibile farlo. Vi amo tantissimo. Siete il mio tutto.

Grazie a mia madre. Che periodo abbiamo attraversato! Come sempre, sei stata il mio pilastro. E so che probabilmente sarai terrorizzata all'idea di leggere questo libro, sapendo quello che ha significato per me, per tutti noi, ma spero di averti resa orgogliosa. Ti voglio bene. Sei la persona più forte che conosca. La mamma e la nonna migliore che si possa avere. Spero che tu te ne renda conto.

Grazie a Samantha. Hai accompagnato papà verso la morte mano nella mano con me, come solo una sorella può fare. So che non leggerai mai i due libri di questa serie perché per te è durissima, avendo vissuto in prima persona il lutto, ma so che ti sarò sempre infinitamente grata per essere stata al mio fianco. Non riesco neanche a immaginare come avrei fatto ad affrontare questi due anni da sola.

Grazie alle mie migliori amiche, il vostro sostegno conta moltissimo per me. Le T-T-Teessiders, The Coven, il gruppo delle mamme che è diventato un punto di riferimento per la mia vita. Grazie per tutto il vostro aiuto.

Grazie a Liz, la mia super agente. Dieci anni e siamo ancora qui, più forti che mai. Mi hai sostenuta dal primo giorno e non vedo l'ora di vedere realizzati i nostri prossimi dieci anni di progetti. Che viaggio! Sono fortunatissima ad averti al mio fianco, nel bene e nel male.

Grazie a Christa Heschke, Danielle e Alecia e a tutta la McIntosh e alla Otis. Grazie per aver lavorato così sodo per me.

Grazie a Christa Désir, l'editor che mi ha cambiato la vita. Grazie per tutto quello che hai fatto per me. Hai preso in mano questa storia e l'hai catapultata tra le stelle. Abbiamo pianto insieme, abbiamo riso e mi hai sostenuto nei momenti più bui. Non vedo l'ora di lavorare assieme ad altri progetti. Questo è solo l'inizio!

Grazie di tutto a Dom e a tutti coloro che lavorano per Bloom Books. Sono così elettrizzata di poter continuare a scrivere e a lavorare con voi. Siete una squadra incredibile.

Un enorme ringraziamento anche a Rebecca di Penguin UK e a Federica, Simona e Alessandra di Always Publishing, Italia. Grazie a tutte le case editrici straniere – Brasile, Germania, tutti i Paesi di lingua spagnola e tutte le case editrici del mondo che hanno dato a *Dammi mille baci* una casa. Ve ne sono immensamente grata.

Grazie a Nina e al team di Valentine PR. Siete la migliore squadra con cui si possa lavorare. Non avete idea di quanto vi ritenga preziosi. E un ringraziamento speciale a Meagan Reynoso. Sei stata un angelo per me, soprattutto nei momenti più difficili. Grazie infinite.

Cari lettori, da dove cominciare? Siete le persone più amorevoli e leali del mondo. Mi sostenete e mi incoraggiate sempre. Mi supportate e fate il tifo per i miei lavori. Vi voglio davvero bene. Non avete la minima idea di quanto contiate per me e di quanto vi adori.

Grazie a tutti i bookstagrammer, booktoker e recensori che mi aiutano a far parlare dei miei libri. Avete completamente cambiato la mia vita. Grazie.

E poi un grazie alla community degli autori. Siete una cerchia speciale. Grazie per il vostro costante supporto. Vi auguro tutto il meglio, davvero.

Se ho dimenticato qualcuno, sappiate che vi sono infinitamente grata!

E infine, grazie papà. Sei stato la ragione *principale* per cui ho scritto *Dammi mille baci* e hai adorato assistere al percorso di Poppy e Rune. Sei la ragione per cui ho scritto *Mille pezzi del mio cuore*. Come per Savannah e Cael, il mio cuore si sta lentamente ricomponendo, ma le cicatrici per averti perso non se ne andranno mai. Sarò sempre triste per non averti più al mio fianco. Ma come Savannah, so che sei lassù ora, tra le stelle, dove hai sempre desiderato stare. Continuerò a vivere per te, papà. Continuerò a scrivere in tuo onore. E so che tu mi guarderai e sarai incredibilmente orgoglioso di tutto quello che ci capiterà.

Ti voglio bene.

Te ne vogliamo *tutti*.

E ci mancherai per sempre.